在写这本书时，我倾注了很多个人情感。书里的人日夜陪伴着我，我也看着他们成长。我经常会想起他们每一个人的模样，他们之间的相遇、牵绊、追逐、遗憾、完满、不甘、释然。

我作为一个旁观者，同样感受着他们的悲欢离合，有时候会觉得，他们就是真实存在的，并且成为我生活的一部分。

现实中的际遇常有不尽人意，书中亦然，但我们都愿相信，总有一点理想是存在的，而有那么一些执着的人，会将这种理想一以贯之。

我希望成为执着的人，在书里，实现他们的理想，在某个地方，他们始终存在着，如同你我一样。

危险关系

白云孤扉——著

廣東旅游出版社
GUANGDONG TRAVEL & TOURISM PRESS
悦读书·悦旅行·悦享人生
中国·广州

图书在版编目（CIP）数据

危险关系 / 白云孤扉著 . —广州 : 广东旅游出版社，2023.1
ISBN 978-7-5570-2912-8

Ⅰ . ①危… Ⅱ . ①白… Ⅲ . ①长篇小说 – 中国 – 当代
Ⅳ . ① I247.5

中国版本图书馆 CIP 数据核字（2022）第 236804 号

出 版 人：刘志松
责任编辑：梁　坚　杨　恬
责任校对：李瑞苑
责任技编：冼志良
装帧设计：新艺书

危险关系
WEI XIAN GUAN XI

广东旅游出版社出版发行
（广东省广州市荔湾区沙面北街 71 号首、二层 邮编：510130）
电话：020-87347732（总编室）
020-87348887（销售热线）
投稿邮箱：2026542779@qq.com
天津雅图印刷有限公司
（天津市宝坻区天宝工业园宝富道 20 号）
880mm × 1230mm　32 开　13.5 印张　363 千字
2023 年 1 月第 1 版　2023 年 1 月第 1 次印刷

定价：55.00 元

砰！——

巨响从远处传来，视野渐渐模糊。

还是，还是没能阻止……

她抿了抿嘴，挤出一丝微笑，喃喃地说：

“对不起，我食言了。”

目 录

第一卷　入暮

这个世界上，

从来就没有两朵相同的玫瑰。

大暑　腐草为萤　土润溽暑　大雨时行

宜　出行　移徙　访友　入宅

忌　立碑　成服　求医疗病

第一章 难眠之夜

7月，盛夏。大街上到处蒸腾着浓重的暑气，空气好像凝固一般，伴着黏稠的柏油味，堵得人喘不过气来。

天宁市北丰区万青路上，一眼望去没有一块阴凉地，到处反射着明晃晃的太阳光。道路两旁的绿化带里，原本茂盛娇艳的粉蔷薇，也被层层热浪裹挟，懒懒的没了生气。

周六下午2点刚过，路上行人稀少。万青路201号，天宁市公安局北丰分局刑侦支队一队办公区内，一个小女警大大咧咧地坐在办公桌前，微蹙着两道剑眉，边打电话边在键盘上飞速敲击着。

“不是吧大姐，你怎么净给我找这种事儿啊？有好事儿也没见你想着我点儿。”穆锦一边在内网上查询资料，一边对着电话那边抱怨，脑后的高马尾都跟着颤了两颤。

电话那端是她的高中同学，最好的朋友——商莉莉。

“哎呀宝贝儿，这不是没办法吗，我小姨都托到我头上了，我能怎么办？这临时也想不到别人啊。你看你家房子离他学校那么近，你又老不在家，晚上有人帮你看着点儿也挺好的。拜托了好不好，就一个多月。”商莉莉百般讨好着，又补了一句，“不白住的啊，我小姨说了，每周 2000。”

穆锦知道，商莉莉妈妈前几年去世了，她的小姨虽然人在国外，但一直对她关照有加，如今有事儿拜托她，她自然是一口答应。

但是，这关她穆锦什么事儿？

“不行，谁知道你这哪儿来的人啊，靠不靠谱？万一是个坏人。”

穆锦撇撇嘴，心里恨恨地想：商莉莉这个臭家伙，自从谈了恋爱，整个人就变得神出鬼没的。她家那位是个醋精转世，仿佛看谁都对他女朋友图谋不轨，连闺密的醋也吃。再加上自己太忙，她们两人已经快半年没见面了。

“靠谱靠谱，真是我表弟，有血缘关系的那种。你说人家大老远从澳大利亚跑来咱们这儿上学，咱们是不是得跟国际友人展示下天宁人民的热情？再说了，他要是坏人，不正好栽在你正义的枪口上？嘿嘿——”商莉莉开始给穆锦洗脑。

“嘿你个头，你怎么不去展示？让他住你家啊，你还是他表姐呢。”穆锦气呼呼地按着鼠标，仿佛要把鼠标戳出个洞来。

“哎哟宝贝儿，我家离他学校多远啊！再说，我这不是有特殊情况嘛。”她指的是她和男朋友同居的事实。

“也对，您那位醋缸，保不齐第一天就给你表弟轰大街上去了，哈哈哈。”穆锦抓住机会，毫不留情地调侃商莉莉，却没发现，自己已经成功被对方带偏。

“所以说啊，大慈大悲的锦鲤大仙，请您可怜可怜我那孤苦无依的小表弟吧。你放心，我表弟从小就是好孩子，绝对不会给你惹事儿。”

“那孩子多大啦？”穆锦终于有点儿松口了。

“什么孩子啊，就比我小两岁，他到天大读研。”

“哎哟，还是个学霸呢。”穆锦调侃着。

“可不是嘛，幸好他一直在国外，不然我得被我爸念叨死。”

商莉莉高中毕业后只上了一个大专，她父亲为此意难平了好几年，直到她后来专升本，毕业后进了家不错的出版社，她父亲这口气才算是顺了过来。

商莉莉一边抱怨着，一边又解释了一通，穆锦这才弄清楚自己这个“准寄宿家庭”将要迎接怎样一位留学生。

天宁市的发展非常迅猛，特别是近几年，经济、教育、医疗、娱乐样样争先。而北丰区的学府路，几乎集合了各大一流高校近三分之一的生源，成为国内顶尖学子和外国留学生的租房首选地。

商莉莉的表弟因为喜欢中华文化，通过澳大利亚当地学校的交换项目，申请到了天宁市最好的大学——天宁大学的研究生。在开学前，他为了提前适应国内生活，还参与了线上应聘，准备在大学城附近的一家英语培训机构做兼职老师。

但是他的妈妈——商莉莉的小姨，不放心儿子住在英语机构的宿舍里，于是就托商莉莉找个熟人，借住到9月开学。

而穆锦的家，就在离天宁大学走路不到10分钟的学芳小区里。学芳小区作为早年周边几大高校集资建的家属区，可谓是学生们租房的最佳选择。

一番解释后，穆锦终于松了口：“他什么时候过来？”

“下周到。”

“这么快？说，你是不是先斩后奏，早就跟你小姨拍胸脯保证了？”穆锦觉出了不对劲，故意拿出了审犯人的语气。

“没，没有……哎呀，好吧，我早上才答应的啦。”一段时间不见，商莉莉的脸皮还是那么厚，“哈哈哈，警察就是不一样，什么都瞒不住你。”

“那这样吧，我先跟我爸妈报备一下，他们同意了才行。”穆锦的父母都在外地，她一人独居。虽然她父母很喜欢商莉莉，但是也不一定能同意一个陌生人住进家里。

“叔叔阿姨人那么好，只要你点头了他们肯定会同意的。”商莉莉把平日里面对男朋友时的撒娇劲儿都拿出来了。

“哼，那你得请我吃饭，不许带那个醋缸！住宿费就算了，但是先说好，你表弟要是不乖的话，我不把他押到我们这儿，也会踢到大街上。”

“没问题！你看看咱这觉悟，我就知道，爱你，宝贝儿！”商莉莉心中暗自窃喜，果然自己每次的“甜言蜜语”都能化解穆锦的“铁石心肠”。

穆锦还没来得及回话，办公区里匆匆走来一个穿着老头衫的男人，边走边招呼道：“走，穆锦，跟我出个现场。双塔派出所刚来的电话，辖区内小区发现一具男尸，疑似吸毒过量，老谢他们已经先过去了。”

“是！罗队！”穆锦立即应道，她站起来，对着电话那边说，“我先不跟你说了，我这马上出现场了。”

“好，好，回头联系。”商莉莉高兴地挂了电话。

穆锦摇摇头，跟在男人后面，风一般地出了门。

入夜，气温依旧很高，蝉鸣声不止。

星跃小区25号高层塔楼内，一个年轻人躺在窄小的床上翻来覆去，怎么也睡不着。椅子上的电风扇一刻不停，像是快要摇断一般，但他仍然觉得很热。

他翻了个身，靠着床边薄薄的壁板，听着隔壁清晰的鼾声，不无难过地想：平时自己那些小打小闹，也就勉强混口饭吃，想要在天宁买房，简直是痴人说梦。说不定，连厨房里那个“要饭的”都比他有钱。

他气恼地想了一会儿，不知怎的，身下竟慢慢涌起一股燥热。他拿出手机，从里面找出自己的珍藏，把声音调到最小，举着手机开始排遣寂寞。

明明前几天才刚找过，可他觉得远远不够。那些女人不过是为了钱，明码标价，而他能消费得起的，注定不会有什么姿色可言。

而且，真的太脏了。他内心深处，非常渴望能占有一个纯洁的女人。那个女人要长得很白，有一双纤细的小腿，就像，就像对门那个女人那样。

他在舒爽中闭上眼睛，把手机丢到一边，脑海中都是那个女人的画面……想着，他手上的动作加快，身下的床板也不断发出了“嘎吱”的抗议声，但此刻他已经都听不到了，灭顶的快感早已将他淹没。

良久，他才慢慢从失神中平复下来。刚刚感觉太强烈，他居然忍不住哼了出来，好在旁边屋里的人都已经睡了，应该没人注意到他的动静。

屋里太热了，他浑身都是汗，裹在身上黏腻得紧，电风扇都吹不下去。又在床上干躺了一会儿，他才终于起身，打开房门走到卫生间里，飞速冲了个澡。

回屋时，厨房里又响起干咳声。他厌恶地皱皱眉，那个“臭要饭的”怎么还没睡。

再次躺在床上，他觉得凉快了不少。很快，燥热再度袭来，眼前挥之不去的，全是那个女人的身影。

虽然她已经结婚了，但在他看来，她仍然是清纯干净的，不比那些高校里的女大学生差。他枕着一条胳膊，幻想着女人的滋味，刚才有多满足，现在就有多空虚。

黑暗中，他忽然想到了什么，眼睛一下亮了起来，兴奋地从床上爬起。

对，他今天下午回来时，亲耳听到那个男人说他今晚要出差，让女人锁好门。这样想着，他忽地有些坐立不安，坐在床边不断用手搓揉着后脖颈，一个计划慢慢在他心里产生。

几分钟后，他穿戴妥当，也带好了装备，激动得难以自已，出门前，耳边忽然响起那个男人说过的话：“再敢碰我老婆一下，我他妈就弄死你！”

想到这儿，他开门的手略微停顿。自己当初不过是多看了她的胸两眼，偷摸了她的大腿一把，没想到她那个老公当晚就打上门来，还扬言要杀了自己。

转念一想，反正那男人今晚不在，至于那女人，只要完事儿后吓唬吓唬她，她肯定不敢把这事儿告诉她老公。

对了，她男人好像还提到哪里有钱！他兴奋地舔着嘴唇，没准今晚不仅能抱得美人归，还能发一笔横财！

他迅速打开房门走了出来，通廊里静悄悄的，所有人都熟睡着。

他看了眼手机，才4点多，正是下手的好时机。他悄摸地朝着大门走去，心中不无得意地想着：说不定她试过了我，就再也不想要她老公了。

路过厨房时，他朝里面瞥了一眼。那个“要饭的”面朝里窝在床上，一动不动，应该已经睡着了。他很满意，走到门边悄悄换好鞋，轻手轻脚地带上了门。

门外很昏暗，对面的大门紧闭着，只有电梯间里亮着灯，隐隐透进走廊。他蹑手蹑脚地走到对面，尽量不触发声控灯，虽然他并不担心会被人发现。

走廊这一面只有两户，另外两户和他们隔着电梯间，根本看不到这边。而且因为是高层，平时大家上下楼都坐电梯，这个时间，根本不会有人到走廊里来。

他弯下腰看了看锁眼，情况比他想象中复杂，需要点时间，但还能够解决。他从兜里掏出一根钩子状的“钥匙”，麻利地插了进去。

论开锁，一向小偷小摸惯了的他绝对可以称得上半个专家。手机、电脑、钱包、电瓶车，他都偷过。特别是这一带的老旧小区，大多都没有监控，白天踩好点，趁着主人出门，他也偷过好几家，从没被抓住过。郁闷的是，现在在家放现金的人越来越少，与其偷点首饰出去换，还不如偷手机来钱快。

虽然撬锁这种事儿他干过不少，但今天不同。

他眼前都是那个女人的一颦一笑。想到此，他更加兴奋，手里的“钥匙”都握不紧了，手一滑掉在了地上。

他慌忙弯下腰，在黑暗中摸索，好不容易摸到了铁钩，起身时上衣口袋却挂到了门把手上。他弓着腰后退一步，想要把口袋退出来。无奈这家的门把手做得有些怪，把手尾端上翘，好像缠住了口袋里的线头。

他有些气恼，真是出师不利，自己还从来没这么狼狈过。他不断去扯口袋，另一只手握住门把手下压，努力想把自己扯出来。

终于，线头有所松动。他往外一拉，口袋退了出来，同时，门也发出一声微响，在他面前打开了一条缝。

他愣了一下，事情似乎进展得过于顺利，自己刚刚只捅了那么两下，就已经把这复杂的防盗门打开了？

他心中窃喜，不知自己的技术什么时候提升了这么多。虽然隐隐觉得有些不对，但无论如何，垂涎已久的猎物就要到手，他实在按捺不住，小心翼翼地打开门，闪身迈了进去。

“小宝贝儿，我来了。”

他脑海完全被这个声音占据，眼睛快速搜寻着卧室方向。很快，他就觉察出了不对劲。

屋子里弥漫着一股浓重的血腥味，混合着夏季的湿热，比他们出租屋内的味道还要醒脑。

他往前迈了一小步，紧张得呼吸加速，双眼到处乱窜。

前面的客厅地面上，好像有什么东西。但屋内没有了电梯间的散光，比楼道里还要暗一些。待他眼睛终于快要适应黑暗时，身后陡然亮起一束光柱，惊得他一个激灵，立时回头，才发现那是忽然亮起的楼道灯光，顺着门缝打了进来。

因为担心男主人在家，他刚刚给自己留了一道门缝，方便逃跑。当下，他屏息不动，侧耳细听，没听到什么动静，这才放下心来。

这个倒霉的声控灯，平时接触不良，这会儿倒是挺灵敏的。

他再次回头往客厅内望去，借着身后的光柱，很容易就看清了客厅地上的情景。

登时，他往后踉跄了一步，死命咬住自己的嘴唇才没叫出来。脚边“哗啦”一声响，有什么东西被他踢倒了。

然而他根本无暇顾及，脑中只嗡嗡作响，似有无数蜂鸣，之前的欲望消失殆尽。

他连滚带爬地推门奔了出去，也没注意自己到底有没有把门关好。反正都不重要了，被人发现是迟早的事儿。唯一值得庆幸的是刚才没把门关严，不然现在肯定慌得连门都找不到了。

他迅速回到出租屋，简单收拾了一个背包，悄没声儿地出了门，转身就往电梯间小跑去。

现在去报警，自己恐怕有一百张嘴也说不清，还会把之前的案底翻出来。反正自己也没什么家当，还欠了一个月的房租，正好一走了之。

又是连轴转的一周，转眼又到了周一。天宁市作为一个气候干燥的北方城市，今年夏天的雨水却格外多。

一大早又下了一场暴雨，暴雨过后是难得的凉爽。穆锦早上来上班，心情都格外好，一路笑着走进分局大门，和几个熟人打了招呼，往刑侦支队的办公楼走去。

三年前，穆锦以优异的成绩从天宁公安大学刑事侦查专业毕业，更是凭借自身的优势，在联考中以出色的笔试和体能成绩，顺利考入了北丰分局刑侦支队，成为一名一线刑警。

很多女警工作后，由于各种原因，或是做文职，或是做技术类分析工作，真正走向一线的凤毛麟角。然而穆锦不同，她在校期间就表现突出，是难得的好苗子。她自己更是受爷爷的影响，从小就立志要做一名刑警。

穆锦的爷爷穆怀先，退休前曾是天宁市北丰分局刑侦支队队长。他在任期间，为北丰分局立下了汗马功劳，经常被评为优秀先进模范，也是天宁市“十大优秀刑警”之一，是穆锦从小到大的偶像。

幸运的是，穆锦自小身体素质就好，长得也比一般女孩高。打小就开始练习武术，学习散打；大学时，更是获得了全国武术散打锦标赛女子轻量级亚军。

她的教练曾建议她继续散打的职业生涯，但是她放弃了。她知道，她努力取得的这些成绩，都是在为成为刑警做准备。

刚进办公室坐下，拿出蛋黄派咬了一口，穆锦的手机就响了——是商莉莉发来的微信。

“宝贝儿，我表弟今天到，您赏脸一起吃个饭呗，然后我一起给你们送回家。”后面还附上了一个大大的谄媚笑脸。

这个重色轻友的家伙，自从有了男朋友，就没约自己吃过几次饭，这回终于肯露面了？

她气呼呼地回道：“没空！加班！”

那边立即一个电话打了过来，穆锦接起来，只听到一个捏着嗓子的绵羊音怨念道：“爱妃，你怎么天天加班啊，连本王的邀请都不来了。哎呀，来嘛，我都跟那边说好了。”

电话那端的商莉莉，大概是当了编辑后审稿太多，看了不少王爷宠妃的小说，自己也戏精附体了。穆锦心知肚明，“那边”明显指的不是她表弟，而是她的醋精男友。

穆锦做出一个几欲呕吐的表情，也捏着鼻子学道：“抱歉啊王爷，自从你移情别恋后，府中愈加捉襟见肘，嫔妾只能自力更生，靠加班费维持府中用度了。”话虽如此，但他们加班一向都是义务劳动，加班费只是自我调侃罢了。

“本王这不是看有国际友人前来，才特此邀请爱妃来给撑撑场面嘛，那些花花草草都上不了台面。”只听那边轻笑一声，然后又压低声音，用她本来的声音说，“我表弟长得可帅啦！”

穆锦“嘿嘿”干笑几声，依旧捏着嗓子说：“看不出王爷还有此等爱好，不怕你新纳的那位‘醋妃’大闹一场，和你情断义绝？”

话音刚落，她忽觉得背后一阵冰凉。穆锦握着手机，缩着脑袋偷偷回头看去。

就在穆锦身后2米远处，她的大领导、刑侦支队队长安年，正端着一盆花从她身后走过，边走边看着她摇头叹气。

穆锦忙正襟危坐，假惺惺地咳了一声，对着电话那边说："好啦好啦，到时候看情况啊，我尽量。"

刚挂电话，她就看到黄永山无精打采地走了进来。

黄永山才入职不到一年，还没过试用期，就已经被惨无人道的夜班折磨得瘦了一大圈。他长了一对标准的双眼皮大眼睛，美中不足的是，眼睛下方嵌了一个蒜头鼻，加上嘴唇也有些外翻，一下子就与美男子相去甚远了。

此时他顶着两个黑眼圈，幽幽地朝穆锦走来，一看就是昨晚刚刚值过大夜班，惨不忍睹。

穆锦看看他，忍不住说："你上备勤室睡会儿吧，一会儿我叫你。"

黄永山打了个哈欠："没事，我在桌子上趴会儿就好了。"

正说着，安年走了进来，对穆锦说："财务那边叫咱们过去领下半年的劳保用品，你跟小黄去领一下。"

"好嘞！"穆锦拍拍刚在桌子上趴下的黄永山，"走吧，咱俩又有任务了。"

迷迷糊糊的黄永山，听到任务立刻乖乖站了起来，揉了把脸，整了整着装，跟着穆锦走了。

整个刑侦支队，属穆锦和黄永山入职时间最短，年龄最小。

由于刑侦支队这两年一直没招实习生，穆锦苦哈哈地当了好久的"小萝卜头"，好不容易迎来了新的小跟班，她以为自己终于摆脱了跑腿工的角色，然而还没高兴两天，就发现事与愿违——她只不过是多了一个跑腿的"战友"。

跑腿工组合好不容易领完了劳保用品，还没走出财务科的大门，就碰上了同来领物资的齐征。

齐征在警校时比穆锦高两届，算是她的师哥，因为工作能力突出，现在已经是扫黄大队的副队长了。

他上周刚休完婚假回来，一脸春风得意。黄永山推着车先回去了，穆锦和齐征打了招呼，两人站在门口闲聊了几句。

正聊着，忽然一个身材不高、皮肤黝黑、戴着一副黑框方眼镜的陌生面孔急急忙忙地走进了财务科。穆锦没在意，以为他也是来领物资的。

可对方才刚进去 1 分钟，就听见里面一个大嗓门的女声响了起来："不是跟你说了吗？你这个顺序走得不对，回去重走一遍。"听这音高，必定是李会计无疑。

穆锦心下了然。为了规范化管理，年初财务科新上了一套系统，但里面的报销流程很烦琐，经常有走错流程的同事跑来财务科问，问的人多了，不免就要被脾气火暴的李会计吼上几句。

看样子，这个"小眼镜"也是来问报销流程的。穆锦和齐征对视一眼，心中无比同情。

果不其然，几秒钟后，那个"小眼镜"就蔫头耷脑地走了出来，完全没有了之前的一脸殷切。

二人目送他的背影消失在楼梯口。齐征朝里面撇撇嘴，小声说："大早上火气就这么大。"

穆锦刚想说话，就见"小眼镜"的身影又出现在楼梯口，朝着他们这边快速走来。他一扫刚刚的颓势，一副志在必得的样子，眨眼间就进了财务科。

站在门边的两人都竖起耳朵，目光随着"小眼镜"的身影飘进屋内，等着看这位好汉如何大战北丰分局一姐。

只听"小眼镜"对着李会计理直气壮地说："我重走完了，可以报了吧？"

穆锦和齐征先是震惊地看着"小眼镜"，又看看一脸目瞪口呆的李会计，过了几秒，忽然爆发出一阵大笑。

"小眼镜"在这爆笑中红了脸，还好那红晕在他黝黑的脸上并不明显。里面紧接着传来了李会计的怒吼声："我叫你从网上重走流程，网上！不是让你出去溜达一圈儿！”

很快，“好汉”就在李会计暴怒的女高音中，灰溜溜地消失在了楼梯口。穆锦这才捂着笑疼的肚子，问：“刚才那是谁啊？”

齐征强压下不断上扬的嘴角：“哈哈哈哈我不行了……你没见过他？他是你们支队技术大队新来的同事，叫宋秋实。人家可是个博士呢，平时搞研究，来咱们这儿是副业。”

“哦，我是听说有个新入职的同事，还没见着呢。不愧是博士，他承包了我整年的笑点，哈哈哈——”穆锦作势擦擦眼角并不存在的眼泪。

“你们两个，笑够了没有，还上不上班了？”里面突然再次传来北丰一姐的女高音，只不过这次的发泄对象，变成了在门口看热闹的二人。

两人自知李会计的厉害，当下不再逗留，迅速分开各忙各的事情去了。

穆锦回到支队时，看到书记员徐问雨举着电话，对一个拿着一沓材料的中年男人说：“罗队，指挥中心接过来的，有人报案说星跃小区有一对夫妇在家中被害。辖区派出所已经去看过了，现场有一男一女两名死者，他们没敢动，直接上报了。”

男人听了，马上把手中的文件递给徐问雨：“通知勘查组了吗？”

“嗯，二组刚刚已经出发了。”

男人回头看到穆锦，一挥手说：“江海、穆锦跟我走。”

“是！”

星跃小区离北丰分局不远，穆锦他们从接警到开车过来，只用了不到 15 分钟。小区建成不足十年，属于中档商品房，由于地理位置优越，交通方便，房价一直不低。

发生命案的，是星跃小区 25 号高层塔楼内，五楼的一家住户。

穆锦三人从电梯里走出来，身后的电梯门缓缓合拢，里面的液晶屏上，一个活泼的女声正打着广告：“学英语，就到海翔国际，一站式服务，满足您多方面的英语学习需求。”

穆锦抬手看看表，11 点 17 分。

他们刚拐出电梯间，就看到走廊旁边的第一家住户的防盗门半开着，警戒带从大门一直拉到电梯间门口，报案人和最早到达现场的派出所民警正在警戒带外等候。

报案人是一位 20 多岁的年轻女性，自称是被害者的邻居，住在楼上。她此刻已经平复了心情，但脸上依旧带着少许惊慌。

大门外侧，戴着口罩和防尘帽、梳着丸子头、身材娇小的勘查员文竹，正用一把软毛刷扫刷着防盗门。被刷到的锁眼和把手周围，都是黑磁粉的痕迹。

穆锦透过半开的大门朝里面望去，只见门口有一个翻倒的小垃圾袋，几个废纸团和零星果皮散落在垃圾袋周围。

再往里，距离玄关大概 2 米远的客厅里，有一名侧卧的死者。

从她的角度，只能看到对方的脚和小腿，脚上还穿着拖鞋。虽然看不到死者的上半身，但从小腿形状和拖鞋尺码推断，应该是一名女性。

穆锦往前探了探身，看到死者的膝盖处盖着一截衣服，质地很像真丝睡裙。裙子下面，则是一大摊干涸发黑的血迹。旁边，几个痕检和法医忙碌着。

她一偏头，就看见早上见过的那个“小眼镜”宋秋实穿着一身勘查服，蹲在尸体旁边的勘查踏板上，用静电吸附仪提取足迹。

这还是穆锦第一次见他出现场。令她有些意外的是，“小眼镜”看起来得心应手，丝毫不像个新手。

穆锦收回目光，听见旁边的派出所民警介绍道：“我们 9 点 30 分左右接警，赶到现场后，发现两名被害人均已死亡，就赶快通知你们了。经辨认，被害者应为住在这里的夫妻，男的叫尹深，女的叫余真，搬来这里大概两年多。报案人是七楼的住户，叫彭姿，平时和死者家关系不错，也是她最先发现的被害人。”

他刚说完，法医高湛就走到大门口，对着他们几人说："可以了，你们进来吧。"

"简单说下你们现在掌握的情况。"罗队直入正题。

高湛回答道："可以肯定是他杀，这里应该是第一现场。两名死者均死于同一致伤物，初步判断是小型单刃刀具。死亡时间距我们到达时有八个小时左右，也就是在今天凌晨 2 点到 3 点之间。门锁有撬过的痕迹，激情杀人的可能性较高，但不排除熟人作案。"

罗队点点头："这个时间，入室盗窃激情杀人的可能性比较大。"他说完，和江海分别穿好鞋套，戴上帽子和手套，矮身钻过警戒带，进入了现场。

穆锦在一边听完，却没着急进入现场，而是要了询问笔录简单翻看了一下，走到远远站在一边的报案人面前，问："能再跟我描述一下你发现被害人的经过吗？"

报案人谨慎地点点头："我早上下来给他们送快递，看他们家门虚掩着，我喊了两声没人应，就探头看了一眼。然后就发现小余躺在那里，流了好多血。我有点害怕，站在门口喊她，见她没反应，就赶紧报警了。"

她口中的小余，就是穆锦刚刚看见的，那个倒在客厅里的女死者余真。

"快递？"穆锦低头看了看，果然见到大门附近，立着一个半米高的棕黄色纸箱，纸箱上清晰地印着"FT"字样。那是本地一家口碑不错的电商网站名，以送货准时著称，有一大批忠实买家。

此时，纸箱已经被贴上了一圈封条。

"快递？你为什么要给他们送快递？"

"小余昨天下午给我打电话，说她有个快递到了，但是她不在家。因为快递包裹太大，自提柜放不下，就问我能不能帮忙代收一下，她回来后会过来取。小余人挺好的，上次我回老家，他们也帮我收过快递，我就答应了。"

“她给你打电话时大概是几点？”穆锦飞快记录着。

“不到5点吧，我昨天出去逛街来着，那会儿刚回家没多久。”报案人想了想说道。

“那之后呢？”

“我平时一般8点半出门，但是今天早上有点不舒服，就打算晚点再去上班。小余说今天我上班之前她肯定来取，结果都快9点半了，她也没来。我给她发了个微信，她也没回。我想着她大概是忘了，就顺手把快递带下来，准备交给她。结果，结果就……”报案人一脸惋惜，但明显心有余悸，不敢看大门那边。

穆锦想着现在的邻里关系，又问：“你跟他们家很熟吗？”

报案人双手交叉抱在胸前：“本来也不熟，但是我跟小余下班时间差不多，平时坐电梯经常碰见，一来二去跟他们夫妻也就熟悉了。”

“据你所知，他们家除了他们夫妻二人，还有别人吗？有老人和孩子吗？”

“老人应该没有，我就碰见过他们两个，平时也就是打个招呼，没听他们提起过有和别人一起住。小余好像是外地人，她老公是本地人。他们俩肯定没有孩子，我以前开玩笑问过，说他们感情这么好，什么时候要孩子，他们都说不着急，过两年再说。”

“他们夫妻感情很好吗？”

“嗯，特别好，他们好像是结婚的时候买的这套房子。两人一看就是新婚那种，特别亲昵。”报案人依旧抱着胳膊，低着头说，“唉，人也都不错，怎么会发生这种事儿。说实话，我以后都不敢再走这层了。”

“你当时下来时，门就是开着的吗？有没有在附近看到可疑的人？”穆锦继续问道。

“当时门就开着一条小缝，我以为他们家门没关严，才扒着往里看了看，没看到有其他人。平时出门大家都坐电梯，我今天直接走下来的，也没碰到别人。”

“你进去看过吗？”穆锦侧头示意。

报案人摇摇头，明显有些紧张，说话也结巴起来：“没有，绝对没有。刚，刚才那位警察都问过了。我，我就扒着门框往里看了看，结果就看见小余倒在那里，地上还有血。我，我吓死了，就赶紧报警了。对了，当时我还叫了救护车，但是警察先过来的，说人已经死了，就让救护车回去了。”

她脸上显出哭相，担心地问：“警官，你们不会怀疑我吧？我真的什么都不知道。”

穆锦拍拍她的肩，安慰道：“我们只是例行询问，你不要多想，但是作为报案人，恐怕你今天得请个假，我们还需要多跟你了解一些情况。”

“好的好的，我刚刚已经请过假了。”

正说着，“叮”的一声，电梯间里再次响起电梯停靠的声音。

很快，两个20多岁的男青年从电梯间走了出来。他们见到屋门口的警察，神色都不太好看，悄悄绕过警戒带，拐过过道，往另一家住户的门口走了过去。穆锦朝另外两个派出所民警示意，他们立刻走上前去询问。

报案人忽然靠近穆锦，压低声音说：“我想跟你反映个事情。”

在得到穆锦肯定的眼神后，报案人继续说：“今天早上我报警的时候动静挺大的，隔壁这家还有两个人出来看过。但是他们一听见我报警，就都缩了回去。”

穆锦回身看了看那两人，只见他们都很瘦，穿着紧身裤，脸色略微泛白，面对两个民警的询问，倒也在认真回答，但眼神有些闪躲。

一般人听说家门口发生了命案，大部分都避之唯恐不及，穆锦已经习以为常。但当她转身看到报案人脸上那古怪的神情时，直觉告诉她，事情恐怕没有那么简单。

“早上出来的是这两个人吗？”

“不是。”报案人想都没想。

“那被害人家里，和另外这一户的邻里关系怎么样？”

“嗯，不太好。”

穆锦见她一脸讳莫如深，像是有什么话想说又不敢说的样子，便放缓语气道：“放心吧，你提供的任何信息我们都会为你保密的。”

报案人这才往另一边又挪了几步，谨慎地说：“那一户是群租房，里面住了好多人，有时候晚上挺吵的。我家在楼上，都听到过好几回。小余他们为了这事儿找过好多次物业，有一次好像还吵起来了，但是物业一直拖着，说是管不了。”

“你知道里面大概住了多少人吗？”

“具体不知道，估计得有 20 个。”

“好，谢谢你提供的情况。”

穆锦收好笔录，转身走到正在接受询问的两个男青年面前，隔着他们，打量着走廊另一边住户的防盗门。

那扇暗棕色大门两边贴着春联，春联已经褪尽了色，一边还缺了半张。门上的透明保护膜也起泡脱落，破损的地方落了不少灰，看起来又脏又旧，和被害人家光洁锃亮的防盗门形成鲜明对比。

穆锦又看向那两个男青年，见他们年纪都很轻，打扮不像是一般的上班族。其中一个人一边回答着民警的提问，一边不时抓下脖子，脖颈处已经抓出了一道道红印。

穆锦朝他们身后示意：“你们是这家的业主吗？”

那两人都下意识地点点头，立刻又摇头道：“不是，是我们租的。”

穆锦又问：“那这家，一共住了多少人？”

两人的表情明显变得很不自然，互相看了一眼，挠脖子的那人结结巴巴开了口：“没，没几个人，五六个吧。”

“都在家吗？”

“这个，呃，我们不太清楚。我俩刚从外面回来。”

“你们一整晚都在外面？”

“对，我们晚上在网吧打工，早上换班后又去吃了早饭，玩了一小会儿才回来的。”

“行。那你们把门开一下，我们要找里面的人了解情况。”

“啊？”面前这二人紧张的样子如出一辙。

穆锦面无表情地看着二人：“怎么了？不方便吗？”

穆锦虽生得一双杏眼，却并不含春带露，反而较一般女性多了点冷硬。加上她长期练武保留的狠劲儿，没有表情的时候，就显得有些严肃。

那二人被她盯得话也说不利落了：“不，不是，我们那个，那个里面没别人了。”

“不对吧？我们刚过来的时候，还听见里面有动静呢。你把门打开，我们要询问一下。”一个民警见两个男青年还支支吾吾不肯开门，有些生气，提高声音说，“我们例行公事询问，你们不要妨碍公务。”

闻言，那两人互相看了一眼，终于还是转身，磨磨蹭蹭地打开了门。两个民警跟在他们身后，率先走了进去。

还没进屋，穆锦就听到其中一人极其不满地说：“上次不是已经给物业下通知整顿了吗，怎么还有群租房？”

跟在他们身后的穆锦，脚刚踏进屋子就眉头一紧。一股霉湿味混着饭馊味和烟味，溢满了整个屋子，直直向她扑来。

门口堵着一个近一人高的简易铁质鞋架，上面歪七扭八地挤着十几双鞋，有男款也有女款，地面上也零散地倒着几双拖鞋。墙上挂着一排分户电表，网线盘根错节地通到各个房间。

玄关之后，原本一眼就能望见的客厅不见了，被厚重隔板隔成的通廊所代替。虽然开着灯，但室内依旧逼仄昏暗，仿佛进入了某个地下通道。

穆锦向前走了一段，发现通廊两边被隔出了六七间卧室，每一间都是房门紧闭。其中一个民警刚敲开一间卧室门，一个头发散乱、眼底泛青、穿着一身睡衣的女孩打开了门。

穆锦在门口扫了一眼，果然，这种用隔板隔出来的“房间”，仅能挤下一张床和一个简易衣柜。而且中空的隔板很薄，恐怕对面睡觉翻个身，隔壁都能听得一清二楚。

简单转了一圈，穆锦发现，原来的阳台也被隔成了两个卫生间，每一间里都安着电热水器。其中一间里还插着两个电水壶，角落里的洗衣机还在轰隆隆地运行着。

她走到厨房，见盥洗台旁并列摆着两台微波炉，水池里还存着一摞油腻腻的碗筷。灶台上摞着两口黑乎乎的铁锅，原本的烤漆墙面已经被熏得发黑。

厨房角落里，还搭着一张简易的折叠床。床上铺着一套油腻发亮的被褥。床边一个黑色大垃圾袋里，塞满了各种外卖和真空食品的包装袋，地上还散落着不少没来得及清理的垃圾。

穆锦走进厨房，低头看了看那床被褥。被子的一角粘着几点发黑的霉斑，离得近了，还能闻见被子上裹着的烟臭味。

她指指折叠床，问那两个站在门口的小青年："这儿也有人睡吗？"

"嗯。"

"人呢？"

刚才那个抓着脖子的男子说："不知道，我俩才搬来两个月。我们搬进来时他就在了，经常神出鬼没的。他一直睡这儿，看着挺脏挺穷的，还老偷我们东西吃。我们都猜他是个要饭的，没人愿意搭理他。"

她接着问："这人什么样？多大岁数？"

"年龄看不出来，反正不小了。"男子思索着，"成天提个兜子，戴着个破帽子，也不洗澡，挺臭的。"

"你们有他的联系方式吗？"

两人一听，节奏极其一致地摇了摇头，都带着一脸嫌弃。

穆锦又朝床下看了看，只见床角放着一个破旧的红色尼龙书包，看起来鼓鼓囊囊的。

她从兜里掏出手套戴上，把书包从床底拉了出来。打开拉链，呈现在眼前的，是满满当当的一沓 A4 大小、红红绿绿的纸。

看来是个发传单的，搞不好还是贴小广告诈骗的。

她从最上面抽出一张纸，纸很薄，抽动时纸张紧绷，再多用一点力恐怕就要断了。把纸举到面前，她的眼睛刚刚扫过最上面的两个字，就在心底轻叹了一声。

那是一张寻子启事。

穆锦简单扫了一眼，上面清楚地罗列了孩子走失的时间、地点、失踪经过、穿着，等等，最上面还附了两张孩子的照片，是一个长得很清秀的小女孩，很瘦，扎着马尾，露着额头，看上去十四五岁的样子。

穆锦把手上的纸小心放回书包，又把书包原样放好，站起来走到还在接受询问的女孩面前："住在厨房过道的人，你认识吗？"

"不认识，就说过几句话。"女孩朝厨房那边望了一眼，顿了下又说，"其实那个男的挺可怜的，他不是要饭的，是出来找孩子的，他给过我一张传单。我有一次晚上出来上厕所，听到他在给他老婆打电话，他老婆在电话那边哭，他一直在这边叹气。"

"他昨天晚上在吗？"

"在，我昨天晚上出来倒水，看到他在床上躺着。"

"大约是几点钟？"

"具体的我记不清，但肯定得有11点了，我10点多才到家，洗完澡，又在屋里躺了好一会儿才出来的。"说到这里，她不自觉地看了一眼身后的房间，有点讪讪的——如果那乱七八糟的小隔间也能称为"屋"的话。

"昨天夜里，你听到对面住户有什么奇怪的动静了吗？"

女孩显然已经回答过类似的问题，她想都没想就说："没有。昨天晚上我回来时，还在电梯里碰见对面男主人了。"

穆锦掏出笔记本："就是昨晚10点到11点中间，对吗？"

"嗯。"说到这儿，女孩像是忽然想起了什么，思索着，"就是，他有点儿奇怪。"

“怎么奇怪了？”穆锦和那位民警齐声问。

女孩裹了裹睡衣解释道：“我碰见过他们夫妻几次，人挺好的，特别是那个女的，挺热情的。他们一看就是业主，但也没看不起我们，平时碰见了也打招呼。但昨天，我在一楼电梯间碰见那个男的，跟他打招呼，他就跟不认识我似的。我看他心情好像不太好，就没多想。”

女孩回忆着，又说：“后来进了电梯，他发现我跟他同一层下时，还特怪异地回头看了我一眼，出了电梯他也没直接回家，就站在电梯旁边发信息。”

“你能确定他就是对面的男主人吗？”

“能，肯定是他。”

“之后呢？”

“之后我就回家了。”

“那你们这里，有没有人和对面的住户发生过口角？”

“口角？没有吧。”女孩摇摇头眯起眼，“我没听见过。”

“好，谢谢你。”

问完话，穆锦反身走回大门口，对另一个正在给房间拍照的民警说：“这个群租房里的人要挨个儿排查，麻烦你们两个今天辛苦一下，把这里租客的信息都登记清楚，还有他们和对面住户的矛盾关系。在家的人需要提供下案发前 48 小时内的活动轨迹，不在家的人，电话通知他们今天务必去分局做笔录。”

说着，她指指厨房角落里那张折叠床：“特别是这个人，如果今天见不到人，一定想办法通知他去趟分局。”

法医高湛推断的死亡时间是今天凌晨 2 点到 3 点之间，厨房离大门口最近，他是最有可能听到过动静的人。

“好，没问题。”民警点点头。

“还有，通知物业和屋主，这里必须清理整改。不只这里，整个小区都要排查整治，有困难的话我可以帮你们联系治安大队。”穆锦临出门前，又补了两句。

刚走出门，她就看到宋秋实正努力将两个证物箱放到一辆推车上。箱子有些重，他看起来有些吃力。穆锦赶忙走过去，帮他将证物箱放好。

两人对视一眼，都有些尴尬。穆锦问："怎么样，有收获吗？"

宋秋实乖乖回答："采集到不少指纹，还有十几枚新鲜脚印，做现场还原应该不难。"

"现场有遗留凶器吗？"

宋秋实摇了摇头："没有，我们把死者家所有刀具都带回去比对了一下，高湛看过了，应该都不是。"

"好。"穆锦说着，对自己身后偏偏头，"你看看这间屋子里的鞋，有没有能跟现场脚印对得上的。"

"嗯。"宋秋实没有迟疑，快步绕过穆锦，走进了那间群租房。

穆锦往相反方向走去，越过警戒带，走进了现场。

门口的垃圾袋已经不见，屋里还弥漫着一股淡淡的血腥味。

这个户型坐北朝南，又是开放式客厅，屋内光线很好。但这个时间，外面的温度已经上来了，屋里有些闷热。

这家的户型与隔壁不同，面积应该要小不少，但显然被主人精心装修过。客厅铺着大理石地砖，家具摆设被擦得一尘不染，整体感觉很舒适，和对面的群租房简直是天壤之别。

走进客厅，穆锦一眼就看到电视墙上挂着的大幅结婚照，一对青年男女穿着礼服，幸福地依偎在一起。女主人余真长得很白，面相也带点妩媚，很有江南美女的韵味。

尸体已经被运走了，现场只剩下两处用粉笔圈好的痕迹和血迹，展示着死者生前最后的轨迹。

看位置，这对恩爱夫妻一个倒在客厅里，另一个倒在不远处的卧室门口，两人倒下的地面周围，到处都是喷溅状血迹。根据屋内的迹象来看，并没有发生过激烈的打斗。

客厅地上躺着一个抽屉，靠墙的电视柜里也有两三个抽屉被拉开，里面翻得有些乱。除此之外，其他地方并无明显翻动痕迹。

与室内的狼藉不同，阳台上是一片郁郁葱葱，挂满了吊兰。靠近阳台的客厅角落里，立着一台立式空调机，上面放着一顶淡蓝色的宽檐遮阳帽。

一个中等身材，穿着浅色老头衫、深色制服裤子的男人正蹲在客厅地上，背对着大门，认真端详着那个被指纹刷刷过的、发黑的抽屉斗。

他就是北丰分局刑侦支队第一大队大队长，私下里被年轻干警们称为“萝莉”队长的——罗立。

罗立今年刚满40岁，和支队长安年关系很铁，但与安年不同，他长得很年轻。脾气温和，细致谨慎，平日里是老好人一个，没见他骂过手底下的哪个干警。他平时除了工作就是回家陪老婆孩子，做得一手好饭，是个不折不扣的好男人。

也许是太过温和，在他年轻的外表下，却是一个老气横秋的灵魂，心态还不如安年年轻，行事作风也像个老干部。衣服经常是老头衫加几条制服裤子来回换着穿，原因只有两个字：方便。

他刚工作那会儿，“萝莉”这个词还没有流行开来，加上他除了工作外，基本上是个网络绝缘体，所以活到30岁，都不知道自己的名字有这么个谐音。

也不知从何时开始，他就得了个“萝莉队长”的外号。但是因为他的资历，大家没人敢笑他。底下的小辈都叫他罗队，没有什么问题。像安年和孔庆丰这样的上级，一般都叫他老罗，也还好。

问题就在于，北丰分局的郝局长，对谁都是直呼其名，对他自然也不例外。

终于有一次，年终总结大会上，郝局长正在台上严肃地讲着话，当他字正腔圆地讲到“罗立同志”时，底下几个新来的小年轻，还没听过“萝莉队长”大名，忍不住嗤笑了几声，惹得郝局长不满地往台下瞪了好几眼。

后知后觉的“罗立同志”终于品出哪里不太对。他起先问安年，安年碍着面子讳莫如深；他又去问手下的人，只得到了话里有话的微妙眼神；最后，还是大嘴巴徐问雨忍不住告诉了他缘由。

罗立没想到自己活到这个岁数，还能因名字卖了把萌，倒也觉得新鲜。大家看他脾气好不介意，胆子也大了起来，偶尔还拿他开开玩笑。

罗立今天又秉承了他一贯的穿衣风格，标配裤子加老头衫。他蹲在地上，腰间挂着的一串钥匙若隐若现，裤子口袋里的小笔记本也露出一角，只差一双布鞋，就可以去街心公园遛鸟了。

围着地上的抽屉反复看了半天，他又转过身朝着电视柜最上面一层——那个抽屉原本所在的地方找了一会儿，然后指着抽屉，对一旁还在拍照的文竹说：“一会儿叫小宋把这个也搬回去。”

穆锦绕过沙发，向旁边的小收纳柜走过去，好奇地往里望了望：“您发现什么了吗？”

罗立指着柜子说：“这个抽屉像是从上面掉下来的，沟槽严重变形，这里还有一处很新的划痕。”

他接着又指向抽屉的一角，继续说：“你看，这里缺了一个滑轮，防脱锁扣也断了，底部还有一处小裂纹。”

穆锦看了看泛着珠光的实木电视柜，试着分析：“看来凶手的力气很大，这么新的柜子，直接就拽坏了。”

“现在还不能确定，要回去检查一下。”罗立说。

正说着，卧室内响起一阵脚步声，江海出现在了卧室门口。罗立抬起头问：“有什么发现？”

“看痕迹，凶手应该没进过卧室，整个活动范围就只在大门口和客厅之间。”江海提着两个证物袋，接着说，“床头柜上和枕头旁各找到手机一部，应该分别是男女死者的。一部关机了，另一部还有电，但有指纹锁，打不开。”

江海是痕检员出身，这两年才转到刑侦支队，所以到了现场，他也经常充当半个痕检员。

罗立开始查看另一边被翻动过的抽屉，低着头对江海说："等会儿回去找高湛他们帮忙吧，你去对面跟小宋对一下，别有什么疏漏。"

"好。"江海应声去了。

穆锦走到阳台口，朝里面打量了一圈，见没有任何异状，又退回来看了看立式空调机上的遮阳帽。帽子斜斜地扣在那里，下面看起来鼓鼓的，像是罩着什么东西。

穆锦伸出食指挑起帽子一角，立即惊喜地说道："罗队！这儿有个摄像头。"

文竹马上举着相机走过来："让我先拍个照。"

拍好照，穆锦取下帽子交给文竹，打量着空调机上的摄像头。镜头正对着客厅和玄关，俯瞰整个客厅。如果没有帽子遮挡，摄像头应该刚好能拍下这一区域。

"一般都是家里有孩子老人的才安摄像头，这家人挺奇怪的。"文竹说道。

"可能怕有小偷，我刚才到对面看了，是个群租房，里面住的人挺杂的，这家人好像和对面关系也不太好。这摄像头被罩住了，会不会是凶手发现了，才盖住的？"穆锦不禁猜测。

"如果都被拍下来了，再盖上不是多此一举？多半是被害人自己扣的。而且看鞋印痕迹，凶手应该没走到这边来。"文竹举起摄像头看了看，继续说，"这种摄像头应该是云存储的，这对夫妻这么年轻，可能有什么亲密行为，怕隐私被摄像头记录下来泄露到网上。"

"那关上不就得了吗？还扣个帽子。"

"以防万一呗。"

罗立也走过来，掏出手绢擦了把额头的汗，看了看摄像头说："先带回去吧，回头联系下供应商，看他们能不能提供视频录像。这个帽子也带回去，看看能不能采集到指纹。"

“好。”文竹说着，取出一个证物袋，穆锦帮她把摄像头取下，整理好放了进去。

“穆锦，你跟江海去上下楼的邻居家走访一下，然后去趟物业，要一下这栋楼电梯和小区各出入口案发前24小时到现在的监控。”罗立说。

“是。”穆锦应着走到门口，低头看见那个打着封条的快递箱，想都没想，就弯腰拎了起来，准备搬到证物车上带回去。

一旁的文竹赞叹：“厉害啊，这么重的箱子，你一只手就提起来了。”

“这算啥，信不信她能单手把你扛起来？”江海从对面走了出来，为文竹科普道。

穆锦把箱子放到推车上，问江海：“里面笔录做得怎么样了？”

江海说：“他们还在问，那里面简直跟盘丝洞似的。”

穆锦笑笑：“走吧，咱俩先去趟物业。”

第二章 两个『老公』

三个小时后，北丰分局刑侦一队大队长办公室的门被敲响，罗立放下手中的资料，冲门口喊了一声："请进。"

穆锦推门走了进来："罗队，根据我们的外围调查，被害者家对面的群租房内，一个叫肖四的租客有重大作案嫌疑。"

"说说具体情况。"

"我们在排查时，死者的邻居都反映这对夫妻人缘不错，没和谁有过什么矛盾，那房子也只有他们两个人住。不过现在邻里之间也就是见面点个头、说几句话，没有什么深交，所以一开始也没问出什么。

"之前报案人反映男死者尹深和对面出租屋里的人吵过架，我们就重点询问了一下。其中有两个人记得，几个月前男死者有一天晚上来找肖四，之后两个人在楼道里吵了起来，当时男死者骂得挺难听的，还差点打了起来。他们说，好像是因为肖四在电梯里手脚不干净，骚扰女死者余真，所以尹深才找上门的。"

"这个肖四找到了吗？"

"还没有，联系不上，直到我们离开，他也没有出现。'肖四'是他的外号，真名暂时不清楚。这人平时应该也没有正经工作，经常窝在出租屋里。黄永山正在联系业主，要他的联系方式。”

罗立听完，又问：“监控都拷回来了吗？”

“都拷回来了，施苒正在看呢。”

罗立点点头。技术员施苒是图侦出身，看监控找线索又快又准，所以监控拿回来，一般都交给她看。队里的人都笑称，施苒看得那么快，肯定是靠她的眼镜辅助，就跟多了一对复眼一样。

穆锦继续报告：“派出所民警刚来电话，说他们已经通知了被害人家属。女方的父母住在外地，正在往这边赶。男方的父母都去世了，在本市只有一个弟弟，但手机关机。我们也联系了他公司，但同事说他今天没来上班。派出所那边说，会去他家里通知。”正说着，桌上的电话忽然响了。

“好，我这就过去。”罗立听完电话，对穆锦说，“尸检报告出来了，我过去拿，15 分钟后咱们在案情分析室里碰一下。”

穆锦走回办公区，翻出一个小面包，刚咬了一口，就听见一旁的黄永山正对着电话不满地说：“什么房东的亲戚，我们这里是北丰分局刑侦支队。你的一个租客跟一起命案有关，需要你配合调查。”

那边不知道说了些什么，黄永山的语气才有所缓和：“你不用解释了。请你立刻给我们提供一份租客名单和他们的联系电话，对，所有人，10 分钟之内发过来。”

等他挂了电话，穆锦问：“怎么样？”

黄永山皱着眉头说：“这人可真行，以为我是那个业主的亲戚，发现他转租房子的事儿，来找他要说法的。一开始拽得不得了，还跟我说他认识物业的领导。结果一听自己的租客跟命案有关，都快吓哭了，立刻就答应了，说马上发过来。”

穆锦叹了口气：“这种二道贩子还是不少啊。”

徐问雨不失时机地抓住话头：“什么二道贩子？”

穆锦喝了一口水：“就是早上那个案子，我们找那个群租房的业主要名单。结果联系了才知道，业主是个 40 多岁的大姐，一直在外地，根本就不知情。她说她当初租给了一家四口，对方也签了协议，保证不向外分租。出租以后，对方的租金都按时交，她也就没多想，一直没回来看过。谁知道，那人居然背着她搞群租房，当起了二房东。”

黄永山也在一旁补充：“是啊，那屋主根本没想到过会这样，她说对方前段时间说自己有困难，还要求减租呢。就他那个收租法，按 20 个床位算，每人每月 1200，刨了租金，一个月还净赚 1 万多。跟他比，我才困难呢。”

“真够魔幻的。”徐问雨感叹着，想起了自己月月光的工资，“唉，我什么时候能有这生意头脑啊。”

她支着下巴靠在穆锦旁边，手正慢慢伸向她的零食包，忽然意识到眼前这棵摇钱树，笑嘻嘻道：“你是自己住吧？你们家房子地段这么好，有没有考虑出租？”

穆锦按住徐问雨的肩膀：“这位小同志，你这个想法很危险啊，需不需要到候问室冷静两天？”

徐问雨其实比穆锦还要大两岁，但她长得实在天然萌，留着到下巴的妹妹头，再加上一对招风耳，让很多人都以为她才是警队里的小妹妹。加上她爱笑爱闹的性格，经常被同事们调侃为实习生。她从一开始的不甘到渐渐妥协，到最后享受其中，只用了不到两天的时间。此后，她就大言不惭地称自己为不老童颜，得到了女警们的一致“唾弃”。

“嘀嘀”两声，黄永山拿起手机一看：“倒是挺快，都发过来了。”

“一共多少个人？给我看看。”穆锦走过去，接过他的手机，和询问笔录上的名单飞快地核对了一番，很快锁定了三个人，立刻登录内网查询起来。

刚整理好资料，罗立就回来了，身后还跟着提着证物袋的高湛和宋秋实。他对着众人挥了挥手里的尸检报告：“走吧，小徐负责记录。”

几个人拿着笔记本，跟着罗立，鱼贯走进案情分析室。刚坐定，高湛就把两个证物袋递给江海，说：“女死者的手机已经解锁了，男死者的手机型号有点特殊，我们没能从死者家里找到匹配的充电器。你一会儿找施苒充一下电，她那里应该有。”

黄永山看着那个套着粉色卡通壳的手机，盯着背面印着的“事事顺心”四个字，不由得咽了咽口水。现在手机的锁屏设置，不是指纹就是人脸识别，高湛所说的“解锁”，想想便知道是什么情况。

江海把手机接过来，在等待高湛连接电脑的间隙，隔着证物袋打开了那部让黄永山颇为介意的手机，翻了翻通话记录，见没什么可疑内容，便把电话放到了一边。

穆锦拿起另外一部手机看了看，发现那是市面上很少见的一款手机，充电接头跟普通手机不太一样。

另一边，高湛已经把电脑连接好，一边切换幻灯片一边开始介绍尸检情况：

“首先，案发现场可以确定为第一现场，现场一共两名死者，为屋主夫妻二人。分别为余真，女，28 岁；尹深，男，32 岁。女死者被刺中腹部和颈部，左侧颈动脉完全离断，短时间内大量失血死亡。男死者腹部、左肋下各中一刀，但都不是致命伤，致命伤在心脏，最后一刀造成心脏主动脉破裂，导致死亡。

“此外，男死者上臂可见不同程度的抵抗伤，应该是试图夺凶器时留下的。两名死者死亡时间为今天凌晨两点左右，凶器为同一把宽 3.8 厘米、长 15 厘米左右的单刃刀具，现场未找到凶器。不过有一个好消息，女死者牙齿上沾有血迹和少量人体皮肤组织，但两名死者身上均未发现咬痕，我们怀疑她应该是咬到了凶手，已经将样本送检了。”

听到这个消息，所有人脸上凝重的表情都略有缓解。DNA 是无可辩驳的证据，抓到嫌疑人后，只要和样本检测出的 DNA 结果比对，就能确认嫌疑人是否到过现场。

高湛换到下一张幻灯片，上面并排码放着一列大小不一的刀具，他接着说：“我们对比了死者家的所有刀具，未发现与凶器匹配的刀具。你们看，死者家的厨房刀具都是成套的，整套都在，没有遗失的刀具。”

罗立用手大致比了一下凶器的大小，说：“这把刀的长度超出了一般折叠刀的范围，看来凶手是有备而来。根据现场遗留痕迹来看，你们认为是预谋杀人的可能性大，还是入室盗窃激情杀人的可能性大？”

介绍人此时换成了宋秋实：“现场提取的有效指纹和鞋印足迹，在排除两名死者后，一共是两组新鲜足迹和两组指纹。经现场还原后，其中一双足迹符合凶手特征。鞋印花纹显示，那是一双号码为45码的男士旅游鞋。

“根据凶手的活动轨迹来看，他应该比较熟悉现场环境。在进入现场后，径直走向电视柜前，之后才转向门厅。先杀害女死者后，再杀害了后出来的男死者，然后绕回门口逃离。”

宋秋实说话时带着一点西北口音，听起来有些憨憨的，但做起分析来却有条不紊：“整个过程比较清晰，这组足迹没有出现在屋内其他地方。结合电视柜前有明显翻动痕迹这一点，我们认为入室盗窃被发现后激情杀人的可能性更大。由于门外的痕迹已经被覆盖破坏，我们没能提取到有价值的鞋印。”

江海和穆锦对视一眼，说：“凶手熟悉现场环境，很有可能是他们的熟人，至少是熟悉这房子结构的人。”

穆锦提出自己的疑问：“大部分人都不会把贵重物品放在客厅里，但现场只有电视柜被翻动过，这么看来，凶手很像是专门冲着那里来的，是来找什么东西的？”

江海说：“也不一定，也许他刚翻完了电视柜，就被从卧室里出来的被害人撞见了呢？”

穆锦还是不解：“可他一进屋就先找电视柜，而放弃了距离更近的收纳柜。”

宋秋实切入下一张幻灯片，接着说：“值得注意的是，在现场翻动过的抽屉上，我们没能采集到任何陌生指纹，凶手应该是戴着手套作案的。我们在卧室门口的开关上，发现了一处擦蹭状血迹，但开关上并没有采集到陌生指纹。”

高湛补充道：“我们已经将开关上提取到的血迹送检了，将和两名被害人，还有从女死者牙齿上提取到的生物检材分别比对。”

罗立分析：“这么看来，很有可能是凶手在翻找的时候，惊动了里面的受害人，受害人出来查看，开了灯，和凶手打了个照面。凶手被看到后，动了杀机。”

“那熟人作案的可能性就更大了，一开始没想杀人，带了刀以防万一。结果被死者认了出来，就一不做二不休了。”江海补充道。

“重点排查熟人，凶手随机犯罪的可能性不大。”罗立对着几名侦查员说，然后他又问宋秋实，“客厅地上的那个抽屉怎么样了？”

宋秋实回答：“我们检查了那个抽屉和滑轨，根据遗留痕迹判断，抽屉应该是在打开时掉落在地上的，但我们没能在现场找到缺失的那个滑轮。”

江海继续推论：“那就能对上了。他在翻动抽屉时，用力过猛导致抽屉掉到地上，响声惊动了卧室里的被害人，二人出来查看时被害。凶手作案后，关上客厅灯逃离现场，关灯时在开关上蹭上了一些血迹。”

穆锦咬着笔尖想了想：“只是还有两处疑点。”

罗立看向穆锦：“什么疑点？”

穆锦指着屏幕旁边的现场图说：“第一，如果响声能惊动卧室里熟睡的被害人，说明声音应该不小。从距离来看，被害人从床的位置走到客厅，和嫌疑人从客厅到大门口差不多，从被害人被惊醒到出来查看情况，理应有一个时间差。

“嫌疑人完全可以在抽屉掉落后立即逃离现场，而不被被害人看到。自带手套，说明这个人很谨慎，如果是熟人，那他为什么有恃无恐，没有在第一时间逃离现场，反而和被害人撞个正着？”

“侥幸心理。”罗立说，“或者也有可能要找的东西对他很重要，他不想轻易放弃。再有可能是被害人睡眠浅、动作快，嫌疑人想要逃跑时，被害人已经出来了。”

他接着看向宋秋实：“那几个抽屉里有别的发现吗？”

宋秋实摇摇头：“没有发现任何有价值的物品，都是一些杂志和旧光盘。”

“有可能是被凶手拿走了。”罗立又看向穆锦，“第二点呢？”

“第二，被害人在家里安了监控，说明是有防范意识的，但是两人听到有动静，连防身的东西都不拿就出来了。而且，正常情况下，不应该是男的先出来查看吗？为什么是女被害人在前面？”

听到穆锦的疑惑，黄永山小声说：“也许是女被害人和你差不多，所以冲在前面。”

穆锦瞪了他一眼：“跟我差不多就不至于让凶手跑了，至少也是个平手。”

黄永山缩缩脖子，自知自己又触了雷，忙指向一张现场大门的照片，把话题转回案件：“那个，我也有个问题。如果凶手在开关上蹭到了血，说明他的手套上沾到了血，那为什么大门和门把手上都没有血迹呢？”

高湛回答说：“有几种可能，首先，两名死者身上的伤口都在身体左侧，凶手应为右手持刀。”说着，他拉过一边的宋秋实，和他面对面站立，准备还原现场情境。

他举起右手，分别在宋秋实身上几个位置上点了一下：“他行凶后，很可能只有右手黏附了血迹，而左手是完全干净的。但是卧室门口的开关在他的右侧，离他有一定距离，中间隔了被害人。他为了不踩到地上的血，踮脚用右手关了灯，蹭上了血迹。

“我们在开关下方的地面上，发现了一处滴落状血迹，应该就是他右手握刀关灯时滴落的，也能印证这个推断。但他在出门时已经意识到了这一点，所以应该是用左手开的门，这样门把上就不会沾到任何血迹了。”

黄永山点点头，接着问：“我看现场有很多喷溅状血迹，那凶手身上是不是应该沾到很多血？他这样满身是血地出现在小区里，即便是夜里，也会引起别人注意吧。”

高湛又开始在宋秋实身上比画起来：“这个其实不一定，两名被害人应该是在大出血后，立即失去抵抗力倒地的，和凶手没有太多纠缠。现场喷溅状的血迹轮廓基本是完整的，没有明显的阻挡痕迹，其他的伤口并没有造成喷溅性出血。”

他站到宋秋实对面，靠近他身体右侧，接着说：“如果凶手当时的位置是这样，身上就不会沾到太多血迹。”

江海说：“这也就解释了为什么现场没有血脚印。这个凶手运气也太好了。”

年长一些的侦查员赵敬泉举手示意：“你们不是一共采集到两组指纹吗，和本案有什么关联吗？”

宋秋实点点头：“是的，这也是疑点之一。其中一组指纹仅出现在大门门锁附近和内侧。因为门锁有被撬过的痕迹，我们起初怀疑这一组是凶手的指纹，认为他是在撬锁进入室内后才戴上的手套。但我们又在大门内侧采集到了同一人的指纹，几乎是整个右手手掌，呈推门的动作。”

他伸出右手比了一个推的动作，接着说：“这和我们找到的另一组鞋印的行动轨迹吻合。所以我们怀疑，现场还曾有另一个人进入过，也为男性，穿 42 码鞋，但他的鞋印仅出现在大门至玄关处，整个活动范围不超过两米。”

这个案子看似简单，凶手半夜摸进来实施盗窃，不巧惊动了主人，于是心生歹意，先将女主人砍死，再将之后出来查看的男主人砍死。本该是一场动机简单的激情杀人案，听起来却又疑点重重。

穆锦皱起了眉头：“会不会是有两个凶手，另一个在门口把风？”

宋秋实说：“这个无法确定，但从现场的足迹覆盖来看，42 码鞋是在 45 码鞋之后进入的现场。”

罗立说：“这两人的嫌疑都很大。能不能分别给我们勾勒一下他们的大致身高和体貌特征？”

高湛和宋秋实显然早有准备，两人对视一眼，高湛率先开口：“这两人应该均为男性。我们分析了现场鞋印和女死者颈部的切刺角度，以及男死者胳膊上的多处抵抗伤位置，认为其中穿45码鞋的嫌疑人，应该比较高大，与1.76米的男死者相比，在身高上有明显优势。而且，从他能在死者一侧去关闭另一侧较远处的开关来看，他的臂展也较长，所以身高应该在1.8米以上。”

说着，高湛又情不自禁地开始了现场重现。他刚好比宋秋实高了半个头，继续扮演凶手，拿着一支笔在扮演被害人的宋秋实身上假装挥刀刺了几下。宋秋实也配合着他，挥臂抵挡着。由于两人的身高差刚好符合凶手和被害人的描述，旁边的人看起来很有真实感。

演示完，高湛又接着说：“仅从脚印来看，穿42码鞋的人离开时比较慌乱，门口那个垃圾袋应该就是他踢倒的。”

穆锦问：“他们隔壁出租房里的鞋有能对上的吗？”

宋秋实摇摇头：“没有。而且还有一组指纹，我们到现在也没弄清楚是谁的。”

罗立停下笔，往前探身问道：“怎么说？”

宋秋实解释：“从现场来看，这个家应该经常打扫，但还有一个人留下了大量的新鲜指纹，甚至是灰尘指纹，竟然比男死者在家中留下的痕迹还要多。文竹正通过指纹库进行比对，要晚一点才能出结果。”

在座的人互相看了看，江海直接问了出来：“第三人的指纹？难道是情杀？会不会他们并不像表面上看上去那么好，而是其中一个有情人，经常带到家里约会？”

罗立看向高湛：“你们发现情杀倾向了吗？”

高湛回答：“女死者尸体的体内擦拭物中检测出精斑阳性，但尸体上没有明显约束或搏斗痕迹，可以排除强奸。我们在从现场带回的垃圾袋里发现了用过的避孕套，DNA鉴定结果还没出，目前推断应该是两名死者之间发生了性行为。另外，尸体上也没有发现明显泄愤损伤，不好判断是否为情杀。”

穆锦不禁问道：“如果有情人，我们上午排查的时候怎么没听人提起过？”

“现在的邻里关系早就和以前不同了，他们不知道很正常。”江海说。

穆锦若有所思：“看来，他们家里的那个摄像头就是摆设了。”

黄永山问：“为什么？”

穆锦解释说：“我问施苒了，那个摄像头是云存储的，免费的存储空间大概可以保存 3 天的录像。假如这个摄像头一直运行，多少会拍下这个神秘的‘第三者’，不知情的另一半一看录像就会发现了。”

“等等看施苒那边能有什么发现吧。现在说一下你们今天的排查情况。”罗立止住了众人的猜测，将分析推到下个阶段。

江海把笔记本翻到前面几页：“这个小区一共有东西两个出入口，都有监控。还有一个只供行人走的小口，没有监控。我们问了一下物业，他们晚上 11 点到早上 6 点是不允许外来车辆进入的。

“假如凶手在这个时间段内使用机动车进出小区，那么一定只能是内部车辆，而且肯定会被监控拍下来。凶手如果是熟人，应该知道这一点，不大会冒这么大的风险，而是会避开这个时间段。

“所以我们更倾向于凶手走了没有监控的小门，或者是其他时间进入小区后一直躲藏在某处，犯案后再次躲藏，直到社会车辆可以自由通行才离开小区。假如凶手就住在这个小区，那他完全不受影响。”

他翻了一页，继续说：“周围邻居们都声称夜里没有听到任何动静，也普遍反映两名被害人从搬进来后一直都是自己住，几乎没有和谁有过矛盾，除了一个叫‘肖四’的人，只有他和男死者尹深吵过架。起因应该是‘肖四’曾经骚扰过女死者余真，也就是尹深的妻子。”

罗立点点头，又看向穆锦：“那个‘肖四’查得怎么样了？”

“和租客名单比对后，我们发现这个‘肖四’应该就是其中名为肖勇的租客，他的手机号登记人姓名也对得上，但他电话关机了。我查了一下，他是陵淮省人，27 岁，中专学历，无职业，三年前在陵淮省曾因偷盗被拘留 14 天。”穆锦看着笔记说道。

“这个肖勇的嫌疑很大，他现在还没有露面？”

“没有。有个民警还等在出租屋，开会前我问他，他说还没有看到肖勇，多半是已经跑了。您看，要不要联系运营商，追踪一下他最后的定位？”

“如果有一天我离开你，你是否还愿意等我，不论我会不会回头，无论海角与天涯……”

穆锦话音刚落，一个清丽的歌声忽然响了起来。众人都下意识地去摸自己的手机，意识到铃声不符后，又纷纷看向其他人。

没有人接起电话，歌声还在继续。

顺着声音的来源，所有人的目光扫向会议桌——证物袋里的手机屏幕亮了起来。

穆锦就坐在江海旁边，手机离她很近，她漫不经心地扫了一眼，在看到亮起的手机屏时，不由得睁大了眼睛。

屏幕上赫然显示着两个字——“老公”。

周围猛然变得安静，穆锦下意识看向队长，只见罗立盯着振动的手机沉默不语，两秒后，瞥向一旁的江海，示意他接电话。

江海犹豫了一下，还是拿起手机，滑开接听键，按下了免提。

还没等江海开口，手机里就响起了一个沉稳的男音：“喂，真真，我这边还有点事儿没办完，估计得明天才能回去。”

江海看看众人，沉声说：“你好。”

对面的男人显然吓了一跳，好几秒钟都没有说话。就在大家都以为他会挂断电话时，他却换了一种语气，质问道：“你是谁，怎么有真真的电话？”

“这里是万青路派出所，余真女士卷入了一起案件，手机暂由我们保管。”江海怕打草惊蛇，没有道出实情。

“啊？什么案件？严不严重？真真，哦，余真她没事儿吧？”听声音也能感觉到他的焦急。

“案件细节暂不方便透露，请问你是她什么人？”

“哦，警察同志，我是她爱人，她没事儿吧？我现在在外地，我这就坐高铁赶回去，您能给我个地址吗？”

江海抬眼看了看罗立，得到对方的肯定后，他继续说：“是这样，我们现在要做一下登记，请你提供一下姓名和身份证号。”

对方马上说：“好的。我叫尹深，身份证号是……”

平静的案情分析室里仿佛陡然刮起一股阴风，连气温都降了 3 摄氏度。

穆锦停下手中记录的笔，抬起头看向众人，只见所有人脸色都变得不太好。

江海沉住气又问了一遍：“请你再重复一遍，你叫什么？”

“尹深，府尹的尹，深浅的深。”

分析室里一片寂静。

高湛瞬间起了一层鸡皮疙瘩。作为亲眼见过男死者尸体的人，这个坚定的唯物主义者，此刻却汗毛直竖，后背阵阵发凉。

那个被害人尹深，明明今天上午才被他们从现场拉回来，不久前才解剖完，现在正躺在法医室的冰柜中。

徐问雨敲键盘的手也有点抖，无奈她自己坐在角落里，一时也不知道能朝谁靠近一点。

还是罗立见多识广，他探过身拿起电话：“谢谢你的配合，请问你现在在哪里？大概多久可以赶回来？”

“我在西川市出差，我这就买最近一班的高铁票回去，今天晚上就能到。警官，能让我跟我妻子说句话吗？”

西川市地处中部，距离天宁市不算太远。坐高铁的话，三四个小时就能到。

“这个暂时不行，我们有程序，等你到了会帮你安排。案件会移交到北丰分局，地址是万青路 201 号，到了以后联系刑侦支队的罗立。”

挂了电话，罗立说："这个名字重名的概率很低，我们可能弄错了。"

虽然以前也发生过凶手为了解警方侦查方向，或者扰乱警方视听，用各种方法试探的情况，但还没有人胆大到敢自称死者。

高湛说："按照片特征来看，应该不会弄错。等死者家属来辨认吧。"

穆锦翻着笔记本，再次查看已有线索："太奇怪了，早上有个邻居说，她昨天晚上 10 点多回家还看到过尹深。难道他昨天晚上回了一趟家，又去西川了？"

罗立把手机递给穆锦："你去查一下打电话这人的手机号登记的姓名，看看他现在的定位是不是在西川，然后让施苒实时定位追踪，如果有移动信息马上跟我汇报。"

"好。"穆锦接过来，又拿起桌上另一部没电的手机，正要往外走，只听罗立又补充道："还有那个肖勇也要想办法找到，让施苒一块儿帮忙。"

他接着又对另外几个侦查员说："江海，你和小宋再去一趟现场，看看是否有遗漏，同时去查一下肖勇屋内的情况，取指纹、鞋印回来进行比对，搜查令我回来给你们补。老赵，你们去深查两名死者的关系背景，看看还没有其他利害关系人。都动起来，今天我们一定要搞清楚男死者的身份。"

众人纷纷起身，罗立对着高湛说："走吧，咱们再去看看尸体。"

穆锦走进施苒办公室时，施苒正坐在三面屏幕的包围圈内，聚精会神地来回扫视。

施苒今年 30 岁出头，戴着眼镜，身材微胖，看起来比穆锦要大上几岁。她本来是图侦支队的技术员，因为专业过硬，经验丰富，所以被调过来，专门负责刑侦支队的数据分析和图像处理工作。

她这间独立的小办公室内，放了三台电脑和两台最新款的大屏显示器，墙上还挂着四台安年支队长特批的超清超薄显示屏，方便队里的侦查员们在这里查看监控、讨论案情，是除情报研判室外，分局硬件配置最高的地方。

穆锦每次来，都感觉像走进了谍战片中特殊任务小组的秘密据点，满满都是经费燃烧的味道。

扫过施苒面前的三面屏幕，穆锦发现上面分别是四倍速快进的监控画面，每面屏幕上都是不同的录像。一个人同时看三个监控视频，还要保质又保量，队里恐怕只有施苒能做到。

“怎么样了，有什么发现吗？”

施苒按下暂停键，摘下眼镜，揉着酸胀的眼睛说：“小区出入口目前没发现可疑人员和车辆，25号楼的电梯监控倒是发现了两处疑点，我已经做了标记，你要不要看看？”

穆锦拿起余真的手机，打开最近通话记录：“先等一下，你先帮我查两个号码和定位。”

刚和施苒交代完，黄永山就从办公室门口伸进脑袋来：“穆姐，外面有个男的，说是住在星跃小区的，过来做笔录。”

“好，你先去现场吧，我来负责。”穆锦和施苒又简单说了几句，匆匆走回了办公区。

大厅里，一个头发花白、四五十岁的男人，正提着一个尼龙书包，略显局促地站在那里等待着。

穆锦一眼扫过那个书包，心里有了数。眼前这男人穿着一身长袖长裤，虽谈不上体面，倒也勉强说得过去。很难让人联想到，他平时都住在厨房过道里。

她走过去，问道：“请问您是来做笔录的吗？”

男人老实地点点头。

离得近了，穆锦也没觉得这男人像其他人形容得那么臭，他大概在来之前洗过澡了。

“身份证带了吗？”

男人又点点头。

“您跟我来吧。”

穆锦向询问室走去。询问室与讯问室不同，一般是用来和报案人或证人谈话的。

男人欠身跟上穆锦。他一走起来，姿势显得有些怪异，左脚一点一点，像是使不上力。来到询问室，他打量着里面的环境，忐忑地问："那个，这不是要审讯俺吧？"

穆锦摆摆手："别紧张，就是问一下您了解的情况。您先把身份证给我，我去登记一下，马上就回来。"

男人从兜里掏出身份证，谨慎地递给穆锦。穆锦接过来一扫，男人的信息立刻跃入眼前：

聂丙生，男，出生日期为 1981 年 4 月 7 日。

他竟然只有 39 岁，和罗立差不多的年纪，看起来却像个 50 岁的人了。

穆锦快步走了出去，不到 2 分钟就回来了，手里端着一杯水，身后还跟着负责记录的徐问雨。她把身份证递还给聂丙生，将水放到了他旁边的小桌上。

聂丙生连忙站起来道谢。

穆锦示意他坐下："我现在要跟您核对一下，请问您是星跃小区 25 号楼 517 室的租客吗？"

"是。"

"具体是住在哪一间？"

"俺，俺住在厨房里。"聂丙生显得有些局促。

穆锦点点头："我们今天找您过来，是因为对面 515 室里发生了命案，需要跟您了解一下情况。任何问题都要如实回答，我们会全程记录。如果您提供了重要线索，之后可能还会传唤您作证。"

"嗯，俺明白。"

"请问 7 月 11 号周日晚间，就是昨天晚上，到今天来公安局之前，您都在哪里，做了什么？"

"俺是昨天晚上 8 点多钟回去的，吃了点东西，就躺下睡了一觉。"

聂丙生努力回忆着，“之后估摸着12点来钟吧，俺媳妇给俺打电话，说想闺女想得睡不着。打了挺长时间的，打完电话，俺也烦得慌，就抽了口烟。之后俺就查地图，寻思着下周上哪儿找闺女去。快到后半夜了吧，俺才睡着。早上约莫是7点来钟出的门，一直在外面发单子，回去以后就看见门上贴着那些个条条，他们又叫俺来做笔录，俺就来了。”

徐问雨手中的笔停了下来：“找闺女？”

“对，俺上天宁来找闺女的，俺闺女前几年让人给拐了。”聂丙生倒是说得很平静。

穆锦用胳膊在下面轻轻碰了一下徐问雨，后者便没再追问。

穆锦继续说：“一会儿您要给我们提供下手机号码和通话记录。”

“中。”

“昨天夜里，您有听到对面515室有什么声音，或是看到什么吗？”

聂丙生低头认真想了一会儿：“倒也没啥，不过……俺睡着之前，好像听见有人喊了一声。”

“是男的女的？喊的什么您听到了吗？”

“哎呀，这个俺真没听见，可能是个女的吧，也可能是谁家孩子又哭了，晚上经常有。但昨晚就号了一声，俺也不能确定。”

“您能回忆一下是几点吗？”

“约莫一两点钟吧。”

时间倒是对得上，但不确定性太大，很难作为参考依据。

穆锦又问：“您今天早上出门时，有发现什么异样，或是看到什么人吗？”

“没有啊，都好好的。”

“您有没有注意到对面的大门，有没有关严？”

“这俺倒是没太注意，光着急出门了。”

这和其他租户的说法基本一致，因为两家大门并不是门对门，而是隔了一段距离，出门往电梯间直走的话，的确不太会注意对面的情况。难怪直到9点多，才被报案人彭姿发现。

“您再仔细回想一下，还有什么能提供给我们的吗？什么都可以。”

聂丙生拿起水喝了一口，搓着手又想了想：“后半夜俺睡下以后，迷迷糊糊的，好像听见有人回来还是出去了。”

穆锦连忙问：“能确定是几点吗？”

“这俺可真不记得，得 3 点钟以后了吧。”

“看见是谁了吗？”

聂丙生摇摇头：“那屋里住的人也杂，经常有夜里回来的，俺就没太在意。”

穆锦刚想说什么，身后的门忽然被敲响了。施苒打开门探进身来，朝穆锦使了个眼色。穆锦跟徐问雨简单交代了几句，起身出了门。

“有发现吗？”刚关上询问室的门，穆锦就迫不及待地问。

“嗯，我刚刚定位了那个尾号 99 的手机号码，确实是在西川市，现在已经移动到了南区。这个号码登记的机主姓名是尹深。”

真的是尹深?！而且他没有说谎，就在西川市。

施苒接着说：“我用他的身份证查了一下购票信息，显示他于 3 点 20 分，也就是 15 分钟前，购买了今天 4 点 18 分西川南站至天宁西站的高铁票，将于晚上 7 点 10 分到达天宁。另外，他还乘坐了昨天下午 1 点 48 分从天宁到西川的高铁。除此之外，没有其他购票信息了。”

穆锦点点头：“看来他是昨天下午就出差了，那个叫肖勇的呢？”

“这也是我想跟你说的，根据供应商那边提供的信息来看，肖勇的手机号从今天早上 8 点多开始，一直处于关机状态，最后的基站定位是在西站附近。”

“西站？难道是要跑？”穆锦有点儿着急了。

“你先别急，肖勇的身份证下暂时没有任何铁路和航空购票信息。不管怎么说，先把他的照片发给西站，让他们用监控帮忙查找和追踪吧。你跟我过来，我给你看个东西。”施苒示意穆锦跟上她。

两个人走回施苒的办公室，三面相连的显示屏上正显示着三段不同的视频，施苒开始播放其中一段视频：“这是今天早上 4 点 23 分，星跃小区 25 号楼电梯内部监控拍到的。”

穆锦认真地盯着屏幕：电梯内空空如也，仿佛一段静止的画面，只有右侧楼层按键上方的小屏幕显示着电梯正在不断上行，最终停了在五层。

几秒钟后，门缓缓打开。穆锦有些期待，难道监控拍到了凶手？

然而，并没有人走进来。十几秒后，电梯门自动关闭，运转下行。

穆锦不解：“这没有人啊。”

施苒解释说：“对，就是没有人。但肯定是有人按了电梯，所以电梯才会上来。应该是这个人按了电梯之后，又改变了主意，或者是走了楼梯。”

“早上 4 点多，这个时间……”穆锦思考着，“五楼说低也不低，一般有电梯的话，很少有人会走楼梯。他不坐电梯，是为了避开监控？”

施苒点点头：“居民楼里唯一有监控的地方就是电梯，如果他按了电梯以后，想起了这个问题，就有可能弃电梯而走楼梯。”

“刚刚来的那个房客，也说他后半夜听到有人出门。很有可能就是这个时间，可惜没能拍到他。”话虽如此，穆锦心里已有了猜测。

“你再看下这一段。”施苒说着，又打开另一段视频。

同样地，也是电梯监控拍到的画面。视频中电梯门刚刚开启，就从外面走进来两男一女，其中一人戴着帽子，提着一个小行李箱，正打着电话。

“你不是说嫌疑人有可能潜伏在小区内，让我查看案发前一天的视频吗？”施苒说着按下暂停键，画面刚好定格在那个打电话的男人微微抬头的瞬间。

施苒指着他，继续说：“我仔细对比了面部特征，这个人应该就是男死者尹深。而且我往前看了一下，当天早上他和女死者余真一起出门时，穿的也是这身衣服。”

穆锦盯着画面，只见上面显示的时间正是 11 日周日下午 12 点 13 分，和尹深当天的高铁票相差一个半小时。“看来这是尹深昨天出差前出门的时间。”穆锦沉思道。

施苒补充道：“准确地说是出门后又回来了一趟。11日早上9点半左右，他和女死者余真同时出门，之后两人开着他们的车从小区东门驶出。然后，中午11点45分左右，尹深独自打车回来，在家待了十几分钟。再出门下楼时，他手里就多了一个箱子。但是不知什么原因，他出了电梯2分钟后，又提着箱子出现在电梯里，上楼回家后，又过了大约15分钟，他才再次出门，打车从西门走了。”

穆锦看着电梯的运动轨迹，问道：“所以这段是他拿了箱子出门以后，又上楼回家的视频？”

“对。我查了他的通话记录，那个时间他正在给余真打电话。”

穆锦点点头，施苒不会无缘无故地给她看这段视频。她正想着，忽然被电梯里的另一个男人吸引了目光。

那人留着寸头，穿着普通，身高比尹深略矮一些。他是最后一个进来的，手插着口袋，歪站在电梯右侧靠近门边的位置。

尹深和另外一个女人进来后，分别按了五楼和十一楼。那个人进来后明明离按键很近，却一直没有按楼层号。

摄像头居高临下，虽然只能拍到所有人的头顶和背部，看不到面部表情，但能把小动作捕捉得一清二楚。

“你注意看这里。”施苒知道穆锦已经注意到了那个男人，她指着尹深示意道。

画面中，尹深本来低着头打电话，但他注意到了前面那个男人在瞟他，于是抬起头看了那人一眼，还伸手指了他一下，之后就匆匆挂断了电话。男人也在尹深指了他之后转过头去不再看他。电梯很快停靠五楼，两人一前一后走了出去。

穆锦看着男人身上的印花黑T恤，对施苒说：“帮我截一张他进电梯时的正脸照片，和肖勇的身份证照片比对一下。”

照片很快就截好了，但因为只有半张脸，监控清晰度也不高，经过处理后面部特征依旧不够清晰。施苒对穆锦说：“特征点不全，试试看吧。”

果然，比对后只有 30% 多的相似度。

施苒有些遗憾：“相似度太低，不能完全确定这个人是肖勇。如果能有动态影像配合，火车站那边也好查一些。我再往前查查，看看能不能找到这个人的其他视频。”

穆锦说：“那样太慢了，你把这段视频共享到询问室的电脑上，我很快就告诉你结果。”

穆锦一路小跑回询问室，徐问雨已经在安排聂丙生签字了。

穆锦打开电脑，把那段视频投放到墙壁上的显示屏上，对聂丙生说：“您来看一下，视频上有没有您认识的人？”

聂丙生站起身，点着脚走到显示屏前，眯着眼睛仔细看了两遍，才说：“这个女的俺没见过。”说着又指着画面上正在打电话的尹深说，“这个男的，好像是住对门儿那个，但俺不敢打保证。”

穆锦按下暂停键：“那另外一个呢？”

“另外一个俺认识，跟俺住一户，好像是叫，叫……”他抬起头努力想了想，“听他们管他叫‘小四’啥的。”

穆锦把视频拖回几个人刚进电梯时的画面，放大那个穿黑 T 恤男人的半张脸：“您再仔细看看，能确定吗？”

“能，俺见过他这件衣服，背上有个老虎头。”聂丙生笃定地说。

“好，谢谢您的配合。”穆锦说着，立马掏出手机给施苒发了个信息：“确认那个黑衣男是肖勇。”

施苒那边回复得也相当快：“我这就联系西站配合查找，有消息马上告诉你。”

聂丙生此时已经在徐问雨的引领下起身往门外走去。穆锦在后面跟上，对着聂丙生的背影说：“您跟我来一下候问室，我还有点事儿想问您。”

来到候问室，穆锦见聂丙生抓着他的书包，一脸紧张地站在桌边不肯坐，笑着说：“您别怕，我只是想问点其他的事儿，几分钟就好。”

聂丙生这才捋了捋袖子，犹豫着坐下了。

“您来天宁多久了？”

“俺去年10月份过来的，小一年了。”

“来找孩子的？”

“对。”聂丙生点点头，语气中充满了无奈。

“能跟我说说是怎么回事儿吗？”穆锦小心翼翼地问。

“嗯。”聂丙生放松下来，开口慢慢说道，“俺跟俺媳妇之前在南边打工，俺闺女一直都跟着俺俩，日子过得也不孬。大前年吧，俺在工地把脚砸伤了，俺媳妇又要打工又要照顾俺，忙不过来。正好学校放暑假了，俺俩就把闺女送回老家待几个月。可俺俩咋也想不到，才不到两个月，俺爹就打电话回来说，俺闺女让人贩子拐走了。”

“当时报案了吗？”

“报了，警察也帮着找了好久，可是一直都找不到，俺就出来自己找了。”

“血样采集了吗？”

“嗯，俺跟俺媳妇都采过了。”

“您可以上寻子网上注册一下，除了我们警方，很多民间组织也一直在做这件事情。您这样漫无目的地找，是很难的。”穆锦看着他将至壮年就已半白的头发，硬生生把后面“您这样把家里也都耽误了”这句话咽了回去。

“俺也注册了，可是一直也没个消息。别人都劝俺俩再要一个，俺俩也试过了，要不上。唉，俺也知道不好找，可是俺俩就这么一个孩子，孩子没了，还要家干啥。”他低着头，像是在说给自己听，“俺媳妇儿天天哭，都是俺没本事。”

“您找了多久了？”

“这几年一直都在找，活计也没正经干了。”聂丙生苦着脸说。

“您妻子没和您在一起吗？”

“没，她还在南边打工。俺俩要是都出来找，钱也是个问题。天宁花费大，俺一老爷们儿，吃住都能凑合，找起来也方便。”大概是想到了自己那张简陋的床，穆锦从这个还算精壮的男人脸上看到了羞怯。

她附和着说：“是啊，天宁这里消费比较高。”

聂丙生垂头丧气：“这花费太高了，俺也真是要负担不起了。”

穆锦想了想，又问：“大哥，我看您家登记地址是在岳隆省，那儿离天宁挺远的，您怎么想起上这儿找孩子来了？”

“是俺一个远房亲戚，去年给俺打电话，说见过俺闺女。一开始没敢认，后来越想越像，就给俺打了电话。她说是在天宁北边，差不多就在这块儿看见的俺闺女。俺跟媳妇商量了一下，把老家那房子卖了，收拾收拾就出来找了。”

“房子都卖了？”穆锦有点儿吃惊。

“老家的房子，值不了几个钱。”

“这都好几年了，孩子变化挺大的吧，你们亲戚也能认出来？”穆锦担心是他亲戚看走了眼，好心办了坏事儿。

“能，能，俺闺女好认，她脖子左边有个胎记。俺有照片，警察同志你看看。”聂丙生说着，立马从破旧的书包里拿出一张淡粉色的纸，递给穆锦。

这是穆锦自见到他以来，他反应最快的一次，不知道这个动作他每天要重复多少次。

穆锦接过来一看，正是她早上见过的寻子启事。她这次更加认真地看着上面的信息：

聂鑫，女，出生日期：2003年5月25日，于2018年8月7日在岳隆省木兰市阜楠县小浮桥附近失踪（被拐），失踪时身高约152厘米。特征：自来卷，脖子上……

照片上的小女孩眉眼和聂丙生有一点相似，却清秀许多。距离她被拐，已经过去三年了。

聂丙生搓了搓手，指着单子最下面说：“这是俺闺女的胎记，特别好认。”

他那指节粗大、好似枯树枝一般的手指下方，是一张胎记的特写。在女孩耳垂下方的脖颈上，有一处淡色的胎记，大约有一个指节大小，中间窄两边凸起，是个挺特别的形状。

穆锦分辨着：“这看着有点像，豌豆荚？”

聂丙生连忙说：“是、是。俺闺女小名就叫小豆子。”

“这样吧，您把这个寻人启事给我几张，再给我留个联系方式。以后我们这边要是有发现，我第一时间通知您。”

“中！中！”聂丙生说着，又从书包里抽出一沓粉色的纸，掏出笔在最上面一张上圈出自己的手机号，有些讨好地递给穆锦，“谢谢，谢谢警察同志。”

穆锦接过后，他破天荒地咧嘴笑了一下，眼角的皱纹又挤起一层。瞧着他卑微的样子，穆锦觉得眼底发酸，忙低下头，装作不经意地看了一眼手表：“好了，我送您出去吧。如果再回想起什么线索，及时联系我们。”

“好，好。”聂丙生点点头，跟在穆锦身后连声应着。

走出几步，穆锦又说：“对了，您换个住处吧，那里马上就要清理了。”

“嗯，其实俺也打算下个月回老家了。老这么下去，也不是个事儿。”

“好好收拾收拾，孩子肯定也希望你们过得好。以后找到孩子，还得给她提供好的生活不是。”

“是，是。俺明白。”

“那您慢点儿走。”

看着聂丙生走路时微跛的背影，穆锦叹了口气，拿着他给的寻子启事回到办公桌前，还没来得及仔细看后面的内容，就见黄永山一头大汗地从外面跑了回来。

“你怎么这么快就回来了？”

黄永山喘着粗气回答：“我们刚去肖勇的屋里看了看，他屋里特别乱，好多东西都不见了，高度怀疑他与本案有关。江哥让我先把取的指纹和鞋印送回来。”

穆锦听完，转身就要往施苒的办公室走，不料施苒的电话突然打了过来，穆锦立刻接起来：“怎么样？”

“西站大队那边来电话，说他们刚锁定了几个扒手。其中一个，他们用人像识别系统查询后，发现跟咱们发过去的肖勇特征高度一致。他们已经布控了，你们要不要过去看看？”

穆锦笑了：“真是巧了，我这就过去。”

第三章 小偷

下午 4 点刚过，路上的车不算太多，穆锦没开警笛，没想到才驶出不远，就碰上了第二个红灯。

穆锦正在跟罗立报告："罗队，施苒查到肖勇昨天和尹深曾同乘一部电梯。其间尹深给余真打过电话，肖勇似乎在偷听尹深打电话，尹深表现出不满，两人之间肯定有矛盾。另外，西站那边发现一个扒手，应该就是肖勇，我和黄永山现在过去协助他们抓捕。"

"好，那个自称是尹深的人查得怎么样了？"

"那个人买了今天回天宁的高铁票，现在已经发车了。施苒在实时监控他的定位。"

"好，你们注意安全。"罗立嘱咐道。

他们此时正好路过大学城的美食街，这一带几乎会聚了全国各地的美食，成为许多大学生的固定"食堂"。虽是暑假，生意依旧火爆。还没到饭点，美食街上就已经聚集了很多年轻人，整条街上飘满了香味。

红灯还有九十多秒，黄永山朝美食街上望去，很快眼睛就不够用了。

穆锦不禁问道："饿了？"

黄永山嘿嘿一笑："饿倒是不饿。不过我到分局这么长时间，还没来过这里呢。"

"那等你转正的时候，咱们大队一起来这儿庆祝一下。"

"真的？"黄永山立刻回过头，眼睛里闪着金光。

"嗯，你请客。"

"哦。"金光立刻黯淡了下去。

穆锦乐不可支："逗你玩儿呢，回头撺掇罗队请。"

"那多不好意思。"黄永山嘴上这么说着，然而整个人就差贴在挡风玻璃上了。

"看什么呢？"穆锦说着也朝窗外瞥了一眼，"不就是几个老外吗，没见过？"

"不是，我在看他们手里的冰激凌，好像是最近特别火的那个鲜果冰激凌，现做的，看着就好吃。"

"一个大男人，老想着吃什么冰激凌。"

"男的怎么就不能吃了，你这是性别歧视。今天这么热，等抓完那个混蛋，我也想买一个吃。"

"行吧，只要今天你能抓住他，姐请你吃。"

"嘿嘿，谢谢穆姐。"

穆锦再次朝那几个外国人看去，想看清到底什么是鲜果冰激凌，以免被黄永山笑话。

外面太阳很大，到处都明晃晃的，只有对面那一小片沿街而栽的矮树下还算有一点阴凉。

穆锦眯眼一看，发现不仅是那几个外国人，周围的人几乎都举着色彩缤纷的冰激凌，吃得很开心。

忽然穆锦的视线定住了。就在那些人当中，她看到了商莉莉。商莉莉手里也握着一个粉色的冰激凌，一边吃一边笑盈盈地和身旁的男人说着什么。

那个人个子很高，肤色冷白，深棕色头发，站在人群中十分显眼。他空着手，并没有像其他人一样享受冰凉甜腻的夏日特供。

这显然不是商莉莉的“醋妃”袁航，穆锦从来没见过这个人。虽然两人没有什么亲密举动，但一看就是熟悉的人。而且看商莉莉的样子，还，还挺主动?

商莉莉出轨了?!

穆锦微微睁大眼睛，摇下车窗，忍不住仔细打量起商莉莉的“出轨对象”。

年纪应该和商莉莉差不多大，一头刚及耳的深棕色短发略显凌乱。他侧着身，上半张脸掩在树影下，看不清轮廓，不过鼻子非常突出，鼻梁直上直下，笔直高挺，像是被人捏出来的模型。

小白脸。穆锦不禁想到。

虽然袁航并不是什么帅哥，但他对商莉莉绝对是实心实意，穆锦虽然嘴上调侃他，心里对他还是认可的。如果商莉莉真出轨的话……

这个瓜实在有点大，穆锦觉得自己需要冷静一下。

“嘀嘀嘀——嘟嘟嘟嘟——”

一段系统默认的铃声响起，黄永山接起手机，刚打开免提，罗立的声音就飞了出来：“指纹比对结果出来了，515室大门内侧的那个掌印就是肖勇的，你们一定要抓住他，不能让他跑了。”

“是。您放心，我们已经在路上了，保证把人带回来！”

挂了电话，黄永山看着还剩十几秒的红灯，焦急地说：“穆姐，咱们开一下警报器吧，这样太慢了。”

穆锦的注意力飘到了对面，没听清他说什么，只“嗯”了一声。

他们今天开的是一辆分局新配的便衣警车，高配的福特越野车，单从外表上看，完全看不出与私家车有何不同。

黄永山麻利地打开警报器，瞬间，隐藏式室内警灯和内置中网灯带同时亮起，红蓝警灯交替闪烁，刺耳的警笛声响彻整条街道，引得行人纷纷侧目。

“不是跟你说了，没事儿别乱开警报器吗?!”高分贝的警笛声让穆锦回过神来，她刚想关掉警报器，却发现前方和两侧的车辆已经纷纷开始变道，给他们让行。

“你不是同意了吗？”黄永山一脸委屈。

此时绿灯已经亮起，前方最后一辆车也已经靠左，让出了一条畅通无阻的车道。穆锦又往那条街上望了一眼，只见所有人都好奇地打量着他们这辆车，有人甚至拿起手机准备拍照。

因为开着车窗，她一望过去，对面正在看热闹的商莉莉马上就认出了她，兴奋地冲她挥起手来，嘴里好像还喊着什么。

她身旁的那个男人也回过身来，站在喧闹的人群中，隔着半条街，和警车中的穆锦视线相对。发现穆锦正在看自己时，他居然露出了一丝微笑。

穆锦如鲠在喉，赶紧移开了视线。撞破最好朋友的“奸情”已经够尴尬了，结果对方还有恃无恐，搞得她才像个做贼心虚的偷窥狂。

果然，只要别人不尴尬，尴尬的就是自己。

穆锦勉强冲商莉莉笑了一下，收回视线，踩下油门，风驰电掣般直奔火车西站而去。

罗立刚从法医室回来，就径直去了施苒的办公室。

“来，给我看看你刚才发现的情况。”罗立开门见山。

施苒给他看了之前给穆锦看过的两段视频，又接着说：“我觉得您还得看看这个。”她说完，又调出第三段视频，按下了播放键。

视频上显示，尹深于昨晚22点22分出现在25号楼的电梯中，与他同乘电梯的，还有一个年轻女孩。

“他是打车到小区东门门口，然后步行进入小区的。到达25号楼后，乘电梯到了五楼，之后再没出现过。”

施苒说完，在电梯即将开门时，按下了暂停键：“按时间来看，这时候尹深应该在西川了。可如果尹深真的在西川，那这个人又是谁？”

她指着画面上的人说，“您看，这个‘尹深’的步态，和上午电梯中的那个略有不同，只是可供对比的视频太少，无法进一步确认。”

罗立凑近屏幕仔细看了看，摸着下巴说：“这次他没戴帽子，衣服也换了。他这件上衣，跟死者身上穿的一模一样。恐怕上午打电话那个是真正的尹深，而视频里这个才是死者。我们之前太武断了。”

施苒指着一部正在充电的手机说：“这是穆锦出门前给我的被害人手机，我查了一下 SIM 卡，和西川的那个号码一样，登记人也是尹深。您看，要不要我查一下这个号码这两天的行动轨迹？”

“先不用，我心里大概有数了，赵敬泉他们在查这条线。女死者是什么时候回家的？”

“她是昨晚 8 点半左右自己开车回家的，之后没出去过。”

“发现可疑车辆了吗？”

“暂时没有。周末进出车辆有点多，我还没有看完。目前除了登记过的内部车辆，外部车辆进入后停留时间超过案发时间的，有两辆。”

“好，你继续看吧。一会儿把这两辆车的信息发给我。”罗立临出门前又嘱咐道，“一定要一直盯着那部尾号 99 的手机，人到天宁以后立刻通知我。”

晚上 6 点多，夕阳渐退，一天的暑气却还未散尽，余威尚在。学芳小区的街心花园里，已经有不少吃过晚饭、拿着大扇子出来遛弯的老人。他们三五成群，说说笑笑，怡然自得。

一墙之隔的万青路上，更多的却是步履匆匆、下班后着急回家的上班族。

北丰分局的两座办公楼灯火通明。东座二楼刑侦支队的大厅里，穆锦风风火火地走了进来，拽着一个身形细瘦、一身黑衣、戴着手铐的寸头男子。

那男子垂头耷脑地走着，因为被穆锦拉着，才踉踉跄跄地走得快起来。黄永山跟在后面，前额的头发全数粘在额头上，手里还提着一个书包。

穆锦在走廊前站住，从黄永山手中拿过包："先带他去登记，然后去文竹那儿采指纹。"

黄永山点了下头，带着那个男人走了。穆锦也转身径直往一号讯问室走去。一路走着，她不自觉地拽了拽上衣。刚才抓人的时候跑得太猛，出了一身的汗，现在虽然全干了，但黏腻的感觉很不好受。

今天的抓捕进行得很顺利，多亏天宁西站大队的全力配合，穆锦二人到的时候，他们已经锁定了嫌疑人肖勇。简单商议抓捕方案后，他们很快就把人摁在了火车站北广场的西南角处。

穆锦打开一号讯问室的门，见罗立和徐问雨已经等在里面了。罗立一见她就问："人带回来了吗？"

"嗯，小黄先带去采集室了。"

"确认是嫌疑人肖勇吗？"

"确认了，他自己也承认了。逮住他的时候，他刚偷了一个人的钱包，还以为我们是反扒的。您说，这人心理素质有多强大。"

罗立试了一下耳机，对穆锦说："好，弄完就带他过来吧。"

几分钟后，那个名叫肖勇的犯罪嫌疑人已经坐在了审讯椅上。他怎么也没想到，自己认为的天衣无缝的跑路计划，在十几个小时内就这么土崩瓦解了。

他咽了咽口水，抬头看了看正前方坐着的一男一女两名警察，一双狭长的眼睛在两人身上来回打量。

然而，女警还没说话，眼神一扫过来，他就不自觉地抖了一下，想起刚才逃跑时被她扑倒的那一下，顿时感觉身上像散了架似的，痛得更厉害了。

他不知道的是，前方等着他的，可是刑侦队里著名的"锦箍咒"。每到她审案子的时候，某些嫌疑人看到是个年轻女警，以为很好糊弄，往往吊儿郎当，不肯配合。

可是没说几句，他们就会发觉，这个女警比男警可怕多了。那咄咄逼人的眼神，堪比电影中杀人不眨眼的女魔头。和她对视几眼，嫌疑人的气焰立马就会矮下几分。

徐问雨曾笑称，穆锦以后的老公实在太惨，万一犯点错，肯定被她审得体无完肤，晚上吓得睡不着觉。

而听到这话的“女魔头”却毫不在意似的，美美地啃着小面包，一脸阳光明媚。穆锦吃东西的时候，就会变得格外柔和，眯着眼，仿佛一只温驯的兔子。

“小兔子”咽下最后一口面包，懒洋洋地说：“对待阶级敌人，就要像秋风扫落叶般残酷无情。如果将来我老公真的惹到我，那我只好把他也变成阶级敌人了。”

说完她拍拍手上的面包渣，轻轻捏了捏拳头，骨节“咔咔”作响。

从此以后，“锦箍咒”的外号可算是安家了。

审讯正式开始，穆锦指指角落里的黑色书包，问道：“你这包里我们看过了，连换洗衣物都准备了，这是要去哪儿啊？”

肖勇低着头，蚊子般地挤出一句：“回，回老家。”

“回老家干什么？把头抬起来说话。”罗立说。

肖勇依言赶紧抬起头，声音却还是那么小：“就，好久没回去了，想回去看看。”

“回老家之前，还得再偷一票，是不是？”

“不是，我本来没想偷，实在是身上的钱不够。我在火车站转悠一天了，才刚得手一个，就，就被你们给抓住了。”肖勇说着又低下了头。

“你还委屈了？”穆锦提高音量。

“没，没有。不敢。”

“说说吧，今天凌晨你都干什么去了？给你个提示，2点到5点之间。”

“没，我没干什么啊。”肖勇显然更害怕了，呼吸都急促起来。

“你是不是住在星跃小区25号楼517室？”

“是……”

“那你今天出门前，有没有上对面515室串个门儿？”

“没有啊。”肖勇想要装傻，但眼神已经出卖了他。

“没有？没有怎么你的指纹在515室的大门上沾得到处都是？”罗立突然厉声说道。

“我……我就是想去那家偷东西来着，但是没撬开锁，我就走了。”

“是吗？你没撬开锁，大门内侧怎么有你的指纹？客厅里的鞋印还和你脚上的这双鞋一模一样？”

肖勇低着头不肯答话，穆锦一拍桌子，怒道：“到底是你自己说，还是我们帮你说？自己想清楚，性质可不一样。”

肖勇吓得又咽了口口水，过了几秒钟，才结结巴巴地说：“我，我真的什么都没干。我就，就进去看了一眼就走了。”

罗立此时稳声说道：“详细说说来龙去脉。”

“那我都交代了，你们能保证我无罪吗？”肖勇试探着问。

“现在不是你讲条件的时候，把事情说清楚，如果不是你干的，我们不会冤枉你。”

肖勇舔着嘴唇，做了半天思想斗争，终于开口：“昨天晚上太热了，我半夜热醒了。冲了个澡还是热，我睡不着，就想找个女人……”他说着，不由自主地看了穆锦一眼，一对上她凌厉的眼刀，立即吓得瞟向罗立，“我也不知道怎么回事儿，就想起隔壁那个女人了，我就想——”

“隔壁那个女人指的是谁，叫什么？”

“我不知道她叫什么，就是长得挺白挺好看的。”

穆锦拿起一张余真的照片，举着问：“是她吗？”

照片上的余真，面容姣好，对着镜头笑靥如花，但肖勇只看了一眼，就吓得闭上了眼睛，点头如啄米：“是，是，就是她。”

“继续。”

“我昨天晚上就想去找那个女人，结果刚打开门，就看见她躺在地上，一动不动的，浑身都是血。”肖勇不住地咬着嘴唇，脑海里全都是昨夜见到的恐怖一幕。

昨夜他顺利地撬开了大门，结果刚一进门，就看到了那双让他朝思暮想的纤细小腿，横陈在客厅的地板上。再往上，是裹在真丝睡衣里若隐若现的白嫩大腿，正半张着迎接他的到来。

然而，她的身下，分明是一大摊深红色的血迹。

肖勇哆嗦着说："当时我快吓尿了，特别是那个女的，她还瞪着眼睛看着我，就像刚才那照片上一样。"

穆锦和正在记录的徐问雨对视一眼，两人的眼神都传递着同样的信息——戏可真多。

罗立问："当时大概几点？"

"嗯……应该是 4 点以后了吧。"

"之后呢？"

"之后我就跑了，我在里面待了 1 分钟都没有，谁知道就——"

穆锦打断了他："说重点，别扯没用的。"

"是，是。后来我回去收拾了点东西，就走了。"

"你走的时候，有没有按过电梯？"

"有，我按了电梯以后才想起来电梯里有监控，所以就走了楼梯。"

"照你的说法，既然不是你干的，你为什么不报警，反而要跑？"

"我其实也纠结要不要报案来着，可是，我这不是怕我撬锁的事情也被曝光嘛。"一说到自己的罪名，肖勇就开始避重就轻，"而且，我之前跟他们吵过架，你们肯定会觉得我嫌疑大。我听说只要被警察列为怀疑对象，就有可能屈打成招，最后被认定成凶手。所以，我就——"

穆锦纠正他："你属于入室强奸未遂。"

罗立问："你和他们吵架是什么时候的事儿？具体是什么情况？"

肖勇想了想说："三个月前吧。其实我就是在电梯里多看了那女的两眼，她老公就上门找我吵了一架。"

"就只是多看了两眼，人家丈夫就找上门？"

“还，还摸了她一下。”

“有没有打起来？”

“没有，有邻居拦着来着。他只是骂得比较难听，说要是再敢就弄死我什么的，没真动手。”

耳机里传来江海的声音：“算他小子运气好，是我不揍得他满地找牙。骂了他一顿还不是精虫上脑，又去了。”

罗立咳了一声，又问：“那你怎么昨晚又去了？不怕她丈夫弄死你了？”

“因为，我知道对面那个男的不在家。”

“你是怎么知道的？”

“我昨天中午，在楼下碰到那男的了，听见他在给他老婆打电话，说什么晚上出差不在家，让她自己好好吃饭什么的。”

罗立和穆锦交换了一个眼神。看来电梯监控中尹深打的那个电话，就是在告知余真自己要出差，结果被肖勇听了个正着。

罗立正要开口，耳机里忽然再次传来江海的声音：“罗队，那个自称尹深的人来了，我们还没告诉他案情，您要不要先见见？”

罗立摘了耳机，对穆锦说：“我出去一下，让江海过来，你俩继续。”

穆锦点点头，又给肖勇看了尹深的照片，得到确认后问：“你碰到他时，他都对着电话说了什么？想清楚了再说。”

肖勇自知自己偷窃肯定是板上钉钉的事儿，要是再加上个强奸未遂，恐怕这辈子就完蛋了，为了争取宽大处理，他努力回忆着：“他说他晚上出差，回家取点东西，让那女的晚上自己好好吃饭什么的……好像还说了哪儿有钱来着。”

穆锦追问道：“什么钱？具体是怎么说的？”

“这个我真不记得了。他好像就提了那么一句，说是把钱放到哪个抽屉里了。”

“当时跟你们同乘电梯的都有谁？”江海问。

“这我也不记得了，警察同志，你们去查监控啊，监控肯定有。我真的把我知道的全说了。”

“你进入515室以后，有没有碰过什么东西？”

“没有没有，我看了一眼就赶紧跑了。”

“关于这个电话的内容，也就是515室的男主人尹深要出差，以及家里放钱的事情，你有没有和别人提起过？”

“这个当然没有了。我也是夜里睡不着，才想起来的。”

“你同伙呢？”穆锦问。

“啊？我哪来的同伙啊？不是，干这种事儿，哪还能叫同伙啊……”肖勇居然有些不好意思起来。

徐问雨忍不住瞪他一眼，把键盘敲得噼啪响。

之后，江海和穆锦又故意绕来绕去问了好多同样的问题，确认肖勇确实没有撒谎后，才结束了第一轮讯问。

肖勇见他们开始收拾东西，一脸期待地问：“我能走了吗？”

江海走过去，打开椅子上的锁，又给他戴上手铐：“走？往哪儿走？你现在有重大嫌疑，留置48小时配合调查。你的盗窃罪等西站那边的处理意见出来了再说，不过，你要是有立功表现，我们也可以考虑从轻处罚。”

希望落空，肖勇一时又变回了霜打的茄子。

等江海带着肖勇往留置室去了，穆锦收拾好卷宗，从讯问室出来，回到工位上喝了一大杯热水，拿出几个小面包啃了起来。啃完面包，她伸了个懒腰，在本子上做起笔记来。

还要再看一遍电梯监控，查一查当时和尹深、肖勇同乘电梯的那个女人，她肯定也听到了尹深的电话内容。还有那个自称是尹深的人，到底是什么情况？不知道罗队和他谈得怎么样了。

她正想着，一个声音在旁边响起：“想什么呢这么入神？快9点了，你怎么还没回家？”

穆锦抬头一看，是安年。

她抹抹嘴说："想案子，刚审完个嫌疑人。"

"都撂了吗？"

"嗯，但还不太理想，有点乱，我再捋捋。"

"赶紧回家吧，明天再说。"安年冲她一挥手。

穆锦心里一暖，但还是坚持着："还有疑点，我想看看有没有必要审第二轮。"

安年又问："老罗呢？"

"罗队在和一个'疑似被害人家属'谈话。"

安年看着她："行了，疲劳战术又不是对你们搞的，你先回家吧。明天养足精神，回来接着搞。"

"不行，这还一点头绪都没有呢。而且，罗队都还没发话呢。"穆锦坚持道。

安年笑了："嘿，听他的还是听我的？"

"听您的，您官儿大。"穆锦嘴上应承着，身体却完全没有动的意思。

"那还不赶紧回家，别让我给师父打电话。"安年使出了撒手锏，他太了解穆锦了。

"哦。"穆锦不情愿地收拾好东西，又给罗立发了条短信，才慢吞吞地跟在安年后面走出了办公楼。

穆锦的爷爷穆怀先在任期间，带出了一批优秀的一线刑警。安年就曾是穆怀先手下的得力干警兼徒弟之一，也是穆怀先在退休前，亲自带过的最后一届新人。

最后一届，其实也是跟着他时间最长的一届。安年自从进了区刑侦支队以后，就一直跟着穆怀先干，从一个普通刑警一直干到大队长，又到副支队，再到穆怀先退休，他接替师父成为支队长。

穆锦小时候，安年还是一名初出茅庐的小刑警，经常跑到穆怀先家里蹭吃蹭喝，可以说，她是安年看着长大的。

很多人都以为，正是有了这一层关系，穆锦一毕业就顺利进入了北丰分局。其实事实正好相反，穆锦完全是凭自己出色的成绩考进来的。而当初，由于安年的反对，她差点没能进刑侦队。

穆锦知道后，气冲冲地跑到安年的办公室里，和他理论了一番。最后又搬出了自己爷爷穆怀先，安年才最终妥协，但也只同意她先干文职。

半年多的文职干下来，穆锦摸清了所有办案程序，还收获了好姐妹徐问雨。当然，她也终于获得了大领导的首肯，转到了外勤组。

转眼间，离她立志做一名刑警，已经过去了十几年。这中间的坚持和付出的汗水，只有她自己知道。

夜晚的气温低了一些，但依旧闷热。万青路上华灯连绵，车流如织，只是行人少了很多。

路过小区门口的超市时，穆锦突然想起自己的零食包已经见底，便转身拐进超市，准备填充物资。

这个时间，超市里人不多也不少。穆锦的推车很快就满了一半，她徘徊在琳琅满目的零食架前，眨眼又往购物车里放了几袋法式小面包和粟米能量棒。

对了，要再买点速溶奶茶。

她推着车拐进另一排货架，迎面看到一个身材高大、一头卷发的外国男人。男人手里举着一包冰糖，一脸惆怅，对着身旁一个穿红色工作服的超市店员说着什么。

那个店员看起来很年轻，应该是附近大学暑期兼职的学生。他尝试着与外国人说了几句，但还是有些抱歉地挠挠头，显然不得要领。

那外国人把手里的冰糖放回货架，对着店员说："No, that's not what I need, but thank you."（不，这不是我需要的，谢谢你。）

因为靠近大学城，这一带经常能见到外国人，没人会觉得稀奇。穆锦找到自己要买的奶茶，蹲下身，弯腰向最下面的货架伸出手。

手刚触到奶茶，又一个声音响起："Can I help you?"（需要帮忙吗？）

这个声音离她很近，穆锦以为是在问自己，她抬头一看，才发现外国人身边又多了一个人。

外国人转过脸来，一脸期盼地看着来人："Yep! I'm after maltose and icing sugar."

"Okay." 来人侧身面向店员说，"他在找麦芽糖和糖粉。"

他本来背对着穆锦，当他侧过身和店员说话时，穆锦看到了他的脸，立即原地石化。

一头深棕色短发，皮肤冷白，鼻梁骨直上直下，鼻尖微微翘起。灯光打在那道笔直的鼻梁上，投出一道莹白的亮线，显得鼻梁更加高挺。

穆锦脑海中登时蹦出几个大字：那个小白脸！

另一边，店员恍然大悟："原来是麦芽糖和糖粉，谢谢你。"

"不客气。"

那个老外也学着两人的发音，用极其蹩脚的中文说："麦、鸭汤？汤奋？"

年轻的店员忍住笑，领着他往另一排货架走去。

察觉到有人在注视自己，前面的人转过身来，看向蹲在地上的穆锦。穆锦终于看清了他的正脸。

他的脸很窄，却棱角清晰，加上十分醒目的鼻子，本应是个非常冷厉张扬的长相，意外地，眉眼却长得非常柔和，整体搭配在一起，倒是很有一些古典的感觉。

不过，这一切在穆锦眼里，就演化成了靠脸迷惑商莉莉的无耻之徒。总之，她不愿意相信是商莉莉先主动的。

想到此，穆锦的面色沉了下来。对面的人不知为何，忽然嘴角牵动，对她露出一个微笑。

穆锦当下涌起怒意。下午被她撞破，商莉莉肯定已经给他讲了自己是谁，这人居然还能这么有恃无恐！

她沉着脸站起来，目光锐利地扫视着"小白脸"，思考该如何教育教育他。她同时也发现，对方是真的很高，自己 1.7 米多的身高，居然才到他的下巴。

就算如此，气势上也定然是不能输的。清清嗓子，穆锦开口道：“我下午都看见了，你不要去破坏莉莉和她男朋友的感情。”

对面的人愣了一下，但笑容不减反增，似乎是在向她挑衅。

穆锦怒道：“你少得意，我告诉你，莉莉不喜欢你这种小白——”

“小白？”一个声音突然打断了她，只见商莉莉从货架另一边探出头来，笑着对“小白脸”说，“你怎么跑这儿来了？”

穆锦顿时一个头两个大。这么晚了，他们两个居然还在一起！

下午看到两人时虽然震惊，但她不是个爱八卦的人，加上一忙起来，就完全把这事儿抛到了脑后。没想到如今又被她撞个正着，这下，她就不能不管了。

穆锦刚整理好措辞，打算对两人进行思想教育，商莉莉就满脸惊喜地越过“小白脸”，朝着她冲过来，一把搂住了她。

穆锦稳住被商莉莉撞歪的身形，没好气道：“你怎么这么晚了还不回家？袁航呢？”

“还不是等你啊。”商莉莉松开她，又反手搂住了她的脖子。她虽然很娇小，但总是喜欢这么搂着比她高半个头的穆锦，像只巨大的人形挂坠。

穆锦满脸问号，连刚预备好的责怪都忘了：“等我干什么？”

难道在等我抓现行？

商莉莉撅起嘴，嗔怪道：“给你打了那么多电话你都不接，打你们队里又说你在忙。我们等了你好久，吃完饭实在没处去，就只好先来超市买东西了。你再不出现，我就去你队里找你了。”

“啊？”穆锦疑惑地从包里掏出手机。果然，五六个未接来电，还有一大堆消息。

她这才想起来，去抓肖勇的时候，商莉莉是给她打过一个电话，但她没有接。后来为了不打草惊蛇，她把手机静音了。回到队里后一直忙到讯问结束，也没来得及再看一眼手机。

她抱歉地看向商莉莉，刚想问她为什么等自己，商莉莉就搂着她转向那个“小白脸”说：“来，我给你们介绍下，这是我表弟。”

这，这就是商莉莉那个从澳大利亚来天宁上学的表弟？

穆锦想起来了，商莉莉早上提醒过她，说她表弟今天到，还说晚上一起吃饭。结果一忙起来，她就统统忘光了！

原来如此。她再次抬眼看向对面的人，尴尬得能在鞋里抠出一个足球场。

她苦着脸介绍自己：“你好，我是穆锦。”

“他知道你叫什么，我下午跟他说过啦。”完全蒙在鼓里的商莉莉热情地对她表弟说，“小白，叫穆姐姐。”

对面的年轻人像是什么都没有发生过一样，礼貌地说：“你好，我叫商落白，多有打扰了。”

他的音色十分好听，像是初春润泽万物的细雨，没来由的让人想多听上几句。

“欢迎。”穆锦露出一个比哭还难看的笑容，没话找话道，“你的中文真好，没有一点口音。”

商莉莉说：“他从小就学中文，我小姨以前是语文老师，都是她教的。”

“哦。”穆锦点点头，讪讪地看了一眼商落白。她很想为自己刚才的唐突解释一下，但又不知该如何开口。

“你怎么买了这么多零食？”商莉莉看到穆锦快要被塞满的购物车，一脸震惊。

穆锦将手里的速溶奶茶放进车里，解释道：“你还不知道我们，出外勤的时候就顾不上吃饭。”

商莉莉忽然激动道：“对了！你下午就是去抓人吧，那车太帅了！跟看警匪片一样，激动死我了。”

“是。”穆锦有些心不在焉，她见两人都空着手，问，“你们买的东西呢？”

商莉莉伸手一指：“在那边呢。”说着，她又看了一眼货架，拿起一包大白兔奶糖，回身问商落白，“这个糖你没吃过吧？可好吃了，要不要尝尝？”

商落白摇摇头：“不用了，我不怎么吃甜的。”

商莉莉转手把糖放进穆锦的推车，刚要说什么，穆锦突然微微侧目，对她说：“你们在这儿等我一下。”紧接着，朝架子另一边的角落里走去。

那里正挤着两个背着书包的女孩，高中生模样。

穆锦看着她们说：“把照片删了。”

两个正拿着手机窃窃私语的女孩闻言一愣，抬头一看，一个高个子女人面色严峻地站在她们面前，一双微含怒意的大眼睛正凝视着她们。

她们被盯得浑身发毛，但其中一个梳着马尾、胆子大些的女孩还是开口反击：“你是谁啊？有毛病吧。”

穆锦语气严肃地说：“你们鬼鬼祟祟地搞偷拍，当别人发现不了吗？”

见被戳破，马尾女孩退了半步，依旧梗着脖子说：“你管得着吗？又没偷拍你！”然后又小声加上一句，“你又不是他女朋友。”

穆锦被她的无知逗笑了，她从裤袋里掏出证件亮给两人：“我是警察。你们知不知道你们的行为已经侵犯了他人的隐私权？根据《治安管理处罚法》第四十二条，可处五日以下拘留或500元以下罚款；情节较重的，处五日以上十日以下拘留，并处500元以下罚款。严重者，则需要承担刑事责任。”

两个涉世未深的女孩，显然被她这一番连珠炮似的法律条例震慑住了。后面的短发女孩忙拉了拉马尾女孩的衣角，嗫嚅地说：“咱们删了吧。”

马尾女孩也吓到了，但此刻她的叛逆占了上风，气鼓鼓地说：“警察有什么了不起的，警察就可以随便欺负人吗?！”她故意放大了声音，旁边听到她们争执的顾客都朝这边看过来。

商莉莉和商落白也走了过来，商莉莉探询地问穆锦：“怎么了？”

两个女孩同时看了一眼商落白，都红了脸，不知是羞涩还是觉得丢人。

穆锦没有回答商莉莉，而是冷冷地对两个女孩说：“警察没什么了不起的。鉴于你们的行为可能会对他人造成侵害，如果你们不删除照片的话，我也可以把你们请回公安局，让你们的监护人来帮你们删。”她的声音并不大，语气中却带着点威胁的味道，直接戳中了两个女孩的软肋。当下，两人都咬着嘴唇不再说话，乖乖拿出了手机。

穆锦一看，果然最新的几张照片中，都是商落白的背影和侧脸，唯一一张露出正脸的照片里，穆锦和商莉莉也入镜了。

商莉莉探过头来一看，不禁笑了：“哎呀这有什么大不了的，不就是拍了几张照片吗？爱美之心人皆有之。再说了，两个妹妹这么可爱。”

短发女孩也怯怯地小声说：“姐姐，我们没有恶意的，就是……”她说着，偷偷瞟了一眼穆锦身后的商落白，把头埋得更低了。

穆锦看着她快要哭出来的样子，语气顿时和缓了：“我知道你们没有恶意，但假如今天性别掉转，一个男的跟在你们俩后面拍，你们还会觉得他只是单纯看美女，没有恶意吗？”

“我们知道错了。”两个女孩低下头，异口同声地说。

穆锦看着女孩们删除了照片，又拿过来检查了垃圾箱，确认全部删除干净后，才把手机还给她们，然后又凑近两人说了几句。

两个女孩听了，眼中忽然都闪着光，郑重道：“谢谢姐姐，我们知道了。”

看着两个女孩手拉手走远的背影，商莉莉不禁感慨：“可以啊，这么快就被你收服了。”

这次换成穆锦揽住了商莉莉，语气十分自豪：“这你就不懂了，孩子不能光打击，更要引导。”

“那你最后和她们说了什么？”

穆锦神秘地笑笑：“秘密！”

小小风波过后，三人提着大包小包出了超市，开着商莉莉的车，回到了穆锦的家。

穆锦家离分局很近，房子虽然旧了点，但却是实打实的黄金地段学区房。这片小区一直是附近几个高校的家属区，公安分局一九九几年搬过来时，也拨了几栋楼作为职工福利房。

穆锦现在住的这套房子，原本是她爷爷的，是在没改制前单位分的。而她自己的家则在东营区，地段远，开车单程也要一个小时。毕业时，爷爷听说她进了区支队，高兴了好久，直说着自己终于有了接班人，当下决定和穆锦换房。

穆怀先当了一辈子刑警，深知其中辛苦。他一来不想让穆锦宝贵的时间浪费在交通上，二来更心疼自己的孙女住集体宿舍，所以不顾所有人的反对，毅然搬到了相对偏远的东营区，把自己的房子留给了穆锦。

穆锦一开始并不懂爷爷的良苦用心，待到她上班后，开始了日夜颠倒如家常便饭的日子，才终于明白，家离得近是多么难得的宝贵资源。有些家离得远的同事，基本都在单位宿舍凑合，一周才回一次家。

打开家门，穆锦暗自庆幸，还好自己前两天才收拾过家，洗过衣服，不然现在可要出洋相了。

看着身后提着行李进门的商落白，想起自己作为主人的职责，穆锦指着客厅旁边的卧室，对商落白说：“你就住那间客卧吧，床单都是新换的。我爸妈都在外地，偶尔会回来住，我已经跟他们说了。”

“好。”商落白看了一眼，答应道。

穆锦又指指另一边：“卫生间和厨房都在那边。卫生间洗手台下面第二个抽屉是空的，你可以放东西。”

商落白应了，从背包里拿出一个浅棕色的信封，递给穆锦说：“这是给你的。”

当他的眼神再次看过来时，穆锦蓦地察觉到哪里有一点不同。

客厅的灯光不算亮，可她还是注意到了。商落白的眼睛转动时流光浮动，似乎他瞳孔的颜色要比一般人浅，说不上来是褐色还是棕色。

穆锦纳闷地想：是我老了吗？现在的男孩子也都戴美瞳吗？

她没有接信封，转头看向商莉莉：“不是说不要的吗？我爸妈也说了不要。”

商莉莉拿过信封，直接往穆锦怀里一塞：“要！怎么能不要呢？说好了的。”

穆锦无奈地接过信封，转身放进了茶几下的抽屉里。她了解商莉莉，所以也不打算继续推辞，等她表弟搬走时再还给他就好了。

商莉莉对商落白说：“你警花儿姐姐工作忙，经常不在家，你记得有空帮忙做做家务。”说完，还冲穆锦眨眨眼。

穆锦心说，你也不用这么拐弯抹角地说我懒吧。

看着商落白将两个行李箱推进客卧，商莉莉偷偷附在穆锦耳边说：“帅不帅？我今天带他过来，路上好多人都在看他，还有要电话的。”

穆锦没好气地扫了她一眼，小声说：“你知不知道，我差点以为——”

“以为什么？”

“没什么。对了，他不是你表弟吗？怎么也姓商？”

商莉莉笑着说：“事情要从二十多年前说起——”

“说重点。”

“你知道的嘛，我随我妈妈姓的。”

穆锦点点头，她知道这个事情。

商莉莉又说：“小白的中文姓是跟我小姨的，所以我们都姓商。”

“哦，是这样啊。”这种情况倒真是少见。

“好了，我该走了。”商莉莉看看表，对放好行李走出房间的商落白说，“好好休息，明天我带你去宁海转转，咱们再去趟黄庭巷，把小姨的东西送过去。”

商莉莉走后，穆锦锁好门，转身见商落白正站在客厅里，微笑地望着自己。他的笑容很真诚，但在穆锦看来，总感觉有点嘲笑的意味。

再次打量他，穆锦发现，他人有些清瘦，但宽肩和突出的喉结，让他的清瘦丝毫不显娇弱。和她印象中喜欢把自己晒成小麦色的华裔不同，商落白的皮肤就像是在冰水中浸过的细白瓷，估计会令很多女生心生羡慕。

因为先前的乌龙，穆锦一直都避免跟他交流。此时避无可避，穆锦硬着头皮抱歉地说："那个，在超市的时候……不好意思，我误会你了。"

"没事。"商落白像是预料到她会这样说一样，笑着问，"你吃晚饭了吗？"

"吃过了。"话音刚落，穆锦的肚子就"咕噜"了一声，像是在对她的话提出抗议。

穆锦一阵尴尬，赶忙从购物袋里找出小面包，打开咬了一口，又从鞋柜上层的抽屉里拿出一把钥匙，递给商落白说："这是大门钥匙。"

商落白接过来刚要说什么，穆锦放在鞋柜上的手机忽然响了，她立即接起来："喂，罗队？"

"穆锦，你明天早上早点儿过来，咱们需要再开会碰一下。"

"行，6点行吗？"

"不用那么早，7点半吧，你通知一下其他人，还在今天下午的案情分析室。"

"好。"

挂上电话，穆锦抱歉道："我还有点事儿，你坐飞机累了吧？赶紧休息吧。"

"嗯。"商落白没再说什么，和她道了晚安后，就回到了客卧里。

通知完其他人，穆锦终于松了一口气，去卫生间飞快地洗漱完，回到了自己的房间。连续高强度工作了十多个小时，饶是她精力充沛，也是疲惫不堪了。

关上房门，穆锦犹豫了一下，还是锁上了门。虽然商落白看起来很老实，她对自己的拳头也很有自信，但以防万一，还是上个锁比较保险。

暂时放下一团乱的案子，她掀开被子躺下，不多时就进入了梦乡。

夜里，她做了一个很奇怪的梦，梦里一直有个看不清脸的人缠着她，用一个熟悉的声音，不停地问："能让我，再看看你吗？"

可梦里的她，只觉得悲凉又失望，不肯理会身后恳求她的人。

迷迷糊糊中，又听得有个声音在安慰她："别怕，都是梦，梦醒了，就都过去了。"

一夜怪梦。穆锦睁开眼时，外面已是天光大亮。

作为起床困难症重症患者，穆锦为了平时上班可以按时起床，特意没给窗帘加遮光层。此时，热烈的阳光早给窗帘镀上了一层金色。

穆锦揉揉惺忪的睡眼，努力使自己从怪梦中清醒过来，看了看表，刚好 7 点钟。

她一骨碌爬了起来，飞快地穿衣洗漱，到她换鞋出门时，才过了不到 10 分钟。穆锦刚要去开门，手却突然停住。

门把手上竟然挂着一份豆浆和煎饼，显然是给她的。她用手一摸，还很热。

穆锦回头看看，客卧的门关着，商落白应该还在睡觉。

自从奶奶去世后，她就没正经吃过早餐了。暖意自穆锦心底涌起，她笑着抓起塑料袋，披上外套，一路小跑着赶去了分局。

徐问雨一进门，就顺着香味找到了穆锦。她夸张地看了看外面，对穆锦说："太阳没从西边出来啊？你今天居然买早饭了？"

穆锦正吃下最后一口煎饼，满意地点点头。徐问雨靠近她，试图寻找破绽："你是不是有情况？"

"有什么情况？"穆锦不明所以。

徐问雨仔细盯着穆锦看了十几秒，确认她毫无嫌疑，才放过她：

“也不知道帮我买一份，抠门儿。”

两人你来我往地闲扯了几句，10 分钟后，都准时出现在了案情分析室。

不算大的分析室里几乎坐满了人。这次的主讲人换成了罗立，他昨晚肯定没有回家，在分局凑合了一夜。虽然状态上看不出有多疲惫，但眼下两个浓重的黑眼圈和新冒出的胡茬儿出卖了他。

大屏幕上并排展示着两张照片，下面分别写着两个名字。如果不是已经了解案情，很容易把他们当成同一个人。

罗立指着死者的照片说：“根据我们昨天的外围调查，以及家属认尸后，已经能够确定，男死者并非 515 室的户主尹深，而是尹深的双胞胎弟弟 ——尹漠。”

黄永山在穆锦旁边小声说：“这两个人实在太像了。”

江海问：“尹漠为什么会出现在 515 室？”

罗立说：“他是去找余真的。昨晚我们从现场发现的另一部手机中，调取了全部通信记录。可以证实，死者尹漠和余真之间存在婚外情，且已经持续超过半年。”

此话一出，除五六个昨晚参与调查的侦查员外，在场的其他人纷纷炸开了锅。

穆锦说：“怪不得他们被响动惊醒，先出来的是余真，还开了灯。因为 ——”

“因为他们以为尹深回来了！”黄永山激动地说。

另一名侦查员也说：“这就说得通了，夜里忽然被惊醒，又做贼心虚，两人下意识就会觉得是尹深。说不定余真还让尹漠躲起来，自己先出去查看。她出了屋门打开灯，没想到来人竟不是尹深。”

连很少在开会时插话的徐问雨都忍不住说：“所以说两名被害人，一个是尹深的老婆，一个是他的双胞胎弟弟，他们两个人背着尹深好了？然后又被杀了？这剧情走向有点儿太诡异了。”

黄永山说：“我记得我看过一个数据，说是双胞胎因为基因一样，很多喜好也都类似。”

穆锦反驳道：“谁说的？我初中班上有对双胞胎，性格爱好什么的完全不一样。”

江海说：“这哥们儿可够惨的，现在是该哭还是该笑？”

“咯咯——”罗立清了清嗓子，重新组织众人进行汇报，“都严肃一点儿。老赵，你说一下你们昨天的外围调查。”

赵敬泉打开笔记本，正声说道：“尹深和尹漠，天宁本地人。两人都在天宁上的大学，不同校。大学时，两人的父亲因胃癌去世，一年后，母亲外出旅游时遇到大暴雨导致的山体滑坡，意外去世。二人毕业后，尹深至今一直在同一家公司上班，而尹漠工作换得较为频繁。值得注意的是，女死者余真，2016年曾经和死者尹漠供职于同一家公司，但不到一年时间，她就辞职跳槽到了现在的这家国企。”

黄永山问：“这么说，是弟弟尹漠先认识的余真？”

赵敬泉点点头，接着说：“余真跳槽不久后，就和尹深搬到了一起。2018年，两人结婚，买了星跃小区的房子。而尹漠则一直独居在宝亭区父母留下的老房子里，未发现他有长期稳定的女友，人际关系也相对简单。今年上半年，尹漠开始频繁联系余真，两人逐渐发展成情人关系。”

罗立补充道：“我们询问过尹深，他对此事并不知情。”

赵敬泉继续说：“从尹漠和余真的聊天记录可以看出，最初是尹漠单方面喜欢余真，在余真对尹漠产生好感时，他的哥哥尹深插足了二人的关系。从外围调查来看，尹深和尹漠的关系并不好，他们各自的朋友、同事，都不知道他们有一个双胞胎兄弟，仅有一两个熟悉的老邻居和朋友知道他们的关系。”

果然，生活往往比戏剧更具想象力。一部年度狗血爱情大战血缘亲情的戏码，居然是这样收场的。

罗立却见怪不怪：“现在我们已经弄清了具体情况，最要紧的是找到凶手。高湛，你来说一下。”

高湛走上前说：“我们比对了尹深的和现场的指纹，确认那神秘的‘第三人’指纹，其实是尹深留下的，所以才会如此之多，超过了死者尹漠的指纹。另外，女死者余真牙齿上采集到的 DNA 结果显示是来自另外一人，但排除肖勇。该人没有作案前科，数据库里没有他的指纹。”

罗立接着说道：“结合现场证据和肖勇的供词来看，凶手是他的可能性很低。凶手知不知道当晚在 515 室的人其实是尹漠，是不是冲着他去的，我们暂时不得而知。现在大家都说说自己的分析和看法。”

施苒第一个发言：“从进出小区的监控视频中，没能发现有价值的线索，嫌疑车辆都排除了。从尹漠手机里的聊天记录来看，案发前一天下午，他和余真本来在一起，但是晚上余真忽然回家，尹漠这才追去星跃小区。我今天会梳理一下他们二人案发前一天下午的活动轨迹，看看他们有没有接触过其他可疑人员，晚一点弄个时间线出来。”

穆锦问施苒：“那个在现场发现的摄像头有进展吗？他们可以提供视频吗？”

施苒说：“联系过商家了，他们按照序列号进行了查找，发现这个摄像头上个月报修过。”

“报修？”江海问，“那就是说，坏了？”

“嗯。他们说，报修以后就没有任何视频上传记录了。而且他们用的是免费的存储空间，之前的内容也已经被覆盖。不过，没有案发时的视频，之前的意义也不大。”

这个结果之前就已经预料到了，倒也不算失望。

赵敬泉继续报告调查情况：“根据我们昨天的调查，尹深和余真二人朋友不多，但人都比较随和，没有和谁有过什么矛盾。尹深昨天说，他周日早上出门去公司加班，余真说她要去跟朋友逛街，两人一起出的门。

“尹深到公司后，因为西川一个项目有突发状况，需要他过去跟进，就买了高铁票，回家简单收拾了一下就出门了。临走时，给余真打了个电话，告知她自己出差。”

穆锦问：“他说自己为什么出门之后，又回了一趟家吗？”

“嗯。他说他下楼以后忽然觉得肚子不舒服，就赶紧回家上了趟厕所，才重新出发的。”赵敬泉看着笔记说道。

穆锦又问罗立：“昨天咱们审肖勇的时候，他说自己是在电梯里听到尹深说要出差的事儿，还有钱的问题，晚上才起了歹念。关于出差和钱这一点，您跟尹深核实过了吗？”

罗立说：“尹深说自己确实提过，但是他想不起来是怎么说的了。他受的打击太大，精神状态不好，现在安排他到候问室里休息了。等他好一点了，我再跟他核实一次。你怀疑凶手也是那时候听到的？”

“是，因为肖勇提到了抽屉，而从现场足迹来看，凶手不就是直奔电视柜的抽屉去的吗？”

罗立又问：“我记得和他们同乘电梯的，还有一个女人？”

“对，所以今天我想重点查一下那个女人。”穆锦回道。

江海提出疑问：“我觉得有点奇怪。我昨天就在想一个问题，你们一般会在外人面前，提及自己家的钱放在哪里吗？而且，尹深会不会早就知道余真和尹漠的婚外情，只是装作不知？”

赵敬泉说：“我们也想到了这一点，所以今天调查的侧重点在尹深身上。”

罗立点点头，问施苒：“报案人提到的快递查了吗？”

“查过了，是个新款咖啡机，是从尹深手机的 FT 商城客户端上购买的。购买时间在周日下午 1 点左右，加急预约的晚上 7 点送货。”

穆锦看着笔记本上的时间线，问：“也就是说，咖啡机是尹深中午从家里出来以后，去车站的路上买的？”

施苒点点头：“嗯，他下单后就打了一个电话给余真，应该是通知她收货。”

穆锦思索着：“但是余真下午和尹漠在一起，所以，她就让邻居彭姿帮忙代收。”

众人又讨论了一会儿，确认了今天的工作重点后，就迅速散会，各自准备奔赴调查地点。比起破案时的高光时刻，冗长的调查走访、取证分析才是警队的工作日常。

穆锦出门前，和一个匆匆忙忙跑来的男人撞了个对脸。她下意识地看了一眼，居然是尹深。

此刻，尹深神情萎靡，双眼泛肿，很有可能一夜没睡。除了比死者尹漠的头发略长一些外，他们在外表上别无二致。

徐问雨在旁边小声说："女方亲属的航班延误了，刚刚到。她妈妈在那边哭晕过去了。"

穆锦摇摇头，拉上还在观望的黄永山，直奔星跃小区而去。

第四章／秘密情人

一上午的排查并没有太大收获，那个和尹深同乘电梯的女人嫌疑也被排除了，穆锦有些失望。

回分局的路上，黄永山负责开车，穆锦则窝在副驾驶座上一言不发。

两人刚走进办公室，一队副队长叶朋也从外面回来了。他擦着脸上的汗，一进来就问穆锦："上周那个吸毒过量的处理完了吗？"

"嗯，死因明确，排除他杀，禁毒那边还在调查毒品来源。怎么了？"

"我刚才去市局，听他们说这个月东营区已经有两起吸毒过量致死的了。我去问问罗队，要不要把这个也报过去，看看有没有并案的可能。"

"好。"

叶朋走后，黄永山见穆锦心情不好，犹豫了半天，还是说："穆姐，也不是第一次了，说不定他们那边有发现呢。"

穆锦还是皱着眉头："我就是着急，这都第二天了，一点线索都没有，黄金期都快过了。"

"下午咱们再审一遍肖勇，说不定他还隐瞒了什么。"

“不像。他知道的应该都说了，和尹深的证词也能相互印证。我还是觉得，尹深打的那个电话很关键，因为他提到了钱和抽屉。”说到这里，肚子突然提出了抗议，穆锦看了看表，对一旁的黄永山说，“算了，先去把饭吃了，回来再审肖勇。”

食堂里已经坐了不少人，两人打好饭朝用餐区一扫，见不远处几个刑侦队的同事正坐在一起，边吃饭边聊着天。

他们端着餐盘，刚走到餐桌前坐下，就听见法医谢识飞说道：“凌晨来的那个碎尸案的尸体拼好了，你们吃完饭要不要过去看看？”

黄永山小声说：“谢主任，那不是二队的案子嘛。再说了，您就不能吃完饭再提吗……”

谢识飞“嘿”了一声，笑着说：“不都说了吃完饭再去看嘛，我又没叫你端着饭在旁边吃。”

徐问雨往穆锦旁边靠了靠，忍不住提醒道：“您别吓唬小黄了，上次您叫他去看胃内容物，他一周都没喝过汤。”

穆锦看向黄永山，只见后者闻言喉间翻滚，像是强打镇定才没把刚吃进去的饭吐出来。

谢识飞夹起一块熘肝尖，不以为意地说：“我这是为他好，早点儿过了心理那一关，以后遇到什么样的尸体都见怪不怪了。我们以前上学，遇到期末考试刷夜，晚上还溜进标本室和解剖室里复习呢。饿了就啃面包，就在大体老师旁边。”

徐问雨不由得头皮发麻：“你们大晚上的跑到解剖室复习，不硌硬得慌吗？”

“还硌硬？那都得偷偷地，被值班员发现了要挨训的。再说了，看尸体对我们来说早就是家常便饭了。唉，今天这猪肝不新鲜，这猪是不是死前得了脂肪肝了？”谢识飞皱着眉头看了一眼筷子上的猪肝，丢到餐盘一旁，转而去吃其他的菜。

徐问雨突然有了精神，咬着筷子问：“不过，谢主任，嘿嘿，你们有没有碰到过什么灵异事件？”

谢识飞夹着茭白的筷子一顿，想了想：“我是没碰上过，但是我有个师哥碰到过。我也是后来上课的时候听我老师讲的，不过那个更像事故，不太灵异。”

徐问雨兴趣更浓，双眼闪着精光，饭都顾不上吃了：“讲讲，讲讲。”

谢识飞不紧不慢地说：“以前给我们上临床基础的薛教授，带过一个研究生。那个师哥据说专业水平特别高，薛老师本打算让他以后接班搞科研，前途一片光明。”

一听谢识飞又开始“讲故事”，在座的人都竖起了耳朵。

“后来有一次，薛老师接了个任务，是给一个死刑犯摘取器官。”

“死刑犯？这也行？活的死的？”徐问雨忍不住打断了他。

“死刑犯当然是死的，那个犯人家里的近亲都没了，远的也没人愿意给他收殓。羁押他的看守所那边就问他，愿不愿意把器官和遗体捐献了。他也是，可能死到临头想开了，很痛快地就同意了。”

徐问雨咽了口口水：“捐献了？那尸体是给你们医学院了吗？”

谢识飞不满地说：“那哪儿是给，那要抢的，那会儿大体老师可是很难找的。负责那次任务的是我们薛老师，那个师哥当助手。因为肾脏和肝脏要保存活性，手术必须在人死后15分钟内完成，所以他们当时是打算执行完死刑以后，现场摘取肾脏和肝脏，然后再把尸体拉回去做防腐处理。”

众人心不在焉地吃着饭，注意力全飘到了谢识飞身上。

“确认该犯人死亡后，他们就开始干活儿，这对他们都没什么难的。”谢识飞夹了一口菜，接着说，“当时那个死刑犯可能刚枪毙完，人是死了，但是身体机能还没完全丧失。也可能是那个师哥着急了，下刀的时候没注意，要不就是拉扯到肌肉，要不就是静电刺激，总之那个尸体腾地坐起来，就在他面前。”

已经被开膛破肚的尸体，一下子直挺挺地在自己面前坐起来，这画面感太强，大家一时都觉得口中的饭菜难以下咽，味同嚼蜡。

只有谢识飞依旧跟没事儿人一样，旁若无人地吃着他盘里的西红柿炒蛋，还补了一句：“我听说，当时肠子流了一地。”

黄永山的筷子正伸向盘子里的辣子肥肠，闻言手猛地一滞，筷子头微微发抖。那原本红灿灿热辣辣的一份美味，突然就变得血腥恶臭，令人作呕。他悄悄用另一只手捂住了嘴。

江海终于忍不住了：“老谢，吃个饭你还不让人消停。”

谢识飞一脸无辜地看向徐问雨：“还不是她起的头。”

徐问雨依旧沉浸在故事里，低声惊呼：“天哪，这是诈尸吧？那后来呢？”

“那师哥当场就吓瘫在那儿了，也把现场的其他工作人员吓得够呛，有人枪都举起来了。好在薛教授见多识广，他把那个死刑犯的尸体按回去重新摆正，坚持做完了手术。之后，听说那师哥人就废了，虽然做了心理疏导，也还是经常神神道道的，一拿刀手就抖，最后都没能毕业。”

“薛老师也一直为这事儿自责，唉，累死累活学了那么多年，前景在望了，结果全都毁了。”谢识飞面露惋惜之色，不过作为一个坚定的唯物主义者，他又补充道，“其实吧，从医学角度，这都是可以解释的。人死后，神经还是可以存活几分钟的……”

穆锦的神经一向比较大条，加上工作这几年接触了不少尸体，并不像黄永山那么敏感，也不像徐问雨那么八卦。虽然是有点影响食欲，但在饥饿面前，没有什么能让她浪费珍贵的食物。

大概是为了分散注意力，黄永山对穆锦说：“我刚想到一点，按照肖勇的供述，他听到了尹深出差，但当尹深提到钱的事情，他听得模糊不清。你记不记得在电梯里，肖勇和尹深离得很近，他又是个惯偷，没道理不仔细听钱的事情啊。”

这倒是点醒了穆锦：“对，电梯里的那个女人也说尹深好像提到了出差的事情，但对于钱，她说完全没有印象。”

黄永山挠了挠脸颊：“可是电梯里一共就他们三个人啊，罗队早上问过尹深，我当时也在。尹深说他当时想让余真去把钱存上，以为旁边没人就顺口提了一句。他说除了他和余真以外，应该没人知道这件事儿。”

“没人？肖勇和那个女的明明是跟他一起进的电梯啊。”穆锦思考着，忽然眼前一亮，“对了，尹深是打着电话走进电梯的。”

她飞速扒了两口饭，一下站了起来。

黄永山抬头望着她：“怎么了？”

穆锦心急火燎地说：“走，快回去再提审肖勇。”

“哦。”黄永山看着餐盘里还有一半的饭菜，无奈地站了起来。

肖勇再次蔫头耷脑地坐在了讯问室中。

穆锦开门见山：“你再复述一遍，之前听到的尹深出差的通话内容。”

肖勇这回倒是很听话：“他说，他下午要出差，让他老婆好好吃饭，晚上早点睡觉之类的。”

“还有呢？”

“还有，就是那什么钱啊，放哪儿了什么的。”

“钱放哪儿了？”

“我不知道啊。”

“你一个惯偷，居然不记得和钱有关的内容？”

“不是，警察同志，我就是昨天偷了一次，怎么就成惯偷了我。”

穆锦毫不留情：“你老家的案底不需要我提醒了吧？说吧，是不是隐瞒什么了？”

肖勇再次被戳穿，支吾了半天才苦着脸说：“他当时站得离我挺远呢，我没听清。”

“在电梯里，你不是和他离得很近吗？”

“不是，他说那钱的时候，好像是在电梯外面说的。”

果然，穆锦的猜测没错，如果尹深是在进电梯前透露家里有钱的事，当时听到的可能就不只肖勇。

她忙追问道："当时电梯外面还有谁？一共几个人？"

肖勇认真地想了一会儿，才说："当时我进了电梯间，就一直站在最后面，然后听见前面有个人在打电话，一开始我也没太在意。进电梯后，我才发现是对面那个男的。"

"没有其他人吗？"

"当时电梯间里就仨人吧，我前面好像还站了个男的，个子挺高的，挡在我前面，所以才没看见前面打电话那个人是谁。"

穆锦和黄永山对视一眼，接着问："那个人大概多高？"

"有，这么高。"肖勇说着，试图用手比画，才意识到双手被牢牢卡在椅子里，他尴尬地放下手说，"反正挺高的，也壮，估计 1.8 米多了。"

"之后那个人去哪儿了？"

"嗯，我记得，我去之前他就在了，但是电梯来了，他还给我往边上让了一下，没进电梯。"

"没进电梯去了哪儿？"

"那我没注意。"

"这么重要的事情，你怎么昨天不交代？"黄永山皱眉问道。

肖勇觉得自己何其无辜："我哪儿知道这重要啊，你们也没问我啊。"

穆锦回到正题："别废话，你仔细回忆一下，之前有没有见过这个人，他是不是住在 25 号楼？"

看肖勇的表情，倒是认真想了起来。然而，十几秒钟后，他无奈地摇摇头："想不起来了，我没见过他。"

"除了很高之外，你记不记得那人其他的体貌特征？描述一下。"

"这我真不记得，一男的，我没事儿留心他干吗。"

"你回去再好好想想，想起什么来，立刻跟我们报告。"

肖勇讨好地问："警察同志，我这算有立功表现吗？"

穆锦白他一眼："你要是能给我们提供那人的长相、年龄，就给你算。"

"好好好。"肖勇一听，立即搜肠刮肚地思索起来，恨不得钻进自己的脑子里揪出那个人。

穆锦和黄永山回到办公室，简单分析了一下，决定分头行动。黄永山去找尹深核实，穆锦去找施苒再过一遍监控。

穆锦走进施苒办公室时，正好看见施苒放下电话，脸上犹自带着笑容。

施苒一向沉稳冷静，发现重大线索也不轻易喜形于色，但是今天明显不同，她圆圆的脸上洋溢着满满的幸福感，不见了平日的严肃。

穆锦见她心情颇好，也受到感染，烦躁感减轻了不少："有什么喜事儿？心情这么好。"

施苒笑容不减："现在还不能说，过两个月再告诉你。"

穆锦一头雾水："什么好事儿要藏这么久？"

施苒笑了笑，转回正题："找我什么事儿？"

穆锦不再耽误时间："帮我调一下星跃小区那个案子的监控，前天中午 12 点左右，在电梯里的视频。"

施苒麻利地调出视频，从电梯门打开时开始播放，穆锦一眨不眨地盯着视频。

视频中，尹深最先拿着电话走了进来，按了楼层号后就站在后面继续打电话，紧接着一个女人快步跑了进来。

"停！"穆锦忽然喊道。

电梯里安装的监控，通常都能拍到电梯外 2 平方米左右的小空间。穆锦指着女人身后，电梯外的那一小片空间说："帮我把这里放大。"

施苒依言放大，画面中，一个穿着黑裤子的人跟在女人后面，是肖勇。

穆锦让施苒继续放大画面，只见肖勇身后的角落里，出现了一双浅色的鞋。

可惜的是，画面只拍到了一半，且十分模糊，也看不出来颜色。

穆锦惊喜地喊道："就是这个！"

半个小时后，穆锦拿着一张打印出来的照片，和黄永山一起找到了罗立。

穆锦把照片递给罗立："这个人当时显然也在等电梯，但是他最后没有乘坐，而是在电梯门打开后走开了。"

那双鞋在监控中一闪而过，速度极快，照片上已经是施苒能截取到的最清晰的图像，就算锐化处理后，那双鞋也不甚清晰，怎么看都是再普通不过的一双男式旅游鞋，既看不出牌子，也看不出号码。唯一的信息，是一只鞋的鞋头似乎沾上了什么脏东西，污了一大块。

罗立拿着那张照片看了看："给痕检看过了吗？有比对价值吗？"

"看过了，但信息量太小，他们也不能确定。不过，根据肖勇的供述，这个人一定听到了钱的细节。"

黄永山说："尹深说，他不记得当时电梯间里有几个人，唯一能回忆起的，是他的确提到过钱在电视柜抽屉里，而且是在进电梯前提到的。"

罗立指着照片上的鞋问道："尹深对这个人一点印象都没有吗？"

"没有，电梯间一开始只有他自己，他当时离电梯最近，又只顾着打电话，没太留意有没有人进来。"

罗立沉吟道："这个人的嫌疑很大，而且，从他的行为来看，他有一定的反侦查意识。"

穆锦说："如果这个人就是凶手，那他一定认识尹深，至少知道尹深家住在哪里。"

罗立的一根手指轻敲着办公桌，问道："同时间的小区进出口监控看了没有？"

穆锦回道："东西两个口都看了，暂时没发现可疑人员，施苒推测他是走的没有监控的小门。"

罗立微皱了下眉："看来，我们要对整栋楼进行排查了。"

穆锦说："我有一个想法。"

"说。"

"我们一开始认为凶手在行凶后没走电梯，通过楼梯逃离了现场，所以只查看了楼梯间及向下的区域，忽略了向上的楼梯。但这么看来，这个凶手也有可能是上层的住户，我觉得我们应该复勘现场。”

罗立立即拿起电话，对穆锦说：“你们去准备吧，我通知勘查组。等老赵他们回来，我让他们一块儿过去跟你们排查。”

“是，罗队。”

很快，穆锦他们就在停车场里见到了提着勘查箱的宋秋实。

“怎么就你自己？”穆锦略显惊讶地问。

宋秋实抱着箱子坐上后座：“其他人在碎尸案现场，还没回来。”

黄永山忍不住说道：“这段时间是怎么回事儿，多事之秋吗？”

穆锦三两下发动了汽车，一脚踩下油门：“走吧，看看咱们下午的运气怎么样。”

星跃小区25号楼一层的电梯旁，赫然贴着一张黄色告知书：“电梯已坏，请走楼梯。”周围站着几个穿着深蓝色工作服的维修人员，正在架梯子准备工作。

穆锦觉得以后出门之前，应该看看皇历上是否写着“不宜出警”四个字。她和另外两人互相看看，又郁闷地看了眼电梯旁贴的告知书，问道：“师傅，这电梯什么时候坏的？什么时候能修好？”

其中一个说：“半个小时之前吧，我们也刚到，现在还不知道具体故障。”

看来，电梯一时半会儿是修不好了。

穆锦一个转身走进了消防楼梯。幸好只是五层，这要是爬个二十楼，他们三个也就不用回家了。

今天是个小暑天，即便只爬了五层，三个人也都出了一层热汗。特别是宋秋实，他提着笨重的勘查箱走在最后，到了五层，气都有些喘不匀。

穆锦揩了下额头上的汗，走出楼梯间，问宋秋实：“咱们从哪儿开始？”

宋秋实摘下眼镜，擦了擦蒸在上面的雾气，又重新戴上，在消防通道和楼梯间来回看了好一会儿，才选定一个地方，说：“从这里开始，现场的脚印肯定已经全部破坏了，主要看看有没有血迹或是其他遗留痕迹。你们俩跟在我后面，咱们呈三角形向上推进。”

三人都戴上手套，穆锦负责跟在宋秋实后面提勘查箱，黄永山则背上相机，肩负起了拍照的任务。

临开始前，宋秋实又说：“咱们一共往上勘查三层，如果三层以内，都没有发现任何可疑痕迹，那后面基本上就不用再看了。”

穆、黄二人都点点头，一个临时勘查小组就这样组建完成了。

三人正要开始，忽然一阵吵闹声传了过来。很快，有两个女孩提着大包小包，出现在楼道里。

其中一个女孩说：“热死了这天，非得这周搬走，烦死了。”

另一个女孩也抱怨：“是啊，真倒霉，电梯又坏了，还让不让人活了。”

她们边说边往上走，抬头间突然看到三个模样怪异的人，一时都愣住了，和他们面面相觑。

穆锦离楼梯扶手最近，她转过身，认出其中一个人，正是昨天早上在群租房里，询问过的那个穿睡衣的女孩。

那个女孩显然也认出了她，马上一点头：“警察姐姐，你们又工作呢？”

穆锦也客气地说：“是啊，你们这是干吗呢？”

两人对视一眼，皆是一脸苦瓜相，女孩说：“今天一大早，就通知我们这里要清理，限我们一周之内搬走。”她谨慎地朝电梯方向望了一眼，“唉，就算不清理，我也要搬走了，太晦气了。”

穆锦看了看另外一个女孩，对她却全然没有印象：“你也是住在517室的吗？”

被问的女孩小心地点点头。

穆锦又问：“你昨天在家吗？”

突然被警察问话，女孩有点紧张："在，但是我昨天早上出门了，晚上睡在我朋友家。今天早上，我刚回来他们就告诉我要搬家。"

穆锦把手上的勘查箱递给黄永山，走到女孩面前："那你做笔录了吗？"

"没，还没。"女孩更紧张了，解释道，"我早上才知道要做笔录，本来打算搬完家就去的。"

穆锦掏出笔和本："你要是不忙，就在这儿做吧。"

女孩把打包的东西放到一边，忙点头应答。

记录好了姓名和联系方式，穆锦问："你昨天早上几点出的门？"

"9 点多。"

"确定吗？"

"确定，我出门时看了一眼表。"女孩笃定地说。

还没等穆锦继续问，女孩就接着说："我朋友昨天来找我，我俩早上一起走的。出门以后，我们看到有个女的在对面门口张望。她看见我们，跟我们说里面好像有人死了，说要报警。"

穆锦想，这大概就是报案人彭姿提到的，她报案时对面出来的两个人。

"那之后呢？"

"我们不想惹事儿，就赶紧走了。"

穆锦把笔记本往前翻了几页，又确认一遍："你们昨天早上，是听到有人在打电话报警，出来查看，然后才离开 517 室的？"

女孩纠正道："不是啊，我们当时本来就要出门，出了门才看到对面有人，之前没听到有人打电话。"

"你确定吗？"

"确定。"

"之后你还看到，或者听到过什么吗？"

女孩认真想了想："没有，之后我们就出门了。"

"好，谢谢你的配合，请保持电话畅通，有需要我们会再给你打电话。”

两个女孩走后，穆锦小声对另外两人说：“有点不太对劲儿。”

宋秋实举着紫外线勘查灯，回头问：“怎么了？”

“我明明记得昨天早上报案人说，是她先报的警，对面才有人出来的。”

黄永山问：“会不会是报案人记错了？毕竟当时那么慌乱，记错了也情有可原。”

穆锦看了一眼表，快3点了，她说：“报案人应该在上班，等咱们弄完了，我再打电话问问她。”

一切就绪，三人终于有条不紊地开始了工作。

宋秋实一人在前面提着紫外线灯勘查血迹，后面两人也在楼梯和扶手上寻找着蛛丝马迹，三人在密不透风的楼梯间里极其缓慢地向上挪动着。

20分钟过去了，他们才刚刚转过楼梯拐角，还没上到六楼。由于他们一直躬身弯腰，腰背和双腿早都有了酸麻感。

忽然，前面的宋秋实在一段扶手处停住：“你们来看这里。”

穆锦他们连忙上前，只见在紫外线灯的照射下，扶手上有两处面积很小的土棕色痕迹。

宋秋实取出鲁米诺试剂，轻轻喷洒在那两处暗红色周围，又戴上特殊眼镜认真看了几秒钟，最终确认：“有荧光，是血迹。”

他又拿出放大镜，仔细地看了一会儿，才抬起头说：“这是一处擦蹭状血迹，比较新鲜。看走势，蹭上血的人应该是往楼上走的，而且有明显的被擦拭痕迹。现在还不好确定是否与本案有关，需要提取后回去鉴定。”

黄永山听了，立即举着照相机上前拍照取证，穆锦也按照宋秋实的要求将勘查箱打开，从里面寻找提取设备。

三人正忙碌着，忽然“吱”的一声，上面传来推门声，紧接着是匆匆的脚步声。看来，又有人因电梯罢工而转战楼梯了。听脚步声，这个人速度颇快，很快就下到了六楼。

穆锦从勘查箱里取出生物检材提取仪，刚要起身走上去递给宋秋实，却在抬眼时，看到楼梯上快步走下来的一双脚。

她的视线落在那双鞋上，是普通的灰白色男式旅游鞋，鞋子很大，看起来很干净，但左脚鞋头上落了一大块淡淡的脏痕。

那双鞋移动得很快，眨眼间越过了宋秋实，就要到她近前。

穆锦抬起头，朝上看去。那双鞋的主人个子高大，戴着帽子，背着一个包，天气这么闷热，却穿了一身长裤长袖。他此时低着头，但从穆锦的角度，刚好可以看到他阴沉着脸，看向他们这边。

发现穆锦正抬头看他，男人立即避开了视线。穆锦马上放下手中的仪器，站起来挡住他的去路："请你等一下。"

来人看也没看穆锦，猛然抬手，企图将穆锦推下楼梯。

男人站在穆锦上方，又高又壮，若真被他推上一下，穆锦一定会立刻向后摔下去。

然而，穆锦对此早有准备，她侧身避开这一推，同时抬腿一脚踢中那人膝盖。那人右膝盖结结实实地挨了穆锦一踢，痛得他闷哼一声，踉跄着险些摔倒。

穆锦向上迈步，顺势抓住那人伸过来的胳膊，使劲一拉，狠命朝他腋下捣了一拳。

她清楚地知道，楼梯间狭小，两人体形差距太大，此人又站在高处，而宋秋实和黄永山还在更上面，她若不下狠手，是不可能凭一己之力拦住他的。

那男人明显吃痛，用另一只胳膊抓紧扶手，才艰难地稳住了身形。紧接着，他摸向了身侧的挎包。

与此同时，穆锦又迈上一步，一个侧拳直击那人的喉结。拳落下时，她忽然瞥见寒光一闪，一把尖刀朝着她的胳膊刺了过来。

她登时收手，然而手臂内侧还是被刀尖戳到，扎出了一个血口子。男人趁着这工夫，一下子挤开穆锦，举着刀转身朝楼上跑去。

变故就在一瞬间，穆锦眼见他冲黄、宋二人的方向去了，而宋秋实显然还没意识到发生了什么，依旧背对着下方，弯腰寻找着痕迹。

那人步伐极大，霎时，他离宋秋实只剩两三级台阶。

穆锦清楚地看到，他手中那把刀的制式和规格，都和高湛在案情分析会上描述的凶器十分接近。

“小宋，快闪开！”穆锦失声喊道，迅速向楼上冲去。

“住手！”突然，黄永山一个箭步挡在宋秋实前面，大喝一声。

那男人立时停住，愣了一下，继而疯了似的挥刀朝黄永山刺去。黄永山顾不得手上的相机，奋力抬手防守。

看到这一幕，穆锦的心跳都要停止了。可她距二人还有三级台阶，明明是如此短的距离，此刻却鞭长莫及。

眼看着刀尖就要刺到黄永山胸前，千钧一发之际，黄永山身后忽然伸出一只“白手套”，举着一个白色小喷壶，对着男人的脸猛喷了两下。

“啊！——”男人一声大叫，刀一下扎偏了。

他猛地往回收手，刀尖却挑到了黄永山脖子上的相机带。相机带被切断了一大半，同时也缠住了刀。而刀的主人，一只手握刀，另一只手捂住脸鬼哭狼嚎起来。

原来在危急时刻，宋秋实把鲁米诺试剂喷到了男人的脸上。鲁米诺对眼睛和皮肤都有一定刺激作用，但看该人的反应，显然心理作用大于实际效果。

这么大的块头，居然是个㞞货。

也许是惊吓过度，男人手里还死死攥着那把刀，连带着黄永山被他拽着，眼看就要往前扑倒。穆锦连忙上前抓住那人持刀的手腕，将他手背狠狠往下一压，才终于逼他脱了手。

仅靠几根丝线维持着的相机带终于不堪重负，纷纷断裂。“咚”的一声，相机带着那把刀一齐砸向地面，滚下了楼梯。

穆锦三人同时向前，围住那个靠在扶手上大喊大叫的男人。

男人的帽子已经歪斜，显得有点滑稽。见他仍然想反抗，宋秋实又举起那瓶鲁米诺喷剂死死对着他，穆锦也作势要揍他。

“别，别打了……我不还手了。”男人求饶道。

于是，在物理和化学的双重威胁下，男人被黄永山反剪双手，铐在了楼梯的栏杆上。

穆锦一把摘下男人的帽子，厉声问：“叫什么？”

男人满头都是汗，低着头说：“朱延青。”

“周一凌晨 1 点到 3 点之间，你在哪儿？”

“我……我在家。”男人的目光游移着。

“刚刚为什么跑？”

“我，我……”

穆锦瞪了他一眼，转身对另外两人小声说：“就是他，跑不了。”

宋秋实听了放下喷壶，走到下面把相机捡起来，试了两下，不无遗憾地说：“好像摔坏了。”

穆锦安慰道：“人没事儿就行，回去再修吧。”

“穆姐，你的伤怎么样啊？”黄永山担心地问。

穆锦这才想起自己胳膊上的伤。她抬起胳膊看了一眼，血还在流，伤口被拉扯得隐隐作痛，不过看起来不深。

“我这儿有点纱布，你先压着点，回去上医务室好好处理一下。”宋秋实说着，从勘查箱最底下拿出一个小纸包，递给了穆锦。

穆锦笑着谢过他，取出纱布在伤口上胡乱缠了几圈，又说：“你这个箱子真厉害，简直是个百宝箱。”

宋秋实把相机递给黄永山，取下带子上缠着的那把刀，仔细看了看，对他们俩说：“这把刀刚刚也被喷到了试剂，上面有潜血反应。”

穆锦问：“会不会是因为我的血？”

宋秋实从勘查箱里拿出证物袋，小心地把刀放进去：“不会。你的血只粘在了刀尖上，但是潜血反应几乎遍布了整把刀。”

穆锦回头看了一眼栏杆上挂着的那个垂头丧气的男人，对两人说：

“走，咱们先把他带回去。”

宋秋实又拿出了生物检材提取仪，对穆锦说：“你们稍等我一下，我把楼梯上那块痕迹提取完，咱们就可以回去了，很快的。”

“博士就是严谨。”穆锦夸赞完，也跟在宋秋实身后走回上面，在旁边盯着那个名叫朱延青的男人，生怕他再暴起伤人。

朱延青在穆锦凶神恶煞般的目光下，更加噤若寒蝉，一动也不敢动。

一回到分局，穆锦就被黄永山拉去了医务室。

穆锦很是不满：“干吗拉拉扯扯的，我这胳膊本来就疼呢。”

黄永山无奈：“我拉的是你的另一条胳膊，好不好。”

穆锦更生气了：“我没事儿！咱们不赶紧趁热打铁审那个㞞包，来这儿耽误时间干吗！”

黄永山连忙说：“你别急，刚才回来的路上，他不是交代自己是那个报案人彭姿的男朋友吗？罗队的意思是，我们现在就去堵彭姿，你先把伤口处理好，吃个饭，回来两人一起解决。”

两人终于走到医务室，穆锦没好气地说：“行啊黄永山，现在都安排起我来了。”

黄永山讪讪地笑着：“不敢，穆姐，我永远是你的小弟。”

穆锦挥挥手：“行了，赶紧退下吧，等你们好消息。”

“是！”黄永山说着，一溜烟跑出了医务室。

10 分钟后，穆锦从医务室出来，小心地拉下 T 恤袖子，刚好能盖住伤口上缠着的纱布。她很是满意，看起来就跟没受伤一样。

她看看表，5 点刚过，黄永山他们不会那么快回来，索性先去食堂吃了晚饭。

等解决完温饱问题，穆锦回到办公室后，抓捕彭姿的小队还没回来。倒是宋秋实过来了，正站在徐问雨旁边说着什么。

穆锦好奇地走了过去：“怎么了？”

徐问雨朝桌子上的相机努努嘴："他来找安头儿，想问问能不能申请再批一部相机，但是安头儿让任副局叫走了。"

穆锦拿起相机看了看："刚才那一下，就彻底摔坏了？"

宋秋实说："嗯，不知道还能不能修好，这可是我们这里最好的一部相机了。"

穆锦看着上面那个知名品牌标识，问："还在不在保修期？"

宋秋实上下看了看相机，不得要领："不知道，但是人为损坏，就算在保修期也得队里花钱修吧？"

徐问雨想了想："要不你去治安支队那边找'三吉'看看？他说不定能修好。"

宋秋实一听，脸立即红了，结巴着问："三,三级，是谁？"

穆锦和徐问雨看着他紧张又尴尬的脸色，都忍不住憋笑，递给他两个意味深长的表情。

徐问雨憋着笑正色道："是吉祥的吉，吉祥三宝——'三吉'。别想歪了啊。"

他们正说着，就见办公区走廊的另一边，悠闲地走过来一个人。

那人看起来30岁上下，身量中等，长相也算周正，只是气质有点邪，全身上下透露出一种唯我独尊的傲慢。

他应该是打了发蜡，额前的一小撮头发向上挑着，眉毛也朝上飞着，嘴里还嚼着口香糖。虽然穿着警服，但还是透出一股痞气。

徐问雨赶忙冲宋秋实歪歪头，示意道："那个就是'三吉'。"

宋秋实回头看看，马上拿起相机，起身走到那人面前："你好，'三吉'。"

来人立时停住，插着兜，从上到下审视了一遍面前这个黑里透红、不知从哪里冒出来的"小眼镜"，不满地一扬下巴："'三吉'是你叫的？没大没小，叫吉哥！"

另一边，徐问雨和穆锦已经笑成一团。"三吉"目光扫过来，用一种"我就知道是你们两个捣的鬼"的表情迅速看了一眼，才又转回宋秋实："找我什么事儿？"

"那个，吉，吉哥，"也许是"三吉"的气场太过强大，宋秋实很是紧张，他握着相机，结结巴巴地说，"我们，我们这个相机出任务的时候，摔，摔了一下，现在启动不了了，你能给看看吗？"

"三吉"接过照相机，试着按了按，见确实是无法启动了，才应下这份差事："行，晚上我给你看看，不保证能修好啊。过两天我给拿过来。你是新来的？"说着，他又从相机里取出内存卡，递给宋秋实。

"吉哥，这可是我们队的博士。"不等宋秋实回答，徐问雨就大着嗓门喊道。

宋秋实回头看了徐问雨一眼，脸更红了，连忙解释道："没，还不是，我还在读呢。"

"吉哥"听了，一秒卸下刚才那副吊儿郎当的样子，笑着说："博士啊，失敬失敬，我听说你们支队来了个博士，没想到这么年轻。"

他伸出手，对着宋秋实自我介绍道："你好，我叫吉喆，是治安支队的技术员。"

宋秋实也连忙伸出手："你好吉哥，我是宋秋实。"

吉喆，人称"吉祥三宝"，简称"三吉"，是治安支队最优秀的技术员。此人手上掌握着大量扫黄材料，故而也被称为"片儿库"。

他是个不折不扣的"拆二代"，家里房子多得完全可以不工作躺着收租金，然而他偏偏喜欢"自讨苦吃"，跑来当了一名警察。

施苒在还没转来刑侦支队时，和吉喆共事过两年，吉喆也追了她两年，分局里几乎尽人皆知。

施苒自小就是成绩拔尖的好学生，家教也严。一开始，她觉得吉喆是个纨绔子弟，一身痞气，极其不靠谱，不会真的青睐自己这种毫无亮点的女孩，一定是想戏弄她，所以她很看不惯吉喆，连个好脸色都不给他。

可吉喆越挫越勇，铁了心要在施苒这堵墙上撞出个洞来。他人聪明，知道硬攻没用，不再跟着施苒做小尾巴，而是采取了迂回战术，每天不是找施苒研究案情，就是讨论技术问题。施苒碍着同事的关系，勉强耐心配合他。

时间长了，施苒逐渐发现，吉喆虽然看起来不靠谱，专业上却是很拔尖的，软件硬件都拿手，而且思维活络、反应快，经常能靠自学解决技术上的难题。

终于，在施苒调到刑侦支队的前夕，吉喆再次表白，终于得偿夙愿，抱得了美人归。

之后两人顺利恋爱，没多久就结了婚。吉喆也不负众望，结婚后成了一个尽职尽责的好老公，只要不太忙，他都会过来接施苒一起下班。

宋秋实走后，吉喆到里面转了一圈，很快就原路返回，径直走到穆锦她们身边，问："我老婆呢？"

徐问雨说："还在跟罗队他们开会呢，今天凌晨又来了两起案子。"

"这个罗老头儿，都几点了，还不放人走，对女同志也不特殊照顾一下。"吉喆不满道。

穆锦吐吐舌头，虽然刑警队里的女警属于珍稀物种，却并不享受特殊优待。

徐问雨说："小点声儿，吉哥，我们罗队可不老。"

"不行，我得找他谈谈，回头我们家宝宝有问题了，他负得起责吗他？"

"宝宝？"穆锦和徐问雨异口同声地喊了出来。

徐问雨搂住自己的胳膊，不断安抚上面并不存在的鸡皮疙瘩："吉哥，您酸不酸啊？都多大了还宝宝。唉，真是虐狗一时爽……"

她适时地看向穆锦，两人默契十足："一直虐，一直爽。"

吉喆用无可救药的眼神看着两个人，伸出一根手指摇了摇："啧，你俩想什么呢，我是那么俗的人吗？我跟你们施姐那一直都是低调有内涵的。"说着，他又神秘而得意地笑了笑，"我说的宝宝，是真的宝宝，小 baby，baby 懂吗？"

穆锦和徐问雨盯着他，足足愣了五秒钟，才兴奋地喊起来："施姐怀孕了?！真的假的?！"

"当然是真的，我能骗你们吗？今天才查出来的，两个月。"吉喆更得意了。

穆锦这才想起来，她中午去找施苒时，的确见她春风满面，浑身透露着"幸福"二字。

徐问雨问："男孩女孩？我好准备礼物。"

"嘘！"吉喆压低声音，"别到处宣扬，她不让我说。"

"为什么？"穆锦奇怪。

"这你们就不懂了，不到三个月不能随便往外说的。"

两人自然不懂这些，又围着吉喆东问西问半天，差点把他们的恋爱史又扒了一遍。吉喆被她们俩问得烦了，用恨铁不成钢的语气说："你们两个能不能干点正事儿？别老成天八卦别人。"

"我们怎么不干正事儿了？每天都累得要死，这好不容易才抓住嫌疑人，就想吃个饭休息一会儿。"关乎工作名誉，穆锦十分委屈。

"谁跟你们说抓人是正事儿了，谈恋爱那才叫正事儿，你们俩啊，唉——"吉喆以一副老大哥的口吻教育道。

"嗯咯——"

吉喆刚说完，身后就传来一声咳嗽声。他脸上立刻堆满笑容，迅速转过身叫道："老婆。"

施苒站在他身后凛着笑意："不是跟你说了，没事儿别老跑到我们这里影响工作吗？"

喆凑到她旁边，笑嘻嘻地说了些什么，跟在施苒身后走了。另外两人学着他刚才的样子，双手抱在胸前，恨铁不成钢地摇了摇头。

徐问雨问穆锦："你们刚才抓回来那个人，就是星跃小区那案子的凶手？"

穆锦点点头："肯定是那个㞞包，错不了。小黄刚才检查过，他胳膊上有咬痕，估计就是被害人咬的。"

徐问雨眼睛都瞪大了："尿包？那么大个儿，还杀了俩人，你管他叫尿包？"

穆锦简要地把抓人过程复述了一遍，嫌弃地说："听说还是个健身教练，光有一身肌肉，中看不中用。"

两人正说着话，罗立端着一碗方便面从后面走了过来。他的黑眼圈更重了，一只手揉着眉头，看见穆锦和徐问雨，说："刚才江海他们来消息，已经抓住彭姿了，正往回走，应该快到了。你们和老赵一起准备一下，等他们回来把两人分开审。让江海和老赵主审，你跟我一块儿在监控室给他们递话。"

他们有时候审案子，会把有嫌疑的共犯分开讯问，并且安排人在监控室里，通过耳机给两边的侦查员传递消息，俗称"递话"。这样一旦一方交代了某些细节，就很容易套出另一方的话，击破他们的同盟，而嫌疑人的心理防线一旦瓦解，对对方的信任很快就荡然无存。甚至有时候为了争夺先坦白的立功表现，会竹筒倒豆子，一股脑儿把案件细节全部交代清楚。

穆锦他们这边刚准备好，就看到江海一行人押着一个女人从前面走了过去，正是报案人彭姿。

很快，黄永山又转了回来，手里还提着一袋东西，急急忙忙地就要往技术大队跑。

穆锦拦住他："顺利吗？怎么去了这么久？"

"还行，我们分了两路，一路去了她家里，没人。但是他们从她储藏室的一个鞋盒里，搜出一套沾了血的衣服。"他说着，朝穆锦示意他手里的袋子，"我这就送过去检验。"

"你们从公司找到她的？"

黄永山点点头："算是吧，她应该是给朱延青打电话没打通，觉察到不对劲，想跑，看见了我们，就躲起来了。我们找了好久，最后把她堵在公司地下车库里了。"

"她可真够精的，昨天早上把我都骗了。"这个彭姿可比那个尿包聪明多了，很有可能，这一切都是她策划出来的。穆锦一边想着，一边走进监控室，罗立已经等在里面了。

“罗队，今天讯问完了您就回家吧，别熬坏了。”

罗立摆摆手：“多事之秋，我不能走。再说，今天本来也是我值大夜。”

“您回去吧，今天晚上我不回去了，在这儿盯着。”

罗立笑呵呵地说：“我没事儿，以前连轴半个月也有过。哎呀，以后我闺女也能这么关心我就好了，现在就会成天气我。”

“叛逆期都这样，过两年就好了。再说了，潇潇成绩那么好，以后肯定能上天大，您应该高兴。”两名嫌疑人相继落网，穆锦的心情也很好。

罗立笑着摇了摇头。

第五章／懦弱的壮汉

画面里的朱延青低着头，缩在那明显小他一号的审讯椅上。

他长了一张让人很难忘记的脸。并不是说他长得多帅或多丑，他的长相其实平平无奇，但在他的眉心正中央，有一颗红色的圆痣，很像原来过节时，给小孩子点的朱砂。看起来，竟有一种喜气洋洋的滑稽感。

江海开门见山："废话我们就不多说了，今天下午你拒捕还袭警，自己应该很清楚都干了些什么吧？"

在江海的要求下，他慢慢抬起了头，先是悄悄看了看讯问室四壁包围的防撞软包，嗫嚅了十几秒，才开口道："我，我只是去偷东西的，没，没打算杀人。"

罗立有些惊讶，虽说人赃并获，朱延青想不招供也难，但他没想到，这个看上去如此魁梧的男人这么容易就招了，看来今天的讯问要比想象中顺利很多。

在朱延青的供述下，他们弄清了整个案件的来龙去脉。

原来，彭姿一年前成了公司附近一家健身房的会员，在那里认识了当健身教练的朱延青。很快，两人就郎情妾意，光速在一起了。

星跃小区 715 室的房子，是彭姿在认识朱延青之前自己贷款买的，父母出的首付。两人在一起后，彭姿给了朱延青一套自己家的钥匙，朱延青便隔三岔五来彭姿家里小住。

朱延青除了当健身教练外，还沉迷于炒股，奈何水平太菜，运气太差，把他和彭姿存的钱都赔光了。没了存款，彭姿入不敷出，眼见要断了月供，她急得不得了，经常和朱延青吵架，甚至提出分手，钥匙也收了回去。

朱延青在案发前一天中午又来找彭姿求复合，在一楼等电梯时，他碰到了尹深，听到他提及自己家中放现金的事情。

"所以你当时觉得，这是个下手的好机会？"江海接着问。

"没，我没有。"朱延青想要狡辩。

"证据可不是这么说的，你等了半天电梯，为什么没坐？"

朱延青见抵赖不过，只好承认："我走了楼梯，怕被他认出来。"

"被谁认出来？"

"打电话那个男的。"

"你认识 515 室的住户吗？"

"我知道他们，但算不上认识。我女朋友认识他们。"

"具体说一说。"

"上个月，我来找我女朋友复合，在小区门口碰到她，但是她生气了不理我，我一路追到他们楼下，正好碰到那个男的，他还跟我女朋友打招呼。后来我问我女朋友他是谁，她告诉我是楼下的邻居。"

罗立对着话筒轻声说："让他说一下，案发前他碰到尹深，尹深当时都做了什么。问得详细一点。"

江海照着问了，朱延青说："当时我刚到楼下，就碰见他拉着个箱子出来了，还打了个照面。他看了我一眼就走了，但是我等电梯的时候，他又拉着箱子回来了，站在我前面，开始给他老婆打电话。"

"他打电话时怎么说的？"

朱延青呆呆地想了想："他就说，他下午要出差，现在准备走。然后就问什么人给的10万块现金存了没有，他老婆估计是说没存，他让她明天赶紧去存上。”

“他提到过那10万块现金放在哪里没有？”

朱延青点点头：“他说放在电视柜下面的抽屉里了。”

“当时等电梯的一共几个人？”

“一开始就我跟他俩人，后来好像又来了两个。”

“之后你就去找了彭姿，一起策划了一切？”

“没有。是我觉得男的出差，只有女的自己在家，我只要小心一点，把钱偷出来赶紧离开，那女的应该不会发现。我告诉我女朋友时，她是坚决反对的。”朱延青连忙替彭姿否认。

“你倒是对自己很有自信。”江海讽刺道。

“我以前在开锁店干过，所以这种事儿对我来说不难。我想着把钱偷出来还给我女朋友，让她不用再愁贷款，复合也就有戏了。”

“可她后来不是也同意了？还配合着你演了一出好戏。”

“她是后来没办法，才帮我一起收拾烂摊子的。”

“行了，别维护了。没有她的同意，你能在她家里躲到凌晨，再下去盗窃杀人，完事儿后又溜回去？还把你蹭在楼梯上的血擦了？”

江海一针见血，朱延青见被戳穿，低着头，支吾半天说不出话。

与朱延青不同的是，彭姿这边一直低着头，怎么问都不开口。

赵敬泉又等了一会儿，耳机里忽然传来穆锦的声音：“赵哥，告诉她朱延青那边都交代得差不多了，让她别再扛了。问问她，朱延青到底欠了她多少钱，让男朋友又偷钱又杀人的。”

赵敬泉心里一喜，面上却是不露声色，把穆锦的话重复了一遍。

果然，听到这话后，彭姿有了一点反应。但很快，她又僵在那里，依旧一言不发。

耳机里又响起穆锦的声音，赵敬泉听完，说：“案发前一天下午，余真给你打电话让你帮忙收快递，是不是跟你说她晚上不在家，第二天一早再来找你取？”

穆锦从监控里看到，此话一问，彭姿的脸上明显起了变化，渐渐绷不住了。她的手指也在不断地捏紧放开，完全不见了之前的淡定。

罗立在旁边说：“她肯定以为，人不是自己杀的，只要死扛住不说就没事儿了。”

“他是不是把责任都推到我身上了？”讯问室里，彭姿忽然抬头。

赵敬泉和另一个侦查员都不动声色，一脸不置可否。

彭姿看着他们的神色，忽然起身奋力挣扎，想挣脱椅子的桎梏，手铐晃得“哗啦啦”响，同时大喊起来：“朱延青，你这个王八蛋！我真是倒了八辈子霉遇到你！钱你他妈的弄光了，最后还弄得个杀人，还杀了两个，还要我帮你擦屁股！到最后你还想赖到老娘头上，你他妈也算个男人？简直猪狗不如！……”

她不知道走廊另一边的朱延青根本听不见她的怒吼，扯着脖子喊了半天，彻底发泄完，终于喘着粗气，靠回了椅背上。

赵敬泉安静地等着，他知道，嫌疑人差不多要交代了。不出所料，彭姿失神地坐了1分钟，终于开了口。

她一开口就哭了，颤抖着说：“他说……他听见小余她老公说家里有现金，晚上又出差不在家。他说知道钱在哪儿，等夜里他趁小余睡熟了，去偷出来给我，就……能解我的燃眉之急了。”

她抬起头眼泪汪汪地望着两名侦查员：“我开始根本就不同意，再怎么着也是犯罪啊，这怎么能行。”

赵敬泉他们见怪不怪，依旧安静地听着。

彭姿继续说：“可是他一直在我旁边叨叨，说他夜里走楼梯下去，偷完钱就上来，不会被人发现的。他说他有手艺，让我相信他，这对他来说都不算事儿，保证神不知鬼不觉的。”

“接到余真的电话后，你就改变了主意。”赵敬泉说。

“我跟小余说，我可以晚上给她送过去。她却说她晚上去看个朋友，不在家，早上再过来取。我就想着，小余家晚上没人，那他去拿那笔钱，就肯定不会被发现了。谁，谁知道会……”她说着又哽咽起来，试图低头用手抹眼泪。

另外一边，在江海的讯问下，朱延青也终于交代了他入室盗窃随后杀人的经过，整个过程和现场还原时的分析别无二致。

“你说你没有杀人动机，那你为什么要带刀去515室？”江海问。

朱延青抬起头，急切地说：“我没带刀！那刀不是我带的，我就带了一个包，打算装现金的。再说我根本就不知道家里有人，干吗要带刀啊，警察同志。”

“那刀是哪儿来的？凭空变出来的？”

“不是，那刀就在抽屉里来着。”朱延青解释着，“当时我翻到最上面那个抽屉，一拉，抽屉突然掉下来了，哐当就砸地上了，吓我一跳。但是我想着男的出差，女的也不在家，也就没担心。正翻另一个呢，谁，谁知道屋里门突然响了，还有人把灯打开了。”

看朱延青的表情，倒像是个受了惊吓的受害者，一脸的心有余悸。

江海板着脸，继续说道：“别跟我们这儿表演，说刀的事儿。”

朱延青盯着自己右手腕处已经结痂的咬痕，说：“我看见那女的出来，就傻了。她一看见我就朝屋里喊，我心想坏了，她老公怎么也在。我本来想跑，但又一想到她可能认识我，就又有点担心。

“正好那时候，我，我看见地上的抽屉里有把刀，我就拿了起来，打算趁她老公出来之前，威胁她两下，让她不要说出去，然后再跑。

“结果我刚想伸手捂她嘴，她就抓住我胳膊使劲咬。我一下就火了，想让她放开，就给了她一刀，但她还是咬着我不放。这时候，我听到屋里有脚步声，知道她老公马上就出来了。

“我一着急，就不知道砍了那女的哪儿一刀，血一下就喷出来了。她，她老公从屋里出来，看见我砍了那女的，眼睛都红了，上来就要跟我拼命。”

朱延青的神情逐渐萎靡：“后来就特别混乱，我也不知道到底砍了他多少刀，看到他也躺地上不动了，我就赶紧跑了。”

“呵，我看你一点儿也不混乱，还知道用没沾血的手关门，以免留下痕迹，倒挺像训练有素的。”江海说着，拿起一张照片，“你跟我们说说，谁家没事儿会在客厅抽屉里放一把这么大的刀，而且上面只有你的指纹？还跟我们演！”

江海最后一句话声音突然放大，着实把朱延青吓了一跳。朱延青一个哆嗦，抬眼看向那张照片，上面正是他今天下午打算带出门丢掉的作案工具。

他这两天一直躲在彭姿家里，今天专门挑了中午人少的时候逃走，不知道自己为什么这么倒霉，刚出门就被三个警察堵了个正着。

监控室里，罗立盯着画面，小声说："他不像在说谎。"

穆锦摘了耳机说道："彭姿这边也差不多了。夜里朱延青杀了人逃回来，把她也吓得不轻，但是她还比较冷静，知道现在到处都是摄像头，一旦案发，我们肯定会密集查这两天的监控，就让朱延青先藏在自己家里。

"昨天早上，她突然想起余真的快递还在自己家，怕一直不给余真会引起怀疑，于是就装模作样地给余真发了条微信，等了一会儿，拿下来想放在她家门口赶紧走。结果没想到下来一看，门没关严，她还以为是已经被人发现了。

"她看周围没人，就想赶紧把门关上溜走。没想到就是这么巧，刚好对面出来两个女孩看见了她。她没辙，只能假装是自己发现了尸体。在派出所民警去的路上，她就已经想好了说辞，打算把祸水东引。"

罗立说："这个彭姿年纪轻轻，心思可比她男朋友缜密多了。"

穆锦不甘地说："是我太傻了，当初被她骗得一塌糊涂。"

罗立笑笑："不怪你，我也没看出来。行了，你早点儿回去吧，明天再审第二轮。"

穆锦完全没有要走的意思。

"罗队，您是不是怀疑尹深？"

罗立看了看她，笑着说："被你看出来了。人虽然不是他杀的，但他有很大的嫌疑布局这一切。"

“那您打算怎么办？”

罗立靠在椅背上，叹了口气：“现在我们没有证据，光靠那点儿口供，难哪。”

穆锦转着手表，沉默片刻，说：“要不明天再把他叫来聊聊？说不定能套出话来。”

罗立摇摇头：“我跟他聊过两回了，他说话滴水不漏，狡猾得很，没有证据，诈是诈不出来的。”

穆锦又问：“我一直有个疑问。朱延青没偷到钱，肖勇也没接近过电视柜，咱们在现场更没见到那10万现金，尹深说的钱到底哪儿去了？”

“这事儿尹深昨天就解释过了，他说周日他回家以后又找了一遍，没找到，这才想起来自己已经把钱存了，而且当天把这事儿告诉了余真。”

“他是不是还说，他找钱的时候不小心把抽屉拉坏了？”

罗立笑了：“这你都猜到了。”

“只有一点我想不明白，余真跟彭姿说自己当晚去朋友家，我们假设她是去跟尹漠幽会，但是晚上，他们俩怎么又都出现在了余真家里呢？”

罗立说：“这一点，我们看了余真和尹深的聊天记录，证实当晚尹深曾给余真打过一个视频电话，余真没接，那会儿是7点多。之后尹深给她打过两个电话她都没接。等到了8点多，余真给尹深回拨了视频，两人大概聊了15分钟。这点尹深也证实了，说余真告诉他，自己下午回来太困了就睡了一觉，没听见他的视频和电话。”

穆锦恍然大悟：“所以她是匆匆赶回家的，后来，尹漠又追了过来？”

罗立点点头。

穆锦想了想，又问：“对尹深的侧面调查怎么样？”

罗立苦笑着说：“他在公司口碑不错，都说他踏实肯干、不张扬，为人也谦和，算是个挑不出毛病的人。”

“挑不出毛病才是有毛病。如果真的是他，那这人也太可怕了。”穆锦愤愤道。

“笃笃笃。”有人轻声敲响了门。

监控室的门开了，支队长安年走了进来。他看见穆锦，皱着眉头问：“我听说你受伤了，哪个混蛋干的？”

穆锦指着监控画面上的朱延青说：“就他，还差点刺了黄永山一刀。”

“这就是星跃小区那个案子的嫌疑人？长得够喜庆的。”安年说着又看向穆锦，“伤哪儿了？我看你这活蹦乱跳的啊。”

穆锦笑着说：“没事儿，就划了一下，您放心吧。”

安年信以为真，转头对罗立交代着：“老孔手术做完了，挺顺利的，但是还得休息一段时间。我后两天上市局开会，你多帮我盯着点。”

他口中的“老孔”，指的是刑侦副支队长孔庆丰。他比安年还大两岁，上半年由于身体不舒服，经常病休。前几天刚做了心脏支架手术，还要休养很长一段时间。这半年多，只要安年不在队里，都是一大队队长罗立代为监管。

“行。”罗立痛快地点点头。以他们二人的关系，自是不必多言。

安年走后，两个人又沉默了一会儿，罗立开口道：“快回去吧，你胳膊上还有伤。”

“小伤，我在后面趴一会儿就行。”

“让你回家就回家！明天放你半天假，休息好了再来上班。”罗立板起脸。

穆锦见罗立很是坚持，没办法，只好乖乖收拾东西回了家。

进家门时已经快 11 点了，商落白应该已经睡了。穆锦轻手轻脚地打开大门，生怕吵到屋里的客人。

推开门，穆锦却发现客厅的灯亮着，屋里很凉爽。她换好鞋走进去，只见商落白穿了一件宽松的灰色 T 恤，坐在餐桌前，低着头正翻看一本杂志。

听见响动，他把目光从杂志上移开，抬起头看到穆锦，露出一个微笑：“你回来了？”

他这话说得很随意，仿佛他们已经认识了很久，并不是昨天才见面。

“嗯，这么晚还没睡？”

“昨晚没怎么睡，下午回来睡了一会儿，现在睡不着。”

“哦，是不是因为时差？”

“没有，是——”商落白抬头看了穆锦一眼，“你昨天晚上也没睡好吗？”

穆锦点点头，苦着脸往餐椅上一坐，支着头说：“是啊，做了一晚上的怪梦。”

“什么怪梦？”

穆锦抬眼想了想，觉得所有记忆都搅成一团，只好抚着额头说：“乱七八糟的，好像老有人跟我说话，不过想不起来了。”

高强度工作了一整天，穆锦难耐疲惫，忍不住打了个哈欠。然而打到一半，她忽又想起刚刚商落白欲言又止的样子，于是硬生生地把哈欠收了回去：“是不是我晚上打呼噜吵到你了？”

商落白笑笑：“不是。你吃晚饭了吗？”

“吃了。”这次她没说谎，是真的吃了。

商落白放下杂志，不知从哪里拿出个东西，放到穆锦面前的桌子上。穆锦低头一看，那是一个暗红色的小布包，和车钥匙差不多大小。包上绣有莲花暗纹，中心用金线绣着“南無觀世音菩薩”几个繁体字。

穆锦笑着问：“这是莉莉带你去宁海的梵音寺求的？”

宁海已有千年历史，虽称为“海”，但原本只是一汪小水池，后经人工开凿引渠，成了一处占地颇广的人工湖，为驻扎在附近的军队提供淡水。军队迁走后，人们开始在宁海周围修建城舍，定居置业，原本的荒夷之地逐渐兴旺，慢慢形成了城郭，交通也发达起来。

历朝历代下来，宁海几经修葺，最后形成了现在的规模。而在宁海基础上发展壮大的巨型城市，也取其“宁”字而得名“天宁”，寓意天下安宁。

宁海的湖中岛上有一座巨大的观音塑像，传闻为几位巨贾联手出资，征得当朝皇帝同意后修建的。

梵音寺就位于观音像东麓的紫竹林旁，传说从那里求来的符最为灵验。穆锦小时候也随妈妈去拜过几次，自己还求过平安符。

此刻桌子上放的，就是一枚梵音寺的平安符，符袋背面有“平安”二字，里面是一张画有观音像、写有经文的灵符。

今天商莉莉带商落白去了宁海，应该也去拜了梵音寺。

商落白却说：“不是我的，我在餐桌下捡的。”

穆锦疑惑地再次看向那平安符，这才发现那符袋有些旧了，金线也不够亮，的确不像新求来的。

她立即反应过来，这是她的平安符。这个平安符她一直贴身放着，肯定是前天洗衣服时掉了出来，自己没发现。这要是被妈妈知道了，免不了又是一阵唠叨。

她连忙拿起来：“是我的，谢谢。”

商落白问：“你信神佛吗？”

“举头三尺有神明，怀敬畏之心而已。”穆锦笑着说，“你去梵音寺了吗？”

“去了。”

穆锦拿着平安符问：“没求一个吗？”

“我有一个，是别人送的。”

穆锦便没再多问，小心翼翼地将平安符收好，起身去厨房烧了一壶开水，冲了两杯速溶奶茶，回到客厅递给商落白一杯：“谢谢你的早餐，这是回礼。”

“我不喝甜的。”商落白犹豫地看着她手中的奶茶，没有接。

“尝尝吧，挺好喝的，里面还有红豆，反正你也不用怕长胖。”穆锦推销着。

商落白不好再推辞，接过来尝了一口。

“怎么样，好不好喝？”

商落白看着她期待的样子，说：“挺好喝的，就是有点甜。”

“这还甜啊，我才放了一半炼乳。”穆锦喝了一口自己的奶茶，感觉还是不够甜，早知道应该把商落白那一杯余下的炼乳也挤到自己杯里。

穆锦满足地喝了一大口奶茶，看向商落白：“怎么样，来天宁还习惯吗？”

商落白的视线还在杂志上：“嗯，就是有点热。”

“哦对，你们那里是冬天。”穆锦的视线扫过商落白正在看的杂志，发现那是她从单位拿回来的公安内部机关刊物，里面收录了不少重案要案。

她见商落白看得津津有味，朝杂志努努嘴：“你喜欢看这个？”

商落白翻过一页：“嗯。这里面好多案件都挺有意思的，内容也写得很详细，我没怎么看过这种题材。”

穆锦喝了一口奶茶，又问：“你都看得懂吗？呃，我是说中文。”

商落白低着头，穆锦好像听到他无奈地笑了一下：“你这是在质疑我的专业水平吗？”

穆锦不解地问：“什么专业？你学刑侦的吗？天大没有这个专业吧？”

商落白抬起头看着她，半隐在碎发后的眼睛弯出一个优美的弧度：“我表姐没告诉你吗？我的专业是中国古代文学。”

穆锦惊讶地睁大了眼睛，连奶茶都顾不上喝了：“你，怎么会学这个专业？你看得懂文言文吗？那对外国人来说……哦，华裔也很难吧。”

“不难的，我从小就学。”

穆锦这才真正意识到——商落白的中文没有口音。之前不知是自己没关注过，还是有了刻板印象，总下意识觉得他不会说流利的汉语。

想到商莉莉说她小姨是语文老师，穆锦问：“你的名字也是你妈妈取的吗？”

“是个意外，随便取的。”

穆锦有点尴尬：“哦，我还以为是有什么典故呢。”

“也算是有吧。她说那晚一直刮风下雨，就给我取了这个名字。”

穆锦端着奶茶，努力在脑海中搜寻着和“落白”二字有关的诗词，半天只想出一句“流水落花春去也”和“花落知多少”。

苦于无解，她只好又问：“那你的名字是出自哪里？”

商落白看着杂志，脸上仿佛浮现出“没文化真可怕”的表情，但是转瞬即逝。他唇色淡淡的，声音也淡淡的：“夜阑子规引商音，半窗风雨，空阶尽落白。”

穆锦默默重复着这两句诗，诚实地说：“没听过，还挺冷门的。”

这回，完全不加掩饰，对面的“文化人”直接投来一个无可救药的眼神。

穆锦全然没有察觉，还在揣度着这首诗的意境，然而咬文嚼字一向不是她的强项，只好附和道：“就是听着有点伤感。”

“文化人”翻过一页杂志，说：“她那时候心情不好吧。”

穆锦没再追问，她盯着杂志封面上“破案率”三个字，坐在那里发起了呆。

商落白抬起眼：“你在想什么？”

穆锦回过神来：“没什么，想案子。”

“昨天没抓到人吗？”

穆锦摇摇头：“抓到了，今天又抓到两个，可谓是可喜可贺。”

商落白放下了杂志，看着穆锦问：“那你——”话没说完，他忽然停住，转而盯着穆锦的胳膊。

穆锦下意识地低头看了一眼，见那里隐隐露出缠着的纱布，赶紧拉了拉袖子。

“你胳膊怎么了？”

“没事儿，下午抓人的时候不小心划了一下。”穆锦忙摆摆手。

“你们经常受伤吗？”

“看警种吧，刑警和缉毒警要比其他的负伤率高一些。”

商落白直接起身，回了自己房间。正当穆锦摸不着头脑时，他又从屋里出来了，手里拿着一个白色的小药瓶递给穆锦：“给你这个。”

穆锦接过来，看着写满外文的瓶身，满头问号：“这是什么？”

“喷剂，促进伤口愈合的，用这个会好得快一点。”

“谢谢。”穆锦忍不住想，商落白可真有涵养，自己昨天那么无礼，他居然都没有计较，还给自己又买早餐又拿药的。这样想着，她觉得自己也该多关心一下这位宽容大度的舍友，便问道：“你明天干什么？”

“去兼职的地方。”

“是哪个英语学校？我听莉莉说离这儿不远。”

“天宁海翔国际英语培训中心。”他拿出手机，翻了两下递给穆锦，“这个是地址。”

穆锦听过这个名字，是个挺知名的全国连锁英语培训机构。她接过手机看了一眼，只见是一份被放大了的扫描件，最后的落款地址写着：天宁市建安大厦 A 区一层 101 室。

想到她这个临时“监护人”到目前为止不仅什么也没做，还蹭了一顿早餐，她决定履行一下义务：“我知道那里，明天早上我跟你一起去吧。现在有些机构不太正规，还是事先核实一下好。”

“好。”

第二天一早，穆锦站在卫生间里，艰难地举着受伤的胳膊，对着镜子把药一点点喷在了伤口上。伤口已经结痂，看起来并无大碍，只是一抬胳膊就牵动得一阵疼。

喷完药，穆锦在伤口上随便缠了两圈纱布，把袖子拉了下来。她今天特意穿了一件中袖 T 恤，袖子包到手肘，完全看不出里面的乾坤。

她从卫生间出来时，商落白正坐在阳台的椅子上看书。

今天是个阴天，没有阳光，商落白坐在那里，整个人看起来少了一点生气。穆锦瞧着他专注的样子，觉得这人很遥远，很不真实。

商落白看到她，放下书说："早。"

穆锦笑着回道："早。"

商落白看向她的手臂："你的伤怎么样了？"

穆锦活动着胳膊说："你的药真的很管用，我昨天晚上喷了一次，已经好多了。而且凉凉的，很舒服。这药叫什么名字，国内有卖的吗？"

"是我爸他们公司新研发的，刚过了上市审批，还没有大规模生产。"

"那我是小白鼠了？"穆锦笑着说，"咱们早点走吧，不然一会儿堵车。"

"好。"

因为离家近、工作忙，穆锦平时都不开自己的车，所以她父母买给她的入职礼物——那辆金属红的小别克，在停车位上吃了将近两年的灰。

从学芳小区到建安大厦，走路也才十几分钟，但穆锦担心队里找她，所以还是拿起车钥匙，和商落白一起出了门。

郁闷的是，两人还是赶上了上班高峰期。看着堵得水泄不通的条条大道，穆锦很是怀念出任务时警笛开道的日子，虽然警笛也经常换来其他司机的白眼。

商落白一路上都很安静。这个初来乍到的年轻人，看着窗外的车水马龙和暑气腾腾，安静得仿佛是一个置身事外的人。

穆锦问："你什么时候开始兼职？"

商落白看向穆锦："下周一。"

"那还有几天。对了，你去天大看过了吗？"

"还没有。"

穆锦想了想说："这个周末我不用值班，回头我带你去看看，天大里面特别漂亮。你看，那就是它的东门。"

天宁大学坐落于学府路 58 号，从学芳小区出来往西走五分钟，在路口处左转，就能看到天宁第一学府——天宁大学的东门，也是它的正门。

商落白顺着她手指的方向看去，没有表现出太多激动，神情还是淡淡的。

又开出一段距离，穆锦指着远处的一栋彩色建筑说："那就是建安大厦。"

建安大厦建于20世纪90年代，算时间，还在穆锦出生之前。因为外墙采用了釉面陶板，结合不规则彩色玻璃元素，在建成之初可以说是十分新颖，在周边一圈灰白写字楼中分外扎眼。只是如今，被它旁边新落成不到一年的熙泰商场一比，就显得褪色不少。

好在建安大厦前两年重新整修过，外观看起来倒还不错。只是由于落成太早，没有配备地下停车场，车位有限的沿街停车场里，一眼望去没有一处空位。

穆锦只好把车停到隔壁的熙泰商场地下，两人再乘电梯上到一层，绕回建安大厦。看看表，居然比走路还多出十几分钟。

进了大厦正门，从大厅左转，他们很轻松地就找到了此行的目的地——海翔国际英语培训中心。

之前看到地址上写的101室，穆锦还以为这里和一个小公司差不多大。来了才发现，整个建安大厦A区一至三层一半的办公楼，都是海翔国际的校区。

101室入口处的两扇巨大玻璃门半开着，门后巨大的白色咨询台上方，是浅蓝色的亚克力装饰墙，墙上挂着一串白色大字——海翔国际英语培训中心天宁北丰校区。

穆锦和商落白推门进去，开门的瞬间，只觉温度陡然降低，刚刚的燥热感一扫而光。

前台坐着一个妆容精致、打扮得体的接待员。她坐在高脚椅上，不用站起来就可以和穆锦平视。看到走进来的二人，接待员马上微笑着打招呼："您好，欢迎来到海翔国际。请问您二位是来咨询英语课程还是留学服务？”

不等商落白开口，穆锦抢先说道：“你们有没有成人商务英语班？”

接待员露出一个职业微笑：“有的，请问您是需要短期速成的还是长期的？”

“短期的吧，我想先了解一下。”

“没问题，我们这里商务英语有很多种。您先坐一下，我安排老师给您介绍一下。”

穆锦回以微笑：“好。”

接待员起身时，多看了两眼穆锦身后的商落白，然后说：“请您二位跟我来。”

等待的时候，穆锦透过开着的玻璃门，打量着这所培训学校的内部陈设。

屋内整体色调为淡蓝色，角落里摆着绿植，看那油亮新鲜的样子，应该是有专人保养打理。门外的走廊处有一整面照片墙，都是学生和老师的合照。照片墙旁边有一处展示栏，离得太远看不清，像是学生们写的英文作文。

不多时，一个身着浅蓝色休闲套装、笑容得体的女人进了门。她手里拿着一沓资料，还没站定，就冲坐在门边的穆锦伸出手：“您好，我是海翔国际的王老师，今天由我来给您二位介绍课程。”

穆锦的目光不经意地扫过王老师胸前，淡金色的名牌上，印着白色的英文小字：Alice Wang。

当了解是穆锦的需求后，王老师开始详细地介绍起学校来，当她絮絮地介绍完后，递给穆锦一份资料：“这是我们的短期商务班，主要是针对在职白领们开设的，分为基础班和高阶班，有大班也有小班。在报名时，我们会为您做测试，根据测试结果给您推荐适合您的班级。这是资料，您先看一下。”

穆锦低头看着，资料页面设计得颇有美感，纸张摸起来也很厚实，上面清晰地列着不同的课时、班级人数和对应的价格。

王老师指着其中一个标注着“特别推荐”的课程说：“既然是速成的，肯定是人越少学得越快。我个人比较推荐这个一对二的小班教学，这种性价比最高，时间灵活，学的也和一对一差不多，最适合您这样的年轻白领。”

穆锦看着上面的标价：5800 元，10 次课，每次 2 小时。她心里暗暗咋舌，表面却不露声色，假装认真地研究着课程。

王老师眯起她的小眼睛，继续热情地介绍着：“当然，不差钱的话，一对一肯定效果最好，私人定制嘛。”

“这种班是外教教的吗？”穆锦装作感兴趣地问。

“初期都是中教授课，最后两次课，如果您水平不错的话可以安排外教老师。当然，假如您全程需要外教，费用还会高一些。”

“哦，那你们这儿的外籍老师都是合法、有资质的吗？”穆锦终于抛出了实质问题。

“这您放心，我们这里不是那种黑作坊，请的都是合法的留学生和老师。特别是高端商务英语课程，配的外教都是在国内有一定教学经验的。”王老师说话的时候，总是微笑着。她生得圆脸小眼，笑起来很有亲切感。

“嗯。”穆锦点点头，又问，“我们可以参观一下这里的学习环境吗？”

“当然可以，您跟我来。”王老师没有任何迟疑，马上起身领着二人出了门，往教学区走去。

他们参观了各类型的教室，王老师一一详细介绍，大方得体又很有针对性，穆锦从心里佩服王老师一流的推销水准。要不是自己工资太低、工作太忙，她都要心动了。

“您男朋友要是感兴趣的话，也可以一起来试试我们每周三晚的免费试听课。”王老师看向一旁沉默的商落白，试图为学校争取更多的学生。

“啊？”穆锦转头看了一眼商落白，忍笑道，“这是我弟弟。”

商落白轻咳了一声，没有说话。

只听他的“姐姐”又说：“他英文够好了，不需要再学了。”

“不好意思啊，你们父母真是太会生了，有你们这么一对儿女可真是太幸福了。”王老师赶忙为自己挽尊。

穆锦用手抵着下巴，努力不笑出来。

走上三楼，映入眼帘的是一面挂满各种证书的荣誉墙，最上面依旧是醒目的四个白底蓝字：海翔留学。

王老师走过去，介绍道：“这里是我们的留学部，这些都是我们官方认证的资格书，还有合作招生大学颁发的证书。你们要是有留学的打算，也可以考虑。我们都是老师一对一全程跟踪，录取率非常高的。”

穆锦扫了一眼那些证书，趁着王老师走开的工夫，小声问商落白：“怎么样？”

商落白低头轻声说：“这些都是合作招生授权书，应该没问题。”

穆锦点点头，转身对王老师说：“今天谢谢您，我想先回去考虑一下，有需要我再过来报名。”

话说了一车，又遛了一大圈，虽然没有当场报名，王老师面上却无任何不满，圆脸上依旧笑容可掬：“当然可以，您有需要欢迎随时联系我们，这上面是我的电话。”

说着，她拿出名片，分别递给二人。

走出海翔国际，穆锦对商落白说：“这个学校整体感觉还可以，看起来规模不小，应该没什么问题。”

商落白说：“嗯，和我之前了解的差不多。”

穆锦看着他的表情，笑着说：“你是不是在担心他们认识你了，报到时会穿帮？”

商落白点了一下头。

穆锦摆摆手：“不怕，你就说是你表姐想学英文，才非拉你过来的。”

“可是，”商落白迟疑了一下，“我表姐想学，为什么不找我呢？”

商莉莉的脸一下浮现在穆锦眼前，她笑着说：“就说你表姐太笨了，脾气又差，你教不会。”反正是商莉莉的锅，她穆锦不必在意。

“那他们肯定要怀疑，到底是我表姐笨，还是我的能力有问题。”商落白看着他的临时“表姐”，真诚地表示怀疑。

“那你就要跟他们证明你的实力啊！”穆锦向他投来坚定的目光，拿出大姐大的气势，“莉莉说了，你是学霸，要相信你的能力。”

——“我告诉你，你要是还不把你弟欠你的钱要回来，我就跟你分手，这婚也不结了！”

前方突然传来一个女人的咆哮声。

地下停车场里，穆锦二人循声望去。在他们前面不远处，一对年轻情侣正在吵架。确切地说，是女人正在骂男人。

女人看起来十分生气，男人抓着她的手说道：“我不是都说了嘛，再过一个月，我就找他要回来。”

女人一把甩开他的手：“你上次就是这么说的，这都多久了，又想糊弄我？你说，到底是你弟重要，还是结婚重要？”

男人见路人纷纷望向他们，面上很是挂不住，赶忙拉住女人：“走吧，回家再说……”

“家？你还好意思提家？！好不容易攒够了首付，你转脸就借给他了，你想过我吗你？这都快半年了，他提过还钱吗？”女人又气又急，声音带着哭腔。

男人自知理亏，但还是辩解道：“他这不是做生意周转困难嘛。我妈说了，再过一段时间，我弟有了就马上还给咱们。”

“你妈？！”女人的声音更大了，“你别以为我不知道，你妈就会向着你弟。你弟做生意，就是她给的钱吧？到了你，她连 10 万块的彩礼钱都不愿意给。我就不明白了，都是亲生的，她怎么就这么偏心！”

“我——”男人一时语塞，答不上话来。

女人更气了，推了他一把，转身走了。

男人并没有去追，他站在原地低着头，双手慢慢握紧，脸色也变得阴沉。

穆锦走到车前，又看了一眼那男人的方向，自言自语道："亲兄弟之间，能对彼此有多大恨意？"

商落白被她这一句没头没尾的话问住了，但他还是说："古今中外，'同根相煎'的例子一点都不少。"

穆锦叹了口气："我见过很多兄弟姐妹因为赡养父母、争财产，斗得鱼死网破、大打出手，之后老死不相往来的。其实这里面最可怕的，还是偏心的父母。你明明知道他们偏心，可又不愿承认，所以总窝着一股气。就像面上沉寂的火山，内里不知积压了多久的压力，突然有一天，火山就爆发了。"

"你？"

穆锦侧过头，见商落白正看着自己，这才一笑说："跟我没关系，我是独生女。我是想起我们的案子了。"

商落白问："是昨天的案子吗？"

穆锦打开车门说："嗯。凶手抓了，也招了，可是直觉告诉你，还有人参与其中，但是没有证据。"

商落白想了想，说："我不懂破案，但是我知道，盲点来自看事物的角度。我们无法做到上帝视角，想不通的时候，不如换个角度看问题，往往就能找到答案。"

穆锦仔细品味着他这句话："你这话让我想起我爷爷常说的话，'看不到证据，是因为放大镜还不够大。'"

"你爷爷也是刑警吗？"

"嗯，他可厉害了，不过退休了。"穆锦说着，见商落白还站在她旁边，又问，"你怎么不上车？"

"我是来送你的。"

"送我？你不回家吗？"

"我今天是来办入职的。"

“啊？”穆锦张大了嘴，“不是下周一吗？”

“下周一正式上课，今天入职。”

穆锦眨眨眼睛，十分后悔：“呃……那他们……”

商落白笑了：“没关系，我会跟他们说，我表姐决定让我单独辅导了。”

穆锦尴尬地笑笑：“那我先回队里了。”

目送着商落白的背影进入大楼，穆锦上了车，郁闷地想，自己为什么要多此一举。

回到分局，穆锦从徐问雨口中得知，早上他们又将朱延青和彭姿提审了一次，落实了二人作为主犯、从犯，密谋入室盗窃后杀害余真和尹漠，并在事后试图干扰办案的犯罪行为。

一桩杀人案在两天内迅速告破，本来是该庆祝的，然而没有人笑得出来，因为朱、彭二人都坚称自己没有计划杀人，更没有购买过刀具。办公区里静悄悄的，大部分负责这个案子的干警，都出去调查那把凶器的来源了。

然而那是一把再普通不过的刀，刀柄上除了品牌名外，没有任何有效信息，各大超市和线上商城都可以买到。他们调查了附近所有能买到这把刀的线下门店，也翻阅了朱延青和尹深等人的网上购物记录，仍旧一无所获。

中午的会议上，罗立已经预料到了这样的结果。他破天荒地抽了一支烟，皱着眉说：“我们这次面对的，是一个很狡猾的嫌疑人。他不沾血，却很有可能是递刀的人。而且，从他的反应来看，他早就开始计划了，只是缺少一个时机。”

“递刀杀人。”江海说，“要不先抓了再说？”

罗立说：“不急，监视着呢，跑不了。没有证据，咱们不能随便抓人。”

江海又说：“不行的话，咱们给他上测谎？”

罗立摇摇头："就算他承认了，咱们没证据，到了法庭上他还是可以翻供。"

穆锦分析道："假如朱延青没有说谎，刀就是尹深买的。从他看到朱延青后临时起意，到他第二次从家里出来，中间只有十几分钟，他没有时间去买刀，所以这把刀一定是之前就被他藏在家里了。"

江海问："有没有可能这十几分钟他出去过一次，来回都走的楼梯，所以监控拍不到他？"

赵敬泉说："不会，我们已经调查过了。离他家最近的小超市，步行也要 10 分钟左右，来回根本不够。而且那家小超市也没有这种刀卖。"

江海有些气馁："也对。要么他完全无意，朱延青在说谎；要么他一定蓄谋已久，才能这么从容，一切都安排得滴水不漏。"

罗立说："双管齐下吧，朱和尹这两条线都不能放。"

黄永山问道："假如都是尹深一手策划的，那他怎么确定余真和尹漠晚上都会在家？余真就算了，尹漠呢？"

穆锦说："所以才会有那个加急送达的快递，还有晚上的视频电话。至于他怎么知道尹漠会去，还得去问他本人。"

黄永山先是恍然大悟，想了想又问："那他又怎么知道，朱延青一定会去他们家偷那笔钱，还能顺利开锁呢？一般人谁会开防盗门的锁啊。这得是多少巧合碰在一起才能成功啊。"

他等了一会儿，见没有人回答，纳闷地左右看了看，见其他人都盯着自己，似笑非笑。他被盯得有点儿发毛，紧张地问："怎么了？我，我又犯错了？"

"巧合多了必然就不是巧合。你提供了一个好思路，尹深怎么知道朱延青会开锁的。"罗立笑着说，他接着对赵敬泉说，"老赵，查一下朱延青以前工作过的开锁公司，找记录，看尹深家，或者是公司，有没有用过他们。"

"好。"

事与愿违，下午赵敬泉他们无功而返。

他们按照朱延青提供的信息，找到了他曾经工作过的那家开锁行。然而那家锁行非常不正规，只零星保存了三个月内的大单。他们从头到尾查看了一遍，没找到任何和尹深有关的记录，更何况，朱延青一年前就已经辞职了。

凶器来源和背景调查都毫无进展，看似曙光已现的案件再次陷入僵局，每个人脸上都愁云惨淡，平日热闹的办公室里也盘旋着低气压，契合着今天阴沉的天气。

穆锦他们忙了一天，一无所获。

暑期一向是案件高发期，傍晚时，辖区内又接到一起报案，另外两组都有案子走不开，于是赵敬泉那一队就被抽调过去，只剩穆锦和江海几个人还在跟这个案子。

这天晚上轮到穆锦值大夜班，她在值班室里写写画画了将近一夜，把尹深近三个月的通话和聊天记录都整理了一遍，仍然没发现什么疑点，也没有想到新的切入口。

凌晨6点多，穆锦沮丧地丢了笔，仰靠在椅背上直叹气。明知道对方是间接故意犯罪，但就是没有证据。而那些口供，也完全站不住脚，无法定他的罪。

一阵困意袭来，她闭上眼，想休息一会儿。

“盲点来自看事物的角度。我们无法做到上帝视角，想不通的时候，不如换个角度看问题，往往就能找到答案。”迷迷糊糊中，一句话忽然无端飘进了她耳中。

穆锦猛地睁开眼，往四周看了看。值班室里除了她自己外，没有第二个人。

她愣愣地靠回椅背上，两手交握，左手不停地转动着表带。

不久，她忽然弹起来，兴奋得眼睛都亮了。艰难地挨到了8点钟，她迅速收拾好东西，一路奔向二楼办公室。

办公区里零星坐着几个人，都是通宵加班的同事。几个人看见穆锦值完夜班，还跟打了鸡血一样精神抖擞，都不由得感叹年轻真好。

黄永山背着包从外面走了进来，见穆锦这副样子，犹豫地问："穆姐，怎么了，这么高兴？"

穆锦一边准备东西一边说："咱们一直盯着尹深，却忘了一个人。"

"谁？"

"他弟弟——尹漠。"

"被害人？他那条线不是很明朗了吗？"

"你想，他们都爱余真。如果他们兄弟的喜好相似度那么高，说不定想问题的方式也很像。走！"穆锦说着，背上包，抓起车钥匙就往外跑。

"去哪儿啊，穆姐？"黄永山对着她的背影喊道。

"尹漠家。"

第六章 / 兄弟

尹漠家位于天宁市西边的宝亭区，是他父母留下的老房子。尹氏兄弟二人，就是在这里长大的。

车刚一驶入小区，穆锦就意识到，这是一个名副其实的“老破小”小区。每栋楼都看起来年代久远，外立面斑驳灰白，有些地方墙皮已经脱落，露出里面的红砖。恐怕比穆锦住的学芳小区还要早建了二十年。

所幸的是，这个小区很幽静，停车位也还算充裕。

穆锦停好车，和黄永山一起走进楼道。这是三户一层的老式单元楼，白灰墙上贴着几张狗皮膏药似的红蓝色小广告，楼梯扶手上刷着绿漆。不过楼道里打扫得干干净净，扶手上也没有灰尘，显然物业还算尽职尽责。

他们拿着从文竹那里要来的钥匙，顺利打开了三层靠右这户人家的门。戴好鞋套和手套，两人小心翼翼地撕开门上的封条，走了进去。

刚一进去，穆锦就感到闷热和窒息感扑面而来，还有一股淡淡的霉味。她立即走到窗边，把窗户打开通风。

这是她和黄永山第一次来尹漠家。这里不是第一案发现场，并不是需要搜查的重点场所。之前来这里搜查的同事们留下了一些搜证痕迹，痕迹不多，一切基本上还保持着尹漠离家前的样子。

老房和新房最大的不同，就是活动区域的大小。虽然这是一户三居室，实际上并没有客厅，只有一个很小的餐厅，兼具多种功能。

房子还保留着 20 世纪 90 年代的装修风格，家具也都很有年代感。二人在餐厅里简单转了一下，就分别进入卧室开始寻找线索。

两间卧室相连，连接处墙体中空，被改造成了壁柜。穆锦进来的这间卧室很小，里面只有一张床和一些杂物，床上还铺着被单，应该是没有人住。其中一扇壁柜门上镶了一面落地镜，镜深让这逼仄的小屋显得宽敞不少。

穆锦蹲在角落，把收纳盒里的东西翻了个遍，没有任何发现，于是站起来走到墙边，拉开了壁柜的门。柜子里面被隔板分成两层，下层是全空的，没放东西；上层挂着几件衣服，还整齐地放着几床毯子和薄被。

穆锦翻了翻，又拉开另一边。这半边挂满了层层大衣，透过衣服间的缝隙，她看到对面卧室里，黄永山也打开了壁柜的门，正仔细翻找着。那边的房间朝阳，采光要好不少，应该就是尹漠的卧室。

穆锦收回目光，看向壁柜内部。几盒袜子、两条领带，都是一些没拆封的小物品，并无异样。这时，一个粉色的包装袋吸引了她的注意。袋子上面印着一个醒目的标识，那是一个让很多女性都难以拒绝的品牌。

穆锦打开包装袋，里面是两套全新的女士内衣裤，一套黑色，一套酒红，都是偏性感的款式。

这个一线女性内衣品牌以追求时尚和浪漫著称，每年的新品展示会都赚足眼球。光是看着这两套款式，穆锦就能想象出穿上它们以后的妖娆。

如今，这两套不曾开封的女士内衣，成为一处极刺眼的存在。

穆锦把东西复位，确认这间小卧室没有任何继续搜寻的价值后，才走出来拐进另一间屋。

屋内陈设极为简单，只有两个小书柜和一个电脑桌并排立着，看起来都有些年头了。看样子，这里应该是尹漠的书房。

穆锦打开书柜，从上到下扫了一遍，发现里面的书籍简直五花八门：从汽车到编程，从电工基础到家居设计，范围极广又风马牛不相及。不过这些书都有翻动的痕迹，并不是单纯的摆设。看来，尹漠平时看的书很杂。

看到最后一排，穆锦被角落里塞着的几个硬皮蓝色小本子吸引了目光。它们乍看之下也很像书，但是书脊上没有名字。穆锦蹲下身，费力地把它们抽出来，发现它们的制式也基本相同。

她快速地一一翻阅起来，翻到最后一本时，两张照片忽然从夹页里掉了出来。

其中一张活动照率先引起了穆锦的注意。运动馆里，几对青年男女正在打羽毛球，距离镜头最近的，是一个长得很妩媚的女孩，正是死者余真。而站在她对面发球的男人，看身高和背影很像尹深或是尹漠。

另一张照片的清晰度不高，应该是在夜间拍摄的。昏暗的房间里，一对男女搂在一起，正在亲吻对方，画面十分香艳。

两个人的脸十分模糊，穆锦仔细看了看，勉强能认出余真，另一个人，应该就是尹漠。照片中的两人正坐在沙发上缠绵，唯一的光源像是来自拍摄点附近。穆锦举着照片走到客厅里看了看，发现沙发的尺寸明显不对，显然不是在这里拍的。

这照片看起来不像摆拍，更像是从某个视频中截取的画面。难道是在宾馆里两人偷情时拍的？

穆锦想着，又走回书房，余光落在照片中的茶几上，忽然觉得有点眼熟。她再仔细看去，发现这竟然和案发现场515室客厅里的茶几一模一样！

难道说，这张照片是在那里拍的？余真对此是否知情？这个男人到底是尹漠还是尹深？

穆锦一时觉得毛骨悚然，又盯着照片看了半天，才确认自己没有看错。

这绝对不是巧合，肯定就是在515室拍摄的。

等一下，如果是视频，而尹漠的手机里没有发现过类似记录，那么……

这样想着，她的视线移到了桌上那台大屏幕台式机上。这算是这个房间里除空调外最现代的摆设，在这个颇有年头的家里有些格格不入。

她伸手按下开关，画面立即点亮，主机开始发出细微的运行声。电脑很快就打开了，系统却自动进入安全模式，看来上一次关机时遇到了错误。

穆锦选了正常启动，悄无声息中，系统运行。只是，登录界面上竟然出现两个不同的用户，第一个为系统默认，第二个被命名为“Z”。

穆锦点击第二个用户名，光标在小小的密码提示栏里跳动着，她直接按下回车，系统提示密码错误。

她犹豫了一下，手落在键盘上，在提示栏里打了几个字母，最终还是全部删除。还是把整机带回去让技术处理吧，自己何必多此一举，浪费时间。

关上电脑，穆锦走到那间朝阳的大卧室，问道：“怎么样？”

“那个，没什么发现。”黄永山支吾着，眼睛却瞟向床头柜的方向。

穆锦看着他欲言又止的样子，走过去拉开了床头柜。

只见柜子里并排摆放着几盒安全套，其中一盒已经快用完了，旁边还放着几样情趣玩具。

穆锦合上床头柜，说：“有什么不好意思的，尸体都见过了，这有什么稀奇。根据咱们之前的调查，尹深偶尔会出差，而尹漠一直独居没有女友。这些东西，能说明余真曾来这里和尹漠约会过，次数应该不少。假如被尹深知道了，你猜他会怎么样？”

黄永山说："肯定接受不了，轻则离婚，重则报复。"

穆锦点点头。两人出了卧室，又在卫生间和厨房分别转了一圈，除了找到几样疑似余真的物品外，并无其他发现。

穆锦环视着四周空空如也的墙壁，问黄永山："你找到相册、照片之类的吗？"

黄永山摇摇头："没有。"

"我刚才就在留意了，这个家一直让我觉得缺少人气。一开始我以为是尹漠一个人住的缘故，后来才发现是因为没有照片。一般人家里就算再朴素，也应该能看到几张照片。更何况，这还是他们父母留下来的老房子。但是刚才咱俩都翻遍了，一张照片也没有。"

黄永山瞪着他的大眼睛，不无赞同地说："对，我也觉得少了点儿什么，原来是照片。"

穆锦指着客厅墙上的几处痕迹，说："但是你看，这里明显有相框的痕迹，说明以前是挂过照片或者画的，我觉得照片的可能性更大。"

"那他把照片都弄哪儿去了？"

穆锦耸耸肩："不知道，也许都丢了吧。不仅父母的照片都不见了，我们之前搜查尹深家时，也没有看到过一张兄弟俩的合影。"

"这俩人就这么恨彼此吗？"

"具体发生过什么，咱们也不知道。不过，我刚才在尹漠的日记本里找到两张照片，而且两张照片上都有余真。"

黄永山撇撇嘴："为了一个女人，至于吗？"

穆锦拍拍他的肩："小同志，如果将来你能单身一辈子，那我敬你是条汉子。再说，也不一定仅仅因为余真。不过……"她朝书房里努努嘴，"现在你需要做的，是把里面的电脑主机搬到咱们车上，这样，至少我这个女人会对你手下留情。"

她这两下拍得有些重，黄永山缩着被拍疼的肩膀，乖乖地跑回书房，七手八脚地把连接线拔掉，抱起主机，和拿着那一摞日记本的穆锦，一起出了门。

两人刚锁好门，对面人家的门突然开了。一个约莫60岁的短发女人，隔着纱窗防盗门，笑着和他们打招呼："请问，你们是警察吗？我能问问对面发生什么事儿了吗？"

穆锦说："不好意思阿姨，我们还在调查阶段，暂时不方便透露。"

对面的女人有些失望："唉，我这刚旅游回来，就听我老伴儿说对面老尹家出事儿了，怎么还贴封条了这是？"

女人说着就要关门，穆锦马上问道："您是哪天回来的？"

女人的手停下来："昨天下午回来的。"

穆锦递给黄永山一个眼色，后者马上上前，笑着说："阿姨您好，请问您现在方便和我们聊几句吗？"

女人上下打量着二人，警惕地问："你们是警察吗？能不能给我看看工作证？"

穆锦掏出工作证递给她，她仔细看过后才打开防盗门，热情地招呼着："进来坐吧，警察同志。"

两人一前一后地走了进去。屋里开着吊扇，两人刚刚在尹漠家里都闷出了一层细汗，现下觉得凉爽许多。

他们在女人的招呼下落座，穆锦掏出笔记本，开始询问："阿姨，请问您贵姓？"

"免贵姓梁。"女人一边说着，一边又给两人倒了水。黄永山连连道谢，拿起来灌了大半杯。他们在闷热的小空间里搜了快两个小时，滴水未进，喉咙都要冒烟了。

"梁阿姨，您跟对面这家人很熟吗？"穆锦问。

梁阿姨在他们对面的椅子上坐下："我跟尹师傅以前是一个厂的，挺熟的。尹师傅是个热心肠，唉，就是人走得太早了。"

"那尹深和尹漠两兄弟呢？"

"他俩差不多就是我看着长大的。小时候啊，这两兄弟可要好了，天天一块儿上下学，还特别有礼貌。谁知道，尹师傅一走，这个家就散了。"梁阿姨感慨着。

“那他俩的性格怎么样？”穆锦又问。

梁阿姨想了想：“嗯，感觉老大沉稳一点，好像成绩也一直比他弟好。老二呢，活泼一些，爱说。”

黄永山问：“他们感情一直很好吗？后来有什么矛盾吗？”

“以前好着呢，尹师傅他爱人走了以后，俩人也一起在这儿住了好久。也不知道为什么，前几年老大突然就搬出去了，我猜是结婚了吧。之后就没见过他，出来进去的都是老二。问他咋回事儿，他也不说。”

黄永山又问：“您能分得出他俩？”

梁阿姨一笑：“那有什么分不清的，从小看着这俩孩子长大的。”

穆锦喝了一口水，接着问道：“尹深搬走以后，尹漠的性格有什么变化吗？”

梁阿姨想了想说：“倒也没太大变化，就是去年吧，有几次晚上跟家里大喊大叫的，怪吓人的，可能是遇到不顺心的事儿了。你们年轻人，工作压力都大，我们也理解。但这段时间好像还不错，出来进去都有说有笑的，估计是谈女朋友了。”

“怎么又停电了？”梁阿姨刚说完，忽然意识到头顶上的凉风停了。她抬头看了看，然后抱歉地对穆锦他们说，“你们要是热，我家里还有西瓜。”

穆锦忙说：“我们没事儿，这儿经常停电吗？”

梁阿姨说：“也不是，听说这几天设备检修，估计一会儿就该来了。”

穆锦点点头，继续刚才的问话：“您说他谈女朋友，那您看见过吗？”

“我就瞧见个背影，带女孩来自己家可不就是女朋友嘛。他也老大不小的了，该谈个了。”梁阿姨说完又自嘲起来，“我老太太是不是太好事儿了？”

穆锦摇摇头：“您是热心。”

梁阿姨眯着眼睛笑起来：“小姑娘太会说话了。”

一旁的黄永山听了，表情变得有些丰富，但一碰上穆锦的眼神，又把吐槽的话咽回了肚子里。

穆锦接着问："尹深搬出去以后，一次都没回来过吗？"

"没有吧。"梁阿姨收起笑容，想着，忽然说，"你这么一说，好像是回来过一次。让我想想啊……对对，是回来过，得有一两年了吧。我有一天买菜回来碰见他在门口打电话，一开始我还以为是老二呢，仔细一看，才发现是老大。我跟他打招呼，他也挺热情的，但瞅着就不太高兴。我问他怎么不进屋，在门口干站着，他说忘带钥匙了，等找开锁的来给看看。"

穆锦和黄永山对视一眼，问道："然后呢？"

"嗐，其实我知道，不是老大忘带钥匙了，是之前老二把门锁换了，他没钥匙进不去。我叫他先来我家里坐会儿，他也不来，就跟门口干等着，我就回家了。过了个一二十分钟吧，应该是有个开锁的师傅来了，我听见俩人跟楼道里讲价来着。"

穆锦追问道："您看见那个开锁的师傅长什么样了吗？"

梁阿姨一脸为难："这我肯定没看见哪，而且那么久了，就算见着也不一定记得长啥样了。"

两人问完话，和梁阿姨道了谢，起身离开。刚一出门，穆锦就问黄永山："你记不记得朱延青待过的那家开锁公司叫什么？是不是离这儿不远？"

黄永山抱着笨重的主机，小心地看着脚下的台阶："我也不记得了，但肯定在宝亭区。"

穆锦偏过头，目光扫过墙上的小广告，眼睛忽然亮了："有了。"

她掏出手机，对着墙面拍了一通，把照片发给了徐问雨，让她帮忙查询。之后她又挑挑拣拣，把墙上的"狗皮膏药"撕下来好几张，胸有成竹地说："肯定是这里面的一个，咱们去会会。"

时间已至正午，热辣的太阳晒得人发晕。两人在路边随意寻了个小吃店，打算就地解决午饭。

一顿狼吞虎咽后，灌了两大瓶冰可乐的黄永山才满意地说：“今天运气真好。穆姐，要是你能把欠我的冰激凌也补上，我今天就圆满了。”

穆锦正在给罗立发信息，她头也不抬地回道：“不认真不仔细，运气也不会等着你。还有，我什么时候欠你冰激凌了？”

黄永山有些委屈：“那天不是你说的，抓住了肖勇就请吃冰激凌？说话不算话。”

穆锦放下手机，把碗里的最后一口饭吃完，说：“肖勇是我抓住的好不好，你那天要是再跑快一点儿，都能申请吉尼斯树懒赛跑世界纪录了。”

黄永山不敢反驳，气得又去拿了一瓶冰可乐。穆锦看着他，擦了擦嘴，豪气地说：“算了，怎么说你也是我小弟，今天午饭我请你了，抵了那顿冰激凌。等你以后找到女朋友，我再请你们吃冰激凌。”

黄永山转悲为喜：“能不能我一人先把两人的吃了？”

“不行！”

一回到分局，穆锦就匆匆忙忙地去找施苒，身后跟着她的苦力黄永山。

穆锦问：“这个被害人的电脑，进入需要登录密码，你能解吗？”

施苒正在忙着处理另一起案子，她看了看黄永山抱着的主机，问：“什么系统？”

“Win 7。”

“我不是特别熟，得需要点儿时间，必须今天解吗？”

“越快越好。”

“好吧，我问问。”施苒说着，掏出手机拨了个电话，简单说了几句就挂了。

不到 10 分钟，就见吉喆溜溜达达地过来了，还是那副玩世不恭的样子，悠闲得像在逛大街。

简单问明缘由，吉喆先是接好显示器，开机看了一遍，然后问：“两个用户都要解吗？”

穆锦点点头："你需要回去取设备吗？"

"专家出手，还需要设备吗？"吉喆说着从兜里掏出一个U盘，对穆锦他们说，"你们别都在这儿盯着我，给我们点儿私人空间。"

施苒无语地回头看了他一眼，他才正色道："半个小时搞定。"

出了办公室，穆锦忽觉一阵困意袭来。值完大夜班又忙了一上午，她实在是太累了。好不容易拖着疲惫的身体晃到休息室，穆锦一头倒在了床上。

她正睡得迷迷糊糊，黄永山忽然跑进来，叫醒了她："穆姐，有发现！"

穆锦顿时睁开眼睛，清醒过来："什么发现？"

黄永山拉着她往门外走："走吧，你去看了就知道了。"

商落白昨天刚办理好入职，学校紧接着就给他安排了几天的岗前培训，希望他能尽早上课。

海翔国际在培训界知名度很高，它的暑期班一向非常火爆，所有老师，包括兼职的学生，课程都被排得很满。

商落白虽然表示自己不需要宿舍，但是这所规模不小的英语学校，还是体贴地给他保留了位置，方便他午休。宿舍两人一间，他被安排和另外一个来自加拿大的留学生一间。

人事部介绍说，他的室友Simon是天宁语言学院大三的学生，经常兼职口语课老师，这次一放暑假就过来了。

结束了上午的培训，时间还早，商落白在校区里简单转了一圈，打算回宿舍休息一下。

他之前以为海翔国际只有三层，实际上一共有五层。第四层是办公室和会议室，第五层是给老师们的休息区。

乘电梯到达五楼，商落白找到自己那一间。他不确定Simon是否在里面，为了避免尴尬，他先敲了敲门，等了一会儿，见无人应门，才用钥匙开了门。

宿舍里没有人，室内有些暗，飘着一股淡淡的空气清新剂的味道。里面的设计有点像快捷酒店的商务房，进门先是一道不长的走廊，从门口可以看见最里面拉着窗帘，还能看见小客厅的部分陈设。

商落白打开灯走了进去。里面有些闷热，不过房间还算干净，地毯从门口一直延伸到室内。

走廊右转是卫生间，左转应该是个小厨房，里面冰箱、微波炉、烧水壶一应俱全。穿过走廊，只见休息区的沙发前摆着一个小茶几，正对面的墙上嵌着台液晶电视，电视右边立着两套书桌和立柜，其中一张桌子上放着几本书和一个水杯。

宿舍最里面，两张床分靠在左右两边的墙角，旁边各摆着一个床头柜。靠近沙发那边的床上放着一个包，床头柜上也放着一盒口香糖，显然已经有人住了。

商落白走到窗边，拉开窗帘打开窗户，阳光透进来，在屋里投下一片斑驳树影。

这个宿舍的窗户并不临着主干道，而是对着一条商业街。从窗户望出去，可以看见一排高大的杨树，一家家临街的小商铺，还有延伸到远处的小巷和酒吧街。

他转身再次看向宿舍内部。装修设计仍然是清新的蓝白色，虽然空间不大，但对于兼职的学生来说已经非常舒适了。

商落白走到沙发前放下包，打算休息一下。刚坐了几分钟，门就响了，紧接着，一个有着浅棕色头发、高鼻深目的外国人走了进来。

他看到坐在沙发上的商落白，先是愣了一下，疑惑地看着他，然后用很蹩脚的中文问道："请问、你找、水（谁）？"

商落白站起来，放慢语速，礼貌地回答："你好，我叫 Ethan，是新来的兼职老师，被分来和你一间宿舍。"

闻言，对面的老外豁然开朗，赶忙走过来向他伸出手："Hi, I'm Simon. Yes, I know. Ling told me you'll move in. Is it your first day today?"（你好，我是西蒙。是的，我知道。凌跟我说过你会搬进来。你今天是第

一天吗？）

Simon 比商落白矮了近半个头，长着一双明亮的蓝色大眼睛，只是黑眼圈有些重，整个人看起来也略显疲惫。他似乎喷了不少香水，人才走过来，混着烟草味的香水气味，就已经侵袭了几米内的全部空间。

商落白也伸出手轻握了一下："Yep. I just arrived this week. Second day of induction and training today. I'll start on Monday."（对，我这周刚到。今天是入职培训的第二天，周一开始上课。）

Simon 一挥手，笑着说："Welcome on board."（欢迎加入。）顿了顿，他又说，"我会是、一锅（个）很、好相出（处）的、室友。"

他的中文口音虽然很重，所幸语法还好，听起来并不那么难懂。不知是不是刚从外面回来，他的手心里汗津津的。商落白和他握过之后，觉得湿滑的手感很不好受，想去洗手，但出于礼貌还是暂时忍下了。

商落白说："谢谢。我晚上住在朋友家里，白天偶尔过来，只需要在这里放点书和一些东西。"

Simon 笑着点点头，去了趟卫生间，出来后又把空调打开，坐到沙发上，和商落白攀谈起来。

从毯子、枕头都在柜子里，建安大厦附近哪些餐馆做的饭好吃，到商落白和他自己的专业，都一一聊到了。Simon 起初并不惊讶于商落白的中文水平，当他得知商落白是学中国古代文学专业时，很是佩服。

他用带着独特口音的中文说："你、为顺（什）么要学、古代文学？"

商落白说："中文是一门非常复杂的语言，中国文学也一直是世界文学中极其独特的存在，我也关注过其他国家的文学，但最想研究的还是这个。"

Simon 深以为然："语言、很难，中文最难！我学了、四年，还是、说不好。你、还要会古喊（汉）语。Archaic Chinese! Gosh!" Simon 说着张开双手向上抬起，做出了一个夸张的表情。

商落白说："还好，中文是我的母语。"

Simon 却摇摇头说："因（英）语是我的、母语，但你、让我去学古因（英）语，我也、学不会。"

Simon 很健谈，他虽然和商落白一样大，但已经在天宁生活了三年，以大哥自居的他，给商洛白讲了不少趣闻。

商落白很少与人长时间聊天，又实在不喜欢对方身上的香水味，但出于礼貌，一直坚持听着。终于，Simon 看出来他有些累了，才结束了冗长的闲聊，出门去吃午饭了。

商落白这才得以去洗了手，收拾好自己的东西。刚躺到床上打算休息一下，手机忽然响了。

拿起来一看，是穆锦发来的微信："入职顺利吗？他们没难为你吧？"

他回了一条："没有，很顺利。"

穆锦很快就回了过来："那就好，周日姐姐请你吃饭。"

他只回了一个字："嗯。"

穆锦没再发来消息，商落白点开她的头像，看着那棵高大枫树下女孩小小的背影。枫树已经一片火红，女孩也穿着一件红大衣，手中握着一片枫叶，抬头向上望着。

看着看着，他想起第一天刚刚搬进穆锦家时，夜里发生的一幕。

那晚他很晚才睡，刚躺下不久，忽然听到"咚咚"两声，像是有人在拍门。他忙坐起来，只听客厅里响起一阵脚步声。他以为是穆锦上洗手间，没有多想。但坐在床上听了一会儿，发现那脚步声来来回回走了好几次，他觉得有些不对劲。

他起身走到门口，慢慢打开门，朝餐厅看去。餐厅里没有人，灯也是关着的。

这种老房子的设计比较粗糙，客厅在中间，两边分别与阳台和餐厅相连，中间没有隔挡，整个活动空间从头到尾一览无余。商落白走出房间，站在餐厅这一头，抬眼就看到另一边淡淡的月光照进阳台，月光里还嵌进了一个长长的人影。

他立即警觉地往阳台上看去，那里正站着一个穿着短袖睡衣的女孩。女孩身形高挑，头发披散着，一动不动，背对着他看向窗外，似乎是在欣赏月色。他放下心来，以为穆锦热了睡不着，出来透透气。

转身刚走出一步，忽听得阳台上的人说：“我不想听这些。”

商落白犹豫了一下，对着阳台的方向问：“怎么了？”

穆锦还是站在那里一动不动，没有回答他。两秒钟后，她又开口了，语气十分生硬：“你到底是谁？”

这一次，商落白觉出哪里有些不对，一种怪异的感觉爬上心头。他立刻返身朝阳台走去。

他走得很快，尽量压低了脚步声。等离得近了，他朝四下里看了看，确定没有别人后，才小声对着穆锦的背影说：“你能听见我说话吗？”

阳台的窗户紧闭着，闷闷的，没有一丝空气流动。穆锦站在原地，一动不动，也不作回应。

他这才又朝前迈了一步，站到了穆锦面前。

暗淡的月光照在穆锦脸上，她半睁着眼，脸上没有任何表情，像一尊雕像似的立在那里。商落白盯着她的脸仔细看了几秒钟，目光落在她左眼角下一颗针尖大小的痣上，又很快移开。

他伸出一只手在穆锦面前挥了挥，穆锦依旧无动于衷，眼睛里一点光彩都没有——她根本就看不见他。

商落白心下了然，知道她应该是梦游症犯了。

虽然穆锦的状态有些诡异，但他并不觉得害怕。他刚想伸手把穆锦领回卧室，就看见她嘴巴动了动，喃喃呓语着：“你别说了，我已经不认识你了。”

看来穆锦不光是梦游，还能说梦话，发展得挺全面。

商落白无奈，抓过她的一只手，想带她回卧室，然而穆锦不肯走，死死站在原地，拉也拉不动。

两人僵持了一会儿，穆锦忽然带着哭腔想要挣脱他的手，大声喊道：“你别碰他！”紧接着就双脚一软，直直向下倒了下去。

一切发生在瞬息间，幸而商落白正抓着她的一只胳膊，顺势就拽住了她。然而他自己被穆锦一带，险些摔倒，全靠另一只手撑住墙面才险险稳住身形。

他低头看了看穆锦，只见她已经闭上眼睛，但犹自喃喃说着什么。他叹了口气，缓缓伸手，帮她把挡在脸上的碎发拨到一边：“别怕，都是梦，梦醒了，就都过去了。”

过了好一会儿，穆锦才不再说话，应该是又睡得沉了。

尽管是夏天，但也不能让她睡在这里。商落白把她的一只手臂搭在自己肩头，弯腰将她抱了起来，稳稳地将她抱回到卧室床上。

卧室里的空调已经停了，有些热。他把空调打开，又帮穆锦盖好薄被。做完这一切，他并没有着急走，而是在床边蹲下来，借着屋里黯淡的光，端详着穆锦的睡脸。

穆锦的嘴唇很薄，抿着嘴时，总显得有点倔强。不过她那双看人时略带锋芒的大眼睛，此刻正紧闭着，藏起了平日里的那份强势。

她的眉毛也不像一般女孩子那么秀丽，长而略粗的眉毛整体走势向上，柔美不足却英气十足。纵使光线暗淡，也能看到那两道剑眉微蹙着，似是仍在梦魇中。

看了一会儿，商落白轻声问：“你都不记得我了吧？”

穆锦当然不会回答他。

北丰分局刑侦支队，施苒办公室。

穆锦打开门，发现施苒不在，但屋里已经站了好几个人，都凝神立在吉喆旁边，紧盯着面前的屏幕，低声分析着什么。

穆锦走过去，见画面上是一对赤身裸体的男女，正在昏暗的房间里尽情欢爱着。女人背对镜头跨坐在男人身上，男人的手则搭在女人的窄腰上，仰着头，一脸享受。

虽然已经静了音，但画面上两人此起彼伏的动作，还是让这间小办公室沾染了点色情录像厅的味道。

屏幕前的几个人面色都有些尴尬，只有吉喆极其淡定地说：“根据我的经验，这应该是最新款的针孔摄像头拍的，你们看这清晰度，都快赶上小电影了。”

江海问：“看这样子，这两人像是毫不知情，这是什么时候的视频？”

吉喆看了看：“2019年的。”

罗立说：“那会儿她才刚结婚，应该搬到星跃小区没多久。”

穆锦一头雾水：“这是怎么回事儿？”

吉喆解释道：“刚才我把两个账号都破解完，闲得没事儿就翻了翻，发现这第二个用户名里只有一个文件夹，空间还不小，就调出来看了看。不好意思，职业病改不了。结果就发现了这一堆偷拍的小视频，我老婆看见了，就去把大家都叫来了。”

江海问：“这是尹漠拍的？”

“肯定是他，这是他的电脑。”穆锦说着，从旁边桌上的一个蓝色笔记本里抽出一张照片，展示给众人，“这是我们上午在尹漠家发现的。你们看，场景一模一样，是515室的客厅，而且拍摄角度也和这视频上的一样。”

江海看了看照片，又看向视频：“这是2019年的视频，如果是尹漠偷拍的，那这视频男主角，到底是尹深还是他自己？难道那会儿尹漠就和余真有染了？”

罗立摇了摇头：“不会，他肯定是今年才开始和余真接触的。这视频上的，应该是尹深。”

吉喆看着视频，不失时机地揶揄道：“这俩人够有情调的，估计把家里都折腾遍了。”

没人接话，气氛一时安静。

又过了几秒钟，黄永山打破了沉默：“那个，我有点儿糊涂了。尹漠去 515 室偷拍的话，他是怎么进去的，总要进去安摄像头吧？”

穆锦想起在尹漠家里看到的那些书，顿觉豁然开朗：“我在尹漠家看到过一本专门讲电路改造的书，尹漠应该具备基本电路知识，安个摄像头对他来说不在话下。至于他是怎么进去的，你忘了尹深找人去开尹漠家的锁了？”

黄永山一点就透：“哦！这两兄弟这么像，尹漠当然能假扮他哥找人开锁，只要找个尹深和余真都不在家的时间，假装忘带钥匙，叫来开锁公司的人帮忙开锁。一开门看到里面的结婚照，估计开锁师傅都不会跟他要证件了。”

吉喆在旁边插话：“虽然我不了解案情，但是你们分析得很有道理。我的任务完成，就先撤了。”

“辛苦你再帮我们看看，他电脑里有没有用来接收视频的软件。”罗立抬手按住他，接着又对黄永山和另一名侦查员说，“你们俩叫上文竹他们，现在去 515 室重新搜查一遍。所有可能藏有针孔摄像头的地方都要查，重点检查客厅。”

“是。”两人领命，转眼消失在办公室。

几个人都很兴奋，盯着吉喆接下来的一举一动，眼中都泛着光。只有吉喆嘟囔着说：“老婆见不着不说，还得苦哈哈地给你们刑侦队卖命。”

江海说：“不白干，三吉，回头我们在施苒面前，好好吹嘘吹嘘你今天的神勇表现。”

罗立也说：“如果能找到证据，绝对给你记一功。”

吉喆又在电脑上找了一会儿，突然也兴奋起来：“找到了，就是这个，藏得够深的。”

几个人屏气凝神，看着他打开了一个软件，熟练地登录。

很快，就出现了一个熟悉的视频界面。但视频有些模糊，画面也没有变过，若不是下面的时间在变化，很容易会以为这是一格静止画面。

“咱们分局的网最近怎么回事儿？这么差，我得申请升级了。”吉喆抱怨道，又切换了一下画面，“你们看，一共两个头，设置的自动录像。客厅一个，屋里一个，就是屋里这个有点怪，怎么看不到画面？”

他又试着调了调角度：“还是不行，应该是有遮挡。”

罗立看了看，立即给黄永山打了一个电话，然后对吉喆说：“看客厅那个，说不定拍到了什么，试试看能不能回放。”

“别急，我看看。最后的记录显示是7月11号23点43分，好几天之前了，有用吗？”

穆锦急忙喊道：“有用！从11号中午11点45分开始看，别开倍速。”尹深所有的活动时间，已经在她心里打了烙印。

江海说：“那会儿尹漠应该已经在余真家里了吧？电脑一直开着？可我记得我们去搜查的时候，他电脑是关着的。”

穆锦说：“他应该是开了自动录像，但是突然停电，电脑断电了。”

说话间，吉喆已经麻利地调整好了录像时间。穆锦几乎有点不敢看，紧张得心跳加速。

画面正在加载。十几秒钟的时间，宛如一个世纪一般漫长。终于，画面开始播放，时间刚好是11点45分，是尹深在案发前一天中午，第一次回家收拾行李准备出差的时间。

这次的画面十分高清，清晰得能看到沙发上方静物画的细节。所有人的眼睛都紧紧盯着屏幕，像是要把每一帧画面都刻在脑子里。

他们先是听到开门关门的声音，听到有人来回走动，但画面中始终没有人，直到门声再度响起——“咔嗒”，门被关上了。

几个人都略显失望，不过他们都知道，重头戏还在后面。

果然，在一段快进后，门声又响了起来。这一次进门后，敲击在大理石地面上的脚步声，明显要急促很多。

大约2分钟后，他们所期待的画面出现了。这一次，连吉喆也安静下来。办公室里鸦雀无声，电脑里的声音被无限放大。

一阵拉锯般的刺耳声后，突然“当”的一声，画面也似乎震了一下。之后是一阵窸窸窣窣的响动，过了好一会儿，又传来什么东西轻轻闭合的声音。

紧接着，一个人出现在画面中。围在屏幕前的众人眼睛都直了，江海直接喊了出来：“我靠！”

那个人面对着镜头方向，站直了身，却因为离得太近，只能看到他的两条腿。他足足在那里站了快 3 分钟，才终于收拾好东西离开。

吉喆问：“这是干吗呢，欣赏自己的杰作？”

穆锦说：“他在看结婚照。”

她转向一语不发的罗立，“罗队”两个字刚喊出口，就见施苒推门走了进来。她看了看一脸凝重的几人，对罗立说：“罗队，那个被害者家属尹深来了，说是找您。”

穆锦深吸一口气：“罗队，我们要不现在就——”

罗立摆摆手：“先别轻举妄动，我先去看一下。”

江海急忙说：“怎么能让您一个人去！”

“去去去，他还敢在这儿袭警不成。”罗立说着，又给江海使了个眼色，“你去准备一下，其他人等我消息。”

江海点点头，他自然明白这个“准备”指的是什么。

罗立离开不到 2 分钟，施苒办公室的门再次被推开，徐问雨探进了脑袋。穆锦走过去，一把把她拉进来：“外面怎么样了？尹深呢？”

徐问雨说：“罗队说要再找尹深问点事儿，给他带到二号询问室里去了。罗队让我跟你们说，5 分钟后过去找他。”

穆锦会意，询问室里面除了审讯椅外，与讯问室的设计并无太大区别。罗队把他带到那里，既不会引起怀疑，又能稳住他。

江海很快就回来了，几个人鱼贯走出施苒办公室，来到二号询问室门口。穆锦敲了敲门，和江海一前一后走了进去。

罗立坐在询问席上，尹深坐在对面的椅子上，人比那天穆锦见到他时精神好了许多，此刻正在跟罗立道谢：“真是感谢你们，我该给你们做面锦旗。”

穆锦走到尹深旁边，递给他一份材料：“这是家属告知单，请你核对无异议后签个字。”

上面的内容不多，尹深快速浏览了一遍，立即签好了字。但他发现还有第二页，便疑惑地翻过去，刚看到上面的“拘留通知书”五个大字，脸色就阴沉了下来，被坐在高处的罗立尽收眼底。

他一下站起来：“你们这是什么意思？”

穆锦和江海站在他身后，一左一右按住他的肩膀。江海厉声说道：“尹深，你涉嫌蓄意谋杀妻子余真、胞弟尹漠，现在依法对你进行刑事拘留，这是你的拘留书。”

“你们搞错了吧！不去抓杀人凶手，抓我干什么?!”尹深奋力扭动挣扎着，他冲着罗立大声喊道，“罗立队长，你到底想干什么！”

罗立沉默不语，背着手走了出去。

尹深被江海和穆锦拧着胳膊，从身后戴上手铐，踉踉跄跄地带出了门。

原来刚才在施苒办公室，几人早已商议出了抓捕计划：由江、穆二人以送材料为由，进入询问室，控制住尹深，另外几个人在门口接应。此刻尹深的挣扎，在江海和穆锦面前根本就是徒劳。

把尹深送到候问室后，穆锦立刻回去找罗立。谁知罗立一看到她，却先开了口：“我就知道你1分钟不到，就会跑来找我。”

穆锦不好意思地说：“我就是想趁热打铁，让他赶紧撂了。”

罗立喝了一口茶，整个人看起来舒展了许多：“不急，先晾晾他，咱们把证据捋顺了再说。”

穆锦若有所思：“您的意思是，他不知道咱们手里的底牌，所以要准备充分，一击即中？”

“这人我接触过几次，反应快，不好对付，不能操之过急。咱们手里的证据虽然能定他的罪，但我还是希望他能多吐一些。”说完，他笑着看向穆锦，“这次你跟小黄表现不错，有很大进步。时间不早了，你先回家吧。明天早点儿过来，上午开个会汇总一下，然后提审尹深。”

去案发现场重新搜查的小队还没回来，吉喆和江海在整理视频证据，穆锦在这里确实无事可做，便收拾了一堆材料，背上包，走出了分局大楼。

回到家，商落白不在。她随便吃了些东西，美滋滋地窝在沙发上看起节目来。进广告的间隙，她的余光扫过茶几，突然发现上层放杂志的地方，多了一个深棕色的笔记本。

她探身把笔记本拿过来，发现是本 A4 大小的软皮本，很厚重，暗格花纹的封皮上像是镀了一层蜡，反着客厅暖色的光。

父母上次回来已经是三个月之前，所以除了她，这只能是商落白的东西了。大概是他没注意，和其他的杂志一起放了回来。

穆锦捏着手里的笔记本忍了又忍，终于还是没忍住，打开了它。

本子没有署名，扉页上是几个手写的楷书——“中国各地奇风异俗收录”。一行字写得工整有力，俊逸挺秀，竟像是从某个字帖上拓下来的。这样的字，光看都是一种享受。

穆锦心中惊奇，没想到商落白的字写得这么好，怪不得要说自己质疑他的专业水平了。

翻过一页，第二页似乎是个简易的目录，作者给不同的风俗都取了个简单易懂的标题，后面标着对应的页数。

“北方狩猎部落熊崇拜”——8 页。

穆锦往下一览，基本上都是这样的命名方式，有些还在后面标注着摘自何处。她粗略数了下，里面大概收录了一百多项风俗。作者似乎并没有认真分类整理，只是随意地把收集到的民俗编录到了一起。

正文的字迹大部分都工整有序，偶尔也有龙飞凤舞的字句，一看就是仓促写就的。虽是仓促，依旧笔势流畅，不失锋韵。

穆锦看了看，挑了一个自己没听过的“铁水打树花”翻开，小声念着：

“……用熔化的铁水替代烟花，泼洒到城墙上化成火雨，似烟花绽放……炉火照天地，红星乱紫烟。赧郎明月夜，歌曲动寒川……火树金花，这项传统习俗一直延续至今，每年依然有很多人专程去观看这项独具魅力的视觉盛宴。”

原来是春节期间的一项传统庆祝活动。文章的最后，还附了一张打印出来的小照片贴在右下角。

照片上熠熠的火光照亮了整个天幕，穆锦看着那璀璨壮丽不逊于烟花的金黄花簇，心中期盼着，自己哪天也要去亲眼看看此番胜景。

她又继续往后翻了几篇，发现这些记录整体写得很像纪实文学，只是简明扼要地记录了民俗的内容、产生原因及历史轨迹，并无太多渲染或故弄玄虚。长一点习俗的有两页，短的则只有半张纸。

穆锦没忍住又看了几个，不由得感叹商落白的认真细致。虽然大部分内容并无细节展开，但重点突出，只要有史料记载的一定会注明出处及依据，最后还会配上一两张照片。

认真看下来，穆锦发现有一部分看起来比较像科普百科，比如“庙会的起源和演变”“始于春秋战国的崖葬”；还有一部分看起来像惊悚故事，比如“赶尸术”“人皮唐卡与人骨法器”或者“起源于殷商的冥婚”。

作为一个见过不少尸体、自诩胆子大的人，在看到这些标题后，穆锦还是起了一层鸡皮疙瘩。

但越是惊悚猎奇，往往越能够吸引人的注意力。即便脊背泛凉，穆锦也还是喝着奶茶，看得津津有味。

“荣薪……”

穆锦努力分辨着标题，这一篇的字迹略显凌乱，还加了很多注解。

“……流民逃亡至此，形成了自己独特、稳定的群落，为自己命名为荣薪，主要生活在中国北方地区。

“……其后代与中国人面貌仍具显著不同……荣薪人仍保持部分原有欧洲文化、信仰……后裔皆使用汉语，使用汉化姓……”

手机响了，穆锦拿起来一看，是她那重色轻友的好朋友商莉莉。

“爱妃下周六有空否？本王夜观天象，下周六宜出门添衣置妆，不知爱妃可愿与本王同往？”

穆锦嘴角扬起一丝笑意，回复道：“说吧，是不是你们家老袁要出差了？”

“天哪，果然是神探，一下就被你猜到了。”

“别拍马屁了，时间地点，我让小秘书帮我看看行程安排再通知你。”

“喳。下周六咱们去蓝梦商场怎么样？就是静苑区新开的那个。”

穆锦右手打着字，眼睛不经意地扫过摊在腿上的笔记本——

“……举行惩罚仪式。破其胸膛，挖其五脏，只余六腑，意味背叛者只知进食排泄，但无心无感，是以与行尸走肉无异……将其眼、舌挖去，削其鼻……是对背叛者的最高惩戒。降下诅咒……永世不得翻身……”

穆锦默默读着，眼前不由自主地出现了画面。她皱着眉，刚想仔细看看，突然听到门外响起一阵脚步声，紧接着是钥匙开门的声音。

她马上从沙发上弹起，合上笔记本，光速放回原位，确认没有任何翻动过的痕迹后，假装靠回沙发上看电视。

她本打算商落白回来以后，就向他坦白自己看了他的笔记本。可是一听到门响，还是触电一样原封不动地放了回去，体验了一把做贼心虚的感觉。

老房子并无玄关，客厅和大门只有小半面隔墙，是以商落白一进门，发现电视开着，微一偏头，就看到了窝在沙发角落里的穆锦。

四目相对，穆锦装作漫不经心地问：“回来了？新工作怎么样，还适应吗？”

“挺好的，”商落白点点头，眼眸里似有流光，然后又问道，“你吃饭了吗？”

“吃了。你呢？”

“嗯。”

穆锦看着他：“你是不是累了？”

“还好。”说着，商落白伸手捏了捏眼角眉梢处，似乎是有点累了。

穆锦的视线顺着他的动作上移，看到了他骨节分明的手，劲窄修长的手指。她连忙移开目光，转头看向电视。

正巧电视又进广告，穆锦握着遥控器，假装自然地调台。她虽然面上不露声色，但毕竟刚刚偷看了别人的笔记本，心里还是有点忐忑的。更糟糕的是，她很想把后面的内容看完。

穆锦心不在焉地按了两下，电视却没有任何反应，遥控器的触感也不太对。她低头一看，不禁哑然。

门边的人已经弯起眼角："你手机忘解锁了。"

穆锦看了一眼手中的手机，尴尬地笑了一下，收回手轻轻一划，屏幕回到了刚刚和商莉莉聊天的界面，对话框还停留在她没打完的字上。

那边等待答复的人，已经发来了一连串问号。

她赶忙低头，飞快地打下一行字："看情况，到时联系。"

放下手机，她又找了个最近很火的真人秀，企图转移注意力。嘻嘻哈哈地看了一小会儿，穆锦忽然觉得困意上涌，眼皮直打架。半梦半醒中，她听到一个男人对她说："这么多年了，你还是一点都没变。"

朦胧中，她看不清那个人的样子，只觉得他嘴角都是鲜血。男人笑着靠近她，表情逐渐变得狰狞，接着，他的胸膛缓缓裂开，里面的景象一览无余，各种脏器一一从胸腔中掉落，他却一直微笑着，仿佛毫无痛楚。

最后，他居然把手伸进半开的胸腔，探入肋骨下方，紧握住那颗还在跳动的心脏，一用力，轻轻松松把它拽了出来。

他把心脏捧在手上，递到她眼前，让她看着那颗心脏逐渐失去活力，最后缺血发黑，变成了一摊烂肉。

他贴在她耳边喃喃，唇齿间皆是冰冷：

"所有背叛者，都该受到惩罚。"

穆锦猛地睁开了眼睛。

客厅里的灯已经关了，电视依然亮着，却已经不是真人秀，而是一部有年头的功夫片，没有特效，所有打斗都一板一眼，显得真实很多。而自己此刻正靠在沙发扶手上，身上盖着一条薄薄的毯子。

电视没有声音。穆锦起先以为是自己耳朵出了问题，疑惑地看了几秒钟，才发现电视被关了静音。

血腥的场面虽已不见，她却还是余骇未消，犹似梦境中。抬头环视四周，忽然察觉到一个人正坐在旁边的单人沙发里，认认真真地看着这部“默片”。

穆锦茫然地去看那人的侧脸，发现他并不是梦里的那个人。

那人似乎是感受到了注目礼，也转过头来望着她，短短一秒钟的视线接触后，穆锦揉揉眼。“我怎么睡着了。”又看看电视，“你这是看什么呢？也不开声音。”

商落白的视线移回电视上：“我挺喜欢这种功夫电影的，很有意思。”

穆锦也坐起来，两个人又在黑暗里看了一会儿电影。穆锦想起刚才的梦，几次想把话题转到商落白的笔记本上，但又实在说不出口，只得作罢。

倒是商落白先开了口：“我听说你从小就练功夫，是真的吗？”

穆锦“扑哧”笑出了声：“莉莉说的吧？她逗你的，不是功夫，我练过一点儿武术和散打。”

商落白抬头望了望客厅书柜，那里摆着穆锦从小到大各种比赛的证书和奖杯：“你从小就想当警察吗？”

“算是吧，主要还是受我爷爷影响。”

“你经常受伤吗？”

“一点儿小伤算什么，我爷爷还受过枪伤呢。”穆锦收好毯子，站了起来，她转身看看表，对商落白说，“不早了，我去睡觉了，你也早点儿睡吧。”

商落白以手支颌，看着穆锦的背影说：“晚安。”

第七章 三人行

第二天，穆锦一早就回了队里，又是开会讨论，又是制订讯问计划，忙碌了一整个上午。

一切准备就绪，吃过午饭，罗立看着势在必得的几人，对黄永山说："小黄今天副审吧。"

黄永山惊喜中又带着胆怯："罗队，我，我可以吗？"

罗立笑着说："也该锻炼锻炼了。"

黄永山一激动，直接立正给罗立敬了个标准的礼："谢谢罗队！"

旁边的人都笑了。

很快，尹深被押解员押进了审讯椅中。他十分配合，甚至可以说很有礼貌。这是穆锦第一次近距离打量尹深，前两次都是匆匆瞥过，没有机会和这个罗立口中心思深沉的人过招。

尹深穿的衬衣皱了一些，胡茬儿也冒出来一些。经过一夜的精神折磨，穆锦原以为他会神色萎靡，没想到他异常淡定，没有了昨天得知自己被拘时的震惊，反而出奇地平静，倒衬得穆锦他们过于凝重了。

穆锦率先开口："尹深，现在给你一个机会，你有什么想交代的，可以先说。”

尹深抬起头：“你们真的弄错了，我没有杀人，他们再怎么说，也是我的妻子和弟弟。”

“可是他们两个人背着你偷情，你不恨他们吗？”穆锦故意加重了“偷情”二字的语气，留意着尹深的反应。

尹深叹口气：“我之前根本就不知道这件事儿。”

穆锦盯着他：“自己的老婆和弟弟同时被害，同一天又得知两个人背着自己有染，请问你心情如何？”

尹深沉默了一会儿，苦笑着说：“是我自作自受。”

要不是事先得知了真相，穆锦真的想颁一座影帝奖杯给他。

“怎么是自作自受？”

“我想你们应该查出来了，当初是他先和我妻子谈恋爱，我又介入其中。我对我弟有愧疚，所以父母留给我们的那套房子，我也留给他了。”

“真的只有愧疚吗？是不是还很得意？”

尹深看向别处，眼底有些不明的情绪一闪而过。

穆锦又问：“你们以前关系很好吗？”

尹深点点头：“对。”

“好到连他的手机号都是用你的名字登记的？”

尹深起先一脸困惑，想了想才说：“哦，好像是手机刚推行实名制那会儿，他正好身份证丢了，但着急要弄什么验证，就用了我的身份证。后来，他可能也忘了改吧。”

“所以，号码在你名下，你要是想查他的通信记录，看看他都和谁联系，应该轻而易举吧？”

这次尹深毫不犹豫：“对不起，我根本不记得这件事情，也没有查过他。”

穆锦接着问：“你们关系这么好，后来却忽然不来往了，就是因为余真吗？”

尹深僵硬地点了点头：“算是吧。”

穆锦见他一副不想说下去的表情，岔开了话题：“言归正传，现在你再复述一遍 7 月 11 日当天，你都做了些什么？”

尹深深吸了一口气，缓缓说道：“好吧，其实我已经说了很多遍了。那天早上我和妻子一起出的门，我去公司加班，她说去找朋友逛街。快中午的时候，西川有个客户来了电话，说他们那边的项目有点儿问题，问我们能不能过去看看。我就临时决定出差，回了一趟家，收拾了点儿东西，之后就上西川了——”

穆锦打断他：“你不是回了一趟，而是两趟。你下楼之后又上去了一趟。”

“对，我当时觉得肚子不舒服，就又回家上了趟厕所。”

“你是因为肚子疼，还是因为在楼下看到了谁，才决定回家的？”穆锦目不转睛地盯着他。

“谁？”尹深茫然地问，他想了想又说道，“哦，我知道了，你说的是我们对门那个小痞子吧？对，我后来上去的时候看见他了。他曾经对我老婆动手动脚，我知道以后气不过，到对门找那个小痞子理论过，后来吵了起来。

“那天在电梯里，我发现他一直在偷瞄我，就又骂了他两句。其实我一直怀疑那小痞子怀恨在心，这事儿我告诉过你们罗立队长了，你们抓到他了吗？”

“不，我说的不是他，是另一个人。”穆锦看着他期待的眼神，面无表情地说，她出示了一张照片，“给你点提示。”

尹深努力向前凑，认真看了看照片上的人，摇摇头说：“没见过。”

黄永山说：“可他不是这么说的。他说你那天在楼外见到他，还看了他一眼，过了几分钟又走回了 25 号楼，和他一起等电梯。”

尹深一脸无奈：“警官，我根本就没看到这个人。也许我是看了他一眼，但是我根本就没有印象。不能说我随便在大街上看了一个人，就说我是故意跟着他的吧？你们就听一个莫名其妙的人随便说了一句话，就把我抓进来，还关了我一夜，这算不算是变相逼供？”

穆锦见他说着说着，忽然生起气来，大有倒打一耙的架势，真的有点佩服这个人的心理素质了。

一般的嫌疑人，被抓进来关上一夜，要不是吓得主动招供毫无保留，要不就是闷不作声顽抗到底。这个人倒好，思路清楚，条理清晰，还能不失时机地抓他们的小辫子。

她不疾不徐地说：“别急，我们是在给你机会，让你自己想起来。要是你还一直死扛，那后面可就不太好看了。”

尹深这才安静下来，但还是说：“我真的不认识他。”

穆锦给黄永山递眼色，后者马上说：“这个人，是你们楼上的邻居——彭姿的男朋友，名叫朱延青，是一名健身教练。他曾经在宝亭区一家开锁公司任职，一年前才改行。”

穆锦问：“想起来了吗？”

“我不明白你们在说什么，我知道彭姿，但没见过她男朋友。”

黄永山接着说：“一年多以前，你曾回过宝亭区的自家老宅，也就是尹漠的住所一次。没想到尹漠已经更换了门锁，你进不去，又不想向尹漠开口，就自己叫了开锁公司，谎称自己是屋主，要求强行开门入室。经过我们查实，当时给你开锁的人，就是朱延青。你还说自己没见过他?！”

“开锁？哦，好像是有吧。但是这都多久的事儿了，我怎么可能记得住只见过一面的人。”

“不，你后来还见过他和彭姿在一起，听见过他们二人因为钱的事情争吵。”

尹深这次直接把“无语”两个字写在了脸上：“可是这和我有什么关系？又和这案子有什么关系？你们非要给我安个罪名，我也没办法。”

穆锦说：“因为朱延青，就是杀害你妻子和弟弟的凶手。而你，在楼门口见过他后，为什么要折返回去，并且在电梯间里给余真打那个电话？”

刚刚还焦躁的尹深突然安静了下来，他垂下眼，好半天才说：“我只是想跟她说一声我出差的事情，然后想起来抽屉里的钱，就顺嘴提了一句，让她早点儿去存上。没想到，居然是我害了她。”

穆锦继续问：“你第二次回家后，又告诉她，其实你记错了，钱你上周就存上了，对不对？”

尹深喉结滚动，抬头看了穆锦一眼：“嗯，我告诉过罗立队长了。”

“你知不知道你们家电视柜最上面的一个抽屉已经坏了？”

尹深点点头：“嗯，我知道。就是因为我想起钱在那个抽屉里，所以去那里找，结果一拉抽屉就掉了。我本来想修一修的，但是因为赶时间就先走了。”

黄永山拿着一份材料走到他身边，递给他说：“看看报告吧，那抽屉是人为损坏的，可不是你说的一拉就掉。你再怎么拉拽，沟槽口也不可能变形成那样。”

尹深快速扫了一眼：“这样的话，我也不知道是什么情况了。我弟弟也去过我家，你们怎么不说是他故意弄坏恶心我的呢？”

在旁边记录的徐问雨暗自感慨：这人厉害了，还真是不见棺材不掉泪。穆锦他们没有说话，黄永山又回去换了一张照片，举到尹深面前，问：“这把刀认识吗？”

不出所料，尹深摇了摇头。

穆锦说：“再仔细看一遍。”

尹深看了看，依旧摇头：“不认识。”

“好，最后一个问题。”

尹深礼貌地回复：“请说。”

穆锦右手食指无声地敲击着桌子的文件上，缓缓开口：“你为什么在去车站的路上，又匆忙订了一台咖啡机？”

尹深一愣：“那是因为我妻子一直说要买，刚好那天我看到有优惠，就买了。”

“还专门选了加急服务，必须当天送到？”

“是，这有什么问题吗？”他的疑问里，明显多了几分不安。

穆锦一笑：“没有。”

“那你们可以让我走了吗？”

“不忙，我们找到了很有意思的东西，你想不想看一看？”

尹深警惕地看了她一眼：“可以。”

穆锦拿出一个透明证物袋，里面装着一个普通的黑色路由器。她把路由器取出来，拿下顶部早已打开的盖子，从里面取出一条小小的、黑色的、扁长带子样的东西，展示给尹深。

尹深目不转睛地看着，嘀咕道：“这是什么？我不认识。”

穆锦指着“黑色带子”最前端的一个微型小圆头说：“你当然不认识了，这是从你们家电视后面找到的，安装在路由器里的针孔摄像头。”

在听到最后几个字时，尹深的表情瞬间僵硬，嘴角也不由自主地抽搐了一下，但还强自维持着镇定。

“一共两个，我们在卧室床下还找到了一个。我们刚刚给过你机会，既然你不愿意说，那只好我们来替你说。”她紧紧盯着尹深的脸，“或者说，让尹漠替你说。”

黄永山一边打开墙上的显示屏，一边说道：“你是不是以为，那15分钟里，只有你自己知道你做了什么。”

视频画面很快开始播放，直觉告诉尹深，他不该去看。可是，巨大的好奇心又驱使着他紧盯着屏幕，眼睛都不眨一下。

显示屏上，尹深家的沙发和茶几全然展现眼前。看角度，应该是在电视附近拍摄的。

他震惊地看着画面，突然记起来，自己家的路由器一直都是放在电视机旁的。

很快，开门声响起，紧接着是一阵急促的脚步声。

过了一会儿，脚步声由远及近，一个穿着黑色长裤的人忽然出现在画面里。他走到镜头前，蹲下身，但由于距离太近，只能看到他的下巴，看不到全脸。不过一闪而过的画面中，还是能看到他戴着手套，手里拿着什么工具。

那个人蹲在镜头前，抬起手拉扯着什么，一下比一下力道重。终于，在一阵金属摩擦声后，他把一个抽屉小心地举到了镜头前放下。

镜头晃动了一下，视角歪斜了一点，与此同时，一张脸毫无保留地出现在画面中央。

黄永山不失时机地按下暂停键，问尹深："这是你吧？"

尹深垂下眼，不作回答。

"问你话呢?！"

黄永山又重复了一次，尹深才僵硬地点了下头。

视频继续播放，画面中的尹深仔细看了看抽屉的侧面，接着拿起锤子猛敲了一下，黑色的塑料防脱锁扣立即断为两段。

接着，他又对另一面如法炮制。白色的小滑轮在一敲之下，跳了起来，飞速弹到了镜头后面。

昨天，黄永山他们在电视柜后面的夹缝中，找到了那个小滑轮。

画面中，尹深弯下腰，将胳膊伸到电视柜里面，叮叮当当地敲击了一会儿，把抽屉放进去，拿出来又敲了敲，反复调整，直到满意。

他的脸上没有任何表情，专注得像在打磨一件工艺品，眼神冰冷得可怕。

穆锦坐在高处，看着审讯椅上的尹深从错愕、震惊，到逐渐露出颓败之色。

"别放了！"尹深突然大喊。这是讯问以来，他最为失态的一次。

没有人回答，视频仍然继续着。

画面中的尹深，在离开了将近1分钟后再次出现。再回来时，他手里握了一把一体成型的雪亮尖刀，刀身凛凛闪着寒光。他闭上眼，近乎迷恋地用戴着手套的手摸了摸刀背，才慢慢把刀放进了抽屉里。

黄永山拿过刚才那个证物袋，展示给尹深，厉声道：“现在你认识这把刀了吗?！”

“嗯。”

“这把刀是不是你买的？”

“是。”尹深声若细蚊。

此时，视频中的男人已经小心翼翼地将抽屉装回去，轻轻合上。忙完这一切，他站起来，又在电视柜前站了好一会儿，然后才慢慢走开。

随之而来的，还有他的说话声：“喂，真真。我刚才想起来，那笔钱我上周已经存上了，不用管了。还有啊，之前放钱的那个抽屉不小心被我拉坏了，你这两天别碰，容易掉下来，等我回来再修。嗯，没别的事儿了，你下午早点儿回家。”

他的声音消失后，又过了大约 1 分钟，传出了关门的声音。

视频终于停止。

长时间的沉默，没有人说话，讯问室里的安静令人窒息。

尹深僵直地坐在那里，之前各种无奈、纠结、愤怒的表情全然不见了，取而代之的是一种呆滞。

穆锦等待着，没有立即发问。证据确凿，他已无从狡辩。

终于，尹深靠在椅背上，缓缓开口：“你们是从什么时候开始怀疑我的？”

穆锦反问道：“你是不是以为自己做得天衣无缝？你早就开始布局了，一个多月前，就把自己家里的监控弄坏了。这刀，也是那时候买的吧？”

“那个监控摄像头不是我弄坏的，”尹深苦笑着说，“是尹漠。他为了能更方便地跟余真约会，而不被我发现。”

穆锦发现，他对余真和尹漠的称呼已经从妻子和弟弟变成了直呼其名。

“你是什么时候发现他们两个人背着你在一起的？”

尹深眼神放空："这一年，我出差多了起来，安全起见，就在家里安了监控。一开始都很正常，后来有一天，我用手机远程登录，发现摄像头被挡住了。我担心出了什么事儿，就给余真打了电话。

"她说她一个人在家的时候，总觉得摄像头对着她，像个眼睛盯着她一样，让她觉得很不舒服。当时我没觉得任何不对，还笑话她胆小，就告诉她回家以后把摄像头关上就好，但她还是喜欢用帽子把摄像头遮上。

"后来，我的一个老同学给我发微信，说看见我跟余真了，叫我我也不理他。我以为自己没听见，就没太往心里去。直到有一天，我看到一则电视新闻报道，说超市里的收银员和客人打了起来。因为发现是我家附近的超市，我就留心多看了几眼。"

尹深低着头，看不见他的表情："我到现在都后悔去看那条新闻。因为我竟然发现，视频的角落里，有对男女很眼熟。我把新闻视频找出来，仔细看了两遍，发现居然是……是余真和尹漠。"

黄永山问："你没有想过那是你自己吗？"

"我一开始也差点以为是我自己，但是那个新闻发生当天，我根本就不在天宁，在外地出差。更何况，尹漠一动，我就认出来了。"

"你这么确定？"

"我们从小一起长大，就算我认不出余真，也不会认不出他。"听语气，尹深很像在笑，然而他的脸上没有一丝笑意。

穆锦说："说说你的计划，是从什么时候开始的。"

尹深又沉默了好一会儿，才说："自从发现他们俩在一起之后，我就一直想报复他们。三个月之前吧，我出差的时候，在下面县里的一个小超市看到这把刀，鬼使神差地买了它。不过之后我就把它藏在家里，并没打算用它干什么。这次也是个意外，我事先并没有计划，直到我在楼下看到了那个人，就是那个彭姿的男朋友，我才……"

"继续。"

"我第一次看到他，就觉得眼熟。直到出差那天，我才突然想起来，他曾经帮我开过锁，技术很好。我又想到他和彭姿曾经因为钱吵过架，就突然萌生了这个想法。”

“你怎么知道朱延青一定会去你们家？”

尹深摇摇头：“我不知道，我就是赌一把。”

穆锦又问：“所以，你是在楼下碰到朱延青以后，故意提示他家里有钱和自己出差，诱导他去你家里行窃，然后又上楼准备好一切？”

“没错。那个抽屉本来就有点儿毛病，我觉得把它弄坏也不会有人怀疑。其实我没想过那个男的会真的杀了他们俩，只是想借这件事儿吓吓他们。一开始罗队长对我说，余真卷入了什么案件，我真以为是他们报了警。”

这个尹深心思之深沉，真是令人害怕。穆锦冷笑道：“没想杀了他们，那你在抽屉里放把刀干什么？不就是算准了万一撞上，朱延青会狗急跳墙挥刀砍人，那俩人非死即伤吗？”

尹深低着头不答话，算是默认了。

穆锦想了想，又问道：“你是怎么确定当晚余真会和尹漠都出现在你家里的，也是赌？”

“这个不算赌。”尹深搓着手指，眼中忽然闪着光，“我知道，只要我一出差，他们俩就会见面。我猜，那天晚上他们本来是打算在尹漠那里过夜的。如你们所料，那个咖啡机就是我安排的。我倒是真没想到她会叫人代领。”

穆锦补充道：“可是，她还是因为你的视频电话，赶回家了。”

尹深说：“我收到快件签收的消息，就给她打了个视频电话。她一定是怕我起疑心才赶回去。呵，她还以为我毫无察觉呢。”

黄永山问：“那尹漠呢？”

尹深这次居然真的笑了一下：“我了解他，不管是那个咖啡机还是我的电话，余真因为我忽然回家，搅了他们的约会，他一定气不过，会追过来。”

黄永山忍不住问道：“你这样有意思吗？发现她出轨，说穿了骂她一顿，离婚就好了，大不了让她净身出户。鬼鬼祟祟地搞这些东西，你害死的可是两条人命！”

尹深直愣愣地看着他，忽然崩溃了一般嚷道：“你们以为我想这样?！我每天都想跟他们摊牌，可是我恨，我不甘心！和她离婚，看着他们两个人开开心心混到一起，那我算什么？我这些年又算什么啊?！”

他发疯似的喊了半天，喊累了，又喃喃地用他自己才能听清的声音念叨着什么。其他人都任他发疯，谁都没有说话。

良久，他才重新安静下来，坐在那里有气无力地说：“从小，我爸妈什么都叫我让着尹漠，就因为他比我晚出生15分钟。呵，我学习再好，再努力，他们也还是最看重他。他喜欢的，我再想要，也必须让给他。这么多年，我到底算什么……”

接下来的一个小时里，尹深又断断续续地交代了他全部的作案细节，包括买刀的时间、地点，以及那把将滑轨砸到变形的锤子丢弃的地方。

他还说，尹漠其实知道他察觉了余真的背叛，所以更加肆无忌惮地跑到他家里幽会。

穆锦冷眼看着尹深狼狈的样子，觉得他可笑又可怜。

讯问的最后，尹深苦笑着说：“没想到，我还是栽在了他手里。”

穆锦说：“我们在尹漠家里找到几本他的日记，你想看看吗？”黄永山从穆锦手里接过那几个蓝色笔记本，放到尹深面前。

尹深打开其中一本，表情换成了不屑：“也就是他才喜欢写日记，腻腻歪歪的没出息。”嘴上说着，但他还是继续翻开一页，上面是一段幼稚的字体：

1997年3月25日，星期二，晴。今天的数学题很难，我不会做，但是哥哥会。有他帮我，我的作业很快就写完了，我们俩还有时间踢球，真是太好了……

他微微皱起眉头，快速翻了几页，又拿起另一本翻开。

1998 年 7 月 24 日，星期四，阴。今天妈妈给我买了一个新书包，奖 lì 我期末考试有进步，哥哥却没有。哥哥也喜欢，他却没有问妈妈要。虽然我觉得这个书包很 kù，但是我跟妈妈说我不喜欢，把它给了哥哥，哥哥应该很高兴……

尹深不屑地合上，直接拿起了最后一本，翻到最后几页。

1999 年 6 月 1 日，星期二，小雨。今天是我的最后一个儿童节，因为我已经长大了。哥哥已经考进了区重点，我也要努力了。希望以后长大结婚了，还能和哥哥住在一起，我们买房子也要买对门，一辈子都不分开……

尹深愤怒地翻过这页：“你们是想提醒我，他有多——”

话没说完，他忽然停住了，目光落在了日记本的最后一页上。

那里贴着一张照片，也是穆锦他们搜查时，找到的唯一一张兄弟俩的合影。

照片已经泛黄，背景是某处不知名的公园。两个长得一模一样、穿着也几乎一样的男孩，站在一大簇迎春花前，对着镜头笑着，一个笑得腼腆，一个笑得开怀。

尹深盯着那张照片看了很久，问：“能把这张照片留给我吗？”

穆锦说：“可以。”

尹深又恢复了平静，顺从地签字画押，但没再说过话。

案件暂时告一段落，但还有大量的取证任务和烦琐的收尾工作在等待着侦查员们，穆锦他们并不会轻松。而本案所有涉案人员，也将受到相应的法律制裁。

荒诞的是，留下无可辩驳的证据，最终将尹深的罪行公之于众的，正是被他横刀夺爱，继而在暗地里偷窥他生活，又被他害死的双胞胎弟弟尹漠。

徐问雨感叹道：“不知道这兄弟俩谁才是自食其果。你们说，这是不是就叫造化弄人。”

穆锦纠正她：“这叫天网恢恢，疏而不漏。”

黄永山问：“穆姐，你说尹漠当初要是看到了尹深放刀的那段视频，是不是这个悲剧就能避免了？”

穆锦疲惫地摇摇头：“避免不了，悲剧从尹漠爱上余真时，就已经发生了。”

徐问雨搭上她的肩，调侃道：“最近怎么活得这么哲学。敢问大师，你说尹深夺走了余真，到底是因为嫉妒弟弟，还是爱余真？”

穆锦叹了口气：“这只有他自己知道了。”

徐问雨点点头：“要我说这个余真也是够呛，一会儿喜欢哥哥一会儿又放不下弟弟。你们说，她到底爱谁呢？”

穆锦感慨道：“他们之间，具体发生了什么咱们不得而知，但这三个人都最爱自己。这毋庸置疑。”

徐问雨学着穆锦的语气，捻着下巴上并不存在的胡子：“大师言之有理，不如为在下算一算姻缘可好？”

穆锦捣她一拳：“去去去。快走吧，叫上施苒，一块儿吃午饭。”

徐问雨神神秘秘地附在她耳边说：“我刚喊过她了，她吃不下。”

穆锦好奇道：“为什么？”

徐问雨又靠近了一点，悄悄说道：“孕、吐。”

这下穆锦也捻起了“胡子”：“做女人太难，幸而贫道掐指一算，小施主你不必遭此一劫。”

“什么意思？”

“她说你找不到男朋友。”黄永山解释道。

走廊里回荡着“大师”的笑声，回过神来的徐问雨追着她的背影，大喊道：“你给我站住！”

穆锦没有食言，到了周日，她如约请商落白来熙泰商场吃午餐。

五楼美食区，穆锦看着指路牌上眼花缭乱的饭店名字，一时有些拿不定主意。她抬头看向旁边同样一脸茫然的商落白，内心十分懊悔自己没把商莉莉叫来。跟商莉莉出门吃饭，最该担心的不是吃什么，而是少吃点。

然而，此时只有两位选择困难症选手，在偌大的商场里面面相觑。

穆锦问："嗯，你想吃西餐吗？"

商落白看向她："西餐？你说牛排那些吗？"

穆锦点点头。她见商落白似是不太愿意的样子，又问："你喜欢吃什么？"

商落白不假思索："锅包肉。"

"这就好办了。"穆锦没想到，商落白看上去这么"飘飘云端"的人，爱吃的食物却如此接地气。她的目光在各色招牌上扫过，然后指着一家本地颇有名气的东北菜馆说："这家有，我吃过，味道还不错。"

"好。"

一路走着，穆锦好奇地问："你不喜欢吃西餐？"

"我很讨厌吃那些东西。"看商落白的表情，似乎是想起了什么不太好的回忆。

"哦。"这倒是令穆锦有些惊讶，她以为在国外长大的小孩，就算不喜欢吃汉堡，至少也是爱吃西餐的。

她不知道的是，商落白厨艺不佳的母亲，却十分勇于挑战中外美食。中餐太难，她就拿西餐下手，经常做牛排和各种鸡排、猪排、羊排，还配上一言难尽的酱汁。可每每呈上桌时，不是猪排烤焦了，就是羊排没烤熟，这么多年几乎毫无进步，依旧乐此不疲。

可怜的商落白，就成了母亲暗黑料理的最大受害者。

两人很快走到了那家东北菜馆门口，虽然是周末，但人还未多到需要排位。服务员见他们进来，赶忙拿着菜单上前，热情地招呼着："帅哥美女里面请，我们今天有周末厨师推荐菜品。"

他们拣了一处安静的空位坐下，穆锦翻着菜单，问商落白：“你还有什么喜欢吃的吗？”

商落白看着菜单上五颜六色的菜品图片，说：“你点吧，我不太擅长点菜。”

穆锦心想，这回倒是不说自己质疑他的专业水准了。

“你吃辣的吗？”

“不怎么吃，一点能接受。”

“好。”穆锦翻了翻菜单，然后对着服务员一口气点道，“要一份锅包肉、一份熘鱼片儿、一份小鸡炖蘑菇，再来一份地三鲜、两碗米饭。”

服务员飞速按着点单器，重复了一遍菜名，小跑着去下单了。

商落白递过来一杯倒好的茶：“点这么多吗？”

穆锦拿起茶喝了一口：“多吃点儿肉好，你一看就是五行缺肉。”

“……”

穆锦还要说什么，忽然手机响了。她拿起来一看，冲着商落白比了一个“嘘”的手势，接起了电话。

“喂，头儿，什么事儿？”

“干吗呢，丫头？”电话那端传来安年的声音。

穆锦看了一眼对面的商落白，见他也拿出了手机低头打字，便说道：“在外面吃饭呢。”

“哟，有情况啊这是。”安年非常了解穆锦有啥吃啥、没啥饿着的优良习惯。更知道她好不容易逮到个休息日，肯定是在家躺着，不可能没事儿自己跑出去吃饭。

“没有，跟一个小朋友。”穆锦故意压低声音。

话一出，商落白似是不经意地瞟了她一眼，又接着打字。

“行吧。就是提醒你一下，周一拍照记得穿制服过来。别跟上回似的，又现回去换，都等你一个。”安年没有继续八卦，而是老父亲般地提醒着。

刑警为了出任务方便，平时都不穿警服，而是把警服留在办公室里。然而穆锦怕落灰，都拿回了家。

不巧的是，上次市局下来开表彰会，要求每位警员穿制服到场。穆锦前一晚值班累了，结果第二天早上忘了回家取警服，全队人都等着她一个回去换制服，事后被安年唠叨了一个星期。

“哎呀您吓死我了，我以为又得回去加班呢。您放心吧，我都记着呢。”穆锦就差拍胸脯保证了。

等她挂了电话，商落白也放下手机，看着她问：“我像小朋友吗？”

穆锦闻言看去，目光刚好落在他突出的喉结上，有点尴尬地正色道：“什么像不像的，你就是啊，今年才 20 岁吧？”

“23 岁。”

穆锦故作深沉地点头说：“我跟莉莉是高中同学，她是你姐，四舍五入，我也是你姐姐。”

“可她也说了，你是班里最小的。”商落白并没有叫姐姐的意思。

穆锦的眼角不自然地跳了一下。没想到商莉莉这个大嘴巴介绍得这么全面，连她生日都说了。

穆锦的生日在 10 月，按年龄本应该跟着下一届，但那年小学招生的时候赶上入学改革，将年满 6 周岁的标准由 8 月 31 日延期至 10 月 31 日，穆锦这才赶上了末班车。

说来也奇怪，这个改革只实行了一年，由于很多家长不满，就又改了回去。所以，穆锦这一届就变成了独一份的试验品。

因为生日月份小，从小到大，她几乎都是班里最小的那个。因为年龄，家人还曾担心她被欺负，不过后来他们发现，这个担心完全多余。

因为穆锦从小就比同龄人长得高，所以在她的认知里，总觉得自己是个大姐姐，有一种同龄人都需要自己保护的觉悟。上学前，她就是一群孩子中领头的那个；入学后没多久，穆锦就发扬了她一贯的精神，成了班里的孩子王。

此时，穆锦双手掩在桌子下，下意识地转动着手表的皮带，故意一抬下巴，强调道：“大一天也是大，以后记得叫姐姐。”

商落白却没接她的话，而是问：“你们的案子怎么样了？”

穆锦有点高兴：“搞定了，该抓的都抓了。”

商落白问：“你担心过被报复吗？”

穆锦一脸不屑：“哼，他们不敢。”

商落白想了想，又问：“你们会刑讯逼供吗？”

穆锦脑海中顿时浮现出布满摄像头的公安局大楼和讯问室，她抵住桌子，伸脖靠近桌对面的商洛白，故作高深地说：“小朋友，这是纪律，不能说。”

商落白耸耸肩，没有再问。

菜很快就上来了，菜量很大，几道菜摆了满满一桌，四个人吃都没问题。

这家餐馆还是秉承着老式锅包肉的做法，将炸得外酥里嫩的里脊肉片用糖醋汁烹制，金黄色的一大盘刚刚端上桌，一股浓郁的甜醋味就直击味蕾，不愧为招牌菜。

穆锦夹起一块咬了一口，酥脆酸甜，正对胃口。她看商落白筷子使得十分熟练，不免好奇：“你怎么会爱吃锅包肉？你妈妈给你做吗？”

商落白摇头道：“我小时候去过一个叫春平的地方，那里的锅包肉很好吃，后来就一直喜欢。”

“你们经常回来吗？”

“不经常，这是第四次，上次是四年前。”

“我听莉莉说，你爸妈是在天宁认识的？”

很多父母都喜欢给孩子讲自己的罗曼蒂克史，还总要添加一些惊艳的相遇情节，或是天马行空的浪漫桥段，以彰显自己的独特。商落白的父母也不例外。

但他妈妈应该不会想到，她口中肉麻的“金风玉露一相逢，便胜却人间无数”，到了他儿子口中，就变成了平铺直叙的“我爸来旅游，结果迷路了正好碰到我妈，他们就认识了”。

他没说的是，他爸爸当时以为遇到一个本地人，一定能找到回宾馆的路。然而那个迷糊的姑娘，走着走着把自己也绕晕了，最后还是找警察帮的忙。

穆锦不知道这一层隐情，还在对面兀自感叹：“缘分有时候真有意思。”

商落白看着她说：“嗯。”

穆锦抬眼，看到商落白冷白的肤色和染棕的头发，突然觉得他要是个女孩子，肯定格外好看。

“你有兄弟姐妹吗？”穆锦问道。

商落白低下头吃饭：“没有，我是独生子。”

穆锦见状，不动声色地把其他菜往他那边推了推：“吃完饭咱们就去天大。”

熙泰商场离天宁大学很近，走路也不过 5 分钟。

穆锦今天没有开车，她和商落白过了马路，顺着一片郁郁葱葱的绿化带，很快来到了天大东门。

出现在他们眼前的，并不是一幢横跨百米的现代宏伟建筑，也没有宽阔的车道和电子自动门，而是一座高不过十几米、朱红漆就、青砖墨瓦、古色古香的“庙门”。

“庙门”下铺着几级石阶，旁边立着两座活灵活现的石狮子；顶端挂着几个雅致的红灯笼；侧面悬了一块蓝底描金的牌匾，上书几个苍劲有力的大字——“天宁大学”。

天宁大学已有超百年的历史，它的东门即正门，设立最早，为了保留原始风貌，一直没有改建过。虽然在其他几个后建的恢宏校门中间略显寒酸，但这也是它最与众不同的地方。

此刻，这座“庙门”只开了两个小门，仅供行人穿过。

商落白看着眼前的校门，第一次显出掩饰不住的欣喜之色。他们沿阶而上，穿过大门，走进了校园。

由于东门不能走车，一进入校园，立刻就没有了外面车水马龙的喧闹。繁密树影下透出点点阳光，连气温都比外面低了 2 摄氏度。

虽然正值暑期，学校里的学生并不少。有不少外地学生勤工俭学，暑期也没有回家。校园里到处都是稚气未脱却朝气蓬勃的脸庞，伴着那不间断的蝉鸣，一股热烈张扬的青春气息迎面扑来。

穆锦倏然想起自己的大学时光，一时感慨："当学生真好。"

她虽然在这里长大，经常路过天宁大学，但真正意义上来这里，今天是第二次。第一次，还是小时候大学对外开放日时，父母带她过来玩。

人就是这样，无论多么宏伟壮丽的名胜古迹，还是蜚声世界的百年名校，如果你就住在它的旁边，反而会失了好奇心。

进了东门不远，就有一棵十几米高、长亭如盖的古树，正是天宁大学那棵大名鼎鼎的桂树。

在气候寒冷干燥的北方，能长到这么大的桂树，实属罕见。而它之所以出名，还因为它是建校之初，从皇家园林里移栽到此的一株，是有二百多年树龄的"树中贵族"。

传说最早栽种它的，是一位文武双全的皇帝。如今这棵桂树种在中国首屈一指的高校里，古人说的蟾宫折桂，大抵如此了。

每到金秋九月，这棵桂树都会吐露芬芳，幽幽暗香浮动满园，陪伴着从树下走过的莘莘学子。但此时月份尚早，桂树只是绿条绦绦，尚未开花。

它的周围绕着一圈青石围栏，旁边立了块铜牌，书写着它的因缘际会。穆锦看着铜牌上的介绍，对商落白说："这棵树好像又长高了。天大就是不一样，我们大学只有操场和练习场，光秃秃的。"

商落白抬头看了看桂树，眼底泛起温柔。

靠近东门的大部分教学楼也都是立校之初的老建筑，只在原有基础上加固翻修，并没有改建。不仅建筑，就连这里的草木也被很好地保留了下来。参天大树参差林立，很多都比教学楼还高出许多。二人继续往前走，所到之处皆是一派古风古韵，置身其中，仿佛跨越百年，回到了过去。

穆锦指着一处古籍图书馆说："去那儿看看吧。"

商落白跟在穆锦身后，慢慢走了过去，却发现图书馆并没有开放。不过，只是站在外面，看着那一排排掩映在斑斑树影里的书架，连穆锦这样早已离开校园的人也心生向往。

虽是盛夏，角落阴影里还是藏了层层青苔，生在空调室外机底下，茸茸绿绿地连成一片。两人在廊檐下站了一会儿，仿佛也不觉得那么热了。

他们沿着绿荫如盖的主路继续前行，眼前忽然出现了一棵叫不出名字的高大古树，上面挂满了一卷卷脱落的树皮，露出底下森森的淡褐色树干。

商落白捡起一片树皮，看着上面的纹理说："这个和澳大利亚的千层树很像，我小时候还拿这种树皮写过字。"

穆锦也捡起一块看了看："这种能写字吗？不会很容易碎吗？"

商落白有些无奈："写是能写，但是过几天就全坏了。"

穆锦安慰他："勇于尝试还是好的。"

商落白笑着轻叹一声："曾经有人跟我说，中国的古人就是在这上面写字的。"

穆锦不无同情："你被骗了。"

商落白握着那块树皮，若有所思。穆锦站在树荫下看他，有一瞬忽然觉得他像一个古人，只差青袍玉冠。

她微微失神，连忙去看路旁的指路牌，对商落白说："研究生院在北门那边，大概还要走20分钟。"

商落白摇摇头说："太远了，算了吧。"

穆锦却坚持着："来都来了，过去看看吧。年轻人缺乏锻炼，你要多走动走动。"说完率先迈开了步子。

穆锦记得，她小时候和父母过来玩时，整个校园还没这么大，只有东门和西门，北门那边还是一处荒地。没想到短短十几年，整个校区已经扩大到原来的三倍还多。她看到很多记忆中没有的现代化教学楼、宿舍、餐厅，连图书馆都多了两座，到处都透露着“有钱”二字。

不仅如此，可能负责园区规划的校领导是强迫症晚期，校园里连花草栽种都有讲究，每个节气都有不同的花卉绽放。“春赏玉兰秋拾枫，夏游荷花冬咏梅”就是天大学子对母校的完美概括。

穆锦他们这一路走下来，不亚于逛了一座古典与现代完美融合的建筑园林，不枉天宁大学被誉为北方最美的大学。

下午2点多，正是天气最热的时候，闷闷的，没有一丝风，连枝头的树叶都显得有些无精打采，饶是枝蔓连绵蔽日，也挡不住额头的汗珠肆意生长。可研究生院还没走到。

商落白看着一处指路牌，对穆锦说：“从默园的小路穿过去，可以省不少时间。”

两人当即走上默园的青石小径，那里已经可以眺望到研究生院的宿舍楼。那是十几栋别具风格的白色小楼，有江南一带粉墙黛瓦的风格，又融合了落地大窗的现代元素。

研究生院是天宁大学建筑系一位毕业生设计的，还在国际上拿了奖。现在，这位毕业生已经扬名中外，成为业内数一数二的大师了。

眼前这座默园作为设计的一部分，虽然不大，但颇具江南风韵。一路上幽芷汀兰、曲水流觞，很适合吟诗作词。不多时，二人绕过一池金鱼塘，转到了默园的一角。

小径两边，忽地出现了两排一人多高的灌木花树，直直的灰褐色树干从高处分杈，抽出许多繁茂的枝条。那根根向上的枝蔓上，正盛放着一朵朵紫瓣红心的花。人走在其中，仿佛置身于一大团粉紫色的烟霞。

穆锦边走边侧头看那些花，面上浮起不多见的温柔。

商落白问："这是什么花？"

"木槿。"

商落白微微怔忡："是你的名字吗？"

"是，但字不一样。"

商落白看向她，眼中带着疑问。

没了古树的遮挡，阳光有些刺眼。穆锦眯起眼，转身看向那一团团绒布般的花朵。

她父母曾告诉她，在怀她的时候给她取了很多名字，但都不满意。等到她出生了，名字也没想好。

有一次，他们经过公园的小路，那里种了很多木槿树。已过10月，各种花都凋谢了，就只有那些木槿，还稀稀落落地挂着淡紫色的花。她妈妈当时把她抱在怀里，但不知怎么的，她看到了那些花，伸手就去够。

"就因为我小时候摸了一次这种花，我爸妈就给我取了这个名字。他们希望我的人生能像木槿一样，花团锦簇。"穆锦用手扶了扶一只硕大的紫色花朵，语气有些懊丧，"后来他们才知道，木槿花是一种朝开暮落的花，就像牵牛花一样。我爸妈起名，是不是很随便？"

"没有我妈随便。"

两人都笑了。

继续往前不多远，就是那片白墙黑顶的小楼。有趣的是，这里的入口也是一座仿古的青石牌楼，门额上刻着"天宁大学研究生院"几个龙飞凤舞的大字。这里看起来只是教师办公区和研究生宿舍楼，上课的地方应该还是在主教学楼和北门旁的中国古代文学研究中心里。

太阳很大，商落白盯着研究生院的大门，微眯起眼，看不清他的表情。

穆锦笑着说："我帮你拍张照吧？"

商落白犹豫了一下，还是点头答应。他瘦高的身影立在研究生院的大楼前，平静地望着镜头，露出一丝孩子似的羞涩。

拍好照，两人决定乘摆渡车原路折返。暂时没有看到车，他们只好回到默园出口的林荫道下面等，那里有很多石椅可以休息。

两人刚走出默园，突然一阵风掠过，一阵太阳雨不期而至。雨丝缠密，他们紧走两步，来到一棵巨型合欢树下躲雨。

穆锦抬头看了看，只见密密错落的枝丫像一把天然的大伞，遮住了突然袭来的雨水，只有少量雨滴从间隙偷偷落下来。上方仍旧是万里无云的碧空，想来这雨不会下太久，在树下躲一会儿也就停了。

果然，太阳雨来得快去得也快，5 分钟后，雨渐渐小了。又一阵风过，雨丝皆化作点点尘粒，化在空气中，消散不见。

穆锦拍拍肩上的水珠，想去看天空，却在抬眼间瞥见商落白头顶上落下的一朵合欢花。粉红色的伞状花瓣像一把毛茸茸的小扇子，正悄悄贴在他的额发右侧。

穆锦刚想提醒他，商落白却抬手探向她的头顶，修长的手指在她发间轻轻一拨，一只小小羽扇出现在他指尖。商落白将花递到她面前："落了朵花。"

穆锦接过来放在鼻尖闻了闻，是合欢花特有的清香。

穆锦偷眼看了看安静躺在商落白发侧的绒花，问："感觉怎么样？"

"大了不少，和我上次来时比，变化很大。"商落白看着远处的古建筑群，说道。

"你以前来过？"穆锦有些惊讶。

"嗯，我小时候第一次回国时来过，很多年以前了。"

"你是那时候就想来这里上学的？"穆锦不禁有些好奇。

"是。"

穆锦满心赞同："是你妈妈建议你的吗？"

商落白摇摇头："不是。她不想让我离开澳大利亚，是我自己要回来的。"

"我爸妈也不想让我当警察，可是拗不过我。父母都这样的，可是我们总要长大，有自己的路要走。"

商落白低头看着她，笑了一下。穆锦却觉得，他笑容中透着一点苦涩。

两个人都没再说话，一起安静地等着摆渡车。微风吹过，又落了不少淡粉色的小花伞。

直到回家，商落白都没有发现自己头上的那朵小花。

第八章 再遇故人

又到了周一，穆锦早早起来洗漱好，还破例涂了点隔离霜，把熨烫好的警服穿好，又把头发绾起，梳了一个中规中矩的发髻。

时间尚早，她怕吵到商落白，轻手轻脚地走到客厅里，对着穿衣镜认真整理了半天，确定没有一丝瑕疵后，才准备出门。因为随时准备出任务，穆锦很少穿制服，所以格外珍惜每一次警服加身的机会。

这边穆锦刚刚弄好，“咔嗒”一声，客卧的门被打开了。一头乱发、穿着棉布居家服的商落白出现在门边。

穆锦听到门响，转头对他说：“早！”

商落白闻声望去，只见一个身材高挑、绾着发髻、系着领带、穿着一身笔挺藏蓝色制服的女孩正冲着他微笑。他抓了把凌乱的头发说：“早。”

“不好意思，我吵到你了吧？”

“没有，该起床了。”

商落白打量着穆锦身上的制服，目光依次扫过她领口处露出的深色领带和浅色衬衫、肩上的警衔以及肩下嵌着的胸徽和警号，又仔细看了两眼左侧的臂章，问：“这是警察制服吗？”

穆锦点点头，突然没头没脑地问：“好看吗？”

商落白的目光从制服落回穆锦脸上，停留了两秒钟：“挺好看的。”

穆锦很想解释下自己问的是制服不是她自己，但又怕越描越黑，只好解释道：“呃，我们平时都不穿制服的，今天是为了照相才穿。”

她见商落白依旧盯着自己身上的警服看，有些不好意思地转过头，突然想起一件重要的事儿，话锋一转：“对了，你还没去备案吧？你是外国人，记得到派出所备个案，入境的常住外国人都要备案的。”

商落白看着她说：“我不是外国人。”

穆锦看着他：“你是中国籍？”

商落白点点头。穆锦有点不相信，朝他一挥手说：“你把护照拿给我看看。”商落白有些无奈，但他还是转身回到卧室里，拿出护照交给了穆锦。

同样的暗红色封皮，不同的是，上面用繁体字写着“奥州特别行政区”的字样。打开来，只见第一页里夹着一张奥州市居民身份证，上面印着商落白的证件照，旁边写有他的身份信息，和穆锦了解的分毫不差。

“有意思，一个澳洲，一个奥州，读音一样，差了三点水，却是南辕北辙。”穆锦说着再次看向护照，浅色的背景上，依旧是商落白没有微笑的脸，照片右边分别用中英文写着他的名字。

穆锦“咦”了一声，指着“Ethan Jeremy”问：“这是你的英文名吗？怎么没看到姓？”她并没注意到，自己已经拿出了审犯人的那种语气。

商落白并不在意，指着下面一行回答说：“下面这个就是。”

穆锦看着上面的字，纳闷道：“Trilove？这是什么？你不是姓商吗？”

商落白说：“我有两个姓，商是中文姓，Trilove 是英文姓。”

穆锦不解道：“可你是华裔啊，怎么会有英文姓？”

这次商落白没有马上答话。穆锦正研究着他护照上的其他信息，不经意地一抬头，正对上商落白放大的脸。

她吓了一跳，条件反射般做出防守动作，厉声问："干什么?！"

商落白唇角开合，笑着说："你看我的眼睛。"

他虽然离自己很近，维持着一个略带压迫感的姿势，面上却微笑着，完全没有攻击性，穆锦这才慢慢放松下来。

虽然摸不着头脑，但她依言望向商落白的眼睛。这是她第一次，这么近距离去看他的眼睛。

因为他的身高，很少有人能和他平视，又因为他的鼻子实在太惹眼，所以当别人看到他的时候，无一例外，都会把注意力先投向他的鼻子，而忽略了其他五官。

此刻他半弯着腰，把额前的头发全部抓到了一边，所以穆锦看得很清楚。

商落白的眼睛不大不小，呈现出一个好看的弧度，双眼皮前窄后宽，恰到好处地修饰了眼型。不似鼻子的凌厉，他的眉眼生得沉静温和。

令穆锦惊讶的，是他冷灰色的瞳仁。她盯着那双玻璃般的瞳眸，看着里面倒映出自己略显吃惊的脸，终于确定自己那一天晚上没有看错。

商落白的眼睛不是黑色的，甚至不是棕色，而是灰色。最奇特的是，那灰色的玻璃体越向外缘延伸，颜色也愈深，最外缘已经接近黑色。如果不是近距离看，很难发现他眼睛的异色。

穆锦聚精会神地看着瞳孔周围的灰色丝状纹理，确定这不是什么新出的美瞳彩片后，好奇地问："为什么你的眼睛是灰色的，变异吗？"

面前的人站直身体，解释道："我爷爷是澳大利亚人，奶奶是华人。我的英文姓随我父亲，中文姓随我母亲。"

闻言，穆锦先是把目光移到他冷白的皮肤上，接着又转到他深棕色的头发上，恍然大悟道："所以你的头发不是染的？"

"不是。"

"小朋友，你还真是与众不同。"

看到穆锦茅塞顿开的表情，商落白露出一个孩子般的笑容。

“你的眼睛很像……”穆锦一边啧啧称奇，一边在脑海中寻找着似曾相识的眼睛，突然眼前一亮，“很像哈士奇！哈哈哈哈。”

商落白瞟了一眼乐不可支的穆锦，拿过她手里的护照，郁闷地走开了。

他刚迈进卧室，身后紧接着响起了穆锦的声音：“没三点水也不行，也要去派出所登记。走吧，正好我今天带你过去。”

于是，刚过 8 点，商落白就被一个一身制服的女警察拉出了家门，往附近的派出所“押送”。

若是平时，在街上穿着警服一定会有很高的回头率，然而学芳小区北区很早就被划拨成了公安局的家属院，即便当年那些干警很多都退休了，这里也常有穿着制服的警察出入，所以住户们已经见怪不怪。

不知是不是心理作用，警服加身后，穆锦也陡然注意起了自己的形象，连准备好的一大袋零食都不好意思拿了，小心地将其托付到商落白手中。

正值 7 月盛暑，五黄六月，即便是大清早，一天的炎热也已初露端倪。

因为要照相，穆锦今天穿了全套制服，还戴了警帽。她穿着有些厚重的制服，额头上沁出了汗，看到一旁短袖休闲裤的商落白，瞬间觉得自己更热了，但为了维护自己的警察形象，她坚决不肯脱下外套。

终于把商落白领到和分局一墙之隔的万青路派出所，目送他走进去，穆锦才擦擦汗，一溜小跑进了分局大院。

才进办公室，她就忙不迭地脱下外套，摘下帽子，跑到空调底下吹风。好不容易把一身汗都按下去，她看看表，还不到 8 点 15 分，照相还没开始。

施苒走了进来，看到穆锦说：“走，过去帮我个忙，测试一下照相系统。”

帮施苒测试好系统后，穆锦赶忙倒了一杯水，刚喝了两口，旁边就伸过来一只握着电话的手。徐问雨一脸八卦地看着穆锦："门卫打的，说是门口有人找你。"

穆锦看着她，狐疑地伸手指指自己，用口型无声地问："我？"

徐问雨点点头，将电话贴到了穆锦脸上。

穆锦飞快地朝窗外望了一眼，从她的位置，刚好可以看见大门口。透过灰蓝的玻璃窗，她看见门卫室外站着一个一身休闲装、斜背着书包的年轻人，正是她刚刚送到隔壁派出所的商落白。

穆锦接起电话，听筒里传来门卫小张的声音："穆姐，有个男的找你，说是给你送东西的，我放他进去吗？"

穆锦的目光依然盯着窗外："小张，麻烦让他接下电话。"

徐问雨的脑袋也凑了过来，学着穆锦的样子往外看。

穆锦举着电话，另一只手推了推徐问雨的头，几秒钟后，只听那边一个男声说："喂，我是——"

穆锦省略了打招呼的环节，不等他说完，直截了当地问："怎么了，他们不给你登记吗？"

对方显然愣了一下，才说："办完了。不过，你的零食忘在我这里了。"

穆锦这才猛然想起，自己为了形象不肯提的零食还在商落白那里。

"你等我一下，我这就去拿。"

挂了电话，她没理会准备八卦的徐问雨，一溜烟跑了出去。她一口气跑到门口，刚才好不容易吹下去的汗，又密密沁上了额头。

穆锦毫不在意地用手背揩了一下，接过商落白手里的零食袋。

"办得顺利吗？"

"嗯。"

"那就好，你找我怎么不打我手机？"

"我打了，你没接。"

穆锦用手摸摸裤子口袋，没有手机。她这才想起来，今天因为穿了制服，裤子口袋不方便，她就把手机放在上衣外套里，去测试系统时又忘在了办公室。同一时间，刑侦支队办公区内，人已经差不多到齐了。大家都穿了制服，浅蓝衬衣藏青西裤，衬得整个办公室一片清新。

门口走进来一个40多岁、身材魁梧的男人，也穿着一身熨帖的制服，肩上缀着银光闪闪的两杠三颗星花，正是北丰分局刑侦支队长安年。

常年的一线刑警生涯，使得他整个人看起来比同龄人略显沧桑，特别是皱起眉头时，眉心那一道明显的川字纹，让他不说话时看起来颇为威严。

不过他没有同龄男人的大腹便便或不修边幅，不管多忙多累，他都尽量把自己收拾得干干净净。良好的健身习惯使他依旧健壮挺拔，精神饱满，走路带风。

他刚从局长办公室回来，一走进来就马上招呼道："准备一下，都去照相了。"

他喊了两声，没人响应。

今天是统一的新系统信息采集照相，按规定所有人员都应该到岗。安年正奇怪，转头一看，只见窗户前正挤着一大堆人，个个都抻长脖子往外看着什么。

他皱起眉头，大声道："都干吗呢？该照相了，听见没有，快走了。"

"安队，有情况。"徐问雨小声说。

"大早上的能有什么情况？我跟老孔一不在你们就翻天，又想扣奖金了是不是？"说归说，安年也凑近了，学着那些人的样子往窗外看去。

一看之下，他并没有发现任何异常，却听见旁边几个人继续议论着："哎，快看，都送吃了的，我赌10块钱的，肯定是在追她。"

"不一定吧，看着好像还是个学生，比她小吧？"

"那怎么了，现在都流行姐弟恋。再说，你看长得多帅啊，个子又高，跟她多配。”

“这你都能看得出来？”

“哎，你们记不记得，去年也是有个男的死缠烂打，天天来。”

“怎么不记得，那个富二代是吧？后来亲眼看到了穆锦的擒拿术，再也没出现过。”

“我很好奇这个能坚持多久。”

几个人继续叽叽咕咕，完全没人留意身后的安年。

“你们到底看什么呢？”安年故意提高嗓门。

“安队，您看那儿。”徐问雨说着用手给他指了指，还用眼神示意他。顺着她手指的方向，安年侧了侧身，看向大门口。

此刻正是上班时间，大门口人来车往，十分热闹。而靠近门卫室的电子闸门边，一男一女正在站着说话。女的绾着发髻，穿着一身制服，短袖衬衫紧紧别在西裤里，显得腰纤腿长，手里提着一大袋东西；男的则侧对着大门方向，穿了一身休闲装，此时正在低头拉书包的拉链。

安年仔细辨认着：“那是穆锦？那男的是谁？”

众人都摇头说：“不认识，没见过。”

安年突然想到了什么，拉长声音道：“哦——！”

众人齐齐扭过头，满脸期待地看着他。

安年是穆锦的爷爷穆怀先带出来的徒弟，和穆家关系匪浅，所以大家都笃定安年一定是知道什么秘密，这更激起了他们的好奇心。

安年却摆出一副高深莫测的表情，摸着下巴转身走了，丢下一群摸不着头脑的吃瓜群众，只留下一句：“今天不打算照相的没有补拍机会，考勤算缺勤。”

话说完，窗前的八卦小分队立即作鸟兽散，各自整理着装，准备照相。

等到穆锦提着一大袋零食回到办公室时，所有人都目含深意地瞟她，搞得她一头雾水。

照完相，穆锦刚回到办公室，驻守的徐问雨就迫不及待地凑过来，挑着眉问：“刚才给你送吃的那个人是谁呀？”

穆锦打开一个即食小麻花，一把塞进徐问雨嘴里：“朋友的弟弟，刚好路过帮她送东西过来。”

她本来没当回事儿，但徐问雨这一问，让她突然想起了同事们一个个欲问还休的眼神。她当下决定，还是别把商落白住在自己家的事儿说出来比较稳妥。

徐问雨嚼着小麻花，含混不清地问：“你朋友男的女的？”

“女的。”

徐问雨不依不饶：“女的对你这么好？不对吧。”

“吃还堵不上你的嘴。”

徐问雨还想说什么，桌上的电话忽然响了。

穆锦接起来，简单说了几句，然后说：“好，我们这就出警。”

建安大厦，海翔国际。

正式上课的第一天，学校给商落白安排的，是针对大学生的兴趣口语课。虽然只是口语课，他也认真准备了教案，并提前让排课老师把补充知识点发给学生。不知道是不是受他妈妈影响，他还是保持着老派教师的授课方式。

这个班的学生都上过其他外教的口语课，对外国老师的风格相当熟悉。外教大都风格随意，想到哪里讲到哪里，极少有人准备教案。所以学生们课前领到课件时，都自然而然地认为今天的新老师是一个五六十岁的白人老头。

当商落白背着包、拿着教案一走进去，原本还闹哄哄的教室立即安静下来，片刻后，一片沸腾。

一个女生奋力地摇着另一个女生的手说：“好帅！”

接着又有人说：“像那个谁是不是？跳舞的那个？”

另一个女孩双手交握着，两眼放光道：“跟我爱豆不相上下！”

学生们的热情超乎想象，不仅课上积极，下了课也有不少人找商落白问问题，连午饭都被延后了半小时。

商落白简单吃完午饭，刚回到教师办公室，一位女老师就笑着走了过来。她就是商落白入职那天接待他和穆锦的前台，名叫陶凌。

陶凌无不亲切地对他说："主任和副校长刚从监控里看了你这堂课，他们都对你的表现非常满意，评价也特别高。说你第一次上课，就能和同学们很好地互动，调动他们的积极性，课不仅生动有趣，还强调了知识点。"

她的声音有些尖细，说话时伸出一只白嫩的手，握住商落白的椅背，像是在展示自己新做的美甲。

商落白低着头收拾东西："是同学们表现得好。"

陶凌见商落白丝毫没有留意自己，又稍微靠近些，拿捏着一个既亲近又不过于亲昵的距离，继续说："我也觉得你表现得很好，说不定过段时间，学校就该给你加课了。"

"谢谢。"商落白下午还有一堂课，他怕陶凌还要继续聊下去，便起身准备回宿舍。

"嗨，今天怎么样？" Simon 从外面走进来，看到他立即关心道。

"讲得可好了，学生们都超级喜欢他。"商落白还没开口，陶凌已经转向 Simon，笑着替他回答。

"Awesome!" Simon 吹了个响亮的口哨，引得办公室里其他老师纷纷看向这边。Simon 连忙抱歉地冲大家一挥手，又问商落白，"Alex 和 Ryan 他们，周末要去、一锅（个）、叫潞凉河的地方，游湖，爬山，你也一起去吗？"

商落白问："远吗？"

"不远，听说，那里的风景，很美。"

陶凌也加入了对话："潞凉河我去过，特别美，还能烧烤。"

商落白想到自己这次回来，也确实想看看国内的风土人情，便答应下来。之后陶凌和另外两人也要求加入，Simon 更是来者不拒。本来四五人的小队伍，硬是增加到了十个人。

几个组织者开始热火朝天地讨论要准备的东西，商落白背起包朝门口走去。刚走出两步，口袋里的手机突然响了。

“喂？”

“嗯，你这周日要做兼职吗？”另一边的穆锦握着手机，有些犹豫。

“周日我没有课。”

穆锦鼓了鼓勇气，刚想开口，忽然听到那端传来一个女人的声音：“Ethan，星期天早上10点集合，别忘了。”

商落白低低“嗯”了一声，又问穆锦：“什么事？”

“你周日要出去吗？”

“同事约我去郊区游湖。”

“哦，游湖挺好。”穆锦连忙说，“我没事儿，就是问问你课上得怎么样。”

“你周日找我有事？”

“哦，没事儿没事儿。我还有事儿，先挂了。”

挂了电话，穆锦看看周围，确定没有八卦的同事，才回到了办公室。

半个小时前，她刚从现场回来，就接到了爷爷的电话。内容很简单，叫她这周日过去吃饭。

一听说要吃饭，穆锦心里顿时乐开了花。爷爷退休前工作非常繁忙，几乎一年也不进一次厨房，都是奶奶一手照顾他的生活起居。前几年奶奶走后，爷爷突然醉心钻研起厨艺，且颇有心得，这两年的手艺更是可以和一些饭店的厨师比肩了。

几年来，但凡年夜饭和家里的大小聚餐，都是爷爷一人掌勺，每次都做得色香味俱全，连吃饭挑剔的穆锦妈妈也赞不绝口。

光是想想，穆锦就已经要流口水了。她正要美美地答应，爷爷却话锋一转：“上周你爸来电话，说有个留学生住在你家，好像是你朋友的弟弟？你调没调查过，哪个国家的？你说你一个女孩子自己住，怎么心那么大？你爸妈也是，就由着你，这些年留学生出的案子可不少。”

穆锦听着爷爷担心的语气，自然知道他指的“案子”是哪种案子，这才明白，原来爷爷是醉翁之意不在酒。

她笑着解释了一遍，然而爷爷还是说：“人不可貌相。这样吧，你周日叫他一块儿过来让我看看，不然我不放心。”

“爷爷算了吧，我……”穆锦连忙拒绝。吃饭倒是没什么，万一爷爷拉着商落白问东问西，让对方误会怎么办。

“就这么着了，我去看看我的粥，先挂了啊。”

“爷爷？爷爷——”

忙音响起，那边已经挂断了电话。穆锦无奈地收起手机，叹了口气。她太了解爷爷说一不二的性格，要是她周日不叫上商落白去拜访他老人家，当天爷爷就能跑到她家去看个究竟。

穆锦犹豫了好一阵，还是拨通了商落白的电话。没想到，商落白已经有约在身。

当天晚上，穆锦加班回来，商落白正在房间里备课。她在客厅看了一会儿电视，终于再次鼓起勇气，走到客卧门口，敲了敲门。

商落白很快打开了门。

穆锦看着他，话到嘴边又突然改口：“我就是想提醒你一下，周日出去，千万别游泳，有些野湖挺危险的。”

“我周日不去了。”

“为什么？”

“取消了。”

“那……”穆锦斟酌着，“我周日去看我爷爷，你要是没事儿，要不要跟我一起去？”说完她有些后悔，赶忙补充道，“我爷爷听说你来了，想请你去吃饭。”

“这就是你中午想跟我说的？”

“嗯。你不是喜欢看那些破案故事吗？我爷爷讲的可比写的有意思多了。”

“好。”

见他答应得这么干脆，穆锦这才松了口气：“你可有口福了，我爷爷做饭可好吃了。”

商落白笑着点点头。

位于天宁市南边的静苑区，虽然比北边的北丰区离市中心更近，但由于早前的大型工厂都坐落在这一带，之后制造业兴起时又加盖了很多临时小厂房和民房，一直是城乡接合、管理混乱的地带。

直到前两年，天宁市政府着手发展静苑区，大力整治私搭乱建，拆了一批工厂和民房，建了新的社区和商业街，才使得静苑区焕然一新。

蓝梦购物中心是静苑区新近落成的，号称天宁市最大的购物天堂，共五层楼、四大区，集购物、休闲、娱乐、美食于一体。广告甚至打出了“三天三夜逛不完，千店万品不重样”的豪言壮语。

时值炎夏，很多放假的学生和遛娃的家长正愁没有新鲜的凉爽去处，所以蓝梦中心刚刚开张营业，各色购物狂、美食客和家长们就蜂拥而至，把偌大的购物中心挤得水泄不通。

C 区三层转角处，一家高街品牌的鞋店橱窗上，正贴着“开业店内所有商品八八折”的红底白字海报，格外醒目。仔细看，还能看到海报最下面的一行小字：“不与蓝梦商场折扣叠加”。

店内顾客如织，收款处已经排起了长龙，导购们也都忙得脚下生风。不同于旁边抢购的热潮，角落里有一高一矮两个女孩，正举着奶茶，慢悠悠地边溜达边聊着天。

经过大半年的不断爽约，穆锦和商莉莉今天终于都如期赴约。

商莉莉从写着“当季新款”的鞋架上拿起一只黑色的细高跟凉鞋，转身递给后面的穆锦：“这双挺好看，要不要试试？”

穆锦接过来，见是一只设计简约的细带凉鞋，叹口气说："可饶了我吧，你让我穿这个抓犯人吗？"嘴上虽然这么说，手里却抓着那只凉鞋反复打量。

商莉莉看她跃跃欲试的样子，怂恿道："试试呗，试试又不要钱，我还没见过你穿高跟鞋呢。"

穆锦被她说得有些心动，翻过来看了下鞋底，37 码，刚好是她的尺码。她把另外一只鞋也从鞋架上拿下来，坐到旁边才空下来的鞋凳上，脱鞋试了起来。

弄了好半天，她才搞清楚那三根看似简单，实则左缠右绕的带子到底是怎么绑到脚上的。好不容易把两只鞋都穿好，她站起来试着走了一下，5 厘米的高度刚好是她能驾驭的极限。

她别别扭扭地走到镜子前，问商莉莉："怎么样？"

商莉莉闻声看去，镜子里映出一个身材修长匀称、带着几分羞涩的美女。简单的白色 T 恤下，一双长腿包裹在紧身水洗牛仔裤里，几根简约的带子勾勒出女孩纤细的脚踝和优美的脚背轮廓，适度的鞋跟高度更衬得她双腿线条笔直舒展。

商莉莉两眼放光，忍不住地赞叹道："真好看！可惜啊，你买了也得扔家里吃灰。"

穆锦又在镜子前试着走了走，转身看了几次，出乎商莉莉意料地说："买了！"

商莉莉惊讶道："真买啦？你打算留着结婚穿啊？"

穆锦一脸坏笑："等给你当伴娘的时候穿。"

"可别，你要敢穿高跟鞋我就跟你绝交。"商莉莉想到穆锦现在这个样子，一出现就得成为全场焦点，夸张地愤愤说道。

"好啦不穿，我要真穿了，说不定会在你的婚礼上摔得七荤八素，成为全场笑柄。"穆锦脑海里则是跟商莉莉完全不同的画风，"话说回来，你跟袁航打算什么时候结婚啊？"

"他那个榆木脑袋，吃起醋来比谁都会，求个婚就看不到人了。再说了，不结婚也挺好的。”商莉莉说着，又拿起了另一只鞋。

穆锦撇撇嘴，一脸“我信你个鬼”。

结完账，穆锦提着大大的购物袋，和商莉莉一前一后走出了这家鞋店。她今天也说不上为什么，虽然知道自己恐怕没机会穿这双鞋，但就是想买下，哪怕只放在家里摆着也好。

“对了，小白这两天干吗呢，出去玩了吗？”商莉莉终于想起来她还有个表弟。

“他去学校了，好像特别忙，今天一早就走了。”

商莉莉拿出手机，边发微信边说：“那我问问他，晚上要不要给他带饭。”

穆锦喝着奶茶，含混不清地说：“不用问了，他说在学校吃。”

“哟，你这个‘监护人’当得不错嘛，你俩进展挺快的。”商莉莉一脸坏笑，调侃道。

穆锦用手肘轻轻顶了她一下：“瞎说什么呢，有点儿当姐姐的样子没有。”

“就大两岁好不好。”商莉莉喝了一口手中的冰奶茶，满足地回味着冰凉柔滑的口感，“再说了，我跟他总共也就见过几次。”

穆锦忽然想起什么：“对了，那天我让他去派出所登记，发现他居然拿的奥州市的证件，你知道怎么回事儿吗？”

“你瞧瞧，还真查过户口了，我就知道。”商莉莉假装揶揄她，然后正色道，“这事儿我还真知道，我小姨当时在奥州市生的小白。”

穆锦想到前几年媒体报道的大量孕妇为了给孩子拿奥市籍，闯关去奥州市生孩子的新闻，咋舌道：“你小姨干吗跑去那里生孩子，那么早就有过关生子啦？”

“不是，以我小姨那个性格，根本不会想到那些。”商莉莉把喝完的奶茶杯丢进垃圾桶，“那会儿她和我姨夫都在内地，本来在天宁待产。八个多月时，她一个在奥州市的叔叔身体突然不行了，我小姨就大着肚子跑去看他了。”

穆锦想起施苒孕吐吃不下东西的样子，难以置信道：“八,八个多月，跑那么远？”

商莉莉努着嘴点点头：“我小姨特别重感情，前几年我妈走的时候，她也是连夜从澳大利亚赶回来了。”

穆锦点点头：“重感情，这倒是跟你一模一样。”

商莉莉继续说：“我小姨那个叔叔是我姥爷的弟弟，早年流落到奥州市。我姥爷走得早，他那个弟弟一直都特别照顾我妈跟我姨，每年都给她们寄钱、寄东西，还专门回来看过她们好几次。我姥姥去世以后，他们一家也和我们一直有来往，特别是和我小姨，关系特别好。

“所以我小姨当时一听老人快不行了，哭着喊着也要去奥州市见他最后一面。唉，我姨夫拗不过她，就答应陪她去。她那会儿都八个多月了，飞机不让坐，她就硬是买了软卧，坐了一天多的火车去的奥州市，真亏她体力好。”

“那后来呢？”穆锦好奇地追问。

商莉莉脸上闪过一丝怅然：“后来，他们是见到了老人最后一面，但是你知道，那么大月份的孕妇，身体再好也架不住舟车劳顿，再加上难过，所以我小姨在奥州市早产了。我妈说幸好母子平安。只是我小姨后来身体不太好，休养了好几年。她当时在奥州市住了快三个月才回来，我妈也赶过去照顾她来着。”

光是这么听着，穆锦就觉得很是辛苦了。

商莉莉接着说：“等我小姨出院的时候，奥州市的亲戚已经帮忙办好了小白的出生登记和各种证件，再后来他们着急搬回澳大利亚，好像就一直没改。”

穆锦一脸“还可以这样”的表情看着商莉莉，商莉莉耸耸肩，对她表示：“还有更无厘头的，我听我妈说，小白一开始的名字叫商落落。”

穆锦差点笑出声来：“那不是个女孩的名字吗？”

“是啊，我小姨一直以为自己怀的是女孩，名字早就起好了。结果小白出生以后，才知道是个男孩，但那时候我小姨好像得了产后抑郁，小白的名字也是后来才改的。”

穆锦小声问：“你小姨是不是对他不好啊？”

商莉莉摇摇头：“怎么会，她可在意小白了。我听说他们搬回澳大利亚，就是为了小白。”

“为什么？”

“小白一出生身体就不好，当时我姨夫所在的制药公司新开发了一种特效药，能治小白的病，但是国内没有进口，所以他们就搬回澳大利亚了。”

“那他现在好了吗？”

“好了，早就好了，后来做了个小手术，治好了。你别看他瘦，其实可有劲儿了，还老去他爷爷的农场干活儿呢。”

穆锦“哦”了一声，忽然讪讪地说：“我可丢人了，第一天还问他看不看得懂中文，结果……”

商莉莉一脸同情：“被鄙视了吧？他能来读研，怎么可能看不懂中文。而且，他可是他们学校好几个老师联合推荐给天宁大学的。”

穆锦假装生气地说：“都怪你，也不提前跟我说一声他学的什么。”

“是是是，都是我的错。我请您吃饭还不行。”

穆锦刨根问底：“那你说，天宁大学会不会给他放水了？”

“放水？”商莉莉连忙摆手，“绝对不可能，光网上面试就好几轮。不过，我听说就算没有导师推荐，天大肯定也会要他，说他有什么……什么特殊贡献。”

“什么特殊贡献？”穆锦又被勾起了好奇心。

“具体我不清楚，就是听我小姨说了几句，总之都是他们专业上的事儿。”商莉莉歪着头想了想，然后习惯性地挽住了穆锦手臂，“咱们的队排到了，走，请你吃好吃的去。”

两个人勾肩搭背地溜达到了美食区。穆锦看着火爆的门店前排起的长队，庆幸多亏了有商莉莉这个资深美食家，提前在手机软件上排好了队，不然就她这种社会脱节人士，很可能午饭要并晚饭一起吃了。

两个人吃过午饭，又马不停蹄地看了一场电影。电影散场后，她们又各自买了一杯奶茶，边逛边聊。女孩子们的约会往往只有三样，逛街、吃饭、看电影，究其核心，其实还是聊天。

两人正聊着，商莉莉突然靠近穆锦，在她耳边偷偷说：“哎，你快看那边那个男的，好帅啊。”

穆锦无动于衷：“你再看，小心我跟你们家‘醋妃’告状去。”

“真的，你看看。”商莉莉毫不畏惧，“嗯，我怎么觉得他有点儿眼熟。”

穆锦看了她一眼，见她不像是开玩笑，这才顺着她的视线看过去。

不远处的一家咖啡店前，正走出来一个西装笔挺的高个男人。他手里端着一杯咖啡，穿着一身考究的法国蓝暗条纹西装，里面配着浅蓝色衬衫和同色系的蓝色条纹领带，从发型到鞋子穿戴得一丝不苟，内搭马甲和口袋巾竟然也一应俱全，乍一看，还以为误入某部律政精英剧的片场。

大暑天，虽然商场里空调开得很低，但大家都一身清凉打扮，鲜少有他这样穿着如此正式的人。再加上那肩宽腿长的好身材，走在人群中格外耀眼。

就在穆锦望向对方的同时，他也刚好向她们这边看过来。四目相对，尘封已久的记忆突然被抽动，穆锦微微睁大双眼，连耳边商莉莉的话语也变得遥远。

“你看，他是不是也往咱们这儿看呢？”商莉莉全然不觉，努力地在脑海中搜寻着线索，“他以前是不是三班的，也是特长生？”

见旁边没人回答，商莉莉转头看向穆锦，只见穆锦正愣愣地看着对方，说不出话。

看到穆锦的反应，商莉莉一下想了起来：“哦！对，他后来转学了。姓季，叫季什么来着？”

“季羽尘。”穆锦终于开口。

对面那个男人在看到穆锦的一瞬间，也停下了脚步，朝着她们这边走了过来。

穆锦下意识地握紧了商莉莉的手，虽然很想逃走，但身体就像被钉在原地，动弹不得。

和她记忆中相比，季羽尘更高了一些，也成熟沉稳了许多，长相倒是和高中时并无多大区别。他的五官很立体，眼睛也很亮，笑与不笑都显得很阳光。

“哇，老同学，好久不见了！”商莉莉总是特别会暖场的那个人。

“是啊，其实我刚才就看见你们了，不敢确定，所以没过来打招呼。”季羽尘倒是也开门见山。

穆锦笑了一下，尽量让自己显得自然，却不知道该说些什么。季羽尘和她一样，都是体育特长生，他转学前两人关系还不错，但转学后就再没见过，到底还是生疏了。

见穆锦不说话，商莉莉又问：“六七年没见过了吧，你后来怎么都没回过学校？”

“当时我家里有点事情，就转学回老家了，前两年才回来的。”季羽尘说。

“原来是这样。当时你突然转学，好多同学可难过了。”商莉莉说完，偷眼看了下身旁的穆锦。

穆锦感受到她的目光，立刻侧头嗔怪地回看了她一眼。

季羽尘低头笑了一下：“是啊，这么多年了，我也挺想同学们的。没想到咱们今天在这儿遇见了。你们来买东西吗？”

“嗯，我们看新开了个商场，来逛逛的。”说完她又打量了一下季羽尘的西装，“你也来买东西吗？”

“我在这儿上班，刚刚吃完午饭。”季羽尘有些不好意思地笑了笑，他说着比画了一下身上的全套打扮，无奈地说，“没办法，工作装，再热也要穿着。”

商莉莉有些惊喜：“是吗？你是在哪家店上班？”

“Diplomat.”季羽尘说出一个英文词，又补充道，“是一家男装店，专门卖西装的。”

商莉莉惊喜地说：“我知道这个牌子，我男朋友他们那儿的员工服还是从你们那儿定的，质量、款式都很好。”

季羽尘笑着说：“你们下次要是给男朋友买西装可以找我，我给你们走员工价。”

“好啊，没问题。但是，我们穆锦还没有男朋友呢。”商莉莉挽着穆锦，偷偷用胳膊肘顶了顶她。

穆锦也不动声色地在商莉莉腰间捏了一把。

商莉莉故意夸张地躲了一下，又问季羽尘：“你一直都在这家店吗？”

“嗯，我刚调过来的，最近几个月都在。”季羽尘虽然一直在跟商莉莉说话，但眼睛总是不时地看向穆锦。

商莉莉捅了捅穆锦，小声说：“你倒是说句话啊。”

穆锦这才僵硬地说：“好久不见。你是不是该回去上班了？”

一听这话，有心撮合二人的商莉莉，差点被穆锦气晕过去。

季羽尘抬手看看表：“嗯，还有 5 分钟，是该回去了。”

商莉莉眼见天儿已经被穆锦聊死，她立即掏出手机，对季羽尘说：“留个微信吗？下次买西装好找你呀。”

季羽尘倒是没有任何推托，很自然地掏出手机和商莉莉加了微信，然后又探询地看向穆锦。

商莉莉狡黠地对穆锦眨眨眼，用眼神一边示意一边说：“快加上，回头你也好找他买衣服。”穆锦这才飞快地和季羽尘加好微信。

道了别，目送着他拐过转角，穆锦才似梦中醒来一般，转过身轻轻捶了一把商莉莉：“你刚刚那是什么意思？把我说的跟个花痴似的。”

商莉莉揉着被穆锦捶到的肩膀，得意扬扬地说：“难道不是吗？”

穆锦懒得跟她争辩，她到现在其实还是蒙的。已经过去这么多年了，没想到会在这里遇到他。

高中时，季羽尘跟她们同届但不同班。穆锦从小就体能好、跑得快，所以一直是体育特长生。那一届的特长生里，季羽尘是最大的。训练的时候，他总像个大哥哥一样照顾其他人，加上他的专业水平高，大家都很喜欢他。

高二时他突然转学，没跟任何人打招呼，还换了联系方式，穆锦为此难过了好长时间。

岁月匆匆，没想到一晃，竟过了这么久了。

再次恍神间，穆锦才发现自己正被商莉莉拉着，往商场的另一边走出了一大截。

“这又是要去哪儿？”

“上 D 座转转，咱们光在这栋转了，都没去别的地儿。”商莉莉兴冲冲地说。

逛街这种事情，穆锦一向听商莉莉的。她没再说什么，乖乖地跟着商莉莉左拐右转，往 D 座去了。

蓝梦购物中心分为 A、B、C、D 四栋楼，每栋楼的主题不同。A 座以娱乐餐饮为主，B 座以流行快销品牌为主。几座楼之间并没有鲜明的分界，都由中心走廊连在一起，形成一处“L”形的建筑群。其中 A、B、C 座贯通相连，D 座则单立在东北角。

一进入 D 座，穆锦明显感觉到这里安静了很多，装修也不再是简洁明快的色调，而是更深沉的暖色，光线也柔和了一些，显得更有格调。

穆锦左右打量着，一下看到几家颇有名气的珠宝店，便问商莉莉：“你这么早就来看钻戒了？”

商莉莉只是神秘地冲她笑笑，看也没看，拉着她直接走过这些珠宝店。穆锦一头雾水地又跟着商莉莉走了一段，终于在一家中等规模的男装店前停下。

她见商莉莉并没有要进去的意思，便推推她：“你要给袁航买东西吗？进去啊。”

商莉莉却拉着她，在一旁的休息区沙发椅上坐下，用眼神示意她：

“你看。”

穆锦朝那家男装店望去。店面呈现出雅致的深棕色调，搭配少量金属装饰，很有复古感。透过落地大橱窗，模特身上熨帖别致、线条流畅的西装清晰可见。

店里有三两个顾客和几个身着西装的店员，都在忙碌地挑选服装。其中，一个身着蓝色西装的男人正背对橱窗站在试衣镜旁，给一对顾客讲解着什么。虽然只能看到背部，但也难掩其常年健身才能塑造出的身材和体态。

商莉莉看了一眼穆锦的神色，兀自在一边感叹道：“啧啧啧，这身材，一看就是衣服架子，典型的穿衣显瘦、脱衣有肉，简直就是他们店里的活招牌啊。”

“你能不能擦擦口水，都快滴到我身上了。”穆锦收回目光，嫌弃地说。

商莉莉则攀着她的肩，不胜喜悦地冲她抛了个媚眼：“哪有，我这是在替你开心。待本王一会儿阅览下他的朋友圈，看看他有没有女朋友。”

“得了吧你。”穆锦敲了敲商莉莉的头，拽起她就要起身，“快走快走，一会儿再让他看见，别给我丢人了。”

“看见就看见，我就说我想给老袁买西装。”

“你刚才不还说他们的工服就定的这家的？袁航都有了，你又着急给他买什么。”

商莉莉朝她挤挤眼睛：“我刚才是故意那么说的，其实老袁他们只有高级主管级别的才给定这个牌子。这家衣服小贵的，有些小明星出席活动就爱穿这牌子，这两年挺火的。我刚才看了一眼他的工牌，他可是店长！说走员工价肯定不是客气。”

一番科普过后，穆锦才后知后觉地说：“你可真是死要面子。那你要进去看看吗？”

“今天就算了，我本来是想着以后结婚的时候给老袁定一套的，嘿嘿。”

“刚才还说不想结婚呢，其实连衣服都想好去哪儿做了。”穆锦摇着头，一副老父亲看女儿的表情，“要不要我去提醒一下你们家‘醋妃’？”

“不啦不啦，强扭的瓜不——甜——”商莉莉摇着一根手指强调道。

两人正说着，季羽尘接待的那名男顾客已经换好一套西装走了出来，招呼女友过去品评。平心而论，那个客人站在季羽尘旁边，的确吃亏很多，好在挑的西装样式不错，看样子两人还比较满意。

穆锦忍不住看了两眼，不满道：“你也知道强扭的瓜不甜，那你刚才还那么卖力地推销我，什么没有男朋友，简直尴尬死了。”

商莉莉瞧着季羽尘低头帮顾客整理领带的样子，说：“你这是当局者迷。要我说，从他刚才看你的样子，十有八九还是喜欢你的。相信我错不了，等姐妹给你去打听打听。”

穆锦真是一个头三个大：“打住！你能不能什么都不管，管好自己就行了？再说了，他什么时候喜欢过我。”

商莉莉搓着手坏笑着凑近她，盯着她的脸说：“他以前就是喜欢你，我一早就看出来了。而且，是谁在人家转学以后，伤心失意了好久的？”

被她这一提醒，穆锦又想起自己刚得知季羽尘转学后，通过各种方法联系他却全然无果的难过。那种失落和彷徨几乎伴随了她的整个高三，现在想起来都还隐隐作痛。

她自认为骗过了同学，骗过了时间，也骗过了自己，却没骗过商莉莉……

当天晚上，穆锦失眠了。

她躺在床上，看着微信里新好友的头像，几次点进他的朋友圈，看到里面空空如也，不由得怅然。

当惯了孩子王的穆锦，从来都把同龄人当弟弟妹妹看。季羽尘是为数不多的、令她仰望的人。一来他比穆锦大了近两岁，二来他高中时就少年持重，并不像那些小男孩一般毛毛躁躁。

还有一点，作为同样会武术的同学，穆锦一直觉得，季羽尘是她很难战胜的对手，是她心中的强者。季羽尘像她的前辈，既让她尊敬，又令她向往。

手里的手机忽然振了两下，打断了她的思绪。她拿起来一看，居然是季羽尘发来的信息 ——

“不好意思刚下班，今天都没和你们好好打招呼。”

穆锦紧张得心跳加速，琢磨了半天，才礼貌地回复道：“没关系，我们本来也要走了。”

过了一会儿，季羽尘又发过来一条：“你还和高中的时候一样，一点都没变。”

穆锦也回了一条：“你变化也不大。”

季羽尘回忆道：“想起以前一起训练的日子，还真挺怀念的。”

穆锦回道：“是啊，那时候你特别照顾我们。”

两个人就这样有来有往，聊了很多高中的事情，却都刻意避开了季羽尘转学的话题。

时间过得飞快，夜里 1 点多，穆锦终于支撑不住，握着手机睡着了。

第九章 陈年旧案

第二天一大早，艳阳高照，蝉鸣不绝，又是一个大暑天。

穆锦起来时，迷迷糊糊看到餐厅里正坐着一个陌生的男人。那男人穿了一件水洗蓝的短袖衬衫，正坐在餐桌前操作着一台看起来很厚重的笔记本电脑。

她疾走两步，发现那竟然是商落白，不由得愣在原地。

在穆锦的印象中，商落白虽然长了一副好皮囊，可并不注重打扮，穿衣服也很随意。但今天，他明显有些不同。

额前的碎发被很妥帖地梳到了一边，一副银色的金属框眼镜正架在他的鼻梁上，更衬得那鼻梁高挺笔直。

“陌生男子”听到声响，抬眼看了下站在面前发愣的穆锦，灰色的眼睛在镜片后弯出一个好看的弧度：“你起来了？”

穆锦反应过来：“你在干吗？”

“昨天晚上写了个小程序，测试一下。”

“你还会写程序呢？你以前学 IT 的？”穆锦倍感惊讶。

“没有，自学过一点。”

“你写程序干吗？”

“用来检索文献的，我之前学校的中文检索工具不太好用。”

穆锦盯着他的头发看了好几眼，笑道：“小朋友还挺有本事的。”

商落白似乎对“小朋友”这个称呼很不满意，他合上笔记本电脑，摘下眼镜放好，站起来对穆锦说：“准备走吧，你不是说你爷爷不喜欢别人迟到吗？”

穆锦办案时谨慎细致，生活上却经常神经大条。她全然没注意到商落白的不满，看了一眼表，说：“好，你等我一下，我先去超市给我爷爷买点儿水果。”

“我跟你一起去。”

有了上次堵车的经验，这次出门前，穆锦特意看了下实时交通状况。好在今天是周日，他们往东营区走，一路上并不太堵。

早上 10 点多，外面已然很热，穆锦把空调调到 25 摄氏度，又把电台的音乐调小，一边开车一边简单给商落白介绍起了自己的爷爷。

穆怀先曾是市局出色的刑警，后调任到北丰分局任刑侦支队队长，在一线一干就是几十年，直到退休。

他在任期间，一举拉高了北丰支队的破案率，先后荣立个人一等功一次、二等功两次，集体二等功一次、三等功四次，以及数次个人嘉奖和数不清的荣誉称号，被评为“全国优秀人民警察”和“天宁市十大优秀刑警”。不仅如此，他带出的徒弟很多也在公安部门身居要职，成了刑侦口的中流砥柱。

遗憾的是，他的儿子穆清平并没有继承他的衣钵，而是按照自己的喜好，当了工程师。他唯一的孙女穆锦，从小就爱听他讲各种离奇的破案故事，一直以他为榜样，立志做一名像爷爷一样优秀的刑警。

退休后，穆怀先偶尔也会应邀到各大公安院校开讲座，更多时间，他都花在了年轻时热爱却顾不上的爱好上，比如做菜和养鸟。

一路上还算顺利，1 小时 10 分钟后，两人来到了位于天宁市东偏南的东营区。

天宁市地处要害，东营区的南边早期有很大一片军事基地，局势紧张时，这里经常搞军事演习和防空训练。后来国际局势缓和，国家开始大力发展经济，大批军队从这里撤出，只留下一小部分继续驻守。

这里很大一部分土地都由国家重新分配，或改为国企单位，或以竞拍方式拍卖给各大地产企业开发民用住房。短短二十几年时间，这里就已经焕然一新。然而人们还是按照之前的习惯，称这里为东营区。

穆怀先现在居住的云景小区，属于东营区早期开发的商品小区。十几年过去，楼房外立面已经渐渐显露灰败，早已从当年的鹤立鸡群变成了一片高楼林立中的洼地。

所幸商品房开发初期，开发商们还没有追求土地使用率最大化，没有乱建的高层，户型设计也相对合理，绿化率也非常高，加上地段相对不错，出了小区就有地铁站，附近基建完备，所以在二手房市场中还算抢手。

这套房子，是穆锦父亲穆清平调任到沛江后不久买下的。当时穆清平所在的设计院刚在沛江成立分院不久，需要天宁总院的工程师做技术指导。穆清平由于经验丰富，勤奋肯干，被选为调任的工程师之一。

考虑到调任后可以直接升任院属研究所主任，权衡再三，穆清平接受了调令，并在三个月后动身前往沛江。天宁总院在他调任后，就把之前分的房子收回，转而在沛江分院给他分了一套更大、更舒适的三室两厅。

穆清平本想把妻女一起接到沛江，但考虑到教育资源上的落差，他咬咬牙，用全部积蓄在天宁当时新开发的高档小区买了一套房子。之后他就一直在沛江工作，把妻女留在了家乡，一家人聚少离多。

直到穆锦上了大学，她的妈妈楚梦芝才辞职，到沛江分院下属的三产部里干了一份闲职，这才终于和丈夫团聚。从那时起，穆锦就经常在爷爷奶奶家吃住。只有逢年过节，她才回到这个曾经的家里，热热闹闹地和父母吃顿团圆饭。

再后来，穆怀先和穆锦换了房，自己搬到这个不熟悉的小区居住，把学芳小区的房子留给了孙女，只为了她上班能少受一点累。用穆怀先自己的话说，就是换到了一套更新、更大的房子，简直就是他这个老头子赚到了。穆锦每每想起来，都非常感动。

太阳越来越大，穆锦把车停在树荫下，下车打开后备箱，把他们从超市买的牛奶和水果递给商落白，自己则抱着一大包网购的进口鸟粮，往爷爷住的单元门走去。

商落白看着穆锦怀里的绿色英文包装，问："你爷爷养鹦鹉吗？"

穆锦卖着关子说："一会儿你就知道了。"

他们很快上到二楼，穆锦按响了门铃。不多时门便开了，一位身材中等、头发花白，腰间系着围裙的精瘦老人出现在门边。

穆锦马上喊道："爷爷！"

老人闪身将两人让进屋内，含笑看着他们。他的双目晶亮有神，丝毫看不出是个年近古稀的老人。

商落白跟在穆锦身后进了屋，只见玄关尽头立着一面嵌在墙里的棕黄色木质镂空屏风，客厅里的电视墙和吊灯都点缀着兰草的暗纹，家具和装饰摆设也全是古色古香的国风，满室清雅古朴。

刚进门，阳台方向就响起了一阵悦耳的鸟鸣。穆锦探头往那边看了几眼，收回目光，跟老人介绍道："爷爷，这是商落白，是我好朋友商莉莉的表弟。他是从澳大利亚来的，在天宁大学读研究生。"

商落白手里还提着东西，他略一欠身，礼貌地冲老人点头说："穆爷爷，您好。"

穆怀先和蔼地说："你好。快把东西放下吧，挺沉的。"虽然年近古稀，但他的声音中气十足。

他又转头对穆锦说："小锦，你们先待会儿，给客人倒点茶喝，我先做饭去了。"说完，他转身往厨房走去。

商落白看着他的背影问："您需要帮忙吗？"

穆怀先摆摆手："不用不用，你们先坐，一会儿就好了。"

商落白刚把东西放下，就见穆锦冲她勾勾手，神秘兮兮地向阳台指了指，示意他跟上自己。

阳台和客厅被打通，顶端装了两根粗粗的铁杆，其中一根上挂着几盆长短不一的吊兰和绿萝，衬得这个面积不小的阳台生机盎然。另外一根杆上则牵出了几根铁链，铁链下方挂着几只鸟笼和一个长长的金色挂式站架。

一片绿意中，两只体形中等的淡黄色鹦鹉立在金色站架上，脸颊两边各带一团娇羞的橘红色腮红，瞪着两对圆溜溜的黑眼睛看着走来的两人。一见到穆锦，两只鹦鹉立马抖动起头顶的黄色羽冠，争先恐后地吹起口哨小调。

“这是我爷爷养的玄凤鹦鹉，”穆锦用手指不断地轻抚其中一只鹦鹉头顶的羽冠，对商落白说，“可爱吧？”

穆怀先很喜欢养鸟，年轻时候就养过，后来因为工作太忙才放弃了。刚一退休，他就开始重操旧业。先是养过一对虎皮鹦鹉，后来别人又送了一只百灵鸟，叫声悠扬悦耳。可惜后来有一次带出去放风，不慎跑丢了。

为了不让父亲难过，穆清平又托朋友找了一只歌声更加清扬婉转的画眉鸟。而这对玄凤鹦鹉，则是奶奶走了以后，穆锦送给爷爷的。她奶奶的名字里带个“凤”字，而玄凤鹦鹉性格也活泼可爱，所以穆锦希望它们能陪伴着爷爷，也算是一种寄托。

此刻，鹦鹉的口哨声此起彼伏，响彻阳台和客厅。商落白也学着穆锦，试着伸手去触碰另一只鹦鹉的羽冠，却被对方啄了一下。

穆锦哈哈大笑，毫不掩饰对他的嘲笑：“完了，它们不喜欢你。”

商落白看向另一只鸟笼：“那是？”

“哦，那是‘眉庄’。”穆锦靠近笼子，呼唤着那只鸟的名字，“眉庄，眉庄？”

“眉庄”是那只画眉鸟的名字。第一次看到这只画眉时，穆锦就在它身上看到了名门的端庄气韵和不谄媚的风骨，所以给它起名为

"眉庄"。

但也是这种气质，导致眉庄很是高冷，总是看不惯隔壁那对搔首弄姿的鹦鹉，把企图逗趣它的人们纷纷打入冷宫。只有在吃了好吃的，或是实在不堪忍受五音不全的口哨声时，眉庄才会高歌一曲。

它的嗓音在画眉里数一数二，加上声音洪亮，所以只要它一开口，鹦鹉们就乖乖闭了嘴。有趣的是，鹦鹉们有时听得入了迷，也陶醉地随着韵律上下抖动那束艳丽的羽冠，像是在给眉庄伴舞。

听到穆锦的呼唤，身披棕褐色羽衣的眉庄向外瞥了一眼，见是刚刚和那两只"妖艳贱货"调笑的女人，便跳着转了个身，直接用屁股对着她。由于它眼睛周围长了一圈白色羽毛，在它转身的瞬间，犹如对着穆锦翻了个巨大的白眼。

吃了闭门羹的穆锦并没有任何难堪——她早就习惯了。自从她把那两只玄凤鹦鹉带回家，这只画眉就再没给过她好脸色。

穆锦笑看着眉庄的屁股说："你看，怎么又吃醋了？"

她不知道的是，在眉庄的认知里，自从那只虎皮鹦鹉死后，自己本该是椒房独宠。结果有一天，穆锦突然带回来这么两只上蹿下跳的小丑，天天卖萌邀宠，顷刻间搞得自己地位岌岌可危。而这件事情的始作俑者，居然还没事儿人似的来看自己笑话，着实可恶。

穆锦又对着眉庄的背影努力叫了几声，见对方毫无反应，于是祭出大招，拿出了她买的进口鸟食。

商落白说："它好像不喜欢你。"

穆锦心想，它哪里是不喜欢我，它是谁都不喜欢。

她正要开口反驳，谁知话未出口，只见听到商落白声音的眉庄复又跳转过身来，歪着头，转动着它黄色的眼珠，看向这个陌生的男人。

几秒钟后，正当穆锦以为它又要转回去用屁股对着他们时，眉庄突然发出一连串"呜呜呜"的声音，张开双翅并交着，在站杆上跳了几下，半张开它金黄色的喙，毫无征兆地开始引吭高歌。

那声音高昂清亮，婉转悦耳，旁边吹着口哨的鹦鹉立时住了口，晃动着小脑袋望向这边。

一曲唱罢，穆锦僵在原地，难以置信地看着眼前这一幕。她这才明白，自己一直看走了眼，眉庄哪里是高冷，哪里是风骨，明明只是没碰见自己心仪的对象。

穆锦恨恨地把鸟食放了回去，可恶，应该给它改名叫“眉装”！

一旁，“眉装”的心仪对象还不失时机地夸赞道：“这是什么鸟？唱歌这么好听。”

见自己受到夸奖，眉庄更是得意，在笼子里上蹿下跳地展示自己，刚刚的冷若冰霜荡然无存。

“画眉鸟。”穆锦气鼓鼓地扔下一句，打算去逗另外两只小可爱，回身时，忽然被角落里一只巨大的鸟笼吸引了目光。

那鸟笼她从未见过，比普通的款式要大上许多，正用一块薄薄的蓝布盖着，里面安静地立着一个黑色的影子。穆锦好奇心大起，连忙凑过去，掀开纱布的一角向里面望去。

笼里一上一下横着两根凸凹不平的跳棍，看材质应该是花椒木做的。跳棍上，正紧紧握着一双黄色的鸟爪。再往上，是通体乌黑油亮、抬头挺胸、瞪着圆溜溜小眼睛望向穆锦的，鸟笼的主人。

穆锦眼前一亮：是一只八哥！爷爷什么时候又养了一只八哥？她掀开蓝布一角，学着八哥的样子看着它，逗着它说：“你好呀，你是谁呀？”

八哥转了转头，依旧以同样的站姿盯着她，并不答话。

穆锦见它已是成鸟的形态，也不确定爷爷是从哪里新得了这只八哥，教没教它说话。她于是又试探着问：“你好？”

八哥不答。

“我叫穆锦，你叫什么呀？”

“……”

“会说话吗？”

八哥跳了两下，依旧保持着一个威风凛凛的姿势，还是不答。

穆锦又想说什么，穆怀先的声音从客厅传过来："小锦、小商，过来吃饭了。"穆锦这才放下鸟笼上的盖布，恋恋不舍地告别了自己的新朋友，跟商落白一起走回餐厅。

刚在饭桌前坐定，她就迫不及待地问："爷爷，您什么时候养的那只八哥？"

"两周多了吧，不是我的，是汪教授让我帮忙照看一段时间。"

"汪教授？"

"你忘了？眉庄还是人家帮忙找的。你爸爸的校友，那个大学教授。"

"哦，我想起来了。是汪茹茜的爸爸吧？"

穆锦小时候父母工作都忙，她时常待在爷爷家，由于她鬼点子多，又很有天不怕地不怕的精神，经常带着一众小伙伴到处"寻宝打仗"，发展了不少死党。汪茹茜，就是其中一个。

后来他们慢慢长大，各忙各的，联系也就渐渐少了。穆锦记得，汪茹茜这几年一直在国外读书，上一次见她，还是两年前。

巧的是，汪茹茜的爸爸汪泽添是穆清平大学时的校友，两人虽然不是同一个专业，却同在学生会任职过一段时间，关系处得不错，毕业后也一直有联系。穆锦在几次父母朋友的聚会上见过汪泽添，是非常儒雅温和的一个人。

那只画眉，就是当初穆锦爸爸托汪教授给找的。后来因为都喜欢养鸟，又住在同一个大院里，穆怀先退休以后，经常和汪家走动，颇有些忘年交的意思。

见穆怀先点点头，穆锦夹起一块粉蒸肉，终于问出了最感兴趣的问题："那八哥会说话吗？"

"会啊，汪教授驯鸟可比我强多了。不过这八哥脾气有点儿怪，你跟它说话吧，它一般不理你，等它心情好了，自己就在那边说个不停。"

"这倒是跟咱家眉庄挺合适的。"穆锦笑着说。

"我就知道你是来看鸟的，三句话离不开它们，根本不是来看老头子我的。”

穆锦没想到爷爷像个小孩一样，又吃起鸟的醋了，忙说道：“当然不是了！我是惦记您——的厨艺，嘿嘿。”

穆怀先习惯了穆锦的油嘴滑舌，摇了摇头，又见商落白被晾在一边，转过话头对着他招呼着：“小商，来，多吃点儿菜，中餐你还吃得惯吗？”

商落白刚要开口，穆锦就抢先替他回答了：“他最喜欢吃中餐了，吃不惯西餐。”

“好，好。”穆怀先乐呵呵地把糖醋排骨、汽锅鸡和油焖大虾往商落白近前挪了挪，“你学的什么专业啊？”

商落白放下筷子，认真地说：“中国古代文学。”

“哟，在国外长大的，学这个的可不多。”穆怀先有点意外，说完他又抬手示意商落白，“别这么拘束，就当在自己家一样。”

穆锦不失时机地帮腔道：“他可厉害了，在国外就发表过好多研究论文，所以才被天宁大学直接录取，几个导师都抢着要他呢。”

见商落白看向自己的目光中带着疑问，穆锦坦然地说：“莉莉说的啊，是真的吧？”

“是啊，能读天大的都不是一般人。”穆怀先听了，笑得眼睛眯起，赞许地说。他似乎对商落白的专业很感兴趣，又接着问：“那你是研究哪个朝代的文学啊？哎，你别又放筷子，边吃边说。”

“都有涉猎，主要是魏晋南北朝和隋唐方向。”

“这个方向好啊，现在能静下来搞研究的年轻人越来越少了。”穆怀先看着这个相貌不俗又谦逊有礼的年轻人，心中甚是喜欢，之前的担忧去了大半，这一顿饭三人吃得非常融洽。

穆怀先除了偶尔出去讲学，平时都是一个人，虽然有几只鸟陪伴，但也时常觉得孤单。这次两个年轻人一起陪着他吃饭，有说有笑，让他很是高兴。

“爷爷，您不是喜欢书法吗？”快吃完时，穆锦看了一眼商落白，像商品促销员一样推荐着，“他的字写得可好了，你们俩一会儿可以切磋一下。”

穆怀先一听到书法，瞬间来了兴趣，目光炯炯地看向商落白：“你练过书法吗？”

商落白正在专心吃饭，闻言先是不明就里地看了一眼穆锦，才说：“小时候练过，很久没练了。”

穆锦对“商品”的过度谦虚很不满意，解释道：“他可不是简单练过，您看看就知道了。”

穆怀先期待地问：“你练过谁的帖？”

商落白像是个回答问题的小学生一般乖乖道来：“小时候练过《灵飞经》，后来临过颜真卿和王羲之的帖。”

穆怀先一听，高兴得眯起了眼睛，笑着问：“不错不错，一会儿能陪老头子我练练字吗？”

商落白点点头：“当然可以。”

穆锦低头扶着碗偷笑，商落白还不曾发现她偷看过他的大作。

穆怀先像是想起了什么，转头看向穆锦：“小锦，我上次听说你们那儿来了个实习生，怎么样啊？”

穆锦自然知道这个“听说”的源头就是安年，她笑着说：“您说黄永山？挺好的，挺聪明的，也能吃苦，就是胆子小点儿，还没习惯看尸体。”

穆怀先听到“尸体”二字，咳了一声，抱歉地看了一眼商落白，接着说：“你又欺负人家了吧？”

穆锦嘴硬不肯承认：“我那怎么能叫欺负他呢？我那是帮助他成长进步。”

穆怀先轻哼一声，继而叹了口气：“回头也叫他来坐坐，那孩子身世坎坷，他自己一个人在这儿不容易。”

穆锦伸向油焖大虾的手停在空中，歪着头说：“不行，黄永山他胆子那么小，平时见了安叔大气儿都不敢喘，见到您还不得吓哭了。”

穆老闻言故意皱起了眉头："我有那么可怕吗？你看小商见了我也没吓到啊，是吧小商？"商落白听了，立刻配合地点点头。

"还说不怕，您看他吓得饭都不敢吃了。再说了，您要是打算送温暖，直接上分局呗。"穆锦美滋滋地剥着虾皮，调侃着爷爷的威严。

穆怀先顺着她的话说道："那我下周就去看看，顺便跟你们安队聊聊你最近的工作表现。"

此言一出，穆锦吐了吐舌头，立即埋头吃饭，不再和爷爷拌嘴。穆怀先见自己的撒手锏立时奏效，抬眼看看商落白，冲他眨眨眼。

商落白看着这斗嘴的祖孙俩，也低下头笑了。

吃完饭，穆锦负责收拾洗碗，商落白则被穆怀先拉去书房"切磋"。

穆锦洗好碗，心里还惦记着那只八哥，便又来到它的鸟笼前，想再跟它联络联络感情。

她轻手轻脚地掀开布帘，果然见那双圆溜溜的小眼睛又居高临下地盯着她，目光中带着骄傲与好奇。穆锦也学着八哥的样子，歪着头，眨巴着眼睛回望着它。

一人一鸟就这样对视了一会儿，忽然，一身黑羽的八哥在跳杆上挪动了一下，昂着首，用一个磁性醇厚的中年男声问："科学是什么？"

穆锦直接被它问愣了。

"科学的尽头是哲学，哲学的尽头是玄学，"八哥转转头，依然专注地盯着她，见穆锦不回答，于是慢条斯理地回答道，顿了顿又补充道，"玄学的尽头是心理学。"

穆锦当场傻在原地，脑海里都是大学微积分老师看向她时，那恨铁不成钢的表情，心里陡然生出了渺小感。

不过，对面的"微积分老师"十分有耐心，它看到穆锦呆呆的样子，转动着黑中带黄的眼珠，忽然叹了口气。"唉，说了你也不懂。"然后又有些沮丧地问，"你说，茜茜现在干吗呢？"

穆锦仍旧张着嘴巴定在那里。

见穆锦不答，它又说："你想不想郁芳？"

这一串连贯且毫无重复的语句，让穆锦觉得毛骨悚然，仿佛向她问话的，不是一只鸟，而是一个实实在在的人，还是一个神神道道的中年男人。

她揉了揉胳膊上的鸡皮疙瘩，说了句“您慢慢聊”，转身就往书房走去。

书房与客厅一样，也是纯中式装修，浸润着建兰的幽香。门边的小沙发上铺着软垫，背后的墙上挂着一幅山水图，一方仅上了清漆的木雕茶几摆在一旁，托着小小一只紫砂壶和几个茶杯。

角落里靠墙站着的，是前几年穆清平从沛江运回来的一只精雕花梨木矮柜，上面摆着一盆盛放的剑兰，正尽情展示着它那淡黄略带紫斑的精致花朵。

尽头的书案旁则立着一个棕红色的大书柜，里面堆满了穆怀先收集的各种字帖和刑侦类书籍，以及他从警多年获得的各项奖章。

穆锦走进书房时，商落白正握着一杆毛笔，低着头在宣纸上写字。穆怀先则站在一旁，手里捏着一本字帖，专心地看着商落白的笔势走运。

从穆锦的角度看过去，只能看到商落白垂落的眉眼和一截挺直的鼻梁，配上此情此景，竟真像一个古代文士在书房一隅气定神闲地习墨。笔转腾挪间，俨然一幅淡雅的现代水墨画。

穆锦不想打扰他们，于是悄悄地走过去，站在爷爷旁边一起看商落白写字。

商落白下笔不疾不徐，正写到“灵台通天临中野”，穆锦偷眼看了看爷爷手里拿着的字帖，正是那一篇《黄庭经》。

她自己虽然没练过字，但以前经常看爷爷写，多少也知道一些。这篇是王羲之为数不多的小楷中的经典作品，她爷爷非常喜欢，练了很久了，但总是不如意。

她比对着拓本，观察商落白已经写就的部分，既有拓本上的逸美开朗之态，又兼有自己的运笔风格，行文潇洒劲挺，气韵生动，和他在笔记本上随意书写的字迹比起来，更有一番风流姿态。

而穆怀先像是终于找到了志趣相投的字友，眯眼看着商落白笔尖落下的一撇一捺，不时点着头，乐得合不拢嘴，简直就像古代的教书先生在欣赏自己得意门生的大作，就差捋一捋长胡子了。

穆锦小声说："爷爷，刚才那个八哥跟我说话啦，真是只神鸟，太吓人了。"

"有趣儿吧？它刚来的那周也着实吓坏我了。"穆怀先此刻全部的注意力都在商落白的字上，目不斜视，敷衍着，"你别在这儿捣乱，去帮我喂喂鸟。"

受了冷落，穆锦只好撇撇嘴，乖乖地往外走。

身后又响起穆怀先的声音："哎！花儿你别管啊，这大热天的浇完下午该熟了。上次你给我浇死了一棵，我才刚续上。"

穆锦吐吐舌头："知道啦！"

虽然客厅里一直开着空调，午后阳台上的气温也有些高了，鸟儿们都有些恹恹的。穆锦把遮阳帘放下来，尽职地把每个鸟笼里的底盘都取出来清洗干净，又换上了清水和她买的进口鸟粮。

她没再理会那一对卿卿我我的小鹦鹉和态度冷淡的眉庄，而是跑去看那只语出惊人的八哥。这次，那八哥不再高高在上，而是吃了几口鸟粮，略显疲惫地立在跳棍上，打着蔫儿。

穆锦看着它的样子，问："怎么啦，你是不是刚才说话说累啦？"

"……"

"你瞧，这回你又不理我了。"

"……"

"你是不是不喜欢这种鸟食？我下次给你买别的牌子的。"

"……"

"等我下次过来，带你出去遛遛好不好？"

"……"

一个人自言自语了半天，穆锦终于累了。她转身去厨房切了几个橙子，装了一大一小两盘，大的端去书房，小的自己拿到客厅，靠在沙发上，拿出手机打开小游戏，边吃边玩了起来。

手机突然提示一条新消息，穆锦打开一看，是徐问雨在支队群里发的："特大消息！天宁公安第一帅哥要结婚了！！"附着几个眼泪狂飙的表情。

这个公安第一帅哥，指的正是徐问雨的男神、天宁市市局的痕检专家龙川。提起龙川，穆锦脑海中首先浮现出大家对他的评价：龙主任只对两种人感兴趣——尸体和犯罪嫌疑人。

龙川30多岁，风度翩翩，为人十分低调，之前一直单身。穆锦见过他几次，印象中除了工作出色细致，就是不苟言笑。

因为外貌太出众，龙川稳坐全公安第一帅哥宝座很多年，还因为业务能力强上过电视访谈，是不少女警的梦中情人。有的女警还托人介绍过，但都被他以工作太忙推拒了，没想到这么突然就要结婚了。

真正令穆锦纳闷的是，徐问雨怎么会在大群里发这种八卦消息。

她刚要提醒对方撤回，紧接着就进来了一条新消息，是安年："别在工作群里发这些没用的。"

徐问雨马上就回复了一个难过的表情："安队我错了，我发错群了。"

"你们还有别的群？"

"没，我是发错人了。"

穆锦在沙发里笑成一团，想象着徐问雨恨不得自断双手的表情，接着就看到他们的吐槽小群里，徐问雨发了一条新消息："我废了……"

穆锦边笑边打了一行字："望自珍重，走之前把我上次替你的班儿值了。"

徐问雨："雪上加霜，我的男神啊！"

过了几秒钟，大群里又出现一条信息，穆锦忙打开看——

谢识飞："我还单身啊，谁在这里散播假消息？"

徐问雨："……"

安年："……"

叶朋："……"

宋秋实："公安第一帅哥是谁？"

穆锦正乐不可支，忽然听得安静的书房里，穆怀先洪亮的声音响了起来：

"你想听这个案子啊，好，我给你讲讲。说起来都快三十年了，那时候市局针对基层警力不足、经验缺乏的问题，开展了为期半年的轮流支援指导工作。当时我被抽调去了一个郊区的镇派出所，为期三个月。

"那边大部分都是农村，基本上都是些家长里短、鸡毛蒜皮的事情。我除了每天翻翻他们的旧案宗，给他们提点儿建议，跟着出了几次调解现场，基本上没太多的事儿，过得反而比在市局轻松。"

穆锦知道，爷爷肯定又在讲他的那些陈年旧案了。

她学着爷爷的样子呷了一口茶，小声嘀咕着："突然有一天早上，慌慌张张跑来一个人，说晚上听到隔壁磨刀的声音，怀疑他们邻居杀人……"

这是穆锦在当警察前，穆怀先反复给她讲过很多次的一件案子，是他从警以后难以忘怀的一件大案，也是震惊全国的特大连环抢劫杀人碎尸案。

那时候，穆怀先正在镇派出所上指导工作。有一天早上，慌慌张张跑来一个人，说晚上听到隔壁磨刀的声音，怀疑他们邻居杀了人。

穆怀先他们虽然觉得报案理由有些荒谬，但是牵扯到命案不可小视，他就准备跟当时的派出所同事小陈，去报案人家里了解情况。

结果报案人却不让他们去，说害怕被报复。因为农村最看重邻里关系，他怕万一弄错了，以后在村里被戳脊梁骨。于是，报案人就在所里给他们详细叙述了经过。

那个报案人说，他这两天上火，晚上水喝多了，起夜起得有点频繁。以前那种农民房的厕所都是在外面的，这家厕所修在后院，挨着邻居家猪棚不远。

一天夜里，报案人上完厕所后往回走的时候，听见隔壁院子里传出磨刀的声音。一开始他没当回事儿，因为那会儿天也快亮了，他想着邻居可能要出去打猪草，就回屋接着睡觉去了。

结果一连两三天他起夜出来，都听见了磨刀声，这就让他觉得有点不对劲了。

他邻居这对夫妻性格很内向，平时跟村里人走动也少，男的父母都去世了，女的是外村的，结婚很多年了也没有孩子。两人的地种得马马虎虎，就养猪还凑合，隔不长时间就会杀了猪拿到集上卖。

但在他的印象中，从没见这夫妻俩这么勤快过，大半夜里还磨刀。所以前一天夜里，报案人让老伴儿先睡，自己就披了床棉被在墙根守着，一直偷听对面的动静。

他迷迷糊糊地睡着了，结果后半夜又被隔壁的磨刀声吵醒了。而且，他听到那男的对他媳妇说："明晚再出去干一票。"

据报案人说，他听到那句话时，吓得整个人都缩在墙角里，一动不敢动。直到天亮以后，他确定那夫妻俩出门了，才战战兢兢地爬起来，发现自己整个后背都湿透了，腿也不听使唤地直打哆嗦，不知道是坐麻了还是吓的。

他好不容易踉跄地回屋换了衣服，就赶紧跑到派出所报了案。

穆怀先和他的同事觉得事有蹊跷，但农村人好面子，他们没有贸然走访，而是趁着报案人邻居白天外出期间，由小陈把风，自己翻进邻居家院子里勘查情况。

结果，穆怀先在嫌疑人的柴房里发现了农用砍刀数把，其中一把刀柄上残留着血迹，菜窖周围也发现了大量滴落状血迹。

以上这些也许还可以解释为杀猪留下的痕迹，但恐怖的是，他之后在后院被清理过的绞肉机里，发现了一小截人的断指和一些碎骨渣。这些证据表明，这里很可能是一个杀人碎尸现场。

穆怀先没有破坏现场，原路退了出来，之后立即上报市局请求增援。当时正是严打期间，市局接到报告后高度重视，马上派出侦查员布控抓捕，成功地将外出赶集回来的犯罪嫌疑人廖某夫妻俩堵在了家门口。

一番讯问后，众人终于得知了这个凶残又荒唐的故事全貌。

原来，那时候有了新政策，天宁的经济开始好起来，也陆续有一些外地客商来天宁市周边做生意。

当时，天宁市平源县下属的桃榕镇，由于地理位置优越，紧邻南下干道，同时又是两条省际公路的起点，算是一个南下的交通枢纽，所以逐渐成了当时著名的小商品批发镇。

一般来卖货进货的外地人，都会在此逗留几天。大部分人会住在镇上的招待所里，也有一些人为了省钱，住在附近的村民家里。

这在当时自然是不被允许的，但是大家都私下里偷着住。大队里觉得还能给农民改善下生活，也就睁一只眼闭一只眼了。

发生命案的这个村子，离桃榕镇也就 10 分钟脚程。村子里也有一些思想活络的村民，会专门腾出一间屋子外租给客商，赚一点外快。

然而外围走访时，村民们都没有听说过廖某夫妇往家里揽过客，俩人近期也没任何异常。如果不是邻居发现了蹊跷，恐怕这个案子还要等很久才能水落石出。

廖某夫妻二人平时好吃懒做，男的还爱喝酒，手头比较紧。他们看村里时常有人拉客商回家住，而那些客商看起来都挺有钱，于是就动了歪心思。

然而他们不懂的是，那些为了节约住宿费而选择住民房的人，多半都是刚刚起步或者小打小闹的小贩，没有什么钱。真正有钱的大客商，是不会去住民房的。

他们借着赶集和卖肉的机会踩了几次点，发现临近天黑时最适合下手。这时候，大部分外地人都已经找到了落脚处，偶尔也有因长途客车晚点而临时找住处的客商。而且到了下午三四点钟，商贩们大多就收摊了，街上没什么人，也不太会被注意。

于是廖某准备了平时卖猪肉用的平板车，铺上稻草用来拉人，然后专门在天擦黑时出门招揽客人，这样就算碰见熟人，也可以说是卖了肉回家。

第二次出门，他们就拉到一个初来乍到的客商。当那个人怀揣着仅存的一点积蓄，满怀憧憬地想要开始自己的生意时，没想到自己已经上了两个恶魔的船。

从桃榕镇到廖某他们村，如果不走大道，可以先往东走一二百米，再往北穿过一片小树林，从小树林出来村东头第一户就是廖某家。

那时候，农村冬日的夜晚本就少有人出门，他们又专拣小路走，所以一路上一个人都没碰到，顺利地回了家。

廖某二人原本打算先将人安顿下，趁半夜客商熟睡时再将其勒死，没想到那个人刚进了屋就要走，说他们家又臭又脏，实在住不下去。

两个恶魔哪里肯让到嘴的羊羔就这么飞走，争执间，廖某抄起放在门边的铁锹，一下拍在客商的后脑上。客商当场死亡，脑浆和血溅得满屋都是。用廖某的话说，就是“脏死了，我俩擦了好几天才擦干净，不划算”。

事后两人翻遍了被害人全身，找到了 300 多块钱，把两人乐坏了。之后他们便把人扒光了丢到菜窖里，衣服和随身物品也扔进火塘里烧了。

俩人觉得在后院挖个大坑埋人太麻烦，动静也大，琢磨了两天，决定在菜窖里分尸，将肉剔下来，用桶提到后院的绞肉机里绞了，混到猪食里。这对于一个时常杀猪的屠户来说，并不算什么难事儿。

之后，他们就在靠近林子边的院墙附近找了一个角落，挖了个小坑，把绞肉机绞不了的骨头埋在了自家后院。

至此，一个大活人，就这样在离家几百公里外的小山村里销声匿迹了。他唯一留在世上的东西，就是土坑里的骨头，和两个罪犯揣进自己兜里的 300 多元现金。

第一次作案就抢了300多块钱，这对于当时的两人而言，是一笔不小的意外之财。惴惴不安的他们谨慎了几天，发现并没有人找上门，一切都神不知鬼不觉，于是胆子更大，很快就开始连续作案。

吸取了之前血溅满屋的教训，他们骗到客人后不再直接带回家，而是一拐进小树林，就由廖某先勒死被害人，再将其放到平板车上，盖上一层棉被和稻草，借着暗淡的月光，悄无声息地运回家里分尸。

那时候刚刚改革开放不久，农村还未被商业气息沾染，大都民风淳朴，客商们也都知道住在乡民家可以省不少钱，往往也不设防。这两人专挑独身的下手，由于他们要价很低，晚到的客商又急于找到落脚处，所以短短两个多月里，他们屡屡得手。

每次杀了人，他们都如法炮制，先将尸体放在地窖里，等到半夜分尸绞肉，之后再在自己家后院挖坑，将碎骨掩埋。

警方最后在他们家院子里挖出八具遗骸，加上地窖里还没完全被分尸的一个，一共是九名受害者。而犯罪所得的赃款，早就被二人挥霍一空了。

讽刺的是，自第一名受害者以后，他们再骗到的人，都是前期来打探市场或者买点散货的小商贩，身上基本上都没带太多钱。他们杀了这么多人，最后也只抢了不到600块。

那时候通信还不发达，很多出门做生意的经常一走就是十天半个月，甚至几个月。家人即使发现异常，在当地报了案，由于流动性太大又没有监控辅助，也无法串并案，很多到最后都成了悬案。

廖某家住得偏，又养猪杀猪，平时有些血腥气，一般人也不会太在意。加之那会儿正是冬天，家家户户都用柴火烧炕，经常烟熏火燎的，也掩盖住了部分血腥味，是以廖某二人疯狂作案两个多月以来，从未被人发现过。

直到案件告破，附近的村民们也很久都不敢相信，自己周围就住着两个丧心病狂的杀人犯。而案件之所以能够侦破，竟然多亏了那个听墙脚又爱管闲事的邻居。

这起连环抢劫杀人碎尸案公布后，由于性质和影响极其恶劣，在全国范围内掀起了重大舆论。

天宁市上层震怒，镇长及两个大队书记被撤职，平源县县委书记也受到了影响，不久被降级调任，而所有违规的民房也在一夜之间销声匿迹。

作为市级经济发展标杆的桃榕镇，其商业在短时间内受到了巨大冲击，过了很长一段时间才稍有恢复，但因为失去了最佳的扩张机会，之后逐渐被其他新兴的小商品城所取代，从此没落。附近镇子上曾经买过廖某家猪肉的人也恶心了好久，有的人甚至从此再也不吃猪肉。

这件震惊全国的大案，直接摧毁了一个新兴的商业重镇，现在在网上搜，还能找到许多详细报道，可见影响之深远。

“唉，人命在有些人的眼里，连猪都不如。”穆怀先每次讲完，都要感慨好久。

穆锦坐在沙发上，默默听完，努力将自己从回忆中抽离出来。

这个案子之所以令爷爷无法忘怀，不是因为现场的血腥和残忍，也不是他因此案荣立个人和集体二等功，而是在于两名罪犯认罪后，对人命的漠视和毫无畏惧愧悔的心。

翻开当年的讯问记录，还可以看到最触目惊心的一段：

侦查员：“杀了这么多人，你就不害怕吗？那些人就埋在你后院，你晚上不做噩梦吗？！”

廖某：“我一开始听到那个绞肉的声音，心头还是有点儿怕的。后来我一想啊，这也就跟，跟那个杀猪差不多嘛，就不怕了。猪死了，还能卖钱吃肉，这个人死了，也总要吐出点钱来嘛。有时候我都觉得怪冤的，这么多人统共才弄了不到600块。看着一个个人模狗样的，谁知道身上才那么点儿钱。我杀几头猪卖，也不比这个少……”

廖某夫妻二人最后被判决死刑立即执行，不久后被执行了枪决。

罪犯虽已伏法，但直至死亡，他们的内心都毫无忏悔。这令当年侦办此案的侦查员和领导们难以释怀，像一根硬刺，扎在心里很多年。

太阳逐渐西斜，穆锦靠在沙发上懒懒地睡了一小会儿，忽然被一个男声吵醒。

“我们下次见面，不知道什么时候啦……”

声音从阳台的角落传来，带着一丝悲伤，尾音拖长，还叹着气。

是那只八哥。

穆锦揉揉眼睛，朝阳台看了一眼，好笑道：“我还没走呢，你就想我啦。”

回应她的，只有两只玄凤鹦鹉的口哨声。

穆锦看了一眼表，已经下午4点多了，爷爷跟商落白还在书房里谈笑风生，看样子聊得十分投机。

她伸了个长长的懒腰，走到书房门口，扒着门一探头，冲着一老一小两人说：“该走啦，再晚又要堵车了。”

爷爷笑着起身：“好，好。下次过来，记得再叫小商一块儿。和你们在一起，我觉得自己都变年轻了。”

穆锦看着爷爷对商落白掩饰不住的欣赏，突然明白了商莉莉嘴里说的“别人家的小孩”。

临出门，穆怀先又给两人装了好几盒菜和他新做的核桃酥，于是他们大包小包地来，又大包小包地回家了。

回去的路上，穆锦开着车，心里的一块石头总算落了地。她高兴地说：“没想到你跟我爷爷这么聊得来，破案的故事好不好听？”

商落白看着窗外的夕阳，说：“嗯，我记得你说你爷爷受过枪伤？”

穆锦一只手在自己肩膀上飞速比了一下：“在肩膀这里，是穿透伤。他们有一次去抓捕绑架杀人犯，其中一个犯罪嫌疑人有把自制土枪，交火时我爷爷的左肩被打中了，但他还是带着伤追了对方一公里，最后终于在人少的地方击中了那个人的左腿，把他抓住了。

“我小时候听我奶奶说，她在医院里看到我爷爷的时候，他脱下来的上衣一大半都是红的，肩膀上有个血窟窿。虽然爷爷因为这个案子获得了个人一等功，但是肩上的伤没好彻底，一到阴天下雨就不舒服。”

穆锦还记得她第一次看到爷爷肩膀上的伤。那是一个纽扣大小的软坑，中间轻微塌陷，边缘凹凸不平，有明显的皮肤组织增生。

她缠着爷爷给她讲其中缘由，穆怀先讲起案子来头头是道，轮到自己的伤却不善表达，只是很平淡地讲述了事情的经过。她听完后，好奇地伸手摸摸那个凹陷的软坑，问爷爷：“还痛吗？”

爷爷摇摇头，和蔼地说：“早就不痛了，都快二十年了。”

想到这，穆锦又说：“你别看他现在笑眯眯的一脸慈祥，以前可是雷厉风行，我小时候可怕他了。”

商落白若有所思：“这么危险，为什么还要去做呢？”

穆锦想了想说：“总要有人去做啊。而且，真的很有成就感。”

傍晚的阳光不似白日里那般火辣袭人，橘红色的余晖照在穆锦脸上，穆锦微微眯起眼，面上泛着一层薄红，神情却十分淡然。

商落白又问：“你们经常有破不了的案子吗？”

“嗯，其实以现在的刑侦手段，命案的破案率已经很高了，只是有些犯罪嫌疑人在逃，就需要花很大精力去找。这些都还好，最让人郁闷的是，明明破了案，最后的判决结果却不尽如人意，但这些又都不是我们能左右的。”不知道穆锦被牵动了什么记忆，眼神变得幽暗起来。

穆锦等了一会儿，见商落白不说话，偏头一看，发现他正在看自己的右臂。

她今天穿的上衣是荷叶边飞袖，比一般的T恤袖子略短，因此上臂内侧那一小块刚刚长好的伤疤清晰可见。那呈半月形的伤疤，边缘不太规则，足有一块指甲盖大小。

穆锦右手握住方向盘，用左手不自然地往下拉了拉袖口，岔开了话题："对了，我一直没跟你说，上回你的大作落在客厅，我翻杂志的时候翻到了。"

商落白这才移开目光："什么大作？"

穆锦故作高深地咳了两下："就是那本《中国各地奇风异俗收录》，你怎么还研究这些？"

"哦，那最多算是摘录总结，和我专业的一门选修课有关。"

"我那天翻了几篇，还挺有意思的。等你写完了，可以借给我看看吗？"

"可以，不过需要点时间。我听说天宁大学图书馆有不少古籍，开学以后还需要再多收录一些。"

穆锦笑着说："小朋友，你这小小年纪，快赶上老学究了。我真怀疑，你的心理年龄跟我爷爷差不多大。"

商落白不置可否："所以他才喜欢跟我聊天。"

穆锦深以为然："那还不是我的功劳。我觉得我不做警察，说不定能做个不错的销售。"

商落白唇角勾起一丝笑意："你那么担心你爷爷不喜欢我？"

穆锦浑然不觉这话有什么问题，坦诚地回答："是啊，我最怕我爷爷了，他的话我可不敢不听，要是他不喜欢你，让我把你赶出去，我就只能执行命令了。"

"我对你很重要吗？"

穆锦依旧直视着前方，双手却不自觉地握紧了方向盘："是啊，把你赶走了，我就没有免费的早饭了。"

车流如织，商落白看着天光一点点暗淡，说："你这两天，心情好像特别好。"

"是啊，这几天特别顺利。而且我们队里有个小姐姐怀孕了，这可是我到分局以来，第一次碰上这种添丁进口的大事儿。等什么时候莉莉也有孩子了，我就能混个干妈当当了。"

"也许快了。"

“啊？她怀孕了?！”穆锦差点一脚刹车踩下去。

商落白笑着摇摇头，刚要说什么，一串铃声响了起来。

穆锦扫了一眼手机，笑着说：“真是不能在背后议论人。”

电话刚一接通，商莉莉的声音立刻就飞了出来：“宝贝儿，我要结婚啦！”

穆锦笑着看了一眼商落白，颇有醋意地对着电话说：“你终于把自己打包送人啦？跟我说说是谁这么倒霉？”

商莉莉听了她的调侃，一点也不生气，兴奋地说：“还能有谁呀，我的‘醋妃’呗，他向我求婚啦。”

穆锦假意惋惜道：“昨天是谁说不想结婚呢，结果这么轻易就把自己卖给他了。”

“哎呀，他本来不是出差了嘛，结果昨天晚上他把我骗出去搞了个突然袭击，又搞烛光晚宴又放回忆视频的，还买了个大钻戒。你说，那谁抵得住嘛。”“恭喜恭喜，以后是不是就更难见到你了？”穆锦其实打心底里高兴。

“怎么会！我还想让你给我当伴娘呢。”

“我的出场费很高的，可不是谁都请得起。”穆锦故意逗她。

“行，没问题，你开个价，我保证一次付清绝不分期。”豪言壮语之后，商莉莉又正色道，“言归正传，你能不能给我当伴娘吗？我这时间可仓促，十一就办呢。好多事情没弄，还得选婚纱、发请帖。”

穆锦算算日子，还有不到三个月。

“你怎么这么急啊？我看人家结婚都得准备小半年呢。”

商莉莉幸福地在那边说：“这不老袁他就在酒店上班嘛，这个混蛋瞒着我把酒席的定金都交了，求婚的时候告诉我定了就不能退，让我看在他人傻钱少的份儿上也得答应他，然后我这一感动，脑子一热就答应了。你说他是怎么想出这招儿来的？肯定是别人给他出的主意，就他那榆木脑袋，不可能想得出来。”

穆锦微微侧头，正对上商落白淡淡的笑意，一下就明白了，怪不得刚才他说快了，原来是这么回事儿。

她笑笑说：“我看不是他傻，是你傻。他是他们酒店的大堂经理，怎么说也算个中层管理人员，他定的酒席你说能不给退吗？”

“你怎么一点儿都不浪漫。你想想看，爱你的人为了你冒着‘血本无归’的风险定下了他一生一次的婚宴，这多叫人感动……”

穆锦听着她在感动的道路上越走越远，忙岔开话题：“好啦，把时间地点发给我，我提前跟我们头儿请好假。先说好了，要有什么试装彩排之类的，就一天都搞定啊，我可真没时间。”

商莉莉一听她答应了，高兴地说：“哎呀宝贝儿，就知道你最好了，我这就发给你！”

果然，挂了电话，商莉莉的消息立马送达：“10月2日星期六，枫深丽都崇安店一层婚宴厅。”

穆锦侧头问：“是你给袁航出的主意吧？”

商落白挑挑眉，脸上还保持着那个小小得意的表情。

这是穆锦第一次看到他这么孩子气的一面，忍不住笑着逗他：“这么说，你很有经验嘛。”

这次却得到了商落白的否定：“经验没有，我只是比较了解我表姐。”

穆锦不解：“你们不是没见过几面吗？你怎么了解她？”

商落白看着她说：“了解一个人，不一定需要相处很久。”

说话间，他们的车已经下了环线，很快驶入万青路。穆锦突然想到：“对了！我得给莉莉准备礼物了。”

她飞快地在脑海里把常见的新婚礼物过了一遍，什么餐具、摆件、小家电，统统都不行。这些礼物对于普通朋友来讲，再好不过，对于她跟商莉莉这种关系，却远远不够。开口去问本人，又显得太没有诚意。

想着想着，穆锦犯了难：“你说我们在一起这么多年，我除了知道莉莉喜欢吃，就不知道她还喜欢什么了。可我总不能送她一箱吃的吧？”

“她之前有说过想买一款项链，叫 RoseLily，品牌是 Aurora，你可以送她。”

穆锦没想到商落白一开口，就给出了一个理想答案。但她对大多数女孩感兴趣的首饰珠宝一概不懂，一脸茫然地问：“什么 Lily？我没听说过这个牌子，你知道哪儿有卖的吗？”

商落白也犯了难：“我也不知道，好像是欧洲的。她之前问过我澳大利亚能不能买到，但是澳大利亚没有这个牌子。”

穆锦信心满满：“就是在月球上，我也得给她买到。”

第二卷　初更

如果你曾看过我的眼泪，

就不要问我因何而哭。

处暑　鹰乃祭鸟　天地始肃　禾乃登

宜　订盟　纳采

忌　嫁娶　开市　动土

第十章 暗流

这天，安年从市局开完会回来，刚走到办公区，就听到一个音量不小的女声在打电话，听上去火气颇大。

“什么？撤案了？什么原因?！”

只见穆锦正背对着安年站在工位前，一只手叉着腰，一只手举着电话。

那边不知道说了什么，穆锦的声音更大了：“证据不足？那你们把询问笔录和调查报告发一份到北丰分局来。”

对方又说了什么，穆锦直接怒道：“什么？发函？行，没问题，我10分钟之内给你发过去，要是半个小时我收不到案卷，我就上你们那儿当面调！”

“啪”的一声，穆锦把手机摔在了办公桌上。安年见状，走过去拍了下她的肩膀，问道：“跟谁啊这是？大早上的火气这么大，小心嫁不出去。”

穆锦回过头，见是安年，面色和缓了一些，却仍是余怒未消：“还不是那个西望地派出所，那也能叫派出所?！”她喝了口水，强压怒气，给安年大致讲述了一下事情的起因。

今天早上，北丰辖区内发现年轻女尸一具，尸体穿的衣服口袋内有遗书一封，现场还发现农药一瓶，疑似自杀。法医谢识飞正在尸检，结果还没出来，目前不能排除他杀。

遗书上有死者的详细信息和地址，死者称自己长期遭受继父性侵，不堪受辱自杀。刑侦支队已经把死者的继父拘了回来，由叶朋和江海负责讯问。

同时，他们调查了死者的通话记录，发现了一个她近期频繁联系的号码，就联系对方过来接受询问。

被询问者也是名年轻女子，自称是死者的朋友。她说死者最近状态一直很差，经常找她哭诉。她还回忆说，去年死者曾经在她的陪同下，去学校附近的西望地派出所报过案，但是他们只把她继父叫去问了一次话，就没了下文。她们后来再问，就说是证据不足，给了一份撤销书，然后就不了了之了。

穆锦端起水又喝了一口，愤愤地说："我给西望地派出所打电话，让他们发一份调查记录过来，他们倒好，推三阻四的，一会儿说不好找，一会儿要调函。要我看，这个女孩要真的是自杀，他们的不作为绝对得负一半责任！什么玩意儿，那个女孩才 16 岁！"

穆锦越说越气，但还没忘了正事儿："对了头儿，一会儿我调函弄好了，您帮我签个字。"

安年听完也略显不悦，他掏出手机问穆锦："确定是西望地吧？"

穆锦不明所以，只点头"嗯"了一声。

安年拨通了一个电话，电话那边一接通，安年就熟稔地说："老姚，是我，嗯，挺好的。瞎忙呗，你们怎么样？"

几句寒暄过后，安年进入正题："哎，老姚，有这么个事儿啊。我们今天接了一起案子，听说死者以前在你们那儿报过案，这不手底下小孩儿想麻烦你们给调个记录。但是刚才打电话，接电的民警好像有点儿为难，我这不想着直接找你应该能快点儿。"

穆锦眼巴巴地看着安年，从她这个距离，能听到从他手机里传来的中年男声："不麻烦，不麻烦，发个报案人姓名和大概时间过来，我让手底下的查查，一会儿就给你们发过去。"

安年沉着脸，声音却还是轻松悠闲："那行，我这就发给你，辛苦了啊。"

那边又继续着客套话："不辛苦，这点小事儿，跟你们比起来，我们哪算辛苦。"

挂了电话，安年把手机递给穆锦："把死者名字和报案时间发到这个手机号上。"

穆锦边打字边问："您这是给西望地派出所打的电话？"

安年说："给他们所长打的。他们那个派出所我以前待过，现在去市里开会，偶尔还能碰见他们所长。"

穆锦不无同情："那种地方，您一定忍不了。"

安年看着她发完短信，一把拿过穆锦手里的手机说："小丫头片子，别老评论大人的事儿。过半个小时记得查报告，要是还没发过来跟我说，别自己瞎打电话。"

穆锦吐吐舌头，赶忙说道："是！"

安年回到自己的办公室，打开空调，摆弄了会儿桌上新买的一盆嫣红蔓，才坐到办公桌前打开电脑，舒展了一下胳膊，准备继续写他上半年的工作总结。

放在桌上的手机亮了一下，他拿起来一看，是姚千华发来的信息："案卷已发送。"

他看着那短短五个字，忽地想起他刚当上小片警，在东营区西望地实习的那段岁月。

现任西望地派出所所长姚千华，比安年大三届，刚实习的时候，安年一直管对方叫师哥。姚千华是很有能力的，安年当初从他那里学到了不少经验。

但是纵观整个西望地派出所，从上到下都是安于现状、得过且过的氛围，加上基层派出所发挥余地有限，所以刚一转正，安年就跃跃欲试，想要调走。他一心想当刑警，受不了这种浑浑噩噩的日子。又干了一年多，赶上了各分局内部招聘刑警，他马上申请并顺利通过考核，被分配到了北丰分局。

其实，安年曾怂恿过姚千华和他一起考分局的岗，却被他拒绝了。姚千华说自己最大的追求，就是以后当个派出所所长。所谓宁当鸡头不当凤尾，就是他的座右铭。

安年从派出所正式调职那天，很多人都有些不忿，看他的眼神也都不太友好，更没人给他送行。他们一贯都看不起这个爱出风头、心比天高的青瓜蛋子，没想到他还真的一鸣惊人。

最后，只有姚千华把他送到门口，拍着他的肩对他说："一切顺利。"

后来，安年成了穆怀先的徒弟。这个在整个天宁市乃至华北地区都赫赫有名的老刑警，对他的教诲令他一生受用。令他印象最深的，是穆怀先第一天带他时说的一段话："人不可能只有一面，看人更不可只看一面。生活中，我们要努力去发现每个人最善的一面；而作为刑警，我们必须看到每个嫌疑人最恶的一面。"

再后来，穆怀先退休后，安年也从副转正，做了北丰分局刑侦支队队长。而姚千华，后来也如愿以偿地当上了西望地派出所的所长。

两人有时还会在市局的各种大小会议上遇见，基本上都是远远点个头。偶尔说过几次话，也都是些不痛不痒的客套话。两个人的人生轨迹，早已不同。

所幸，西望地派出所在姚千华手下，虽然一直没什么突出作为，但也没捅娄子，算是中规中矩。

安年盯着桌子上的嫣红蔓发了一会儿呆，才终于把自己从回忆中抽出来，拿起电话，打了一个内线号码，对着那边说："丫头，你过来一趟，我有点事儿问你。"

很快，办公室的门被敲响了。

"进。"

门开了，穆锦探进头来。

安年招呼穆锦过来坐下，犹豫了一下才问："我师父他，最近挺好的？"

穆锦点点头："爷爷挺好的，您有事儿找他？"

安年手指轻敲着桌面，缓缓说道："没有。就是想问问你，师父他有没有跟你提过，当年为什么从市局调到咱们分局？"

"服从组织安排呗，"穆锦顺口一说，想了想又道，"等等，好像还真不是，我记得听我爸提过一次。"

"是怎么回事儿？"

"具体的我爸也没说，只说我爷爷有一天回家一直沉着脸，还破天荒地跟我奶奶吵了一架。之后的几周，爷爷经常发火，老骂我爸。两个月后，他就调任到咱们北丰了。"

穆锦记得听父亲提起过，爷爷穆怀先之前在市局是大队长，后调到北丰分局任副支队长，表面上看是平级调任，实际上是降级。但他调到分局后，心情明显好了许多，之后这么多年，一直都在北丰分局，直到退休。

"知不知道是什么原因？"安年问。

"嗯，我记得，好像说他以前挺受一位市局领导器重的，想让他接自己的班。但具体发生了什么，我就不知道了。"穆锦观察着安年的表情，继续说，"您要想知道，直接去问爷爷呀。"

安年一脸郁闷："他要是能告诉我，我还问你干吗。"

穆锦目光移向桌子上的嫣红蔓，伸手戳了戳那带粉红斑点的叶片："那我可就帮不了您了，他连您都不说，肯定也不会告诉我。不过您问这个干什么？"

"别老瞎打听，去看你的记录吧。"

将穆锦打发走了，安年才重新打起精神，开始写他的工作总结。

另一边，穆锦看完了西望地派出所发来的调查报告，又打印了一份给江海和叶朋送了过去。

刚回到工位上坐定，她的手机就响了。

她接起来，只听里面传来一个甜甜的女声："您好穆女士，这里是Aurora天宁蓝梦店。您前两天咨询过的热销款RoseLily项链，我们早上来了两条货。"

穆锦一听，连忙说："你们能帮我留一条吗？我这周末过去买。"

女声带着一丝抱歉："不好意思女士，我们店里不留货的。"

"那，你们下次什么时候来货？"

电话那端仍是抱歉的语气："我们的货都是从欧洲总部寄过来的，这款货本来就不多，我也不太清楚下次什么时候来货。您要是喜欢的话，最好尽早过来买。"

挂上电话，穆锦喜忧参半。前几天她一回到家，就立即搜索了Aurora，找到了它的官网。她发现，Aurora是欧洲的一个小众首饰品牌。巧的是，它上周在蓝梦购物中心开了国内第一家专卖店。也许是蓝梦实在太大，那天穆锦和商莉莉居然都没有逛到。

穆锦咨询后得知，RoseLily是今年的春季款，因为大热，品牌方又在最近限量发售了一次，但上架时间不定。

虽然觉得里面有故意营销的嫌疑，但穆锦很怕错失机会。她想了想，转身对黄永山说："我下午出去一下，你要是看见罗队帮我请个假，有事儿电话。"

黄永山还没答应，徐问雨的小脑袋就从另一边探了出来，十分暧昧地看了看她："约会去呀？"

"秘密。"穆锦冲她眨眨眼。

建安大厦，海翔国际五楼的职工宿舍里，商落白正盯着窗外的一排杨树，握着手机，犹豫着拨出了一个电话。

他这周变得非常忙，培训中心见学生们对他的口语课反馈不错，就又给他安排了一个暑期住校班的写作课。除了周日，他几乎每天的课程都被排满，时间不再那么自由，和朝九晚五的上班族也相差无多。

每到午休时间，他都要回宿舍休息一小会儿，补充体力。

他昨晚回家后，发现把一部分学生作文落在了宿舍里，于是今天起了个大早，7 点刚过就到了学校。

商洛白一路坐电梯上到五楼，刷卡进了大门。他知道 Simon 有晚睡的习惯，所以来到宿舍门口时，刻意压低了脚步声。

屋子里还拉着窗帘，只有一角透进了少许天光，室内有些昏暗。他刚推门走进去，一股刺鼻的烟味直扑而来。商落白皱皱眉，忍住用手扇走烟雾的冲动，关上门，快速穿过前廊，走到了里间。

烟雾缭绕中，Simon 正躺在自己床上，盖着一条薄毯子，一条腿跷起，搭在另一条微曲的腿上。他一只手擎着一支烟，慢悠悠地抽着，表情甚是惬意。

看到商落白进来，他没有惊讶，只是懒洋洋地抬手打了个招呼：“Hey Ethan！你今天，这么早？”

商落白沉着脸，对着 Simon 的方向说了声“Hi”，算是打了个招呼。紧接着走到窗边，挑起一角窗帘，转头问：“你介意我开窗吗？”

窗户挨着 Simon 的床，商落白转头看向他的床头，正好看到 Simon 手里的卷烟，烟头的火光随着对方嘴上的动作忽明忽暗。

那烟卷不像市场上卖的那么规整，烟体粗细不均，烟纸结合处也微微翘起，看样子连过滤嘴也没有，应该是自己卷的。

这并不奇怪，在国外很多人都买烟丝、烟纸自己卷烟抽，可以省下不少钱。令商落白在意的是，他闻出了这种味道。

他记得自己第一次闻到这股味道，是在澳大利亚的大街上。那是一股很怪的气味，像是汗臭味混合着腐烂发霉的酸味，令人闻之如敝。闻过一次后就很难忘记。

当时，他同行的朋友神秘地告诉他，那是大麻烟的味道。再后来，他偶尔又闻到过几次，很臭，避之唯恐不及。

刚才在门口时，烟味里夹杂着空气清新剂的味道，还没那么明显。眼下离得近了，商落白一下子就闻出了这种怪味。

“开吧。”Simon 还闭着眼，懒懒地回应道，然后猛吸了一口，伸了个懒腰，慢悠悠地说，“Time to get up.”（该起床了。）

他见商落白没有动静，便眯起眼抬头看向他，发现商落白的视线正落在他的手上。

灰眼睛对上蓝眼睛，一瞬间，气氛有些凝重。商落白隔着一层淡淡的烟雾问：“你在抽什么？”

Simon 放松下来，闭着眼又吐出一口烟，得意地举起那还剩一小半的烟卷，冲着商落白问：“Do you wanna try？”（要不要试试？）

灰眼睛里闪动着凛冽的光，商落白的语气也变得不太友善：“是大麻？”

Simon 不以为然地说：“不要打（大）惊、消（小）怪，我有一些碰（朋）友，都抽的。这在我们加拿大，合法的，你们澳大利亚，也是吧？”

商落白转身拉开了窗帘，没有说话。

Simon 再次抬眼看他，用看老古董一样的表情继续说：“Don't tell me you've never tried poppy seed toast and hemp chips.”（别告诉我你从来没吃过罂粟籽面包和大麻薯片。）

商落白打开窗户，背对着 Simon 冷冷地说：“你忘了一件事——这里是中国。”

Simon 耸耸肩，看着商落白的背影，满不在乎地说：“So what？Just weed. No one will know，if you keep it a secret.”（所以呢？大麻而已。你不说，没人会知道。）

屋内已经大亮，商落白转过脸，看清了氤氲烟雾后那张陶醉的脸。他敛起怒意，假装轻松地问：“你从哪里弄到的？从加拿大带来的？”

Simon 听他这么问，以为他来了兴趣，兴奋地坐起来，摇着头，连说了几个“no”后，蓝色的大眼睛里闪动着蛊惑：“我，不傻，会被抓的。是我碰（朋）友给的，你想要，我可以，帮你弄一点。”

他说着，捻动手指，做出一个数钱的动作，笑着压低声音：“They

have even better if you want."（如果你想要，他们还有更好的。）

商落白刚想说什么，卫生间里突然有水声响起。他回头看去，才发现卫生间的灯是亮着的。

视线扫过，他看到离门口不远的地方，摆着一双黑色高跟鞋，沙发上也放着一只浅黄色女士手包，茶几上有两个空啤酒瓶，还有几包敞开的零食。刚刚他进门后一心想着开窗，注意力又全部被 Simon 吸引，竟完全没有察觉。

卫生间的门被打开，一个留着齐肩中长发、化着淡妆的年轻女人从里面走了出来。她显然听到了外面两人的对话，偷着看了看商落白，表情不太自然。

"介绍一下，这是我，女碰（朋）友。" Simon 一见她出来，立刻欠身，把手里的烟捻灭，从床上跳下来，光着脚走到年轻女郎身边，一把揽过她，自豪地介绍着。

女人不知是在外人面前不太好意思，还是被 Simon 一嘴的烟味呛到了，她蹙着眉，勉强抬眼跟商落白打了个招呼："你好。"

她长了一双狭长的眼，鼻梁扁平，相貌平平，只是胜在脸小，算是清秀。不过情人眼里出西施，Simon 大约很喜欢她，亲昵地把她搂得很紧。

商落白收起了刚才严肃的样子，客气地说："你好，我是 Simon 的室友。"

对视的瞬间，他觉得面前这个女人有点眼熟，应该是在学校里见过，但不是老师。想了几秒，他记了起来，女人好像是 Simon 一对一课程的学生，他们下课时碰见过。

对面的女人颇为尴尬，她大概也没想到，男朋友口中那个同屋不过夜的室友，却和自己在一大早撞个正着。

她轻轻挣开 Simon 的怀抱，朝沙发走过去："我先走了，该上班了。"

她飞快地背上包，转过身对商落白说："再见。"

商落白也点头回应："再见。"

Simon 全然没有避讳的意思，一路追到门口，看着女朋友穿好鞋，又亲亲热热地在女人唇上落下一吻，亲昵地在她耳边说着什么。

商落白走到自己的书桌前，拿过昨天忘记的学生作业，装进了包里。他本打算在宿舍批改完再去上课，但宿舍实在是不能待了。

Simon 的女友在门口小声说着什么，最后又说："少抽点儿。"

高跟鞋"嗒嗒嗒"远去，Simon 走回来，又懒洋洋地歪在了自己床上。屋里的怪味儿已经散了一部分，商落白问："你今天没课吗？"

"早上没有，下午有。"Simon 抬起一只手覆在额上。他还沉浸在毒品带来的精神愉悦中，一副余韵未消的模样。

商落白轻叹了一声，背起包说："我还有事先走了。你不要再抽了，这是毒品。"

Simon 只是抬了抬手："回头见。"

中午下了课，商落白回到宿舍休息。Simon 已经走了，窗户依旧半开着，烟灰缸里的烟和茶几上的酒瓶、零食都不见了，空气中飘散着一股淡淡的香水味。

他走过去把窗户关好，转身的瞬间，眼睛却被一道亮光刺了一下，像是某种金属物的反光。

环视一圈，他发现亮光来自 Simon 枕头底下露出的小小一角。他犹豫了一下，还是走过去，把枕头底下那个暗银色的金属物抽了出来。

那是一个拉丝锡银烟盒，盒盖没有盖紧。

商落白心中一沉，打开来，果然看见里面整整齐齐地摆着三根已经卷好的烟，和他早上看到的毫无二致。他用手捏起一根，凑近鼻子嗅了一下，马上又放了回去，肯定了自己的猜测。

他把烟盒放了回去，看向窗外，握着手机站了一会儿，犹豫再三，还是打开最近的通话记录，按下了最上面的联系人。

穆锦刚走出法医室，手机又响了："喂？"

"我有点事情想问你。"

"行，说吧。"

商落白的声音很低沉："你忙吗？我能不能过去说？"

"什么事儿这么着急，电话里不能说？"穆锦觉得他今天很是反常，她想了想，心下觉得不妙，也压低声音问道，"你姐夫出轨啦？不会吧，这才刚求完婚。"

商落白一时语塞："不是，挺重要的事。"

穆锦也正经起来："行，那你现在过来吧。我跟门卫打声招呼，一会儿你到了给我发个消息，我在二楼门口等你。对了，快点儿啊，我下午要出去。"

"嗯。"

此时崇安区枫深丽都酒店的大堂内，刚走出员工电梯的袁航一连打了好几个喷嚏，响声震天。前台接待员都转过头来，对他行注目礼，眼神中带着想笑又不敢笑的隐忍。

我这是要热伤风吗？袁航想着，小眼睛锐利地扫过前台，吓得两个接待员忙转回头，保持得体微笑，面向大厅正门，大气都不敢再出。

午饭时间，安年揉着酸痛的双眼从办公室出来，看见叶朋正脸色阴沉地往食堂走。

安年半是关心半是调侃地问："叶子今天这是怎么了？上午那个审得不顺利？"

徐问雨从旁边幽幽飘过，轻声说："安队，你们家丫头有情况，有个大帅哥找她。"她踩着小碎步，又补了一句，"好像是上回来给她送吃的的那个。"

叶朋喜欢穆锦，是全队心照不宣的秘密，仅对穆锦一人保密。因为叶朋脾气不好，所以没人敢八卦他。

穆锦作为自己师父的孙女，安年对她自然要比一般的下属多关注一些。但今天这个情况，让他有点摸不着头脑。他往穆锦的工位上看去，没人，又环视了一圈办公区，也没看见穆锦的身影。想了想，他走出办公区，穿过走廊，终于看见了大厅处入口的穆锦。

穆锦今天穿了一条高腰铅笔裤，淡蓝色的短袖T恤套在铅笔裤里，更显得她整个人腰线分明，挺拔修长。安年一看过去，视线反而立刻被另一个和穆锦说话的年轻人吸引了。

那个人半低着头，仍比穆锦高出许多，穿着一件白色T恤，随意地将灰色双肩包挂在肩头，一只耳朵上戴着白色的蓝牙耳机，正微笑着和对面的穆锦说着什么。因为低着头，安年看不清他的样子。

安年走过去，两人听到响声，停止了交谈，都转过脸来看向他。

“丫头，这是你……男朋友？”安年脸上带着一丝笑意，眼神在二人面前来回逡巡，暗暗揣度着他们的关系。

“头儿，别瞎说，这是我小弟。”穆锦先是微皱了皱眉，马上又端起了大姐大的姿态，向他介绍道。

年轻男子摘下耳朵上的蓝牙耳机，非常礼貌地向安年伸出手，微笑着说：“您好，我叫商落白，是穆锦的朋友。”

安年也伸出手，一边握手一边说：“你好，我姓安，叫我老安就行。”

出于职业习惯和刚刚同事们的反应，安年认真打量起面前的年轻人：他看起来20岁出头的样子，多半还是学生，个子虽高，但看起来有点单薄。脸部线条流畅干净，鼻梁挺拔，眉目舒展，面相柔和。只是配上他苍白的肤色，整个人显得没有生气，少了些年轻人的活泼。

安年不禁腹诽：难道这就是现在女孩子们喜欢的类型？唉，不懂现在的女孩子，老了老了。

对面这个被腹诽的对象却全然不知，面上露出敬仰的神情，依旧礼貌地说：“原来您就是安队长，您好。”

安年有点惊讶，没想到对方竟然知道自己。他眼神不住地瞟向穆锦：“看来丫头跟你提过我？”

他知道，穆锦是从来不会跟警队以外的人透露队里的只言片语的。这下，他更觉得二人的关系不一般了。

没想到对面的商落白笑了：“不是，是我上次去穆爷爷家的时候，听他提过您。”

“你认识我师父？”安年更加惊讶。

“不算认识，只见过一次。”

这更加激起了安年的好奇心。能让师父提起自己，看来他们一定聊了很多。难不成，这是师父给穆锦物色的孙女婿？这么看来，师父的品位还挺前卫的。

他心里虽这么想着，但又觉得既然是师父看中的人，自己自然也是要上心的。于是，他如老父亲般关爱地说：“正好该吃午饭了，你要是还没吃，就跟我们一起去食堂吧。”

不等商落白答话，穆锦马上摆手说：“不用了头儿，他就来找我说点事儿，该走了。”说完她弯起杏眼，含笑看着商落白，那眼神里的意思再明显不过：好走不送，一路顺风。

商落白微微睁大眼睛，回以她一个“我还没说呢”的眼神，然后对着安年说：“合适吗？我还从没进过公安局呢，会不会给您添麻烦？”

安年继续扮演着慈父：“不麻烦，只是我们这个地方，最好别常来，哈哈哈。走吧，我带你去。”两人有说有笑地往里走去，把目瞪口呆的穆锦晾在了一边。

穆锦没辙，只好慢吞吞地跟在二人身后。一想到队里同事们八卦的眼神，她就暗自咬牙攥拳，在心里将商落白痛扁了一顿。

安年一路给商落白介绍着分局的陈设，商落白认真听着，并没有好奇地东张西望，只是听到“讯问室”时，往那个方向多看了两眼。

食堂里的人不少，刑侦队先来的几个都已经打好饭，坐在了用餐区，远远就看见了跟着安年进了食堂的商落白，还有身后一脸黑线的穆锦。

安年带着两人径直来到窗口，问商落白：“你看看有什么想吃的？”

商落白闻言向窗口内望去，只见红红绿绿一片，全都是他认不出来或者叫不出名字的菜，只好说：“都可以，随便买两个就可以了，不是辣的就好。”

后面一个幽幽的女声响起："给他买那个青椒炒芹菜，他最爱吃那个。"

商落白一听到"芹菜"两个字，饶是风度再好，也忍不住回头看了一眼穆锦，然后对安年说："我不喜欢吃芹菜。"

安年自然心中有数，他大手一挥，对食堂大妈说："来一份西蓝花炒虾仁、焦熘丸子、红烧茄子、四两米饭。同样的再要一份。"

"好嘞！"大妈动作迅速，眨眼间就用托盘盛好了两份饭。她没用食堂大妈们一贯的"颠勺大法"，而是很实在地盛了满满两大盘。

安年接过来，一个华丽的转身，避过穆锦接托盘的手，递了一份给商落白："走。"

穆锦眼巴巴地看着二人的背影，伸着手僵在原地，不满地问："头儿，我的呢？"

安年只丢下一句"臭丫头，自己买，你又不是客人"，就带着商落白走远了。

"小气！"穆锦只好委屈巴巴地掏出饭卡自己打饭，满心怨念。

等她买好饭跟过去，安年和商落白已经坐在徐问雨和叶朋几人的邻桌，边吃边聊天了。

穆锦在商落白旁边的位子上落座，不经意地往他盘子里瞟了一眼，然后又看看自己盘子里明显瘦了一圈的菜，心说：果然区别对待，食堂潜规则。

不满归不满，她也只能在心里偷偷记上一笔，然后安安静静吃饭，试图把存在感降到最低。

因为上次的送零食事件引起了不小风波，她很怕又引起同事们的猜想，本想着商落白说完事情就会走，谁知道两人刚说了几句，突然杀出来个安年。

穆锦心不在焉地吃着饭，听对面安年似乎对商落白的专业很感兴趣，一直问东问西，连学不学"甲骨文"和"文物鉴赏"都问了。不管什么奇怪的问题，商落白都一一回答，没有任何不屑和不耐烦。

“对了，你是哪里人啊？听口音不像天宁人。”安年突然问。

天宁人说话，总的来说是很标准的，只是有时候喜欢偷懒吞音，听起来就不那么清晰，所以总被外省人吐槽咬字不清。然而商落白没有这个习惯，他吐字极其标准，声音也温润动听，只是偶尔会有一两个重音偏差。

“安队，人家说话压根儿就没口音吧。”徐问雨咕哝了一句，也就她在这个时候还敢挑剔安年的措辞。

果然，安年停下筷子，瞥了徐问雨一眼，眼神中写满了“话多”二字。

穆锦头也不抬地说：“他是在澳大利亚长大的。”

安年惊得筷子差点掉了。外籍华人并不稀奇，只是多数一看，就明显和国内根正苗红的不太一样。面前这个人的普通话明明比他还标准，中国文化比他了解的都多。

平复下震惊的情绪，安年问：“原来你是国际友人。你来中国几年了？中文这么好。”

“刚回来不到一个月。”商落白回答道。

“现在还放暑假呢吧，怎么这么早就来了？”

“想提前过来适应一下，找了个兼职。”

“你今天来找穆——”坐在商落白另一边的黄永山忍不住问，话说到一半，他突然对上穆锦的眼锋，当即噎了一下，改口道，“那个，你上完学以后打算干什么？留在天宁吗？”

“想留在天宁，不行的话，也可能回去放羊。”

“放羊？”黄永山很感兴趣，“是在农场上放羊吗？你家里的？”

“嗯，我爷爷的。”

“在农场生活是我的养老目标，天苍苍野茫茫，多自在。”黄永山一脸向往。

徐问雨拆台道：“那是一开始，后面就该是风吹草低好无聊了。”

黄永山还是问：“除了放羊，还干什么？”

“种葡萄树，养羊驼。不过我懂得不多。”商落白倒是毫不介意透露自己务农白痴的身份。

然而黄永山完全搞错了重点：“你爷爷还养羊驼吗？”

“养了不少，卖羊驼毛。”

黄永山兴奋得连饭都忘了吃：“你有照片吗？能给我看看吗？”

“有。”商落白说着掏出手机翻找起来，很快他的手指停在几张照片上，点开拿给黄永山看。

旁边的几个人都好奇地凑过去，几个脑袋挤在一起，和上次聚在窗户前看商落白给穆锦送零食时，竟有异曲同工之妙。

“真好玩儿，你看它们白的跟白的一群，黑的跟黑的一起，自己就分组了，怎么这么逗。”几人边看边讨论着。

他们又翻了几张，黄永山指着其中一张照片问：“这个是你的马吗？你在喂它吃什么？”

商落白看了一眼，说：“是我叔叔的马，在喂它吃苹果。”

徐问雨问：“马还吃苹果？”

“嗯，它最喜欢吃苹果。”

“这马长得好特别，像一只独角兽。”

“嗯，它的名字就叫独角兽。”

穆锦心不在焉地吃着饭，视线偷偷瞟向黄永山握着的手机。

照片上阳光明媚，绿野茫茫，不远处的坡顶上低低缀着几朵白云。白云下，是一座红色的小房子，房子前面延伸着一排排的矮藤架。藤架深处，卧着一团团雪球般毛茸茸的绵羊。不远处还停着一辆巨大的红色拖拉机，光是轮胎就有一人多高。

近处站着一个年轻人，穿着一件浅色的牛仔外套和背带裤，腰上挂了一只小巧的草编包。他一手按着自己头顶上的草帽，另一只手握着什么，在喂身旁那匹毛色油亮的高背马。

那匹马全身淡棕色，像是在阳光下笼了一层光晕。它的头顶上方缀了一抹鲜亮的奶油色鬃毛，被风吹得飘动，的确像长了一只角。此刻，它正低头吃得开心，露出两颗雪白的大门牙。

画面定格在年轻人那看不清眉眼，却从姿态透出的无限温柔中。

穆锦将目光移回，听着隔壁桌上的几人又叽叽喳喳了一会儿，只听文竹忽然问："这是谁呀？"

穆锦好奇地望去，只见那是商落白和一位老人的合影。

两人站在一栋红房子前，老人比商落白略矮一点，却比他强壮许多，满头银发，古铜色的脸上满是岁月的痕迹。不同的是，那老人高额深眸，是一个典型的外国人。

他笑得十分开心，一只手臂搭在旁边戴着草帽的商落白肩上。商落白则咬着一根稻草，怀里抱着一只奶白色的小羊羔。他笑得很腼腆，脸上却透出健康的红晕，微微出汗的脸在阳光下闪闪发亮。

"是我爷爷。"商落白看了一眼手机。

话音刚落，除了叶朋、宋秋实和穆锦，所有人都停下了手上的动作，望向商落白，使劲盯着他的脸看。商落白似乎是被看得有点不自在，从文竹手里拿回了手机，低下头继续吃饭。

穆锦暗暗想：那天给我看他眼睛的时候不是挺得意吗？现在居然不好意思了。

徐问雨摸着下巴、眯起眼，学着安年的样子说："哦，我就说你哪里长得不一样，原来如此。"

刚刚还在埋头吃饭的宋秋实抬头看了一眼徐问雨，抿了抿嘴，没说话。

"你们聊什么呢，这么开心？"

穆锦顺着声音看去，发现是法医谢识飞。穆锦知道他爱凑热闹，肯定是才忙完，打好饭看见一大帮人挤在一起，就跑来看看情况。

谢识飞走过来，在宋秋实旁边坐下，另一边的黄永山一看见他，一扫刚刚的活泼多话，不动声色地往商落白这边靠了靠。

众人一阵沉默，都害怕谢识飞一开口，又讲些跟尸体有关的内容，影响食欲。

“咦，怎么我一来就都不说话了。”谢识飞不明就里，还积极地牵着话头。

他看向宋秋实，对方却把脸转向另一边。他又看看紧绷着脸的叶朋，叶朋忙低下头大口吃饭。最后还是徐问雨忍不住开口：“谢主任，我们刚刚在聊羊驼。”

“羊驼？在哪儿呢？”谢识飞环顾左右。

“没有。”她指指对面的商落白说，“这是商落白，穆锦的朋友，羊驼是他们家的。”

谢识飞往前倾了倾身子，顺着徐问雨手指的方向看去，果然见黄永山旁边坐了一个陌生的青年，也正侧头看向他。

“您好。”短暂的对视后，商落白先开口了。

“你好。”谢识飞也礼貌地回应，相隔太远，不便过多寒暄。几秒钟后，他还是忍不住说：“养‘草泥马’，挺有意思。”

“草什么？”商落白看看谢识飞，又转向一直没出声的穆锦。

面对第一次表现出知识黑洞的商落白，穆锦小声说：“你还是不要知道比较好。”

江海突然问道：“谢主任，早上那个小姑娘出结果了吗？”

“嗯，高湛正写尸检报告呢。”谢识飞认真起来，“确定了，就是自杀。她身上只有几处陈旧性抵抗伤，没有发现新的抵抗伤和约束伤，瞳孔缩小，肺水肿，胃内大量农药残留，胃黏膜严重灼伤。呕吐物、胃部和血液的毒物化验结果，也和现场发现的那瓶乐果里的剩余液体对上了，典型的有机磷农药中毒。”

虽然一早就料到了答案，但是真的听到结果，穆锦还是觉得很难受。

谢识飞接着说：“她这是一心寻死，那么痛苦的死法，喝了大半瓶，真是一点儿余地都不给自己留。”

叶朋听了，本来就阴沉的脸色变得更加难看了，从嘴里挤出几个字：“那个老东西。”

气氛一时有些凝固，商落白虽然不知道到底发生了什么，但听到几人的对话，也猜到了个大概。

“工作的事情回去再谈，不要总带到食堂来。”安年咳了两声，看向谢识飞，加重语气点名，“每次都是你。”

谢识飞无比委屈：“关我什么事儿？每次都是他们先问我的，我比窦娥还冤。”话虽如此，但他还是安静下来，没再谈论工作。

穆锦吃下最后一口米饭，微微松了口气。她从刚才起就一直谨小慎微，生怕商落白把住在自己家的事情说漏了嘴。还好，一顿饭总算在有惊无险中吃完了。

她小声问商落白：“对了，你刚才说有事儿跟我说，到底是什么事儿？”

商落白抬眼看看旁边几人好奇的目光：“还是晚上回家再说吧。”

穆锦瞬间倒吸一口凉气，想把商落白打晕已然来不及了。

她抬起头，先是对上安年惊讶探询的目光，之后转头看向始作俑者。她觉得，要是眼睛真能射出刀子，那现在商落白一定已经死上好几百回了。

但商落白似乎并没有意识到事情的严重性，继续问穆锦：“你今天晚上回家吃饭吗？”

一时间，附近几双眼睛全都齐刷刷地看向她，所有人的耳朵都竖了起来。

穆锦艰难地从牙缝中挤出两个字：“不回！”

安年看着穆锦的表情，几次欲言又止，终于还是忍不住问：“你们，住一起啊？”

穆锦尴尬地说：“嗯，他暂时借住在我家。”

一旁的徐问雨酸溜溜地说：“是谁说不外租来着？原来只是不租给我啊。”

商落白大约意识到自己说错了话，想要挽救，赶忙对徐问雨说：“9月份开学，我就搬去学校住了。”但这话怎么听都像欲盖弥彰，越描越黑。

穆锦强忍着怒意，再次看向旁边的人，但一对上他抱歉的眼神，就把刚要脱口而出的“你今天就可以搬出去了”生生咽了回去。

文竹好奇地探过头：“你们不会在谈恋爱吧？”

穆锦脸都气红了，大声说：“当然没有！”

这话一出口，看热闹的人都有些失望，只有叶朋的表情略微缓和了一些。

还是安年最懂穆锦，短暂的惊讶过后，他对众人正色道：“行了，吃完了赶紧回去干活，晚上都想加班是不是？”

没人答话，但所有人都陆续起身，三三两两地离开了食堂。穆锦气归气，但看着安年送商落白离开后，也回办公室收拾了一下，很快走出了分局大门。

刚走出不远，她就看到树影下立着的商落白。穆锦走过去，没好气地看了他一眼：“你怎么还在这儿？”

“等你。”

“等我？”穆锦停下脚步，不解地看着他，忽然想了起来，“哦，你是来找我说事儿的。”

“嗯。”商落白刚要开口，裤袋里的手机突然响了起来。

他拿出手机看了一眼，略一迟疑，还是接了起来。穆锦听到他开始讲英文，便一边用手扇着风，一边耐心地等着。

很快，商落白就挂断了电话。

穆锦看着他：“说吧。”

商落白垂下眼：“我是想问你，我表姐结婚，该送他们什么礼物？”

穆锦一脸难以置信：“就这？你专门跑一趟？”

商落白很是真诚：“是。”

穆锦微眯起眼，观察着他的表情：“你说实话，到底是不是袁航有事儿？”

“不是。”

“那你可问错人了。”穆锦说道，转念一想，她又问，“你下午有课吗？”

“没有，我和一个老师调课了。”

“那正好你跟我一块儿去蓝梦吧，那里特别大，东西也多，肯定能买到合适的。”

“好。”

商落白低下头，看了一眼手机，通话记录上显示着 Simon 的名字。他按下锁屏键，手机立即转为黑屏。

穆锦说：“走，去坐地铁，不堵车。”

10 分钟后，穆锦和商落白一前一后走进了学府路地铁站。这会儿不是上下班高峰期，人不算多，基本上都是学生。但一眼望去，还是颇为壮观。

穆锦问：“你坐过天宁的地铁吗？”

商落白摇摇头。

“不在高峰期坐一次地铁，你可枉为半个天宁人了。”

“为什么？”

穆锦神秘地笑笑：“小朋友，一会儿回来你就知道了，到时候姐姐带你见见大场面。”

说话间，地铁很快进站，两人走了进去。

40 分钟后，他们到达了蓝梦站。穆锦来过一次，已经大致了解了这座购物中心的方位。他们沿着指路牌，很轻松地就找到位于 B 座二层的 Aurora 专卖店。

不同于大部分首饰店亮闪闪的装饰风格，这家的装修格外简约。白色镂空的门面设计，衬得门头上金色的“Aurora”招牌格外显眼。

穆锦朝店内看去，店面不大，还不到一般金店的一半，里面有一些客人，看起来也不算太忙碌。

商落白看向橱窗，指着最显眼处的一款项链说：“这个就是 RoseLily。”

闻言，穆锦收回目光，也看向那条项链。

第一眼，她就觉得那是一条署名为商莉莉的项链。整个项链为玫瑰金色，很小巧。吊坠是一只镶钻的小蝴蝶，两只翅膀半开向上，分别和项链两端相连。其中设计最精妙的，是一枝立体的百合花，金色枝杆，淡红色花瓣，作为链子的一部分，倒置在最末端和吊坠相连，就好像那只小蝴蝶正停在花间细嗅。

两人走进店里，等了几分钟，才有一个刚送走其他顾客的女导购笑盈盈地来接待他们。

穆锦直入主题："你好，我想买那款叫 RoseLily 的项链。"

女导购一见这么顺利就又卖出一单，立刻夸赞道："您眼光真好，这是我们最火的一款锁骨链，刚刚卖了一条，橱窗里的是最后一条了。"

看到穆锦有些犹豫，导购又说："您放心，那条是全新的，没有被试戴过。这款一直都断货呢，今天才刚到的。"

穆锦一听，赶紧说："好，那就它吧。"

"好的，您稍等。"女导购说着，立即就往橱窗那里去了。穆锦心想，幸好今天赶了过来，差点就买不到了。

穆锦问："可以帮我包得好看一点儿吗？"

"女士，消费满 5800 元，我们会赠送最新款的包装盒。"导购说着从柜台下方拿出一个白色的小盒子，上面的一朵百合花图案正好搭配这款项链。

"还差一点儿。我可以单买吗？"

"这个只送不卖的。"

穆锦不无郁闷，心里很不爽这些商家为刺激销售搞出来的小手段。而女导购已经熟练地从玻璃柜中拿出几款饰品介绍道："您可以看看这几款耳钉，都是新款，和项链加在一起，都超过 5800 元了。"

穆锦抓了下自己的耳朵："可是我也没耳洞呀。"

女导购又从柜台里拿出三对耳饰，继续推荐着："这几副都是耳夹款，您看看。”说着她拿起一对小巧的珍珠耳夹，举到穆锦面前，“我看这款就挺适合您的。这是我们家的经典款，也是主打系列之一，叫RosyDawn，就是朝霞的意思，您看它的光泽。”

穆锦看着那对白色的小珍珠在灯光下，随着导购手指转动的角度，呈现出一片如初霞般细腻丰富的莹润光泽。

她盯着那流转的色彩，忽然有些心动。在导购员的怂恿下，便真的拿起那对耳夹，试戴起来。

这还是她第一次为自己挑选首饰。穆锦对着镜子，像个初次约会的小女孩一般，眼睛亮亮的，仔细欣赏着嵌在耳畔的两颗莹白珍珠。

蓦地，她发现镜子的一角映出一双淡色的眼眸。那双眼眸干净清澈，在吊灯的光影下定定地看着自己。

两双眼睛在镜子中对视，穆锦看到那双明灰色的眼睛忽然弯起眼角，只觉得心里一空，立刻移开目光看向别处。

她从来没有在异性面前打扮过，一时有些羞赧，把镜子往旁边一推，摘下耳钉放回盒子里，自嘲道：“算了，我也没有地方戴，买了也是浪费。”

“很好看。”身旁，那双灰色眼睛的主人说。

“您看您男朋友也说好看，真的特别适合您的气质。”女导购也赶紧搭腔。

穆锦立刻解释：“他不是我——”

“你不喜欢吗？”商落白问道。

“呃，还可以吧。”穆锦口不对心。

商落白对店员说：“这个一起，我跟你去结账。”他这个样子，像极了一个帮犹豫不决的女孩做决定的男友。

穆锦连忙拦住他：“是我送莉莉的，怎么能让你给。”说完，她就抢在商落白前面，跟着店员一起去了收银台。当然，也把那对珍珠耳夹一起买了。

等待包装的时候，穆锦翻开了品牌宣传册。宣传册的扉页上是一片绚丽的极光，如梦似幻，纵横苍穹。她盯着图片上那如同天外来客般洒下的壮观调色盘，小声念出了最下面的一行广告语："Aurora——极光饰品，你不只是一种色彩。"

穆锦难得文艺起来，自言自语道："极光真美，不知道什么时候能去看看。"

商落白看向她："总有机会的。"

"澳大利亚有吗？"

"有，最南边可以看到。"

说话间，店员已经麻利地包装好两件首饰，递给了穆锦。两个人出了 Aurora 专卖店，又逛了一会儿，商落白也买了一对情侣腕表作为商莉莉和袁航的结婚礼物。

已经快到下班时间，穆锦对商落白说："咱们走吧，一会儿人更多了。"

商落白去附近的水吧买了两瓶水，两人一前一后往 B 座大门口走去。

"哎哟。"走在前面的商落白忽然停住，穆锦一不留神，直接撞在了他的后背上。她揉揉被撞痛的额头，茫然地问："怎么了？"

商落白没有回话，而是抬头看着电梯拐角处出神。

穆锦向前一步，顺着他的目光看去，却什么也没看到。

"你看什么呢？"

"好像看到了一个认识的人，但不确定。"商落白若有所思。

"你们学校的老师，还是学生？"

"都不是。"

穆锦打趣他："那你在这儿还能有什么认识的人。该不会是看到美女走不动路了吧？"

商落白侧过头来，看着穆锦说："我看到你也没走不动路。"

穆锦隐约觉得这话哪里不对，但还没由得她细想，忽然一个熟悉的声音在旁边响起："穆锦？"

她抬起头，只见季羽尘站在她面前，一脸惊喜地看着她。他今天换了一身简单的休闲装，整个人显得平易近人许多。

穆锦立刻站得笔直：“真巧，你刚下班吗？”

季羽尘笑着说：“不，我来换班的，刚到。我刚才还以为看错了呢，你今天休假吗？”

“不是，我请假过来买东西的，商莉莉要结婚了。”穆锦又指着商落白对季羽尘介绍道，“这是商莉莉的表弟，我们今天一起来给她买结婚礼物。”

两个年轻男人互相点了个头，算是打了招呼。

穆锦对季羽尘说：“我一会儿还有事儿，先走了。”

季羽尘也说自己该去上班了，紧接着又补了一句：“下次有空一起吃饭。”

穆锦笑着摆了摆手：“好，回头联系。”

季羽尘目送穆锦二人走向门口，笑了笑，也转身快步离开。

刚一出商场，两人便被一股热浪紧紧包裹。将近下午5点，日头依旧火辣。

两人走出一段，商落白突然问：“刚才那个人是谁？”

“我高中同学，他在这儿上班。”

“你们很熟吗？”

“不熟。”穆锦看了一眼表，“估计现在人已经不少了，你很快就能见到盛景了。”

这一片是新兴的商业区，几年时间林林总总盖了几十栋写字楼，加上附近的服装批发城，一到下班时间，地铁站和公交站就挤得水泄不通。特别是去城北的线路，站台上的每一条长龙里，几乎都是一脸疲惫的上班族。

几个戴着红袖章、维护秩序的协管员举着喇叭大声指挥着：“都排好了，别插队啊！哎，那位先生，请站到黄线后，地铁马上进站了。”

商落白看着人头攒动的站台，面上虽然波澜不惊，但还是忍不住问："要不要打车回去？"

穆锦把他拉到一队末尾，以一副过来人的口吻说："这个时间不能打车。坐地铁不到一个小时就到了，要是打车，两个小时都够呛。"

说话间，原本空空的车厢瞬间就挤满了人。穆锦随着队伍边走边说："高中的时候，有一次我跟莉莉坐地铁，我俩就坐两站，结果你猜最后坐了多少站？"

商落白摇摇头。

穆锦比了个手势："六站，整整六站我俩才挤出来。简直不堪回首。"

"那么多人？"

"你看。"

商落白顺着她手指的方向看去，只见车厢门口有好几个人堵在那里，眼见门都关不上了，旁边一个协管员立刻走过来，喊道："往里走走，别都堵在门口，还能进几个人。后面的扶着点儿啊。"说完他伸开双手，抵在了最后一个乘客背上。

商落白问："这是？"

穆锦看他一副没见过世面的样子，觉得好笑，便逗他道："发功。"

话音刚落，那个协管员一个躬身使劲，瞬间把堵在门口的几个人全都推了进去，车门也随之徐徐关上。

穆锦看看商落白略微吃惊的表情，笑着说："这已经不错了，好歹咱们不用换乘。你没见过高峰期的换乘通道，跟大军迁徙似的。所以，想做一名合格的天宁人，请先从挤地铁做起。"

南北线车次很多，很快又有两趟地铁进站。到第三趟时，车厢明显里空了不少，穆锦他们排在队伍最前面，被后面的队伍半推着走到了车厢中间。

扶杆上仅有的拉环都被占领，穆锦个子高，伸手勉强能握住上方的扶杆。要是略矮一点的女孩，恐怕就只能挤在人群中"随波逐流"了。

果然，地铁再次开动，旁边一个女孩由于抓不牢扶杆，一不小心歪在穆锦身上，这才勉强稳住身体。然而铁质的扶杆很滑，穆锦被她一撞，手顺着扶杆就碰到了商洛白的手，身体也顺着惯性靠在了他身上。她连忙绷直身体，才没让自己靠得更近。

地铁恢复平稳后，前面的女孩才艰难地直起身，回头抱歉地对穆锦说："不好意思。"

穆锦也终于从"夹心饼干"中摆脱出来，对着女孩勉强笑了一下："没事儿。"

刚刚那一靠，她分明感觉自己的头撞在了商落白的下巴上，应该很疼，但是他连吭都没吭一声。想到此，穆锦不无歉意，转头问商落白："你没事儿吧？"

商落白笑着摇了下头。

穆锦轻吐出一口气，握紧了扶杆，动用全身的肌肉保持直立，生怕再撞到他。虽是如此，在沙丁鱼罐头般密不透风的车厢内，两个人仍旧紧挨在一起，连挪步都困难。

她倏地想起小时候去少年武馆练武，妈妈也经常这样带着她坐地铁。小小的她紧紧拉着妈妈的手，努力抬头望着上方所剩不多的一线车顶，以便能多呼吸到一点新鲜空气。

也正是因为挤地铁，妈妈丢过一次新买的手机。具体原因穆锦已经记不清了，只记得是自己的错。那天穆锦十分歉疚，妈妈虽然难过，但也只是搂着她说："不是你的错，都是妈妈自己不小心。"

她看着妈妈的脸，觉得自己从来没有哪一刻比那时更迫切地想要长大，变得强大，强大到可以保护妈妈。

一转眼她都入职三年了，而她和妈妈，却因为那次的事情心生隔阂。虽然嘴上不说，但她知道妈妈是伤了心，才会离开天宁，搬去爸爸那里。

穆锦呆呆地看向外面漆黑的隧道，正想得出神，视线却和商落白在车窗玻璃上相遇。

“你可以扶着我。”商落白对她说。

“不用。”穆锦偏过头，但很快，她又偷偷观察起玻璃上映出的人影。

商落白轻松地握着顶上的扶杆，和她并排站在一起。穆锦突然发现，她才将将高过商落白的下巴，站在他旁边，自己居然也变得小鸟依人起来。

这样看来，商落白不是小朋友，而是大朋友了。

第十一章／烂尾楼女尸

回到分局后，穆锦一边吃着晚饭，一边继续处理上午的案子。

“小黄，我今天家里有点事儿，你能不能跟我换一下夜班，我下周替你？”

她探头一看，见是二队的杜查亮又来找黄永山换班。

这个杜查亮是警队里的老油条，靠着警龄混上了三级警督后，就一直原地踏步，一点长进都没有。而且此人经常迟到早退，总请病假，工作上不积极，但拍领导马屁最积极，安年最瞧不上他。

此时，他正站在黄永山身边，话虽说得客气，脸上却没有一点谦和的样子。

穆锦虽然入职年头也不长，但走到哪里都是大姐大的气势，加上从小耳濡目染，对警队一点也不陌生，队里基本没人会把她当新人对待。可黄永山就不一样了，很多人见新来了个好脾气的软柿子，便动不动就找他换班。他的最高纪录是一周四次大夜班，手里也攒了一堆换班记录。

穆锦见黄永山顶着两个黑眼圈，又要应下来，忙替他说：“杜大哥，差不多得了，他前天才值完大夜，您找别人换吧。”她虽然经常熊黄永山，但关键时刻总会帮他挡一挡。

“哦，这样啊，那行，我找别人吧。”杜查亮讪讪地说。

待他走远了，黄永山才走过来，感激地对穆锦说：“谢谢穆姐。”

穆锦恨铁不成钢：“你以后能不能有点儿原则，谁找你换你都答应。天天连轴值班，还要不要命了？”

黄永山嗫嚅地问：“我真的不好意思拒绝，那以后他们再找我，我该怎么说？”

穆锦想了想：“就说你有女朋友了，晚上要约会。”

“啊？”黄永山瞪大了他本就不小的眼睛，仿佛开了大眼特效。

穆锦见他一副不知所措又生怕别人听见的样子，更生气了：“啊什么啊？你要是不好意思，就接着天天值班吧。”

“哦。”

见黄永山满脸欲言又止，穆锦问：“又怎么了？”

黄永山挠了挠头，坐下来：“穆姐，那个，我想问问，你那个朋友，他有女朋友吗？”

穆锦被他问得摸不着头脑：“我朋友？哪个？”

“就是中午来咱们队里吃饭那个。”

“哦，你说小朋友啊。”穆锦打量着黄永山，猛然想起中午商落白来队里时黄永山的积极表现。她一脸震惊，说话也结巴起来，“不是吧黄永山，你，你喜欢——”

“不是，不是我！”黄永山赶紧打断了她，急得脸都红了，连忙解释，“是我后勤组的师姐，她看见咱们在一起吃饭，托我来打听的。”

穆锦这才放松下来，拍着心口说：“哎呀，你吓我一跳。”

黄永山更郁闷：“我才差点儿被你吓死。”

“什么死了死了的，又来案子了？”吃完晚饭的罗立正好经过。

穆锦抓住时机调侃：“不是罗队，是小黄的终身大事儿。”

一听这话，办公室里还没下班的人，瞬间将目光投向黄永山。黄永山的脸彻底红成一个熟透的番茄，吭哧吭哧地憋了半天，也没能解释清楚。

“快说，你喜欢谁？”徐问雨也滑着椅子凑了过来，论八卦，她当仁不让。

黄永山气恼地挠着头：“那个，真不是我！”

“他在帮他师姐打听商落白。”穆锦笑够了，终于帮他解释道。

“哦——”徐问雨张圆了嘴，然后问黄永山，“你不怕穆锦打你啊？”

穆锦不解：“我为什么要打他？”

“商落白不是在追你吗？”

穆锦作势要敲她的头：“没有的事儿，别胡说八道。”

黄永山也帮腔道：“那个，我看也不太像。”

徐问雨看看眼前的两块木头，摇摇头，又问穆锦：“哎，你们俩睡一起，他就没跟你说过什么？”

穆锦白她一眼：“是合住！哪有睡一起。”

“那他到底有没有女朋友？”黄永山问。

“我不知道。”想了想，穆锦拿出手机一挑眉，得意道，“对了，我有后援。”

黄永山和徐问雨看着穆锦打开微信，找到置顶里一个名叫“始乱终弃”的人点进去，迅速打了一句话，发了过去。

很快，对方就回了一条语音过来，穆锦也不避讳他们，直接点了公放。扬声器里传来一个甜腻腻的女声，带着一丝调笑：“怎么，你看上我们小白啦？”

穆锦满脸写着“家门不幸”，沉着脸，也发了一条语音过去：“别瞎闹，正经事儿。”

又过了一会儿，对方才慢悠悠回了一条长语音，语气也正经了很多：“我也不知道，我小姨说从来没见他交过女朋友。我小姨也问过他有没有喜欢的人，他说没有。但他这次回来之前，我小姨死活逼问他，结果你猜怎么着？”

语音到这里就结束了，穆锦和黄永山对视一眼，平时两个不怎么八卦的人此刻被勾起了好奇心。

穆锦火速回了一条语音回去：“别卖关子，快点儿说！”

那个女声故作高冷道：“喀喀，结果，他说他早就有喜欢的人了，就在天宁，但就是不说姓甚名谁，怎么认识的。不管我小姨怎么追问，他都是闭口不言，可把我小姨气坏了。”

这个瓜有点大，穆锦见黄永山的嘴张成“O”形，不无遗憾地说：“完了，看样子他是来天宁找心上人的，不管是男是女，你师姐都没啥希望了。”

黄永山反而有点高兴，像是放下了一副重担，长舒了一口气。

徐问雨看了他几秒钟，笑着问：“哎，你是不是喜欢你师姐？”

一听这话，黄永山的脸再次肉眼可见地红到了耳朵根，连忙摆手：“那个，我报告还没写完呢。我，我先走了，回去写报告了。”

徐问雨看着黄永山仓皇逃走的背影，追过去说：“别走啊，你跟我说一下她叫什么，我去帮你牵牵线。”

穆锦正笑着，手机又响了，还是商莉莉：“你要是有机会，旁敲侧击问问他。他不好意思跟家里说，没准儿能告诉你。”

公安局工作依旧繁忙，可一连两周，关于商落白的问题一直萦绕在穆锦脑海中，挥之不去。她几次想要开口问，都因觉得过于唐突而作罢。

这天下午，指挥中心又报来一起拦路抢劫杀人案。有了监控辅助，他们很快就锁定了犯罪嫌疑人。等他们驱车从邻省把躲藏在亲戚家的嫌疑人抓捕回天宁，忙完第一轮讯问，已经是晚上 8 点多了。

穆锦回到家，发现客厅里黑着灯，但很凉爽。有音乐声正从商落白的房间里传出来，显然他还没睡。

穆锦轻声关上门，走到沙发前坐下。忙了一整天，她觉得很疲倦，而且不知怎么，最近总觉得有一口气堵在胸口。她仰靠在沙发上，闭上眼想休息一会儿。

音乐声飘进耳朵，是一首英文歌，钢琴加吉他伴奏，节奏舒缓却有力。歌手嗓音低沉沙哑，别有一番味道。曲调虽不轻柔，穆锦却觉得它很能安抚自己此刻的疲惫。

When I look into your eyes my darling,
I just can't hide my love.
Imagine you and me now and ever,
Whatever will be I surrender.
I'll always be there if you want me to.

Don't close eyes to your love,
Don't run away from your heart,
Don't be afraid, don't be afraid to cry.
I'll dry your tears, everything will be alright.

当我看向你的眼睛，亲爱的你，
眼中的爱意无法遮蔽。
幻想着你和我，从今以后。
无论将来如何，我将在你左右。
如果你愿意，我将永不离弃。

不要对爱闭上眼，
不要逃避你的心，
不要害怕，不要害怕哭泣。
我将拭去你的泪水，一切都会过去。

穆锦在这治愈的歌声中，慢慢地睡着了。这一觉她睡得很踏实，宛如卸下了所有的负担。

不知道睡了多久，等她再次睁开眼睛时，歌声已经停了，角落里开着一盏小灯。她抬了下手臂，发现自己身上正盖着一条薄薄的毯子，墙上的挂钟也已经指向10点半。

见商落白的房门开着，穆锦放下毯子，轻手轻脚地走过去，探头往里看。商落白正靠在床边，戴着耳机，手里捧着一本书。

穆锦没有打扰他，而是去洗了个澡。吹干头发走出来，人顿时觉得清爽了不少。

厨房的灯亮着，里面飘出了香味。穆锦打开厨房门，好奇地问："你这么晚做吃的？"

商落白回过头来："饿了煮点面吃，你要吃吗？"

穆锦这才想起来，因为忙着抓捕讯问，自己晚上只吃了个面包。如今有现成的东西吃，她当然是来者不拒，于是匆忙点头。

面很快就煮好了。简简单单的一碗清汤面，配上小油菜、火腿肠和煎蛋，穆锦吃出了满满的幸福感。

"你煮的面真不错。下次我带你去吃我们天宁的特色小吃高汤馄饨，早上吃上一碗，人间也不过如此了。"

商落白看着她说："你脸色不太好，怎么了？"

穆锦连忙掩饰："没事儿啊，挺好的。"

商落白还是看着她。

穆锦这才说："好吧，其实是今天去抓捕的时候，我想起了以前的一起案子。"

小时候，穆锦看到爷爷获得过那么多功勋和荣誉，听他讲了那么多英勇故事，一直以为，警察就是这个世界上最纯粹的职业，惩恶扬善，维护社会稳定。但这个世界上有很多恶，是她当了警察后才知道的。

她缓缓说道："去年，有个街心公园发生了一起命案，就离大学城不远。那天正好是我值班，凌晨我们接到报警，报案人称他的妻子晚饭后带女儿出门遛弯，之后一直未归。他已经找了一个晚上，仍是没有消息。

“我们见到报案人时，他看起来特别狼狈，一只鞋的鞋带开了，上面粘着泥，整个人像被雨淋过似的，浑身都湿透了。最后，我们在一个公园的公厕内，发现了母女俩的尸体。”

喉间有些哽咽，她努力控制着情绪，继续说：“后来经过死亡时间和路径分析，我们发现，报案人在街心公园寻找妻女时，她们应该还活着，很可能还听到了他的呼喊声。

“最惨的是，她们母女俩都是被人打到半昏迷状态，扔到厕所的杂物间中，最终失血过多而死的。女儿死前，还被强奸过。我到现在都忘不了那个报案人见到尸体后的哭声。今天抓捕回来的路上，我又看到他了。”

工作三年多来，有刺激、紧张，也有枯燥、烦闷、辛苦。穆锦不怕面对犯罪嫌疑人，她怕的，反而是孤苦无助的被害者家属。每当听到那些被害者家属的哭喊，她的心底总会泛起深深的挫败感和无力感。

商落白安静地听完，问穆锦：“那你们抓到凶手了吗？”

“我们锁定了犯罪嫌疑人，却让他跑了，这么多监控，居然都没抓到他。”穆锦自嘲地苦笑道，“有时候觉得自己真的很没用。”

“只要你不放弃，总会有希望。”商落白说。

穆锦低头看着碗里的面，眼前浮现出那位父亲的脸。

被害人的家离分局不远，她那段时间一有空就去看那位父亲，他也经常问起进展。可是，时间一点点过去，通缉令也发了，却始终没有消息。直到有一天，那位父亲对她说：“我知道你是好心，可是希望你以后别再来了，我不想再看见你们。”

她轻声说：“今天我又看见他了。他一个人在街上走，苍老了很多，也瘦了很多。他一看到警车，就像突然活过来一样，站在那里一直看着。可是嫌疑人到现在还在逃，我们怎么对得起他的信任。”

一只握着纸巾的手递到她面前。穆锦抬起头，看到灯光照在商落白那无甚血色的脸上，倒是融上了一层暖意。

“擦擦眼泪吧。”

穆锦连忙伸手在眼角飞速抹了一把，把商落白的手推回去：“谁说我哭了。”

“难过的时候，不用忍着。”

这话像是戳中了穆锦的软肋，她仓皇站起，收拾起碗筷：“谢谢你的面，早点儿休息吧。”

“这世界很小，我却再不见你，寻遍时间的角落……”

音乐声响起，是穆锦的手机铃声。

穆锦拿过手机，一看屏幕上显示的“楚女士”，马上清清嗓子，接起来：“妈，你怎么这么晚打电话？”

光听声音，丝毫听不出她难过的情绪。

“闺女，这几天忙不忙啊？好好吃饭了吗？”电话那边，楚女士一开口就是两个老生常谈的问题。

“挺好的，你们什么时候回来？”

“6月不是才回去过嘛。你爸又带队上沥湾调试去了，估计下周才回来。他最近挺忙的，一时半会儿回不去。”

穆锦知道，父亲这几个月来基本都在那边做设备调试，非常忙碌。她假装不满又委屈地说：“哼，我就知道，除了爷爷，没人管我这个‘留守儿童’。”

“又瞎说。”楚女士嗔怪着，“对了，我跟你说，你小董阿姨问你呢，你上次加没加那个小伙子？聊得怎么样？”

“谁啊？”穆锦问。

“就是上次董阿姨给你介绍的那个，人特好，长得也精神。”楚女士有些不高兴了，“你没加人家？”

穆锦看了一眼商落白，见他正翻开一本杂志，便转过身去说：“不都说了我没空谈恋爱，您别让董阿姨介绍了，挺尴尬的。”

“你都多大了，以后不好找了。你就该学学人家莉莉。我像你这么大的时候，都有你了。”

穆锦冲着手机做了个楚女士看不见的鬼脸，讨好地说道："我主要是不想耽误人家，我哪儿有空去约会啊。再说，您看我们总局的向支队，都40岁了吧，也没结婚啊，人家就拼工作，年年都评先进优秀，也挺好的。"

她说的，正是现任天宁市公安局禁毒总队第三支队长的一级女警督——向天恩。

据说向天恩早年当过卧底，后调任市局，一路做到支队长，已经40岁了，还没有结婚，一心一意扑在工作上。向天恩一向雷厉风行，主办并破获了一系列重特大案件，是一名传奇禁毒警察。她还曾在穆锦上学时作为特邀专家，去警校办过讲座，给穆锦留下了极深的印象。从此，向天恩就成了穆锦的偶像之一。

楚女士愤愤道："行行行，不管你了，我就多余操心。"

穆锦嘴甜道："我怎么能离开您的教导呢，嘿嘿。"

楚女士这才略有缓和，一如既往地嘱咐穆锦要好好吃饭，出任务小心之类的事情，穆锦都一一应了。

穆锦挂上电话，深呼出一口气，刚要起身，只听一旁传来声音："你有男朋友了？"

穆锦神色一僵，反问道："你偷听我打电话？"

"不用偷听，光明正大地听。"

"那你没听清楚，我说的是不想谈，没空。"

"真的吗？还是你已经有了喜欢的人。"商落白并没有看她，视线落在杂志上。

"我——"穆锦一时语塞，突然有种被捉弄的感觉，便反击道，"你别管我。说说你吧，我听莉莉说，你喜欢的人在天宁？"

这话一出，她明显看到商落白正在翻页的手指动作一滞，过了几秒钟，才继续开始看杂志，但没有回答她的问题。

穆锦乘胜追击："你别不好意思，说说呗。你们什么时候认识的？你找到那个人没有？"

半晌，商落白才低着头说：“找到了，我认识她很久了，但是她好像不记得我了。”

穆锦一边替黄永山的师姐惋惜，一边又燃起了熊熊的八卦之心：“男的女的？”

商落白抬头看了她一眼：“女的。”

穆锦又问：“那她喜不喜欢你？”

商落白放下杂志，以手支颌，露出优美的颈部线条，说：“我也不知道。她总是受伤，我想保护她。”

穆锦没想到商落白还有这样的一面，她眼睛都瞪大了：“那你跟她表白没有？”

“再等等吧，我怕吓到她。”

“等一下，”穆锦蹙着眉仔细回忆着，忽然双手合十，一脸惊喜，“我知道了！”

商落白注视着她：“知道什么？”

穆锦激动地比画着：“就是前两周去给莉莉买礼物，你说你看见了一个很久没见的人，还看了好久。是不是就是她？”

“……”

穆锦见他不答，笃定是自己猜中了，惋惜地说：“哎呀，你当时怎么不告诉我，好让我看看美女。”

“你怎么知道她是美女？”

“你喜欢的人肯定是美女啊。”穆锦兀自感叹着，“我真好奇你喜欢那么久，又不远万里来找的人是什么样，有机会见见就好了。”

商落白看着她兴奋的样子，露出淡淡的微笑：“你想不想知道她叫什么？”

“这世界很小，我却再不见你，寻遍时间的角落。再见面时，如果你已忘记，请你耐心听一听，不曾说出的心事……”

毫无征兆地，餐桌上的手机又响了起来。

穆锦接起来简单说了几句，立即从椅子上弹起来，跑到门边换鞋：

“有案子了，我得赶紧回队里。”

位于北丰区西北角复兴路上的宇豪时代新城，开发于七年前，总投资超过40亿元，规划建设18栋商住两用的公寓楼。因开发商资力雄厚，该项目又处于新兴商圈，在开发初期被业内一致看好，是那两年炒得很厉害的商住房，号称未来的“北丰新地标”。

然而，之后受新条规影响，该项目遭到“冰封”，一度停工。最终，原本计划建设的18栋公寓，仅有4栋的主体完成，其余几栋只见雏形。

不久，其开发商因激进扩张收购，导致企业资产负债率不断走高，外加官司缠身，最终资金链断裂，资产重组，再也无暇顾及这一早被搁置的烂尾项目。

如今七年时间过去，宇豪时代已经由当初的门庭若市变成沉寂无声，成了北丰区最大的烂尾楼工程。唯一实现的目标，就是它因烂尾至今，真的成了“北丰新地标”。不少投资人都认为这里风水不好，故而投资开发都绕开这一段。原本的新兴商业圈，也因“主心骨”的消亡而逐渐被边缘化了。

现在这里四周高墙林立，大门紧闭，远远就能看到耸立着的四栋灰蒙蒙的高楼。而曾经鲜艳醒目的巨幅广告墙，已经完全失色，仅能看清“打造时代新地标”几个大字。从墙缝里看去，里面的楼体底层红砖裸露，脚手架甚至都没有拆走，极其有碍市容。

由于周围没有其他住宅区，到了晚上，孤零零的几栋高楼矗立在那里，显得格外阴森。走夜路的行人都尽量绕开，甚至连流浪猫狗都不愿意到这里来。即便在白天，这里也十分寂静，在院墙外车水马龙的衬托下，宛若一座滚滚洪流中的孤岛。

上午11点，太阳很大，晒得整片烂尾楼明晃晃的，看着就让人发晕。

穆锦一行六人已经在周围的小商铺走访了一圈，毫无收获。他们再次回到宇豪时代的大门前，钻过警戒带，在看守民警的协助下，用力把已经生锈的铁门推开，鱼贯走了进去。

里面杂草丛生，有些已经长到了一人高，而没长草的地方，则全是建筑垃圾。一些浇筑过的水泥地面，也都布满了道道裂纹。

他们来到发生命案的那栋大楼前，穆锦叉着腰，抬头看了看大楼一角矗立着的、锈迹斑斑的钢筋，之后低下头，和其他人一起在草丛中仔细勘查起来。

昨天晚上，复兴路派出所接到报警，说下午起大风后，街上突然出现了大量百元钞票，被刮得四处飞散。执勤交警组织群众一起帮忙捡钱，却发现那是跟真钞印得很像的冥币。

再过一周就是中元节，群众一时间议论纷纷，认为有人故意搞恶作剧。交警觉得事情有异，便联系了派出所帮忙查找。

民警街访后，从一位遛狗的老大爷口中得知，钱好像是从街尽头的烂尾楼那里飘过来的。他们联系了宇豪时代的管理者，来到楼盘内，的确在各处发现了不少散落的冥币。

又经过两个多小时的搜寻，民警在一栋主体已基本完工的楼内，发现了一具年轻女尸。从尸体情况来看，死亡时间应该不长。

发现女尸的这栋楼，二层延伸出了一大片露台，以下被规划为底商。民警到达现场时，看到那片突出的平台上覆盖着一块巨大的石膏板，那名女子就安静地躺在石膏板上，除口鼻外，并无太多出血迹象。

事有蹊跷，他们不敢怠慢，于是上报了北丰分局。分局接报后，立即组织人员到现场勘查。

遗憾的是，由于当天早上下了一场大暴雨，而烂尾楼没有封顶，加上部分墙体渗水，现场一片泥泞。包括院内地面及楼体内部，所有潜在的足迹物证等都被破坏了。

痕检人员最后只在六楼的楼体边缘处，找到了一处新鲜的擦蹭状痕迹，经过位置对比，初步推断死者是从那里跌落的。之后他们又在楼下的草丛里，找到了一个橘色的塑料袋，里面还有不少冥币，应该也是从上面被大风吹下来的。

除此之外，现场未能找到任何有价值的物证。没有手机，没有钱包，没有钥匙，什么都没有。

一个年轻女孩，为什么会携带一包冥币进入烂尾楼内，最终又惨死在这里？这是昨晚第一次进入现场后，穆锦一直在想的问题。

很快，又出现了一个新问题。

法医室里，由于尸体尸僵严重，谢识飞不得不用上了手指扳直器，才将死者呈握拳状的右手打开。

紧接着，金光一闪，一个东西从她的右手里滑了出来，“当啷”一声，掉在解剖台上。

谢识飞用镊子夹起来，仔细看了看，放到托盘里，交给身旁的实习生越薇。

“死者右手内握有戒指一枚，量一下内径，看看上面有没有什么信息。”

谢识飞工作起来，严肃的样子与平时的画风截然不同。

穆锦看着越薇拿起一把卡尺，量了内径，报给谢识飞：“主任，戒指直径是 18.2 毫米。”

“嗯，这个尺寸应该是男戒。”谢识飞一边检查尸体的体表，一边说道。

越薇又拿出一个放大镜，仔细在戒指上检查起来，然后说道：“这里有刻字。”

听闻，穆锦也凑过去，看着她手中的那枚戒指。

那是一枚看起来做工极好的黄金戒指，用料厚实，在法医室的灯光下，闪着独特的金属光泽。戒指上几乎没有划痕，看起来很新。

在越薇的示意下，她还看到，戒指的内壁上刻着“QZT & NT”的字样。

穆锦问：“有刻字的话，是枚有纪念意义的戒指？”

高湛也走过来，看了看说：“像是对戒中的一枚，上面刻的是戒指主人的名字。”他是在场的所有人里唯一结婚生子的，所以他的发言，算是很有权威性。

穆锦又问：“那这枚戒指主人的名字，是 QZT 还是 NT？”

“一般情况下，对戒刻字会把单只主人的名字刻在前面。这是个男戒，所以它的所有者，应该是叫 QZT。”

穆锦回头看向解剖台上的女孩，说：“那她有可能是 NT？”

“嗯？”一边的越薇又看了看戒指，小声嘀咕着，“奇怪，怎么没有牌子？”

站在角落里的黄永山也凑了过来，看着戒指问：“什么意思？”

越薇说：“一般的戒指内圈都会有钢印，刻着牌子、编号之类的，至少也该有个纯度。但是这枚什么都没有。”

黄永山说：“也许就是枚普通的装饰戒指呢？”

越薇摇着头说：“这枚戒指做工这么好，不像杂牌。”

穆锦想了想，看向谢识飞：“假如是他杀，那凶手会不会就是这个戒指的主人？他趁死者不备，把她从楼上推下去，而死者挣扎时，从他手指上拽下了这枚戒指？”

“现在还不好说，”谢识飞已经完成了尸表检验，“尸体表面没有明显的抵抗伤或约束伤。右手肘处有一道大约 10 厘米的挫伤，我在现场检查过，看伤口状态，应该是生前被水泥地面擦伤的。还有一点，这个死者曾经自残过。”

谢识飞说着，示意他们去看死者的左前臂。

穆锦他们凑过去，果然看到左臂内侧有很多道平行排列的疤痕，长短不一，有深有浅。伤口早已愈合，其中两道有明显的疤痕增生。在伤口附近，还有一个很小的文身。

穆锦仔细辨认着：“这文身像是一只小狮子？有什么特殊含义吗？”

高湛也取过放大镜看了看：“看手法文得挺细致的，一般人文身，都会选对自己比较有意义的图案。”

越薇猜测说：“会不会她是狮子座的？或者她喜欢的什么和狮子有

关？不过，看起来都和 QZT 还有 NT 没什么关系。”

穆锦看着那数道疤痕，叹了口气：“这么漂亮的女孩，怎么会自残呢？”

越薇说：“说不定她被人甩了，想不开，开始是自残，然后拿着爱人的戒指，跳楼自杀了。”

穆锦思考着越薇的分析，觉得有些道理，但好像哪里不对。

谢识飞对越薇说：“不要先入为主，我们还要进一步解剖，确定死因。”

想到最近发生的几起案子，穆锦小声问：“死者有没有被强暴的迹象？”

“死者衣着完整，外阴擦拭物精斑检测试纸呈阴性，死前应该没有发生过性行为，一会儿解剖时再看一下。”谢识飞说完，握着解剖刀的手已经抵在了死者的皮肤上。

切割、分离、检查软组织，接着开胸，谢识飞做得有条不紊。胸腔完全暴露后，他对高湛说：“你来看一下胸腹腔，我来解剖头部，这样快一点。”

说完，他就拿出了一把开颅电锯。

黄永山看着谢识飞握着手术刀，动作娴熟地剃去死者那一把乌黑柔亮的头发，心里暗自发颤。他强忍着看完头皮分离，等听到开颅的电锯声时，已经不敢再睁眼了。

虽然戴着口罩，但血腥味混合着头骨被高温灼烧后发出的味道，还是一个劲儿地直往鼻腔里窜。他再也忍不住，一个转身，小跑出了解剖室。

很快，电动门又开了，穆锦也从里面走了出来。她抱着胳膊看着黄永山不断干呕的样子，嫌弃道：“你能不能争点儿气，我这刚从现场回来，就陪你过来壮胆，你怎么又掉链子。”

“我，我，咯咯咯咯——”黄永山止不住地一阵干咳，缓了好半天才说，“穆姐，我真闻不了那血腥味。”

“你这可戴着两层口罩呢，人家越薇没戴口罩也没像你这样。”

穆锦又陪他在外面站了一会儿，见他好了一点，才说：“我再进去看看，你自己在这儿缓一会儿。”

解剖室内的三人早就对黄永山的反应见怪不怪，仍旧各忙各的。穆锦回来时，高湛正在对死者下腹部的一块组织进行解剖，一旁的越薇在检查死者的衣物。

高湛的表情有些凝重，对穆锦说：“我们刚刚发现死者子宫有增大，切开检查之后，发现死者已经怀孕。目前来看，应该在两到三个月之间。”

在听到“怀孕”二字时，穆锦脑海中首先闪过的就是情杀。

谢识飞说：“看来，你们的尸源调查还要加上一条附近各医院的产妇信息了。”

越薇在旁边补充道：“主任，我觉得可能还要重点查私立医院。”

说着，她翻出死者衣服的领标：“虽然没有什么发现，但死者这条连衣裙是爱万提的，鞋子也是。爱万提可是奢侈品牌，衣服都很贵的。这个女孩生活条件应该很好。”

穆锦问：“这衣服有没有可能是高仿的？”

越薇为难地说：“这我就不知道了。不过我上周看新闻，见一个小明星穿过同款。穆姐你看，这衣服料子真的挺好的。”

穆锦也拿起那件衣服摸了摸。因为淋过雨，这条轻薄针织材料的连衣裙还是半湿，但极其垂顺，丝毫没有变形。

高湛又提醒道：“妇产医院那边也不好说，死者怀孕不到三个月，不一定建档了。”

穆锦拿出笔记本，在上面记下“怀孕——医院”和“爱万提——购买信息”作为侦查提示。无论如何，这些都是重要线索。

谢识飞对越薇说：“把死者的随身物品和那枚戒指，都送到文竹他们那边去，看看能不能提取到指纹或者 DNA。”

“是，主任。”越薇应着出去了。

穆锦看看表，已经凌晨2点半。她在这里帮不上忙，于是拉上黄永山，回到队里等最终的尸检结果。

经过连夜解剖，法医确定该死者身高167厘米，体重46公斤，年龄在23岁左右。死者全身多处骨折并伴有皮下出血，双侧胸腔及腹腔大量积血，多处内脏破裂。颈部、头面部未见损伤，后枕部脑组织挫伤，双额叶可见对冲伤，符合外轻内重的损伤特点。综合判定死者为高坠身亡，死亡时间在8月14日夜里1点左右。

死者右手肘有一处擦挫伤，少量出血且伴有凝血，判定为生前伤。此外，其死前未发生性行为，可排除强奸杀人。但因为她死亡时已经怀孕，且手中发现一枚男戒，除自杀外，情杀的可能性较高。能够把死者约到这种地方作案的，也一定是熟人。据此，胎儿的父亲被列为重点怀疑对象。

"我们已经将死者的血液样本和腹中胚胎的生物检材送检了，明天上午应该会出结果。接下来，就要看你们的了。"谢识飞在凌晨5点钟的案情分析会上总结道。

罗立问："能不能再给得准确一点，到底是自杀还是他杀？"

"我们只能根据现有物证和解剖结果判断，不能排除自杀。"谢识飞指着现场示意图说，"尸体的落地位置距楼体边缘1.2米，这个距离自杀、他杀都符合正常范围。不过，尸体被发现时处于仰卧位，而自杀坠楼的死者多见于俯卧或侧卧，仰卧位极少出现。排除意外情况，我更倾向于他杀。"

"她胳膊上的伤呢？会不会是和凶手搏斗时留下的？"

"这个无法作为推断依据，她身上没有抵抗伤，这种擦挫伤摔一跤就会留下。"

江海提出了另一个思路："我认为是他杀。不管是自杀还是意外，现场都应该遗留下一些死者的东西，比如手机、钥匙之类的物品。可是我们搜了一晚上，除了那袋纸钱以外，什么都没有，很有可能是凶手作案后带走了。"

谢识飞赞同道："这样做，就是怕留下死者的身份信息，会将凶手暴露，说明熟人作案的可能性更大。"

穆锦说："我们已经查找了最近的失踪案，没发现与死者特征相符的案情。目前也没接到符合条件的报案。"

当务之急，是确定尸源。经过罗立安排，侦查队一共分为两组，一组在烂尾楼周边调查走访，另一组负责邻近医院的产妇信息筛查。

穆锦这一组，早上6点多就来到现场走访。但这片烂尾工程根本无人看守，加之地段偏僻，形成了监控死角。而街边的小商铺大多也只在店里安装了监控，仅可覆盖很小的范围，可以说几乎毫无价值。

他们走访时，也没有人表示曾看到这几天有谁进入过宇豪时代。仅有一个小吃店老板提及，之前有个流浪汉住在烂尾楼里，但已经半个月没见过那人了。

烈日下，几个人都蹲在草丛里努力搜寻着，希望能找到一点新线索。

"你们在找什么呢？"一个女声好奇地问。

穆锦抬起头，见一个刚刚闻讯赶来的宣传民警，正握着一部小巧的相机，站在江海旁边。

江海头也不抬："找线索。"

宣传警拍了几张照片，擦了把汗，噘着嘴说："你们怎么老是在这种大太阳天出现场，队里给报销防晒霜吗？都要晒出斑了。"

穆锦看了看她涂得极白的一张脸，说："防晒霜报不了，等你真长斑了，可以申请个工伤试试。"

那个宣传警不满地瞥了她一眼，弯下腰继续跟江海说着什么。很快，江海就转到另一边去了。

又过了一会儿，穆锦也转到了楼体背面，看到江海正在检查一个小窝棚。

在通往二楼的楼梯夹角下，有人用铁架子和几块石板搭了一个简陋的小棚。只有半人高，大小能躺下一个成年人。窝棚上还挂着一块破布，勉强能挡挡风。

江海放下布帘，对穆锦说：“里面有床烂棉絮和两件衣服，看样子最近还有人住过。”

穆锦走到窝棚后面，见那里歪着一个旧编织袋，里面有几个被踩扁的空水瓶。

“会不会是小吃店老板说的那个流浪汉？”

江海说：“我刚刚问过看守民警，他说案发后没见过流浪汉模样的人。这样，咱们再去问问老板。”

没等穆锦答应，一旁观摩的宣传警马上接话道：“好。”

留下几人继续搜寻，江海三人回到了路边的那家小吃店。虽已是午饭时分，但店内人数寥寥，生意并不好。江海点了几碗面和小菜，老板立刻接了单，去后厨忙活起来。

店内风扇嗡鸣，暑气正盛。宣传警打量着面前油腻的方桌，表情嫌弃：“江哥，就在这儿吃啊？”

江海不以为然：“有饭吃就不错了，方便问话。”

很快，面和小菜就上齐了。江海招呼老板坐下，吃了一口面，问道：“您这手艺不错，怎么生意不好啊？”

老板面露苦笑：“一直就不太行，凑合着过呗。本来还指望着明年这楼一盖，兴许就能好起来，一出这事儿，估计又要黄了。”

穆锦问：“您是说明年宇豪时代要重新动工？”

老板点头道：“我也是听隔壁说的，说是被啥大集团收购了，明年兴许楼就又盖起来了，到时候这里就有人气儿了。”

江海问：“您早上说，之前有个流浪汉住在那里？”

“可不，经常捡破烂卖点钱，偶尔还能来我这里吃个饭。不过这小半个月不知道跑哪儿去了，一直没瞧见。”

江海又问：“您能说下那个流浪汉长什么样吗？”

“得有个 1.7 米吧，挺瘦的。眼神不好，有时候还得杵着根棍儿。”

穆锦一一记录下来：“您知道他名字吗？或者有没有什么明显的

特征？”

“名字咱可不知道，特征……对了，他老戴着顶红色的破帽子，刚开始我还以为他是疯子呢。后来才知道，他只是说话有点儿慢，精神倒是正常的。”老板说完，还指了下自己的头。

旁边一个食客搭茬儿道：“我也见过那个家伙，还说自己是烂尾楼业主呢。照他的说法，我卷个包袱住进去，我也是业主了。”

江海和穆锦又问了几个问题，很快吃完了面，又买了些包子，准备带给另一组的人。江海嘱咐老板，如果再看到流浪汉一定要立即跟他们联系。

宣传警则说自己下午还有事儿，便离开了。穆锦看着宣传警那碗一口没动的面条，忍不住问：“江哥，你认识她啊？她可别是来给咱们添乱的。”

江海一脸无奈：“她跟我初高中一个学校，比我小几届，算认识。也不知道她今天是怎么知道这事儿的。”

穆锦有点担心：“这案子没破呢，她不会乱发东西吧？”

江海说：“那倒不会，这点儿分寸她还是有的。”

之后，两人和其他几人会合，穆锦给他们同步了从老板那里得到的消息：“要是能找到那个流浪汉就好了。他的窝棚就搭在那栋楼里，说不定是目击者。”

另一名侦查员说：“如果是目击者应该会报案啊，会不会是他杀的人，把钱和手机抢走，然后跑路了？”

江海说：“存疑。如果是他杀的，死者身上不会一点儿抵抗痕迹都没有。他半个月没出现过了，可能是换了地方。无论如何，还是要争取找到他。”

下午，一组人都去了附近几个街口走访，但找遍每个角落，都没有发现流浪汉的身影。

穆锦一身热汗地回到队里，喝了一大杯水，几乎是瘫在了工位上。

一想到这一天毫无收获，她就心中懊恼。

不远处，徐问雨的声音突然飘了过来："一个好消息和一个坏消息，你想先听哪个？"

穆锦闭着眼："好消息。"

"死者和胎儿的DNA结果出来了。"

穆锦猛地坐直了，期待地看向徐问雨，只听对方说："坏消息是，没在库里比对上。"

穆锦又问："那指纹呢？"

徐问雨还是摇头："指纹库和失踪人口信息库都在比对，暂时没对上。"

穆锦又瘫回椅子里："如果实在不行，就只能到现场贴认尸公告，或者拿着死者照片，搞人海战术了。"

徐问雨点点头："现在只能寄希望于二组那边了。这女孩可真够惨的，昨天可是七夕。"

穆锦挠挠头："七夕，那更有可能是情杀了。"

说罢，她便打开天网系统，开始调阅宇豪时代附近街口的监控视频，期待能有所发现。

才看了一会儿，徐问雨就把一个快餐盒放在了她面前："先吃饭，吃了东西才有力气。"

"嗯。"穆锦勉强挤出一个笑容。

吃饭时，大概是看出穆锦兴致不高，徐问雨便刷起了微博，给她分享些好笑的段子，排解情绪。

"上半年年度最沙雕新闻：主人回家，小偷躲入床下，却因听相声不小心笑出声被抓。哈哈哈哈——"徐问雨还没读完，就已经忍不住爆笑起来。

"贼都这么笨就好了。"穆锦哼出一句。

"你再听这个。女子扔垃圾路遇抢劫犯，劫匪携垃圾袋复返大骂其骗子！男子酒驾与临检斗智斗勇，掉头后不料驶入交警大队。

“还有这个。外国贼高峰期抢劫金店，被抓时仍堵在 200 米外……哈哈哈——我要不行了。”

穆锦也笑了：“这都真的假的？”

“真事儿！我看看今天还有什么有意思的新闻。”徐问雨说着，到新闻热搜里翻了起来，“嗯，烂尾楼中惊现艳尸……”

穆锦一下子从椅子上弹了起来：“什么？”

“什么?！”没想到，徐问雨的喊声比她还大。一时间，旁边的同事都朝她们这边看了过来。

穆锦立刻看向徐问雨的手机，清楚地看到了标记状态为“沸”的新闻标题——“七夕节烂尾楼惊现艳尸，天降冥币为痴情女送行。”

新闻内容写得十分详细，下面还附有几张极其清晰的现场配图。其中一张是昨天下午发现的冥币，另一张是死者坠亡平台的特写。照片角落里，还能看到两个弯腰勘查现场的背影。

穆锦急道：“这是怎么回事儿，怎么还上热搜了？”

“不知道。”徐问雨摊摊手，在评论里翻着，“我也是刚刷到的，应该是新出来的。我的天，你看这评论，这都什么跟什么。”

穆锦顺着她的手指看去，见最前面的几条评论分别是：

“这事很像我看过的一部电影，叫《献祭》。”

“我昨天下午就在那边，的确到处都是纸钱。”

“这不是那个宇豪时代吗？我记得有大师说过那楼的风水不好，建在了凶煞位的阵眼上。那个开发商好像就是因为它破产了。”

“对对对，我记得前段时间看新闻说，已经被神秘集团收购了，怎么又出事了？”

“会不会是七夕来找刺激的情侣，失足坠落的？”

“要我说，这冥币就是她自己撒的吧。我倒觉得，她可能是去招魂的，说不定是去招她男朋友的魂，再过几天就是中元节了。”

穆锦看着这些漫无边际的言语，心绪翻腾。

“呦，这儿还有人说，‘会不会是他杀？警察破案了吗？赶快查查附近的监控，看看案发前她的行动轨迹。'”徐问雨拿着手机说。

穆锦没好气道：“这还用得着他说，用嘴办案谁不会啊。”

徐问雨翻了翻，又说：“这有一条太可气了，居然说死者是什么富商的情妇，想要逼宫结果被反杀，还说人家不检点，死有余辜。”

穆锦怒气陡升：“这是搞受害者有罪论吗？太缺德了，造谣的都该抓起来。”

“有人甚至分析，是之前倾家荡产买了这个烂尾楼的业主，拿不到房，所以打算自杀后变厉鬼去找开发商讨债。还说得有鼻子有眼的。”

穆锦凑上去看了看，摇摇头：“都过了这么多年了，维权肯定也不会在这个时候。这些人也太能编了吧，想象力这么丰富，该去当编剧。”

徐问雨附和道：“是我就编个女鬼死而复生，白天是人晚上是鬼，能驱使纸钱惩恶扬善的爽文。”

穆锦假意给她鼓着掌，两只手都没拍到一起：“我觉得你该转行，正好我朋友是编辑，可以把你推荐给她。”

“女鬼？”刚进门的黄永山听到这两个字，一脸惊恐，人都晃了几晃。

“怎么回事儿？”走在他前面的罗立问。

徐问雨把手机递给罗立，又把新闻的事情简短说了一下。

罗立沉着脸看看四周：“谁捅出去的?！怎么还写得这么详细？尸源都没确定呢，就弄得这一出出的！”

这还是罗立第一次发这么大火，一时间，大家都默不作声。他们最怕的，就是在没破案前闹出舆情，干扰侦查。

穆锦看着黄永山，用口型无声地问：“怎么样？”

黄永山苦着脸摇了摇头。其实不用问，从罗立的反应，她也已经猜到了。看来不幸被高湛言中，查找产妇信息这条路也被堵死了。

“丁零零——”

罗立的手机响了，他皱着眉接起来，简单说了几句，就挂上电话，然后对徐问雨说：“任副局已经打电话来问了，这个案子现在闹大了。小徐，你联系宣传那边儿，必须尽快发通告。”

这话倒是提醒了穆锦，她又拿过徐问雨的手机看了看：“这照片拍得也太清晰了。我记得昨天派出所的人到宇豪时代后，就直接封锁现场了，没有媒体进去过，他们这是从哪儿弄到的现场照片？”

一个侦查员说：“可能是用的无人机。之前就发生过自媒体用无人机偷拍封锁现场的事儿。”

“看这个高度，不太像。”穆锦摇摇头，转头问江海，“不会是早上那个宣传警吧？”

江海拿过手机看了看，脸色非常不好：“我这就给她打电话。”

罗立一边往办公室走，一边对穆锦说：“你联系一下经侦那边儿，查查这个宇豪时代的开发商是哪家公司，会不会跟这个案子有牵连。”

联络过后，经侦很快发来了资料：

宇豪时代曾经的开发商，是地产界赫赫有名的天鼎房地产开发集团，后因官司缠身，债台高筑，不得不大量抛售资产，甚至闹出了合伙人跳楼自杀身亡的惨剧。而宇豪时代，就是被抛售的资产之一。

今年年初，宇豪时代被涉足房地产领域不久的南疆集团以低价收购。不过目前还在解决债务和纠纷等遗留问题，尚未明确进一步改建方案。

穆锦将材料汇报给罗立，并说出了自己的分析：“如果死者真是因为买了烂尾楼而自杀，也肯定不会在它即将翻盘时横出一刀，阻断转机。”

“如果是他杀呢？”

“那……情杀的可能性最大，凶手应该是看中了那里偏僻。如果真是和烂尾楼有关，除非是天鼎或南疆集团的对家，故意弄出命案来搅乱棋局。但这可就难查了，这种上市公司，哪个没有几十上百个对家。但是弄出人命来，他们难道不怕引火烧身吗？”

罗立想了想：“现在最要紧的，还是确定尸源。施苒去进修了，你和小黄他们辛苦一下，一起筛查视频吧。”

“是。”

回到办公区，江海也正好回来了。

“怎么样，江哥？”穆锦问道。

江海愤懑地说：“就是她捅的娄子。说是她媒体的朋友请她吃饭，问了几句，她没想太多就说了一些，已经被他们队长批评教育过了。”

徐向雨揶揄道：“不止吧，还给媒体发了照片。她这下可麻烦大了，现在新闻已经发酵，热搜一直居高不下，我电话就没停过，安头儿都被叫去问话了。”

江海叹口气说：“她写检查呢，最少也会给个处分。”

穆锦看得出来，对于自己的师妹，江海多少还是有些于心不忍，于是便转移话题，招呼江海和他们一起筛查监控。

几个人分工分段，开始在电脑前逐帧检查起案发地附近和各个交通路口的监控记录。这是一件需要注意力高度集中又很费眼睛的工作。穆锦每次筛查视频，都从心底里佩服施苒。真不知道她是怎么同时看三幅画面的。

忙碌到后半夜，他们把死亡时间前后数小时的监控都仔细看了一遍，毫无收获。而技术大队也传来消息，指纹库和失踪人口信息库均未能比对出和死者特征相符的记录。

这样一来，所有侦查方向都走进了死胡同。

好消息是，虽然死者的衣物被雨水浸泡过，但利用真空金属镀膜技术，痕检还是成功提取到了几枚不属于死者的指纹。两枚在右前胸偏上，一枚在左腰侧，还有一个手掌印在背上，均来自同一人。

经过分析，侦查组一致同意以他杀案为下一步侦查方向，并高度怀疑熟人作案。只是，对比指纹库还需要时间，明天才能出结果。

凌晨3点多，穆锦一路上叹着气，走回了家。身体虽然疲倦，但脑中的思绪一直停不下来。整晚她都在想，同样的夜晚，到底是什么原因，让死者进入了那片阴森的烂尾楼，却再也没能出来。

第二天早上 8 点多，穆锦揉着昏沉的脑袋走出房间，决定吃了早饭就回分局继续调查。

她最近发现，自己好像养成了吃早饭的习惯，一顿不吃就不舒服，已不再是之前的铜骨铁胃了。

她刚刚看过群里的信息，舆情已然发酵，分局门口簇拥着不少媒体；甚至有些好事者，还跑到封锁的现场前去探头探脑，干扰痕检的二次勘查。队里领导经过商议，已经决定发布认尸公告，全网征集死者信息。

穆锦到厨房找出一袋方便面，用水壶烧上水。在等水开的工夫，她快速洗漱完回到餐桌前，拿出手机开始浏览照片，思考着下一步的侦查方向。

手机更新的几张照片中，除了现场图片，还有从法医那里拷过来的被害者照片。穆锦将其中一张放大，仔细看着胳膊上那一道道平行的伤口。

那是死者自残的痕迹，伤口看起来都不算太深，应该是自然愈合的。最长的一道伤口旁，标尺记录显示为 8.5 厘米。

滑动屏幕，她将焦点移动到死者面部，认真地看着她的脸。她犹自记得自己刚看到尸体时，心中的震惊。

那是一个很美的女孩。她穿着一身黑色的连衣裙，躺在解剖台上，口鼻处的血迹已经被擦去，浓密的睫毛微翘，仿若睡着了一般。

那时，她一头柔亮的黑发还未被刮去，除了皮肤过于苍白外，与活人无异。不论是谁看到她，都会觉得这个女孩生得太标致，一时间，竟让人忘记了她是一具尸体。

女孩身上没有约束伤和抵抗伤，在她体内也未检出毒物或可致人昏迷的药物成分。无论是事发突然也好，蓄谋已久也罢，这个能让她深夜孤身前往烂尾楼的凶手，一定是她信赖的人。

厨房里传来电水壶断电的“咔嗒”声，她放下手机，往厨房走去。

等她端着一碗热气腾腾的面从厨房里出来时，看到商落白正站在餐桌前，低着头。

他今天穿了一件无袖背心，手臂上呈现出精瘦的肌肉线条。

穆锦的视线从他手臂上移开，惊讶地问："你怎么还在家？今天不用去上课吗？"

商落白低头说："学校今天设备检修，休课半天。"

"哦。"穆锦目光下移，发现他正盯着自己放在桌上的手机，立马阻止道，"这是物证资料，不要随便看。"话还没说完，她就已经跑了过去。

她今天穿了一件轻薄的吊带睡裙，那是某一年商莉莉送她的生日礼物。粉红色的裙子上印了很多兔子和桃心图案，少女心十足。

确切地说，这才是她平日在家时的画风。自从商落白来了以后，她为了维持形象，就收起了这些可爱的睡裙。往常这个时候，商落白都已经出门，她想着家里只有自己，起床时就随便套了一件。没想到，商落白居然在家。

此刻她顾不上尴尬，几步跑过去，伸手去拿手机。

商落白转过脸来，微微一怔，盯着她的睡裙看了两秒，脸上浮现出淡淡的笑容。他伸手按住穆锦的手，不让她拿走手机。

穆锦一挣之下，竟然没有挣开。

商落白的视线已经移回到手机上，盯着那张被放大了的面容，似乎在思索着什么。

穆锦有些生气，她刚要开口，商落白却问："你怎么会有她的照片？"

"这是——"穆锦愣了一下，随即问，"你认识她？！"

商落白看向她，脸色渐渐变得凝重："她怎么了？"

第十二章 QZT&NT

半个小时后，北丰分局刑侦支队长办公室内，安年对着站在穆锦旁边的商落白说："刚刚穆锦都跟我说了，这位死者可能是你以前的高中同学。你不要有任何心理负担，如果一会儿你觉得坚持不了，就跟穆锦说。"

商落白点了下头。

"不要有压力，仔细看清楚，如果不是，我们也有别的办法再排查。"安年又嘱咐道，他转头问穆锦，"手续都办好了吗？"

"办好了。"

"好，过去吧，老谢那边我打过招呼了。"

"是，头儿。"

出了办公室，商落白跟着穆锦穿过一道走廊，下到一层，来到了技术大队办公地。办公区内一片安静，他抬头看了一眼，见进门处挂着一块深蓝底白字的标牌，写着"北丰分局刑事科学技术研究所"。

两人在法医室门口停了下来。商落白按照要求戴好口罩，穿好鞋套，跟在穆锦身后，走进了法医室。

谢识飞已经等在里面了。见两人进来，他只是简单点头打了个招呼，就领着他们来到里间存放尸体的冷柜前，拉开了第二层第三格的冰柜。一股寒气随着拉开的抽屉四散涌出，存放间的气温瞬间低了几摄氏度。

寒雾渐渐散开，露出一个深色的裹尸袋。谢识飞上前拉开裹尸袋的拉链，里面露出了一张苍白年轻的脸。面容秀丽，却毫无血色，正是穆锦手机照片上的女孩。

谢识飞抬头看了看他们，示意商落白上前辨认。

商落白往前走了两步，侧过头认真看向那张双眸紧闭的脸。看他的神情，虽早有准备，但还是有些震惊。

谢识飞等了一会儿，又从裹尸袋中抬出女孩的左臂，指着那个狮子文身问："认识这个吗？"

商落白看了看，摇摇头。

又过了一会儿，正当穆锦想要开口询问时，终于听到商落白说："是的，是她。"

穆锦问："能确定吗？"

商落白伸出手，指着女孩鼻尖上的痣说："我记得这颗痣。"

穆锦说："鼻子上长痣的人很多，你可别认错了。"

商落白回过头："我见过的人，基本都不会忘。虽然时间久了，但肯定不会弄错。"

穆锦点点头："走吧，回去说。"

"笃笃笃——"

穆锦敲响了案情分析室的门。门很快打开，里面坐满了人。穆锦对站在门口的安年说："头儿，确定了，就是他同学。"

安年对两人说："进来说吧，正好人都在。"

屋里正在讨论案情的侦查员们停下来，看着一个陌生的男人跟在穆锦身后走了进来。紧接着，就有几个人认出了他，继而全都用眼神询问穆锦。

两人坐下后，安年向所有人介绍了新进展。得知尸源有了下落，干警们脸上的阴云终于淡了一些。

安年问商落白："死者是你的高中同学，那她也是澳大利亚华裔？全名叫什么？"

商落白回答："她叫 Emily，应该是姓段，是高二从国内转到我们学校的。"

安年问："中文名是什么？"

商落白想了想："不知道，她没说过。我知道她姓段，还是因为和她一起做过几次小组作业，高中毕业后就没有再联系过了。她人还不错，只是不太合群。"

大家都有些失望，商落白又说："我可以问问我的另一个同学，他们大学同专业的，他应该知道。"他说着，掏出了手机。

安年点头说："好，如果他知道，你要尽可能多问一些死者的情况。"

"好。"

"可以开免提吧？"

"可以。"

"好。小徐，你挑重点记录一下。"安年又对徐问雨说。

徐问雨接到任务，立即搬着笔记本电脑，坐到了商落白旁边。

商落白很快拨出一个电话，按下免提键，把手机放到了会议桌上。众人听着手机中的等待音，虽知与嫌疑人无关，但心里都莫名有些紧张。

电话很快就接通了，那边传来一个懒洋洋的男声："Hey bro, how is it going? Are you back?"（嘿哥们，最近怎么样？你回来了？）

一听这话，众人互相看看，空气中涌动着一丝尴尬，突然都明白了自己刚刚在紧张什么。

商落白靠近手机，和对方寒暄后，说："Hey, do you have time now? Just want to ask you something."（你现在有时间吗？想问你点事情。）

徐问雨冲安年耸耸肩，摇摇头，一副"我无能为力，您自己上吧"的表情。安年也放弃指导，坐到了一边。

懒洋洋的男声继续道："Sure. What's up?"（当然。怎么了？）

"Do you remember Emily from our high school? You were in the same major in the uni."（你还记得高中的 Emily 吗？大学跟你一个专业的。）

"Emily..." 对方停顿了几秒钟，不紧不慢道，"Uh, that Chinese girl? Yes, I do. What happened? I haven't seen her for a while. Wait, don't tell me you have a crush on her. You know she is..."（那个中国女孩？我记得。怎么了？我很久没见过她了。等会儿，别跟我说你心动了。你知道她是……）

"No, let's be serious. When did you see her last time?"（没有，正经事。你上次看见她是什么时候？）

两个人越说越快，终于，最后一个坚守阵地的穆锦也放弃了挣扎。放下笔，和徐问雨对视两秒，彼此互送了一个理解的眼神。一边的侦查员们早已开始闭目养神，有些干脆趁此机会去洗手间了。

商落白又说了好一会儿，才终于挂断。十几双眼睛齐刷刷地望向他，饱含期待。

"他也不知道 Emily 叫什么，但是还有办法，很快就能知道了。"

不到 2 分钟，随着"叮咚"一声，鸦雀无声的会议室里，干警们的精神都为之一振，所有人的目光都移向商落白的手机。

商落白滑亮手机，点开了什么东西。穆锦也凑了过去，只看了一眼，她就睁大了眼睛。

屏幕上是一张半身照。淡棕色的背景前，一个穿着深蓝色学生制服、面容姣好的女孩，正抿嘴微笑着。鼻尖处，一颗黑痣清晰可见。面貌稍显青涩，毋庸置疑，她就是此刻躺在冰柜里的死者。

商落白说："这是从高中毕业纪念册上拍的。"

穆锦又扫向照片右下角，见那里印着几个极为漂亮的英文花体字——"Shanshan Duan"。

商落白继续说："我同学刚刚还告诉我一个消息。"

穆锦赶忙问："什么？"

商落白轻轻指了下照片上的女孩："Emily 的父母在去年因为车祸去世了。"

安年从商落白手中拿过手机，看了看，对黄永山说："小黄，找户籍那边查一下。"

黄永山跑过来，拿着手机走了出去。

等待的时候，众人又讨论起来。商落白一语不发地坐在那里，不知道在想什么。

穆锦看着他，蓦地想起了死者手臂上一排排的伤疤，一个古怪的想法在她心中产生了。

我认识她很久了。她总是受伤，我想保护她。

那个"她"难道是……如果是真的，他现在一定很煎熬。

"你在想什么？"

穆锦抬起头，对上商落白询问的目光，她小声说："嗯，我也不太会安慰人，但是，你，你那个，别太难过了。"

"嗯。"商落白低低应了一声。

穆锦犹豫着，又说："你要是想哭，可以到楼上备勤室里哭一会儿，我帮你把门锁上。"

"嗯？"商落白疑惑地看着她，"我为什么要哭？"

"那个，"穆锦寻找着合适的措辞，"算了，反正你要想开一点儿。"

她刚说完，安年就走到商落白旁边问："你同学说没说，死者在国内有没有男友？"

"没有说。"商落白摇摇头。

穆锦发现，他在听到"男友"二字后，表情变得有些复杂。她冲安年眨眨眼，示意他先不要问了。

另一边的江海却说："这么年轻，父母又不在了。看来这个案子，极大可能是她那孩子的爹干的。"

完了。

果然，商落白问："什么意思？"

"呃……就是……"穆锦再一次感受到接待受害者家属的艰难，磕磕巴巴地说，"就是，她，她怀孕了。"

"孩子都两个月了，一尸两命。"江海补充道。

穆锦紧张地注视着商落白，生怕他承受不住爱人离世、外加心有他属的双重打击，刚想开口安慰，黄永山就拿着一台笔记本电脑回来了。

"找到了。"黄永山对众人说，"死者名叫段珊珊，女，1998年出生，天宁市本地人。户籍登记的地址是北丰区梧桐路茂林一墅榭园78号。"

"梧桐路？"江海说，"我记得那里也在西边吧，是不是离复兴路不远？"

穆锦点点头："离案发地宇豪时代很近。"

"来两个人，跟我一起去这个地址看看。"罗立说着，起身准备离开。

穆锦刚想跟上，商落白却拉住了她："等一下，我有事跟你说。"他说着，起身径直走出了会议室。

众人面面相觑，穆锦冲罗立打了个招呼，跟在商落白后面走了出去。

两人来到角落，穆锦再次尝试安慰他："我知道你现在很难过，你放心，我们一定会抓到凶手的。要不然，你先回家睡一觉？"

商落白定定地看了她几秒钟，有些无奈地说："你弄错了，我跟她不熟。"

穆锦挠挠头，尴尬地轻咳了一声："那你想说什么？"

"段珊珊怀孕的事情，很有可能是被强迫的。"

穆锦不明所以："为什么？"

"因为她只喜欢女人，不喜欢男人。"

"你确定?！"

面对穆锦的瞠目结舌，商落白十分笃定地说："非常确定。以前有个同校的男生追过她，她拒绝了，而且表示自己不喜欢男人。高中最后一年，她还交过一个女朋友，我们都见过。”

“什么?！”穆锦急道，“她那个女朋友是华人吗？还在一起吗？”

商落白摇摇头：“不是华人，是澳大利亚白人，应该不在国内。我同学刚才说，她们高中毕业就分手了。”

穆锦有些失望，又问：“那她后来还交往过什么人吗？”

“不知道，我那个同学跟 Emily 也不熟，只是一起上课。他说 Emily 大四休学了，后来一直没再见过。”

穆锦若有所思：“从时间上看，死者是在她父母出事儿后回国了。”

她从裤袋里掏出饭卡，递到商落白手上：“我们现在要出现场。一会儿让小徐带你上食堂吃点饭，然后你回海翔，如果有事儿我再给你打电话。”

说完，穆锦飞速跑回会议室，把刚得知的情况告诉了众人。安年在短暂的惊讶后，对罗立说道：“分三组吧，一组去她家；另一组联系出入境管理局，弄清死者是什么时候回国的，还有她最近的通信联系人；第三组，顺着她父母车祸这条线查一下，看看跟这起案子有没有关联。”

罗立给在场的人分了组，三队人分别出发了。

穆锦这组的两辆车刚驶出分局大门，就见外面喧闹连天，闪光灯闪个不停。车好不容易挪出人群，黄永山扒着玻璃，看向门口簇拥着的媒体记者，咋舌道：“真吓人，我还没见过这种阵仗呢。”

江海开着车，侧头说道：“现在都盯着这个案子呢，一天好几个热搜，一大堆带节奏的，安头儿压力特别大。”

罗立坐在后座上，闭着眼睛说：“这回有了尸源，应该就好查了。”

茂林一墅，坐落于北丰区偏西的辖区边缘，是远近一带很有名的高档小区。里面环境优美，绿化率超过 40%，大大高于建设标准。

若是在郊区，这倒也不算什么，最令人瞠目的是，开发商居然在这种寸土寸金的地方，建了一个小型的中心湖，可谓是煞费苦心。也因此，茂林一墅的房价一直稳居该地区之首，多年屹立不倒。

一路开车进来，各种高档欧式别墅和景观造型令人目不暇接。虽然离天宁大学还差得很远，但这样规划精致的小区也是凤毛麟角了。她不由得惋惜，家庭条件这么好的女孩，未及而立，先是失去双亲，继而自己也惨死，可谓造化弄人。

黄永山看着随处可见的安保和监控，有点期待："这么多摄像头，凶手要是来过这里，肯定能拍到。"

穆锦拍拍他的肩："正好，要监控的任务就交给你了。"

来到位于小区西南角的联排别墅区，他们在保安的引导下，找到了榭园 78 号。

这是一栋两户一体的小别墅。正值盛夏，花开好时节。可比起旁边几户小院里的枝繁花茂，78 号院就显得甚是寥落。墙角的玉兰树有二层楼高，可惜树干干枯开裂，不复生机。另一边，几株长疯了的蔷薇互相攀比，挤在一处，一看就是无人打理。

别墅院门紧闭，罗立试着用手推了推，没想到"吱呀"一声，很轻松就推开了门。

众人进入院内，见大门上安装着时下流行的指纹锁。罗立按了门铃，铃声响了一会儿，正如他们所料，无人应门。

罗立四下看了看："台阶上挺干净的，门把上也没有灰尘，说明最近有人回来打扫过。"

几个人从小路绕到后院，见房子后面还有个后门，门上只是个普通的门锁。"也就是这个小区的安保好，不然早被贼偷个百八十回了。"江海说道。

罗立向同行的技术干警包映杰示意，后者立即从勘查箱里取出工具，三下五除二，轻而易举地打开了门锁。

一进入室内，几个人就皱起了鼻子。

"怎么这么重的香味。"

江海口中的香味，并不是香水味或熏香，而是寺庙里那种檀香味。那香味聚拢在这里的时间应该不短了，加上屋里的温度比外面要低一些，又拉着厚重的窗帘，顿时让人感觉压抑肃穆。

几个人把窗帘纷纷拉开，阳光照进来，才终于看清了这里的全貌。

室内的装修十分温馨，到处都是精致的小摆件，窗台上还有几盆干枯缩水的多肉植物。虽然家具上大都铺着布单，但是可以看出来，这里很干净，一丝灰尘也无，肯定是近期有人打扫过。

在客厅里简单转了一圈，江海说："看样子，段珊珊平时并不住在这里。"

罗立说："再看看，她近期应该回来过。"

穆锦转身推开一间卧室的门，刚走进去，她就愣住了——檀香味的源头找到了。

这间卧室没有拉窗帘，光线很好，室内的一切尽收眼底。临窗下有一张巨大的书桌，桌子上并排摆着两个相框，相框前还摆着一个陶制的小香炉。香炉里的香早已燃尽，里面有不少香灰。

香炉后的两张灰白照片上，一对中年夫妻神情淡然地平视着前方。

穆锦抬起头，看向窗外那棵已经枯萎的玉兰，心底忽地像被什么东西抓了一把，立即移开目光。

"有发现吗？"罗立的声音从身后响起。

穆锦侧身回答道："段珊珊出事儿前肯定回来过，应该是祭奠她的父母。"回过头，她的视线再次被香炉旁的一个小东西吸引。穆锦戴上手套，把它拿了起来。

这是一个做工精巧的珍珠饰品，两排珍珠交错缠绕，形成一个类似于字母"E"的发卡。穆锦看着那珍珠上的柔光，觉得有些眼熟，但怎么都想不起来在哪里见过。

将近三个小时的搜索后，穆锦一行人回到了北丰分局。安年一见他们，立刻问道："怎么样，老罗？"

"根据屋内情况和物业反映，死者平时并不住在茂林一墅，但她在被害前回过那里。我还需要核实一件事儿，段珊珊的父母是什么时候出的车祸？”

另一组的侦查员赵敬泉看了看记录：“是去年8月13号。”

罗立点点头：“那就对上了。物业的人说，他们大概一年前见过段珊珊，那会儿就是她父母意外身亡的时间。后来没人再见过她，她们家的房子也是一直处在空置状态。但是我们发现，案发前段珊珊回到茂林一墅祭奠了她的父母。她很有可能是在13号晚出门给父母烧纸钱，然后遇害。”

徐问雨恍然大悟：“原来如此，怪不得她要带纸钱。”

罗立继续说：“现在的问题是，她为什么要去烂尾楼里烧纸钱。难道她父母是在宇豪时代附近出的车祸？”

另一名侦查员说：“不是，车祸是在郊区。她应该只是想找一处僻静的地方，把纸钱烧了。”

“那里太僻静了，一般女孩不会自己去，我还是更倾向于她被熟人骗到了那里。”穆锦分析道。

“我们把小区所有的监控都拷回来了，要辛苦图侦的兄弟了。”罗立说完问赵敬泉，“你们那组怎么样？”

赵敬泉回答说：“不太理想，死者名下没有国内的手机号。”

罗立诧异道：“不都实名制了吗，怎么还会查不到？”

“那是一般情况，现在市面上还是有不少非实名卡。而且她十几岁就去国外了，可能真的没有。出入境记录显示，她很少回国，最后一次入境记录是在去年8月15日。之后，她就一直待在国内。”

赵敬泉翻了翻笔记本，又说：“只是有一处疑点，记录显示，她曾经在今年8月3号挂失过护照，申请重新办理。但不知什么原因，申请之后被撤销了。”

罗立又问：“她父母那边的情况呢？”

侦查员石岩说：“她父母原本是做家装生意的。去年，也就是段珊珊大三下学期，她的父母外出郊游，在山区一个路口等红灯时，被对面一辆超速侧翻的大卡车倾轧。车后斗里几吨重的沙石都拍在了段珊珊父母车上，二人当场死亡，之后段珊珊回国料理后事和赔偿事宜。有记录显示，肇事公司两期赔偿都已支付，看不出什么疑点。”

“她还有别的亲属吗？”

“有，还有叔叔和姑姑。叔叔说他们两家已经没来往了，不想过来；姑姑不在天宁，说是今天就赶过来。”

罗立有些生气：“告诉她叔叔必须过来，配合警方调查。”

穆锦想了想，问道：“她父母或者她自己，还有别的房产吗？”

赵敬泉说：“她父母倒是给她留下不少遗产，但都是商铺，没有住宅。”

“酒店信息查过了吗？”安年再次问道。

“查过了，没有记录。”

江海分析说：“这么看来，段珊珊要么就是租房住，要么就是住在朋友家了。”

安年总结道：“还是有希望，没事儿的都去看视频。等她姑姑来了，问得详细一些。”

穆锦简单吃了些东西，刚坐下来，就看到商落白背着包从外面走了进来。

她站起来，诧异地问：“你怎么又回来了？”

“我想起一件事，和段珊珊有关。”

十几双眼睛齐刷刷望向他，商落白继续说：“大概两周前，我看到过一个和段珊珊很像的人，当时她身边还有一个男人。”

穆锦惊喜道：“你记得那男的长什么样吗？”

“只看到一个背影。”

“在哪儿？什么时候？”

“蓝梦购物中心，7 月 26 日下午 4 点左右。”

徐问雨笑道：“这么精确。”

穆锦想着这个日子，忽然反应过来：“我知道了，去蓝梦。”

她起身就去拿车钥匙，黄永山自告奋勇："穆姐，我跟你一起去！"

两个多小时后，调监控的人回来了。他们调取了 7 月 26 日当天，商场内部及地下车库的所有监控。穆锦将情况汇报给罗立，一起来到了施苒的办公室。

办公室里已经坐了好几个人，都在聚精会神地盯着电脑屏幕，筛查从茂林一墅拷回来的监控。施苒也坐在她的三面屏幕前，眼睛都不眨一下。她看起来清瘦了一些，下巴也变尖了，但脸色却不大好。

罗立走过去，对她说："都这个点儿了，你先回家吧。"

施苒却摇摇头："我没事儿，能坚持。"

黄永山将硬盘递给施苒："施姐，有两个位置的摄像头单独保存了，在 A 文件夹里。今天太险了，他们监控最多就保存三周，再晚一天就该覆盖了。"

"不错啊，挺给力的。"施苒笑着说完，同时打开了两段视频，并按照提示，把时间拉到了下午 4 点，两倍速播放起来。

看监控是体力活加技术活，没有线索时，基本上无异于大海捞针，所以经常耗费大量时间和精力。但他们这次有了抓手，就会容易很多。

穆锦小声对商落白说："你一定要看仔细了。"

时间快速流逝着。4 点 17 分，忽然有两个身影出现在其中一个视频里。他们一前一后走着，逐渐靠近一楼扶梯。

随着罗立的一声"停"，施苒按下了暂停键，在场所有人的视线，霎时都转向了穆锦和商落白。

罗立瞪着眼睛问："你们俩干吗去了？"

虽然早有准备，但在这么多人的注视下，穆锦还是有些尴尬："买东西啊。"

江海一脸恍然大悟的表情："我记得你那天下午有事儿请假了，所以你是去约会了？"

坐在角落里的徐问雨说出两个字："秘密——"

穆锦看了她一眼，后者意味深长地冲她眨眨眼。穆锦百口莫辩，犯罪嫌疑人没抓着，倒是先把自己坐班开溜的“罪名”坐实了。

“不是约会，是去给我的好朋友买礼物了。”

见众人脸上皆写着“不信”二字，她急道：“哎呀别看我了，找犯罪嫌疑人要紧。”

施苒这才继续播放视频。

十几秒后，一个人说道：“停。”

是商落白。

画面再次应声而止，商落白问：“可以慢放吗？”

施苒放慢视频，商落白站起来，走到画面前，认真看了几秒钟，然后指着一对正走向扶梯的情侣说：“这个，应该就是段珊珊。”

画面中，两个人正一前一后走上扶梯。其中那个女人，身形和死者十分相似，也有一头乌黑柔顺的秀发。

上了扶梯后，女人站在前面，后面的男人拍了下她的肩，她便回过头来，两个人说着什么。由于是慢放，那女人回头的动作犹如电影中的慢镜头，让一个普通的监控视频霎时变得唯美动人。

施苒把画面放大，在商场的高清摄像头下，女孩的面部轮廓展露无遗。

那的确是死者段珊珊。动态的她，看起来更加美好，还带着一种冷美人的气韵。

扶梯缓缓上升，两人的身影消失在画面中。很快，他们就出现在另一段视频中。两人走出扶梯，段珊珊朝右侧看了看，径直走向一家白色门头的店铺，走了进去。而同行的男人自始至终都紧紧跟在她的身后。

看到那家店铺的镂空装潢，穆锦转头和商落白对视了一眼。

施苒很快又找出另一段视频，这次刚好能看清店内的情况。画面中，两人背对店门，倚在柜台前，男人正亲昵地搂着段珊珊，侧头说着什么。段珊珊则一直低着头，看不清表情。

很快，两个人买完东西，朝门口走了过来。穆锦注意到，段珊珊的头发上，似乎多了个白色的小东西。她让施苒暂停，掏出手机找到一张照片，举给众人看。

手机上的照片，正是那天穆锦在段珊珊父母遗像旁找到的那个珍珠发饰，和视频中段珊珊戴在发间的东西很像。

“他们去的那家饰品店叫 Aurora，我也去过。如果我没记错的话，这款发夹就叫 Emily，和段珊珊的英文名一样。这就更能证明，视频里的人就是段珊珊。”

视频继续。

走廊边，五层楼高的 LED 液晶屏上正在滚动播放着各种广告，明星们的脸在屏幕上不断变换，赏心悦目。

男人的一只手搭在段珊珊肩膀上，他的背挺得很直，气质出众，乍眼看去，竟完全不输屏幕上的明星。两个人在走廊上走着，不时有人侧目去看他们。

施苒再次按下暂停键，视频定格在男人无意中向上看的画面。她把画面放大，清晰处理后，男人的脸呈现在了屏幕上。

虽然画面有些模糊，但丝毫不影响男人出众的五官：鼻子挺直，嘴形饱满，眼睛虽然不大，但很符合当下的审美。他眼角微弯，笑意未收，眼里含着爱意。

徐问雨在后面忍不住说：“我天，这人长得可真帅，好像一个演员。”

穆锦紧盯着画面上男人的脸，问商落白：“这个人你有印象吗？他和段珊珊会不会是在澳大利亚认识的？”

“没有印象。”

闻言，在座的侦查员都微微失望。

罗立说：“继续看，看能不能找到他们的车辆信息。老赵，你去联系他们买东西的这家店，说不定能从销售记录里找到他。跟当天接待的员工聊聊，看看她们对这二人有没有印象。”

“咦？——”

随着这一声拖长的尾音，所有人的视线都转向身后。

徐问雨往前凑了凑："我好像知道这个人。"

江海调侃她："不会又是你男神吧？"

"这人好像是个富二代，叫什么来着？"她想了一会儿还是不得要领，掏出手机唰唰一通搜索，盯着手机说，"有点儿棘手。"

穆锦问："怎么说？"

徐问雨把手机转过来，对着众人："这人的身份不太一般。"

罗立拿过徐问雨的手机，几个人都聚拢过去，看着屏幕。施苒看过后，确定地说："就是他。"

江海问："盛华集团的少东家，是不是曾经上过热搜的那个？"

徐问雨连忙点头。

穆锦喃喃道："戚兆廷，Q—Z—T。"

"死者手里的那枚戒指是他的！"徐问雨喊了出来。

罗立站起来："我去汇报安支队，你们继续看，看还有什么线索。"

众人继续看视频，徐问雨边看边问："虽然这个戚兆廷长得很帅，但段珊珊不喜欢男的，那她和戚兆廷在一起，会不会是因为钱？"

穆锦摇摇头："不像，段珊珊的家境不差，她不缺钱。你们看视频里，段珊珊并不高兴，态度冷淡，明显是戚兆廷一直在讨好她。"

徐问雨又说："按照戚兆廷这种人的身份，他要讨好人，怎么没去D座买奢侈品？这么抠门儿吗？"

穆锦猜测道："他应该是陪死者去买的。"

正说着，罗立回到了办公室，身后跟着安年。安年看了一遍监控，问道："这就是那小子？"

罗立确认道："嗯，他和被害人关系亲密，嫌疑很大，怎么也得带回来问问。"

穆锦在一旁附和："女朋友失踪了这么多天，连个案都不报，肯定有问题。"

安年想了想说："先查清楚他的资料，查到行踪后立即通知我。"

走出办公室时，外面已经全黑了。穆锦看看表，竟然已经7点半了。她拿出几个小面包分给众人，徐问雨也贡献出了她珍藏的卤蛋和火腿肠。大家一边吃着东西，一边开始对戚兆廷进行背调。

黄永山好奇地问："这个戚兆廷到底是谁啊？听起来很神秘？"

穆锦看着资料说："他是盛华集团总裁的小儿子。这个盛华集团在很多领域都有投资，特别是民用航空，星航就是他们家的。"

见黄永山仍是一脸茫然，徐问雨补充道："你没看前段时间的新闻吗？这个戚兆廷曾用兰博基尼截停肇事逃逸车辆，上过新闻呢，还被评为热心市民。网友都说，富二代要都像他这样，那大家就一点儿都不酸了。"

她一边说着，一边念出盛华集团的资料，然后在总资产评估后面的一串数字上停住，用手数着说："盛华集团的总资产是……个十百千万……400亿？我的妈，也太有钱了吧，我扫墓的时候都没见过这么多钱。"

穆锦满脸黑线："呸呸呸。"

徐问雨却不以为然："400亿，按我的年收入算，岂不是需要50万年？"她咬着面包问道，"那得从，从……那时候有人类吗？"

穆锦刚要说她无聊，一个声音说："从晚期猿人时代开始。"

徐问雨来了兴趣："那如果我每年能存8000块，就是400万年，那是……"

商落白认真地回答："大概在人类诞生之初。"

徐问雨颓然地靠在椅背上，捂着胸口："我不活了。"

穆锦白了她一眼："那是他们家族的总资产，又不是他一个人的。"

"那也行啊，反正总有他一份。"

"你别忘了，他很可能是个杀人犯，你有点儿原则行不行。"

徐问雨吸吸鼻子说："那倒是。真是他的话，这人也装得太好了。我记得上次的新闻里可全是夸他的。"

说完，她用手机飞快搜出一条新闻，拿给商落白和黄永山看。新闻标题是："热心市民深夜截停肇事车辆，交警赞其见义勇为青年楷模"。

报道中称，某天夜里，郊区有辆越野车撞倒行人后又剐蹭前车逃逸。因为夜深天黑，路上的车并不多。眼看肇事车辆已经冲出去了几百米，对面车道上，一辆等红灯的白色兰博基尼突然掉转车头，狂追肇事车，终于在第二个路口把对方别停，一直对峙到交警赶到。

新闻还附上了一段模糊的道路监控，基本上还原了事发经过。在后续对交警的采访中，交警称赞了截停肇事车辆的热心市民。记者希望可以采访兰博基尼车主，却被车主婉拒了。

报道到此结束，不过评论区十分热闹。

第一条依旧是新闻发布者的账号，写着“最新进展：本报记者深入追踪报道得知，被撞倒行人因送医抢救及时，手术后已经脱离危险。另据热心读者爆料，用兰博基尼追停肇事车辆的热心市民，乃盛华集团的少东家戚兆廷，本报记者已在跟进核实中。”

第二条评论只有简单的几个字——“兰博基尼车主戚兆廷”，下面附了一张照片。

那是一张毕业典礼的合照，除了中间个子最高的年轻男子外，其他人的脸都被打上了马赛克。男人穿着黑色学士服、戴着学士帽，笑得很阳光，正是在蓝梦中心和段珊珊一起的戚兆廷。

下面的评论无一例外，全部跑偏：

“天哪，看热评第二，老公太帅了！”

“应该是富二代吧？这还是第一次富二代的正面新闻啊。”

“这不出道简直浪费了，一人血书求其出道！”

一路往下，几乎都在清一色地八卦戚兆廷的家世背景和他的外表人品，只有几条零星关心受伤路人、要求严惩肇事司机的评论。

热热闹闹中，有一条独树一帜：“他这夜里开车出去，该不会是会情人吧？引人遐想。”

徐问雨点进去，果不其然，楼中一片痛骂，都是在骂评论者自己龌龊，小人之心度君子之腹。

黄永山皱着眉头说：“这么看来，这个戚兆廷还是个好人？”

穆锦还是持怀疑态度："不好说，人都有多面性。从蓝梦商场的监控里看，他应该是挺喜欢被害人的。假如他发现被害人不爱他，会不会因爱生恨杀了她，就不得而知了。"

黄永山问："那咱们干吗不直接传唤他？"

徐问雨一脸恨铁不成钢："你傻不傻，他这种身份，你要是不弄清楚了就传唤，那么大个雷，回头你顶着？"

黄永山讪讪地笑了笑，挠挠头又问："这新闻里也是车祸，戚兆廷会不会跟段珊珊父母的车祸有关联？"

穆锦想了想："应该没有吧。段珊珊父母的车祸记录我看了，整个事件清晰完整，肇事司机已经被判刑了。而且，车祸发生时，段珊珊还在国外，应该不会跟戚兆廷有关。"

"你们看看这个。"商落白说着，把他的手机递给了穆锦。

是另一条新闻。

穆锦看着标题，念了出来："近期，有知情人透露，盛华集团二公子戚兆廷与南疆集团老总独生女南棠已订婚，预计明年年初完婚。记者致电双方，均未得到肯定答复。"

黄永山说："南疆集团，怎么这么耳熟？"

穆锦微微瞪大了双眼："南棠——"

NT！

QZT 和 NT！

她激动地蹦了起来，一把抓起商落白的手机，往队长办公室跑去。

大队长办公室里，穆锦刚汇报完新发现，施苒也走了进来。

她看着一脸兴奋的穆锦，慢条斯理地说："罗队，我们刚刚查到，戚兆廷于 8 月 14 日下午 2 点左右飞往奥州市，并于今晚乘坐星航 ZH566 号航班由奥州市飞抵天宁。"

"什么时间到？"

"10 点半。"

罗立看看表，对两人说："到外面等我，我去请示安支队。"

很快，罗立和安年都来了。安年说："我们这就出发去机场，你们在这儿盯好了，有消息随时联系。"

一名老侦查员有点犹豫："安支队，没有确凿证据咱们就带人，他毕竟是……"

"甭管他背景如何，只要有证据证明他是涉案嫌疑人，咱们就得给他拘回来。"安年眉心皱成了川字纹，"至于他是否清白，回头一审就知道了。"

穆锦立即站了起来："我也去。"

安年把她按回椅子："没你的事儿，人带回来再说。"

"头儿，我——"穆锦再次争取。

"穆锦。"安年加重了语气。

穆锦没再坚持，点了点头。

自他们出发后，穆锦一直如坐针毡，在办公区里走来走去，看得黄永山忍不住说："穆姐，你别担心了，安支队都亲自去了，肯定没问题。"

穆锦看了他一眼，没说话。

徐问雨小声说："说你傻还真是傻，这明显是安队扛着呢。你没看他走的时候，叫的都是队长和副队吗？万一弄错了，咱们下面的不用扛包。"

黄永山这才明白过来，张着嘴点了点头。

穆锦又走了好几圈，内心的焦虑仍旧难以缓解，她想找商落白说说话，只见他一直戴着耳机，安静地坐在角落里看书，便没去打扰他，而是转身走向了施苒的办公室。

施苒正坐在椅子里闭目休息，而坐在她原本位置上看视频的，已经换成了吉喆。

穆锦走过去，问："有新发现吗？"

施苒微微睁开眼："我们从茂林一墅的监控中，找到了死者段珊珊的影像。她是 8 月 13 号早上 8 点左右到达那里的，一直在里面待到晚上 10 点多，中间没有出来过。

“她到达时，提着那包装冥币的袋子，还背了一个小包。小区监控拍到了她乘坐的那辆车，是一辆出租车。我们正顺着交通监控找她的始发点，也已经联系了出租车公司，应该很快就能找到司机。”

穆锦又问：“那段珊珊当晚出门之后呢？”

施苒摇着头，捏了捏太阳穴说：“她出门后一直步行，走了一条小路，之后就拐进了没有监控的地方。我们正在尝试查询周围路段的监控，看能不能再找到她。”

穆锦说：“宇豪时代和茂林一墅直线距离是一公里多。我觉得她走那么远，单纯去烧纸的可能性不大。”

施苒也同意：“就是因为这一点，我们怀疑她是跟人约好了见面，烧纸或许只是顺路。”

穆锦还想问什么，吉喆回过头来：“你让我老婆歇会儿行不行？来来来，问我。”

穆锦朝施苒吐吐舌头：“有人心疼就是不一样。”

吉喆抱怨道：“有你们这样的吗，我老婆都怀孕了，这都几点了还不让回家。再这么下去，不干了。”

“你少说两句，是我自己要留下来的。”施苒瞪了他一眼，又笑着对穆锦说：“我看今天跟你一起的那个男孩子不错，是你朋友吗？”

“问这合适吗？你老公还在这儿呢。”吉喆又插嘴道。

迎接吉喆的，是施苒的无声怒视。他立即回过头去，专心看起了视频。

穆锦笑了笑，说：“他是被害人的同学，来提供线索的。”

施苒好奇：“他就是住在你家那个？”

“嗯。”穆锦已经不掩饰了。

施苒便冲她笑笑，没再问了。她半靠在椅背上，一双手不自觉地拢在依旧平坦的小腹上，在上面一下下地轻抚着。

穆锦在一旁瞧着，觉得她浑身上下都充满了母性光辉。她看着，只觉得那种焦躁的感觉一下就不见了。

“想好名字了吗？”

施苒的手指一滞：“还没，还早呢。”

“是不是当妈妈的，从怀孕起就会特别在意自己的孩子？”

“对啊，觉得自己整个人都不一样了。做什么，都要先想想对孩子好不好。”施苒低下头笑着说，“以后你就知道了。”

穆锦愣了一下：“我还早呢，没想过结婚生孩子。”

施苒努努嘴：“你这脾气呀，要么就找个比你还硬的治住你，要么就找个能包容你的。不过我觉得，还是能互相包容的最好。”

穆锦注视着施苒的手，眼中忽然闪过被害人段珊珊的小腹，脑海中一直徘徊着那句“做什么，都要先想想对孩子好不好”。

她站起来，刚想出去透口气，却听得外面蓦地一阵吵嚷。

打开门，一群人从走廊另一边走了过来。为首的是安年，后面跟着罗立和叶朗，还有好几个队长，都是刚才被派去抓人的。他们乌泱乌泱地簇拥着中间的一个人。

那人头上蒙着外套，看不到样子，但身形和视频里的戚兆廷很像。穆锦仔细看了看，确认那人并没有戴手铐。

她见一群人一路往讯问室的方向去了，紧走几步试图追上去，却被后面一个人一把拉住。

穆锦回头一看，是叶朗。

“今天的事儿你们不要管，安支和罗哥一起审。”

穆锦轻轻挣开：“叶哥，我就看看，不添乱。”

叶朗无奈地叹了口气：“反正你是从来都不听指挥的。走吧，跟我一块儿去监控室。”

监控画面中的男人，头发略微凌乱，穿着一身一看就造价不菲的西装。虽然表情有些蒙，但他仍坐得笔直，维持着仪态，一看就是那种强势背景下成长起来的人，虽坐在下风，气势上却完全不输，甚至有些高高在上。

他看向审讯席，警惕地问：“你们带我来，到底是什么事儿？”

“自己先想想，这几天都干了什么？”罗立说。

“干了什么？”男人似是有些不解，“我刚从奥州市开会回来，一下飞机就被你们带过来了。”

“给你个提示，”安年说着，从桌上拿起一张照片，展示给对面的男人，“这个女孩你认识吧？”

在看到照片的一瞬间，男人脸上的不解和不屑通通消失了，他的语气紧张起来：“她怎么了？”

“你应该比我们更清楚吧？”安年反问道。

“我不明白，她到底怎么了？”男人问。

“这样吧，戚兆廷，你先跟我们说说你和她的关系。”安年换了一种语气。

“她，她是……”

见戚兆廷语塞，安年立即抓住主动权：“说不出口吧，敢做不敢当啊。”

“她是我女朋友。”戚兆廷立时脱口道。

“给你看个东西。”安年说着，又拿起几张照片，“仔细看清楚，这是不是你的？”

戚兆廷一一把照片看过，表情有些不自然，但还是承认了。

“是什么？”安年追问道。

“是我的戒指。”戚兆廷的声音低了下去。

“是订婚戒指吧？订婚的对象是谁？”

“是……这跟你们没关系，叫珊珊出来见我。”戚兆廷不知想到了什么，忽然直直地看着安年，倒像是生气了。

监控室里，穆锦忍不住嘟囔了一句：“真能演。”

“问你什么就答什么，”安年加重了语气，“这可不是你们家公司，少跟这儿装大爷发号施令。”

戚兆廷垂下眼，安静了一会儿，才从嘴里挤出几个字：“南棠。”

“是南疆集团的继承人——南棠对吧？”

戚兆廷一呆，若有似无地点了下头。

安年向前探探身，说：“一边是父母双亡、孤身一人的女朋友，另一边是家大业大、门当户对的未婚妻。你的选择是什么？”

“我……”戚兆廷没再回答，而是抬头看向监控器，低声说，“珊珊，如果你在看的话，我记得我跟你说过了，给我一个月的时间，我会处理好的。你要是闹够了，现在就跟我回家。”

“少跟这儿演戏！”安年一拍桌子，声量提高了八度，吓得正在记录的徐问雨都跟着颤了一颤。

“我们就不跟你绕弯子了，比对结果出来之前，你自己主动承认了，还能算你有悔过表现。这件事儿现在关注度这么高，你要是死扛到底，最后顶格判也不为过。”

“不是，珊珊她……”戚兆廷急切地说，“你们能不能说清楚，到底是什么事儿？我前几天是跟珊珊吵了一架，她这几天信息、电话都不回我。我今天晚上回来，就是想去找她的。”

“你们因为什么吵架？”

“一个是因为我订婚，还有就是……她想回澳大利亚，我不同意。”戚兆廷不自然地动了动唇角，定定地看着罗立问，“珊珊她到底怎么了？”

安年没有回答，而是反问道：“8月13号到14号，你在哪里？”

戚兆廷想了下，说：“13号白天在公司，晚上去了一趟南家。第二天上午我在自己家收拾东西，下午就去奥州市了。”

“有人能证明吗？”

“有。我的助理，还有南家的人。”

“那两天你和段珊珊有接触吗？”

“没有，吵架以后，就没见过面。”

安年让戚兆廷提供了能证明他行程的名单，又示意罗立。后者拿起一沓材料，走到戚兆廷面前说：“看完了想清楚，是继续跟我们装，还是好好交代。”

戚兆廷疑惑地拿起来，低下头看了几秒钟，突然握紧了拳头，眼睛快速眨动，一页页翻看着。

时间仿佛被拉长，在一片压抑的沉默中，戚兆廷终于看完了最后一页。他整个人愣愣地朝着一个角落看了一会儿，忽然发力想挣开椅子，大喊道：“叫段珊珊出来，跟我当面说清楚！”

站在后面的辅警立即上前，一把将他按了下去。戚兆廷又喊了几声，没有人回答。他忽然死命地抓住头发，低着头，之前的风度全不见了。

整个过程都被安年和罗立尽收眼底。之后，他们又反复问了几个问题，但戚兆廷始终维持着那个姿势，一声不吭。

监控室里，叶朋说：“悬了，今天晚上不一定开口了。”

穆锦说：“等指纹和 DNA 比对结果出来，只要对上，他不说也能定他的罪。不过，我现在又有了一个想法。”

“怎么说？”

“如果戚兆廷因为和南棠订婚，决定除掉段珊珊，确实他的嫌疑最大。但他完全可以做得更隐蔽一点儿，至少也应该避开死亡时间，为自己制造不在场证明。可是死者 14 号凌晨被害，戚兆廷却在 14 号下午去了奥州市，这么此地无银三百两？”

“我也想过这个问题，但这更符合他作案后畏罪潜逃的心理。要是没有那些纸钱，段珊珊的尸体肯定不会那么快被发现。时间一久，她的死亡时间就无法推断得那么精确了。到时候，他就可以说自己在奥州市出差。”

“有道理。可我还是觉得，要说因爱生恨，有一个人好像比戚兆廷更有嫌疑。”

叶朋看着她：“你说南棠？”

穆锦点点头："南疆集团刚刚收购了宇豪时代，南棠对那里的情况应该很熟悉，知道那里偏僻没人去。"

两人又等了一会儿，先后走出了监控室，来到讯问室，安年正站在门口。

叶朋问："安支，怎么样？"

安年摇摇头："抠不动，先晾他一会儿。去查南棠那条线。"

穆锦眼睛都亮了："您也觉得南棠可疑？"

安年对着里面一偏头："我觉得不是这小子。"

穆锦不解："为什么？"

"直觉。"安年丢下两个字，活动着肩膀，朝走廊另一边走去。

穆锦回到办公区，角落里的座位已经空了。她找了一圈，没看到商落白，便问黄永山："小朋友人呢？"

黄永山刚打了个小盹儿，他揉揉惺忪的睡眼，说："哦，他说回家一趟，一会儿就回来。"

"醒醒，干活了。"穆锦拍了拍黄永山，快速走回自己的工位，打开电脑，开始收集南疆集团的有关线索。

当晚，讯问的后半段进行得很不顺利。戚兆廷除了几次要求去看段珊珊的遗体外，什么都没说。当他听到段珊珊遇害时已经怀孕十周时，才终于绷不住大哭起来。

于是警方决定，先将戚兆廷暂时扣留，接受调查。

徐问雨出了讯问室后，感叹了半天。

穆锦问："你在里面看得清楚，觉得他像不像装的？"

"我哪儿知道啊，上次双胞胎那个案子，那个哥哥一开始也哭得特惨，结果呢？不过……"

"不过什么？"

"不过要真是他干的，那他可够狠的。"

"这还用你说。"穆锦郁闷至极。

不久，段珊珊的姑姑赶到了，边哭边骂地闹了一通，但明眼人都看得出来，她和段珊珊的关系很一般，甚至不知道段珊珊住在哪里。她唯一提供的有用信息，就是段珊珊的手机号。

原来，段珊珊回国后，没有将她妈妈的手机号销号，而是自己使用，难怪她名下没有手机号。

遗憾的是，段珊珊的手机已关机。从运营公司调取的记录显示，近一年来，段珊珊的联系人屈指可数，除了戚兆廷的手机号频繁出现外，其他的号码都找不出异样。

搜集线索的时间煎熬又短暂。早上 7 点半，穆锦顶着浮肿的双眼，整装待发。

他们经过一夜的奋战，已经查实，年初收购宇豪时代的公司，正是南疆集团的子公司南疆欣荣地产。而这家新成立不久的公司，总经理就是南疆集团未来的继承人——南棠，戚兆廷的未婚妻。

而死者段珊珊就是在宇豪时代的烂尾楼中遇害的。看来，是时候去找南棠谈话了。

穆锦看了看还在电脑前忙碌的商落白，走过去问："你饿不饿？"

商落白停下来，摘下眼镜说："我不饿，你想吃什么？"

"我去食堂买点儿吃的，吃完了你就先回家吧，我们要出任务了。"

"我跟你一起去，之后我直接去学校了。"

去食堂的路上，穆锦想起昨晚商落白再回来时，把他的电脑也带过来了，之后就找了张桌子，安安静静地一直敲到早上，便问道："你这半夜还一直写论文？"

"没有，在查一点东西，不知道能不能派上用场。"

穆锦好奇地问："查什么，这么神秘？"

"还需要点时间，等我查到了告诉你。"

穆锦没再追问，决定安心等着秘密揭晓那一刻。

吃过早饭，穆锦刚要去请示罗立，就见大厅门口走进来一个陌生女人。那女人穿着一身精致的米色套装，踩着高跟鞋，背着一只黑色皮包，举手投足间既有气场又不显张扬。她留着刚过耳的短发，画着精致的淡妆，看起来不到30岁，打扮却有些老成。

徐问雨已经走了过去："请问，您有什么事儿吗？"

"你好，我来找安年队长。"

"您是？"徐问雨打量着她，问道。

"我叫南棠。"

第十三章 流浪汉

穆锦见过南棠的照片，可现实中的她比照片里更有气场。

没想到，他们还没去找她，她却自己先找上门来了。穆锦赶忙迎上去："是我们安支队请你来的吗？"

"不是。我来之前，已经跟你们任副局长打过招呼了。"

"那你跟我来吧。"

穆锦领着南棠一路到了支队长办公室。她敲了敲门，里面却无人应门。

路过的看管员看到她们，说："穆锦，刚刚安头儿和罗大队都让郝局长叫走了。"

穆锦只好把南棠带到接待室，给她倒了一杯水，让她稍等，便转身准备离开。

"既然安年队长不在，我问你也是一样吧？"南棠忽然叫住她。

穆锦回过头："你有什么事儿？"

南棠看着她，又笑了一下："想必你也是经办的警察之一吧，看你们的样子，昨晚一定没睡。那个人交代什么了吗？"

穆锦暗暗吃惊，这个女人一脸云淡风轻，说出的话却是字字戳中核心。

叶朋昨晚曾告诉过她，戚兆廷是在机场停车场被秘密带走的，他当时身边没有别人，之后也没人通知过戚家。按照戚兆廷的说法，他昨晚打算去找段珊珊，南棠就算联系不到他，也不可能立即想到他被带去了公安局。

安年明明三令五申，不许任何人对外披露死者信息或案情。警方通报里，也没写段珊珊的个人信息。不过一个晚上，南棠是怎么这么快就知道戚兆廷被“请到”分局的，还指名道姓地来找安年？

除了她是真凶外，穆锦想不到别的解释。

南棠看着她的表情，继续说：“不仅我知道，戚家伯父伯母也知道了。我只是觉得，反正不久你们也会来找我，倒不如我自己先过来说清楚。”

穆锦不动声色：“案件还在调查阶段，不能透露。你先坐一会儿，我们支队长应该很快就回来了。”

走出接待室，穆锦撇撇嘴，这个南棠看着简直比戚兆廷嫌疑还大。

她刚一走回工位，徐问雨就缠了上来：“什么情况，怎么‘曹操’自己来了？”

穆锦满脸黑线：“她说要过来先说清楚。恐怕是咱们前脚带了戚兆廷，后脚戚家和南家就都知道了。”

徐问雨说：“她一看就不好惹，那眼神看得我浑身起鸡皮疙瘩。”

“她看着比穆姐好说话啊。”黄永山不过大脑的话刚说出口，就后悔了。

穆锦学着南棠，递给他一个微笑：“黄永山，我一会儿就在系统内发个公告，说你这一个月自愿和大家换班值大夜，免还的。”

黄永山露出一副要哭了的表情，刚想求饶，就见宋秋实拿着一份材料走了进来。在场的人一看到他，全都围了过去，紧张地问：“怎么样？”

“一半一半。”宋秋实说。

“快别卖关子了。”徐问雨最心急。

“戚兆廷的 DNA 符合被害人腹中胎儿的生物学父亲，但是——”

“指纹没对上？”穆锦问。

宋秋实点点头：“他的指纹和被害人衣服上发现的不符。”

忙碌了几天几夜的侦查员们都很失望，叶朋拿过报告，看了看：“还是不能排除他的嫌疑，现在我们必须弄清案发时他的行动轨迹。”

众人也赶忙重新振奋精神，四散忙碌起来。

“叮咚——”

手机响起新消息推送的声音，徐问雨瞥了一眼，把手机拿了起来。不到十秒，她冲口喊道：“我去！”

穆锦看着她的反应，登时有种不好的预感。

“你们快看这微博话题。”徐问雨举着手机说，“现在热搜第一是‘富二代残杀女友案’，10 分钟前刚发的。”

穆锦立即跑过去，拿过徐问雨的手机，只见上面有个醒目的标题——“烂尾楼女尸手握婚戒含冤而死，只因富二代男友另结新人”。

新闻中一直在讲“烂尾楼女尸案”的最新进展和嫌疑人，虽未指名道姓，但给出了很多线索，直指盛华集团的二公子。

果不其然，评论中已有不少人猜到了戚兆廷，对他一通口诛笔伐。

穆锦把手机还给徐问雨，怒道：“现在这帮媒体，干别的不行，捕风捉影倒是第一。”

徐问雨又翻了翻，见评论区被顶得最高的回复是一个名叫“欧墨尼得斯在人间”的发言：“我记得这个人，不就是之前兰博基尼拦停肇事车辆那个嘛，我当时还以为他是富二代中的正能量呢，原来也是一丘之貉。说不定他们家也有问题，应该好好查查。”

底下的跟风者说：“特权阶级，早都烂透了。”

还有表明自己见过世面的：“不是吧？这不还没定案呢，你们就开始墙头草了。”

也有一些理性中立的发言：“未知全貌，不予置评。”

徐问雨把几个热评逐一念了一遍，几个人正讨论着，安年铁青着脸回来了。

“又出什么事儿了？”

徐问雨把微博的事情简要复述了一遍，安年听完，对她说：“联系网监，把那些乱带节奏蹭热度的一律封号。”

“是！”

紧接着，安年的视线一一扫过在场众人，沉声说道：“让我发现是谁捅给媒体的，直接开除。不想被开除，就自己主动来我这儿承认，还能再给你一次机会。”

一席话后，大家都噤若寒蝉，不敢发声。

只有穆锦站起来，小声说：“头儿，戚兆廷的未婚妻南棠来了，在接待室等您呢。”

“嗯，知道了。”安年说着，大步流星地往接待室的方向走了。

穆锦看看跟在后面的罗立，问：“怎么了，发这么大火？”

罗立按了按太阳穴说：“刚才市局那边来电话了，事情闹这么大，让咱们把案子转到市局。”

“那怎么行？”穆锦有些着急。

“安支队可是顶住了压力，跟郝局长保证了限期三天破案的，你们可别掉链子。三天一到，再破不了案，就只能转市局了。”

众人都默不作声，穆锦听了，暗暗下定决心，这个案子不破，自己吃住都在队里了。同时她也有些纳罕，这个案子的热度明明两天前就已经起来了，怎么偏偏在戚兆廷秘密被抓后，市局才打电话来问。

想归想，自己现在唯一能做的，就是尽力去查案子。她收拾好情绪，找出案发现场的地图，逐条规划着死者那天夜里可能走过的路线。

过了一会儿，安年领着南棠出来了。他对叶朋说：“你跟江海还有小黄，去一趟南棠女士的公司和家里，调一下案发前后两天的监控。”

南棠背着包，优雅地在安年身后站住：“谢谢你信任我，我同时也可以提供行车记录仪的视频。”

"也谢谢你的配合。"

"我相信看到监控记录后，你们就会放人吧？"虽是问句，但南棠的语气中显然带着一点压迫。

"我们会有判断，到时候会通知你的。"安年的回答十分官方，既反驳了她，又留有余地。

"好，我们两家都等着结果。"南棠笑着告辞。

目送着几个人走了，徐问雨才小声跟穆锦说："这个南棠怎么一点儿都不着急？我还以为她是来找安头儿闹的呢。"

穆锦摇了摇头："这种身份的人，是不会闹的，太难看了。"

"你说，微博上的料会不会是她发的？"

"不可能。你看她今天都没带律师，明显是不想把事情闹大。"

徐问雨撇撇嘴："我觉得刚才那些评论里有一句话说得挺对，特权在握的人，高高在上久了，平时装得再谦恭，骨子里的傲慢也是掩藏不住的。"

穆锦想了想，从兜里掏出手套戴上，对宋秋实说："等我一下。"

不一会儿，穆锦端着一个纸杯回来了。

徐问雨看着里面的半杯水，不解地问道："这是干吗？"

穆锦朝她挤挤眼："这是我刚才给南棠倒的水，比之前少了一点点。"说着她递给宋秋实，"你们试着提取这杯子上的指纹，和死者衣服上的再比对试试。"

"哦——"徐问雨拖长尾音，笑着给穆锦鼓掌，"你可真是个小机灵鬼。"

不久，安年就派了一组人到案发现场，准备利用人海战术，在现场和段珊珊家往来的路上，不间断地寻找潜在的目击者。

穆锦等人则再次联系了通信运营公司，要来了近一个月，包括戚兆廷名下的三个手机号和南棠名下号码的全部通信记录。看着厚厚的几十页纸，他们知道这无异于大海捞针，但段珊珊的通信记录里查不出任何问题，也只能从这二人下手了。

几个人耐心地查了一个上午，暂时没找出任何异样。穆锦站起来，一边活动着坐僵了的身体，一边溜达到了留置室前，透过单面玻璃往里看了看。

戚兆廷正坐在角落里，背对着门，头靠着墙一动不动，整个人仿佛静止画面一般，身上贵公子的气度也已荡然无存。

二队的侦查员杜查亮正站在他旁边说着什么，手里拿着一份盒饭。见对方无动于衷，杜查亮把盒饭放到一旁的桌子上，走了出来。

穆锦问看管员："他一直都这样吗？"

"嗯，不吃也不闹，问什么都不说。"看管员说。

穆锦叹口气，看了看表说："再没有线索，今晚恐怕就得放人了。"

"放宽心，线索早晚能找到。"杜查亮关上门，对看管员说，"你去吃饭吧，我帮你盯会儿。"

"不用了，杜哥。"看管员守了大半夜加一个上午，早就累坏了。但换班的人还没来，他只能坚持。

杜查亮拍拍他的肩："客气什么，我现在也没事儿，去吧。"

看管员这才麻利地收拾了一下，转头道谢："谢了杜哥，我 20 分钟就回来。"

看到杜查亮开始认真地"站岗"，穆锦不由得多看了他两眼。

杜查亮笑道："怎么了，信不过我？"

穆锦也笑了，摇摇头，转身朝办公区走去。她当然不是信不过他，只是觉得眼下压力巨大，连一向怠懒的"老油条"都变得积极起来。

刚回到工位，徐问雨就迎了上来："有个自称是戚兆廷朋友的人来了，罗队叫你去一号询问室。"

"这些人还真把咱们队当成他们公司了，走了个南棠，又来一个。"话虽如此，穆锦还是快步跑向了询问室。

打开门，罗立已经坐在里面了。询问室和讯问室设计大体相似，但椅子是沙发椅，没有那么压抑。

一个30多岁的男人正坐在桌子对面，一脸轻松。他长相一般，穿着也不出众，与戚兆廷看上去相去甚远。但他的眼神中，透出一种久经钱场的老练。腕上的手表，一看就价值不菲。

男人自称贺冲，在市房管局工作，是戚兆廷从小玩到大的好友。他这次来，是为戚兆廷提供不在场证明的。

“13号晚上10点到14号早上8点多，戚兆廷一直都在我家里。”罗立还没发问，贺冲就抢先说道。

“你们消息都挺灵通的？”罗立问。

贺冲一笑：“我上午有事儿找他，但联系不到，问了他的助理才知道的。”

罗立露出一丝意味深长的笑容：“根据我们的调查，戚兆廷13号晚从南家出来，就回了自己家，一直到第二天下午出差才出门，其间并没有去过别的地方。”

“啧，他嫌丢人，不好意思说。他那天在我那儿喝多了，就没走。”

“还有谁能证明？”

“就我俩。我家门口有监控，进门出门都录下来了。”说着，贺冲从随身的公文包里拿出一个硬盘，放到桌子上，“我都带来了，你们一看就知道了。”

罗立拿过硬盘，放到一边继续问：“他和你在一起，为什么会觉得丢人？”

贺冲听了，连忙一摇手：“别误会，我俩关系纯洁得很。他找我是跟我诉苦，为了他那个小女朋友。”

“和段珊珊有关？”

“对啊，你们相信我，他爱那女孩爱得不得了，不可能对她下手。”

穆锦问：“那他还跟别人订婚？”

贺冲看了她一眼：“两码事儿，那是他家里安排的。他跟段珊珊的事儿我都知道，我可以告诉你们。你们听了，就知道不是他干的了。”

罗立说：“请说。”

贺冲开始讲了起来："他们俩是去年认识的，算起来，快一年了……"

贺冲与戚兆廷是从小玩到大的好友，贺家与戚家曾一起做过生意，两家渊源颇深。

但贺冲是个异类，放着好好的家业不要，进了事业单位当了个小领导。用他自己的话说，就是家里两个哥，与其跟他们争，不如当个闲云野鹤。

去年下半年的某一天，戚兆廷从外地回来，顺路去房管局找贺冲。两个人闲聊了一通，又商量好晚上一起出去转转。贺冲还有个短会要开，戚兆廷便去他车里取了文件，准备在贺冲的办公室里边看边等他。

等贺冲开会回来，戚兆廷却根本没在看文件，而是站在窗前，看起来有些心神不宁，但又好像很高兴。

贺冲也没有多想，就拉上他去了会所，又约了另外几个朋友。但整个晚上，戚兆廷都玩得心不在焉。

贺冲看出了端倪，端着酒杯凑了过去："怎么了这是？一晚上了，也不说个话，在这儿干坐着。"

戚兆廷想了想，开口道："你帮我个忙。"

"什么帮不帮的，尽管说。"

"今天下午我在你们办事大厅看到个熟人，你帮我确定一下。"

"女的吧？"贺冲立即了然。

"你帮不帮吧？"

"帮，肯定帮。说吧，怎么帮？"

"她今天在你们那儿办事儿，3 号窗口，下午 3 点多。"

"行，等我好消息。"贺冲笑着说。

第二天一早，贺冲来到房管局，立即就按照戚兆廷说的，查询了前一日的业务信息。

结果显示，3 点至 4 点，3 号窗口一共受理了六项业务。贺冲简单翻了一下申请人材料，立即就找到了戚兆廷想问的人。

六个人里，只有一名是个 20 多岁的女孩，名叫段珊珊。她所办理的，是房产过户业务。

申请表的照片上，是一张十分清丽的脸，鼻尖一点美人痣。虽说和戚兆廷的往届女友们相比，算不上美艳，但有一种冷淡疏离的气质，即便隔着照片也很难不让人注意。

在贺冲的印象里，戚兆廷可没有这样一位熟人，不用问，这是他看上人家了。或许是吃多了大鱼大肉，想换换口味。

他立即给戚兆廷发去了信息，又拨通了电话。在他的逼问下，戚兆廷终于承认，自己昨天去取文件时，路过办事大厅看到了段珊珊，对她一见钟情，昨天一晚上都在想她。

贺冲相信，以戚兆廷的样貌和背景，什么女孩都不在话下，但这次，他并不建议戚兆廷那样做。于是，在他的支着儿下，戚兆廷假扮成房管局的工作人员，给段珊珊打了一个电话，告知她办理的房产过户手续不全，需要补交。

果然，这一着儿奏效了。段珊珊同意当天下午就去补交公证原件和户口信息。

下午，贺冲让出了自己的办公室，让戚兆廷假扮成办事专员，接待了段珊珊。

一切进展顺利，送走段珊珊后，戚兆廷看起来心情很好。他不仅得知了段珊珊办理房产过户的原因是父母车祸去世，还打听到了段珊珊在澳大利亚上学，目前在休学中。

当天，贺冲也见到了段珊珊。她穿着一件浅棕色风衣，面容白皙，长发柔顺润泽。整个人清清淡淡的，却有一股说不出的干净书卷气。这种独特的气质不多见，也难怪常年被花丛围绕的戚二少会看上她。

在戚兆廷的催促下，贺冲加急办理好了段珊珊的新房产证。约定好来取证那天，戚兆廷特意打扮了一番，再次假扮工作人员，在贺冲的办公室里接待了段珊珊。按照计划，他今天会约段珊珊一起吃晚饭，然后表白。

但贺冲等了一个下午，戚兆廷都没有联系他。眼看快到下班时间，贺冲以为戚兆廷直接带着新女友走了，忘了通知他。

等他回到办公室，一开门，却看见戚兆廷正呆坐在沙发上，神情萎靡。

贺冲一愣："这什么意思？没点头？"

见戚兆廷不答，贺冲吃惊道："不是吧，她眼睛是不是长火星上了？"

要知道，在天宁富二代的高阶玩家里，戚兆廷虽然比较低调，但也绝对是圈子里有名有姓的人物。一向都是女孩对他表白，他戚二少什么时候对女人表过白。而且，就算对方不认识这位天宁富豪榜顶流，也很难对一张不输明星的脸说不。

"她有对象了？"贺冲又多问了两句，结果戚兆廷突然站起来，气冲冲地走了。

这以后，戚兆廷没再提起过这件事儿。又过了一段时间，贺冲以为这件事儿已经成为过去时，戚兆廷却告诉他，自己一直和段珊珊有联系，而且对方已经成了他的女朋友。

贺冲追问他细节，戚兆廷只说段珊珊是难得的好女孩，什么都不图他的，还说只要她愿意跟着他，自己一定会好好对她。

"我上一次见到段珊珊是在 3 月份，戚兆廷的生日会上。"贺冲说着，拿出手机找出一张照片，递给罗立。

照片的背景为金色，装饰考究，一眼看去，全是金钱的味道。里面有男有女，穿着华贵又时尚。戚兆廷握着段珊珊的手，站在最中间。他看起来意气风发，眼中满含爱意。而旁边的段珊珊神情淡然，眼神疏离，与身后的觥筹交错格格不入。

不管怎么说，两个人站在一起，的确是一对璧人。

罗立问："后来呢？他们之间又发生了什么事儿？戚兆廷为什么要找你诉苦？"

贺冲叹口气："那天晚上他过来，说段珊珊因为他订婚的事儿要和他分手，我劝他该收心了，他什么也没说，一个人开始喝闷酒。喝多了以后，他说自己知道段珊珊根本就不爱他，一切都是他的错。我问他到底怎么回事儿，他就哭，说要解除婚约。说真的，我从来没见过他那样。”

“你的意思是说，戚兆廷认为段珊珊对他没有感情？”

“酒后胡言呗。他每次出差，都大老远给段珊珊买吃的带回来，还给她买首饰，买房又买车的，就是块石头，也得焐热了。”

“买房？”罗立问，“你知不知道地址在哪里？段珊珊住在那里吗？”

“不不，她都没要。你说她又不图钱，还跟二少在一起，不是爱他是什么？”贺冲解释道，“而且二少为了她都要解除婚约，怎么可能去害她。”

罗立想了想，说：“硬盘我们先留下了。如果你再想起什么，请立即跟我们联系。”

贺冲走后，穆锦问罗立：“您觉得这个人说的靠谱吗？”

罗立看着笔录说：“得看证据，不能光听他的一面之词。他来得太巧了，很难说不是戚家派来的。这样，你把这硬盘拿给施苒，让她看看视频与贺冲说的是否一致。”

“好。”

穆锦刚打开门，施苒猛然出现在眼前，两个人都吓了一跳。

施苒问穆锦：“罗队呢？有重大发现。”

罗立也走了过来：“什么事儿？”

“我们通过出租车司机提供的信息，找到了段珊珊13号早上的上车地点。”施苒说道，“还有，刚刚发现了那个流浪汉。”

两人跟着施苒来到办公室，施苒递给罗立一份记录，说明道：“段珊珊13号早上去茂林一墅时，出租车的上车点在临安街，那附近有两座高级公寓。段珊珊手机的最后通话定位点，也是在那一带。”

罗立点点头，立即打电话安排了一组人去临安街查访。

接着，施苒指着一处交通监控实时画面说：“10分钟前，情报研判室发现了一个疑似流浪汉的人，你们看看是不是他？”

穆锦定睛看向屏幕，只见监控上，一个矮瘦的男人正背着一个编织袋，手里握着根竹竿，穿梭在来往的电动车流中。高清探头下，男人头上的一顶红帽子颇为醒目。

想到小吃店老板的描述，穆锦毫不犹豫："就是他。"

罗立说："得把这个人带回来问问。"

施苒说："他现在在阳上街，我会用新上的天籁系统跟踪他的轨迹。"在她的操作下，那男人身上马上出现了一个小红框，被系统锁定。

罗立对穆锦说："走，跟我去找人。"

阳上街离北丰分局不远，不到20分钟的车程。脏乱差，是北丰人对这里的评价：车辆乱停乱放，路面破损严重，还有不少临时卖菜摊点，是北丰区最糟糕的一片老居民区。

根据施苒的提示，5分钟前那个男人出现在阳上街西边，然后就走出了监控范围。按照他的速度，应该没有走远。

两人在阳上街开了一圈，没有看到男人，于是停好车，准备步行查找。为了抓紧时间，两人分头行动。罗立在西边找，穆锦则到东边去碰碰运气。

东边是条叫不出名字的小街，街不长，除了一个公交车停车场外，街上常年被占道摆摊的菜贩车占据。

此时快到下班时间，街上聚集了不少买菜的人。在此起彼伏的叫卖声中，穆锦穿过一众摊位，从头走到尾，也没看到监控里那个身影。她擦了把汗，给罗立打了个电话，得知他那边也是毫无发现。

挂断电话，她转身往回走，再次扫视每一个摊位。

突然，她的视线捕捉到了一抹红色。

穆锦立时跑过去，只见一个戴着红色毛线帽的人，正蹲在一个熟食摊位后面，背对着她，身旁放着一个编织袋，上面还有一根竹竿。刚刚应该是被摊位车阻挡，才没看到他。

穆锦心中一喜，连忙绕到摊位车后，发现那人正端着一个泡沫餐盒，手里举着半个馒头，蘸着餐盒里的菜汤，吃得狼吞虎咽。

她走上前对男人说："你起来一下，有话问你。"

男人停下动作，抬头看向穆锦："啥？"

男人嘴角挂着菜汤，一只眼球上覆盖着一层白色膜状物，眼角还有两道红血丝。整个人怪异中又透着一丝憨气。看到他的样貌，穆锦更加确定这就是他们寻找的流浪汉。

"你之前是住在西边的宇豪时代里吗？"

闻言，那男人呆了一下，脸上闪过惊恐，扔下饭盒，猛地暴起推开穆锦，丢下自己的"家当"，夺路而逃。

他这一下力气不小，穆锦没有防备，被他推得一个趔趄，一只手撑在编织袋上才没摔倒。

不过，穆锦可不是吃素的，她当下跃起，朝着男人追了出去。

前面，男人虽然跑得跌跌撞撞，但速度一点都不慢。穆锦边跑边想：不是眼神不好吗，这跑得比我都快。

眼看跑到了路口，马路对面的罗立也看到了男人，追了过来。

前后夹击之下，男人慌不择路，拐向了另一条小路。就在他跑过一根电线杆时，忽然脚下一软，一个前扑倒了下去。

穆锦脚下加速，跑过去一看，发现由于路面凹陷，前面塌出了个浅坑，男人逃跑时没看清，直接被绊倒在坑里，摔了个狗啃泥。此刻，他正半趴在坑里，"哎哟哎哟"地叫着，但一看到穆锦和罗立靠近，又挣扎着起身，打算继续逃跑。

穆锦上前按住他："老实一点儿！再跑我可不客气了。"

男人被他按得又叫了两声，突然拧过身给穆锦跪下，又是磕头又是作揖："我再也不敢了！你们饶了我吧！房子我不要了，求求你们了……"

穆锦抓住男人的衣领说："起来，跟我们走。"

男人赖在地上又哭又喊："我不走，不走，我保证再也不闹了，求求你们了。"

穆锦只好掏出手铐："走，跟我们回去接受调查。"

男人撒泼道："快来人啊！杀人啦！"

穆锦怒道："杀人的是你吧？心里没鬼，跑什么跑?！"

被提起来的男人扭动着身躯："放开我！你们到底要干啥？我都不闹了，你们干啥还要弄我。"无奈，穆锦的力气太大，他怎么都挣不脱。

罗立问："你叫什么？"

男人说："你们都知道还问我干啥？"

穆锦拎着男人，对罗立说："罗队，先把他带回去再说吧。"

男人又拼命反抗起来："我不去，你们又要害我，放开我……"一直到车驶入分局大门，男人都还在求饶。

令穆锦意外的是，发现自己被带到公安局后，男人倒是安静下来，开始询问自己被抓的原因，也告诉警方自己的本名叫樊令达。

采集指纹后，穆锦将他带到了留置室，自己则和徐问雨一起，查询樊令达的个人信息。

不查不知道，这个樊令达居然在四年前，被复兴路派出所拘留过。起因是宇豪时代未能如约交付房产，他带领一群业主，跑到工地上去闹，并和当时看守工地的人打了起来。他把其中一名工人打伤，赔了医药费不说，还被拘留了五天。

穆锦恍然大悟："原来这人真的是业主，怪不得抓他的时候，他说房子不要了。"

徐问雨问："能买得起房，怎么会沦落成流浪汉？"

穆锦回答："不知道。不过他看到我们吓成那样，嫌疑很大。"

调查段珊珊住处的小组还没回来，经过商议，罗立决定在戚兆廷拘传时效到期前，突审樊令达。

讯问室里，樊令达的鼻子和脸都在逃跑时擦破了，很是狼狈。但他在讯问前吃了分局配发的饭菜，挂了彩的脸上，又混杂着吃饱喝足后的满足感。

樊令达承认了自己被拘留过的事儿，并解释称，自己当时是走投无路，才失手将人打伤。

他早些年当过泥瓦匠，老家的地拆迁以后，他就来天宁闯荡，加入了一个装修队。

七年前，他拿出了老家的拆迁款，定下了当时炒得很热的宇豪时代里的一间小底商，想着等房子建好后，就开一家装修公司。届时小区里将会有大量新房等待装修，生意肯定不用愁。而且，就算生意不如意，他也可以用房子做长期投资。

一切都规划得很美好，然而天有不测风云，本来承诺三年完工的宇豪时代，在第二年时突然停工，交付遥遥无期。

在多次与开发商讨要说法未果后，樊令达和几个业主一怒之下，跑到工地上去闹，结果起了冲突，被抓进了派出所。

祸不单行，不久，他所在的装修队也出了问题，老板被人告了，装修队就此解散。正当他打算再找出路时，突然在大白天昏倒在地。

被送到医院后，他被诊断为脑膜瘤。幸运的是，肿瘤是良性的，医生建议立即手术，否则很可能对视力和运动造成严重影响。

手术后，樊令达又进行了半年多的康复，在花光所有积蓄后，他出院了。

因为手脚不如以前灵活，记性也变差，他再找工作时屡次碰壁。花光了存款，又没有收入，他知道就算将来宇豪时代盖好，自己也付不上尾款了。

他无处可去。在发现宇豪时代空置且无人看管后，他搬进了那里，开始了流浪的生活。

讲述完，樊令达摘下头上的帽子，露出了参差不齐的头发。他的右耳往上缺了一条头发，裸露着灰白色的头皮。

他讪笑着指着那块头皮，以比一般人说话慢两倍的速度说："开刀以后，这里头发就不长了，头还老觉得凉飕飕的。"

罗立问："你的眼睛怎么回事儿？"

樊令达睁大病变的眼睛，慢慢说道："瘤子原来就长这后面，手术完前两年没啥事儿，后来眼睛就开始不舒服，现在也瞅不见了。爱咋咋吧，我没钱再看了。”相比于被抓时的惊恐，他对待失明的眼睛倒有一种视死如归的无奈和淡然。

“你住在宇豪时代里多久了？”

“记不得了。求你们放了我吧，我保证以后再也不去那儿了。”看来，他以为自己被抓是因为偷住在宇豪时代。

“找你的时候你为什么跑？”

“我害怕……”

“怕什么？”

“……”

“你回想一下，这个月 13 和 14 号，你在哪里？”

樊令达摇摇头：“记不得。”

穆锦提醒道：“就是上周五，四天前。”

然而樊令达还是说：“记不得了。”

穆锦拿出段珊珊的照片：“见过这个女孩吗？”

辅警将照片递给樊令达，后者眯起眼仔细看了看，突然扔掉照片，又喊叫起来：“我错了，我再也不敢了！我错了……”

罗立和穆锦对视一眼，沉声道：“你对她做了什么？”

“别抓我，我错了，我真的什么都不知道……”樊令达情绪激动，开始变得语无伦次。

过了好一会儿，他才安静下来，依旧用手捂着头，不停颤抖着。

穆锦黑了脸：“你最好老实交代，别以为装疯卖傻就能蒙混过关。她几天前被发现死在了宇豪时代，就是你住的那栋楼里。是不是你干的?！”

樊令达抬起头，那只覆盖着白膜的眼睛紧盯着她：“她，她死了？”

穆锦心存怒火，恨不得过去揍他两拳。一旁的罗立却语气轻松地对辅警说：“不说算了，带他下去先拘留三天。对了，别给他饭吃。”

这一招儿果然奏效，樊令达立马求饶道：“我说，我说，不是我不想告诉你们，我是怕那王八蛋开发商又来害我。你们说的这个女的，我是前几天夜里头见过一次。”

樊令达磕磕巴巴道：“前几天晚上那人又给我拿饭吃，后来我很困睡着了。也不知道是啥时候，我好像听见有人说话，然后有人推我，给我推醒了。我睁眼一看，周围黑乎乎的，啥也看不见。但是听到有人跟我说，‘快跑，快跑’。我这头特晕，根本使不上力。结果有人一下子给了我一巴掌，又对我说‘快下楼，快跑’。”

罗立问：“谁给你拿饭吃，是照片上的女孩吗？”

“不是。有个人老是天黑了给我拿饭吃，那些日子，我都没怎么去找饭。”

“什么时候的事儿？男的女的？”

“女的，有一个来月吧。还跟我聊天，问我为啥住那里。”

“形容一下她的样貌特征和年龄。”

“嗯，个子挺高，和这位小警官差不多吧。”樊令达伸手比画着，用脑袋指了指穆锦，“老穿身黑衣服，一直戴着帽子和口罩，说话有口音，挺怪的。年龄的话，感觉二三十岁吧。”

“她每次都是天黑以后出现？”

“嗯。”

“你都跟她说过什么？”

“也没啥，就说我买了这儿的房子，但现在工程烂尾了，没地儿去，所以住在那儿。她说他们家也是受害者，我问她买在哪栋了，她说她也不知道，爸妈买的。他妈的，肯定是假装的，就是那破开发商找人害我，他们又不是没做过。”

“那天晚上到底是怎么回事儿？讲清楚。”

“就是……那姑娘把我抽醒了，我一看，妈呀，我就躺在一块水泥板上，一眼就能瞅见下面，老高了。”

“扶你起来的人长什么样？看清了吗？”

樊令达指向段珊珊的照片：“看清了，当时有月亮，就是她。我刚起来她就说啥‘她回来了’，然后又叫我躺下，还跟我说一会儿她说跑，我就赶紧跑，楼梯就在左边。我也不知道到底发生了啥，琢磨着可能有人害我，给我吓的。但是当时晕乎乎的，心里有劲儿使不上，就听她的了。

“然后真的有人来了，那人一说话我就听出来了，就是那个给我拿饭的女的。她俩叽里咕噜说了一通，差点吵起来。然后我就听见抽醒我那姑娘说‘快跑’，我就赶紧爬起来，按她说的摸到楼梯，往下跑。”

他说着，还拉起自己的裤脚，给罗立和穆锦看上面的一个肿包：“当时我还摔了个跟头，疼死我了。但我感觉有人追我，就没敢停。等我跑出去一看，才发现我刚才就在我住的那栋楼里。我怕被追上，拼命地跑，鞋都差点跑没了。我跑到一个垃圾站躲了两天，今天才上街，结果就被你们逮了。”

在这段语无伦次的叙述中，穆锦觉得渐渐摸到了故事的触角。怪不得在阳上街追樊令达时他会吓成那样，原来是杯弓蛇影。

罗立问：“当晚除了她们两人以外，还有没有其他人？”

“好像没有。”

“她们俩是什么关系？你说她们吵架，在吵什么？”

樊令达认真想了想：“我当时可晕了，根本听不清她俩说啥，但我感觉她俩指定认识。帮我那姑娘说不能害人、要报警啥的，拿饭的女的说啥东西录下来了，好像还说了要网上曝光……对对，她说只有死人才会被重视。唉，我真的没想到，帮我的这姑娘会死……”

“你有没有听到她们叫对方的名字？”

“没有。”

“如果再见到那个给你饭的女人，你还能认出来吗？”

“应该能。”

穆锦问：“你为什么认为是开发商想要害你？”

“因为，”樊令达咽了口口水，“我被他们找过。就是前些年闹过以后，有人来找我，告诉我如果再闹，就断我一条胳膊。而且除了他们，谁会弄我一个残废。”

“你为什么不报警？”

樊令达眼露悲戚：“有啥用嘛！最后受欺负的，还不是我们这样的。”

罗立说：“如果你说的情况属实，我们不会不管的。你再认真想想，那个给你饭的女人，第一次出现是在什么时候，你们之间还说过什么？”

“好像第一回就是在院门口，她问我里面有没有别人，我说没有，她就进来了。我问她干啥来的，她说家里买了房一直没建好，过来看看。还说晚饭买多了，问我吃不吃。然后我就跟她聊了几句，还劝她说有个集团收购了，估计明年就又盖上了。后来她就隔三岔五地过来一趟。”樊令达咬了咬嘴角，“我是真没想到，原来她是憋着坏心思要害我。他妈的，她指定是新开发商派来的，怕我不走影响他们，想弄死我。”

穆锦拿出南棠的照片：“见过她吗？”

樊令达瞪着他的那只好眼看了看，摇了摇头。

之后，穆锦将樊令达给出的线索整理了一遍，并反复问了他几个关键问题，没有前后不一致的说辞。不过，樊令达的嫌疑暂时还不能排除，罗立安排他暂留：“我们会给你提供伙食，保障你的人身安全，再想到什么尽管说。”

樊令达如释重负一般，跟着辅警走了。

得到了新线索，穆锦有些兴奋：“如果樊令达说的是真的，那杀害段珊珊的凶手，肯定就是给他送饭的女人，而且是段珊珊的熟人。”

罗立沉吟道：“看来，凶手原本的目标是樊令达。”

“段珊珊会不会也是凶手的目标之一？”

“不会，凶手通过送饭聊天接近樊令达，很明显是有计划的。段珊珊有可能还是帮凶。”

“为什么？”穆锦不解。

“首先，樊令达说他躺的地方很高，跑出楼以后，才发现是他所住的那一栋，说明那里很可能就是段珊珊坠楼点所在的六楼。他还说吃了饭后睡着了，醒来就在那里了。说明他并不是被骗到六楼的，而是被凶手下了药弄上楼的。你想想，樊令达好歹也有一百三四十斤，就算凶手是个高个子女人，背一个昏迷的大男人上六楼，还是很吃力的。”

“所以说，樊令达是凶手和段珊珊一起抬上楼的？”

“很有可能。但段珊珊后来突然改变主意放走了樊令达，惹怒了凶手，所以成了替死鬼。”

穆锦若有所思：“单独一个女人也可以的。樊令达也就跟小黄差不多，我觉得我背小黄跑着上六楼都没问题，一会儿我就找他试试。”

罗立轻轻一笑：“你属于天赋异禀，万里挑一。”

“也是。”穆锦有些不好意思，“还有樊令达说是开发商要害他，您觉得可能性大吗？”

“叶朋他们还在查南家那条线，但我觉得可能性不大。如果觉得樊令达碍事儿，他们会找人把他赶走，但不会找个女人，还布局那么久，更不会在楼里闹出命案。我更倾向于凶手也是烂尾楼的业主，出于某种目的，想要杀死樊令达制造舆论。段珊珊认识的人里，有没有这么一个人？”

“没有。除了戚兆廷，段珊珊回国以后只跟姑姑偶尔联系。有个租房中介的人说段珊珊在静苑区租了一套房子，手续办好了，但还没入住，别的他们就不知道了。”

“看来还要从戚兆廷下手，他应该知道。可那小子油盐不进，什么都不说。”

“但我还是想不通，”穆锦又问，“宇豪时代被南疆收购是好消息，凶手是业主的话，为什么要出来搅局？”

“这点我暂时也没想到。这样，你去查查这些年和宇豪时代有关的新闻，特别是关于业主的，或许能找到线索。”

"好。"

穆锦刚站起来，一名侦查员推门走了进来："罗队，二组半个小时前来的电话，找到段珊珊的住处了，正在搜查。"

三个小时后，同样的讯问室里，审讯椅上的人变成了戚兆廷。

"戚兆廷，现在是对你的第三次讯问。"穆锦说。

戚兆廷微微向上扫了一眼，继而目光下移到一角，一句话也不说。

"你以为什么都不说，我们就查不出来了吗？"穆锦提高了声音，说完，拿出了两个透明证物袋，向前举高，"认识这是什么吗？"

戚兆廷抬头看了一眼，见里面装着两个白色的药盒。仔细看了几秒钟，他才摇了一下头。

"这是我们在临安街36号，派瑞顿公寓2809室里找到的。"穆锦说。

戚兆廷的表情开始有了细微变化，他问："这是珊珊的？"

罗立说："我们已经搜索过那里，找到了你留下的大量指纹和生活痕迹。对此，你有何解释？"

戚兆廷承认说："没错，珊珊就住在那里，我也经常去。"

穆锦仍旧举着那两个证物袋："我们还找到了段珊珊的病历，处方显示，她一直在服用几种药物，这是其中最主要的两种。"

戚兆廷茫然地看向她。

"你不知道？"

"她，她为什么要吃药？"

"看好了，这两种药一个叫舍曲林，一个叫劳拉西泮片，是用来治疗抑郁症和焦虑症的。"穆锦走过去，把两个证物袋举到戚兆廷面前，紧盯着他说，"你一直都没发现，对吗？"

戚兆廷显得有些慌乱，不敢再去看那证物袋。

穆锦压低声音："但是她体内并没有检测出这两种药物的残留，说明她至少停药一周以上了。同时，我们还在她家里，发现了另一样东西。”

她走回讯问台前，拿起另一个证物袋，走回来，“啪”地扔在戚兆廷面前，说：“我估计你也不认识这个，但你还是该看看。”

戚兆廷低下头，见面前的桌板上，躺着一个中等大小的药盒。药盒上写着爱乐维，盒子上画有一个怀孕女人的侧影。

穆锦的声音再次响起：“这是叶酸，给孕期的女人补充维生素的。我们看了一下，她大概吃了一半，也就是五周。”

“五周？”戚兆廷喃喃地重复道。

“她必然是知道自己怀了孕，为了孩子才停了药。可是她服用的这些抑郁症药物，如果突然停药，会有停药反应，最明显的就是易怒和焦虑。这些你都没有发现吗？”

“我，我……”戚兆廷语塞。

“你口口声声说爱她，结果既不清楚她有抑郁症，又不知道她怀了孕；而你，为了风光的婚姻和事业，弃她于不顾。你说，她恨不恨你？”穆锦居高临下地看着他，目光冷冷的，没有一点温度。

“我没杀她……我真的，是真心喜欢她的。”

穆锦提高了声音：“戚兆廷，就算你不是凶手，但你这样什么都不说，就等于是在帮凶手。”

戚兆廷抬起头看着穆锦：“只要你们能让我再看看她，我就都告诉你们。”

穆锦用询问的眼神看向罗立，后者点了点头。

事实上，从南、戚两家及贺冲带来的监控记录来看，案发当晚，戚兆廷在南家参加了家宴，结束后就径直去了贺冲家里。第二天，南棠只在自己家和公司间往返，而戚兆廷则从贺冲家离开，回了自己家，之后前往奥州市。

南棠在纸杯上留下的指纹，经过比对后，也排除了她本人作案的可能。而樊令达的指纹也并非段珊珊衣服上的那组。

所有证据都表明，凶手另有其人。

第三场讯问，是大队在到期释放戚兆廷前的全力一试。

就在戚兆廷被带去法医室后不久，文竹拿着一个透明证物袋走进了讯问室。

那里面是一部几年前上市的手机，已经用得有些旧了，上面还挂着一个干花做成的手机挂件。这是勘查队在段珊珊家里找到的，已经给手机充电解锁，但里面除了最基本的功能外，其他软件一概全无，通讯录中也仅有寥寥数人。

文竹将证物袋递给罗立："5 分钟前收到了一条短信，您看看。"

罗立接过去，穆锦也凑近了去看，发现屏幕上有一行字："片子已剪好，预计下周一发布。"

发来短信的人署名为"侯蕊"。罗立翻看了一下，除这条信息外，还有一条历史记录，写着"明天 10 点到"，时间在三个月前。

穆锦疑惑："这是什么意思？"

罗立说："打过去问问就知道了。"

一阵嘟声后，电话被接通。罗立询问了对方几个问题，特别是强调了那条短信的内容后，眉头微微舒展。

挂上电话，他对穆锦说："再叫两个人，跟我去一趟派瑞顿公寓。"

位于临安街的派瑞顿高级公寓是一栋高层塔楼，采用酒店式管理，公寓内设施完备，连要买的东西都可以委托生活管家代办，足不出户就能满足生活所需。当然，每月的租金也令人咋舌。

一行人乘电梯来到三层，按响了一户的门铃。

门开了，里面站着一个戴着眼镜、穿着家居服的女人。虽然有所准备，但看到门口站了这么多名警察，她还是显得很局促，面上也露出担忧。

罗立给她看了工作证，又说明了一遍来意后，女人把几人让进了屋里。

房间的装修很雅致，众人接过女人递来的鞋套穿上，才踩着柔软的地毯，跟着她走进了唯一的房间。

房间里挂着一块巨幅背景布，旁边立着补光灯和三脚架，各类摄影摄像器材散落于房间各处，连床上也不例外。

女人拔下连着某个设备的数据线，拿起笔记本电脑对罗立说："都在这里面，还是去客厅吧，这里坐不下。"

回到客厅后，女人向他们简单介绍了自己。

她就是侯蕊，今天也是她给段珊珊发的信息。她原本的工作是金融理财师，两年前患上抑郁症后，就辞去了工作，开始治疗。

治疗期间，她开设了一个账号，通过摄影在网上分享她得病以后的心路历程。

幸运的是，她的病情在去年有了好转。同时，她的账号也积累了可观的粉丝量。根据一些粉丝的建议，她决定专门拍摄抑郁症人群，以访谈纪录片的形式呈现出真实的抑郁症患者生活，提升人们对这个群体的关注和理解，减少偏见。

段珊珊，曾是她的拍摄者之一。

因为樊令达曾提到凶手是个女人，侯蕊又和段珊珊住在同一栋楼，所以罗立格外谨慎，上来就询问了侯蕊在案发时间段里的行动轨迹，并观察她的反应。

侯蕊翻了翻日志，又认真想了想，表示那晚她和助理在一起，两人通宵剪辑片子，一直工作到凌晨。

在记下助理的联系方式后，罗立又问："你说曾拍摄过段珊珊，是在什么时候？"

"5月份，在她家里拍摄的。"

"你是怎么认识她的？"

"一开始是在楼下的咖啡厅里见过她。因为她太美了，身上有种很特殊的脆弱感，所以我一下就记住了。后来有一次，我看到她坐在外面的花园里哭，就过去安慰她，看到了她袋子里的药盒。因为我本身也在治疗，所以知道那些药物的功用，就和她讲了我的经历。我们两个人就算认识了。"

“你有没有见过她和别人在一起？”

“没有，她基本上都是独来独往。哦，不过她有男朋友，我见过一次。”通过侯蕊的描述，他们得知她口中的男朋友指的就是戚兆廷。

“你最后一次看到她是在什么时候？”

“一周多前，我下楼买面包遇到她。我告诉她片子快剪好了，让她来我家看看。她也答应了，可是之后却没来。”侯蕊说完，又指着客厅一角挂着的、用干棉花和松枝做成的小花环，说，“这个还是她送我的。”

“可以给我们看下你拍摄的录像吗？”

“没问题。”侯蕊说着，打开了播放器，“我问了她好几次，她才同意拍摄的。”

屏幕乍亮，画外音乐渐起。几个人都聚拢到电脑前，屏息盯着画面中的女孩，那个他们无比熟悉却丝毫不了解的女孩。

第十四章／独角戏

“我叫珊珊，23岁，现在休学中。被诊断患有抑郁症三年，慢性焦虑症一年。”

一个清丽的女孩出现在镜头前。她穿着一条白色的连衣裙，长发垂顺，靠着软垫坐在一扇大飘窗前。阳光洒在女孩身上，形成了天然的弧光，将她身上美玉般清透的气质勾画得无比出众。

能看出来，女孩面对镜头还是有些羞涩。她双手交叉放在腿上，露出一个淡淡的笑容。

“第一次发病时，我还在上高中，当时并没有意识到自己生病了，还是经过室友的提醒，看过医生后才知道自己得了抑郁症。”

画外音问道：“你平时都做些什么？”

“看书，收拾房间。医生说让自己忙碌一些，会对病有帮助。”

“最近感觉有好转吗？”

“嗯。大部分时候都能控制住，偶尔还是会控制不住地尖叫，要很长时间才能平复下来。之后就会很疲惫，会安静很久。”

“你的父母知道吗？”

段珊珊垂下眼：“不知道，他们已经去世了。”

“你是因为抑郁症才休学的吗？”

“不是，因为我父母车祸的事情，肇事方的运输公司扯皮，所以我回来打官司。”

“官司打完了吗？”

段珊珊如释重负般点了下头：“肇事司机被判了八年。去年出事后，我又患上了焦虑症。”

“能形容下那种感觉吗？”

段珊珊的眼神有些茫然：“感觉自己像深海里的鱼，感觉自己快要窒息了，可是并不会死，只能一直在海底徘徊。”

“发病的时候，你男朋友会在身边陪伴你吗？”

段珊珊摇了摇头：“他不知道我生病了。”

“为什么不告诉他？”

“没想过告诉他。”

“他对你不好吗？”

段珊珊看向镜头外：“他对我挺好的，但是我们不合适。”

“你还有别的朋友吗？生病了是需要有人陪伴的。”

段珊珊没有回答，只是低下了头。

接着镜头拉远，只有画外音还在继续：

“珊珊告诉我们，她曾经的一个好朋友帮助她走出了抑郁症的困扰，但后来两人失去了联系，珊珊非常痛苦，一度想要自杀。在经历了近一年的治疗后，她的症状才有所减轻。

“不久，在父母突然去世的打击下，她原本有所好转的抑郁症再次复发，她开始出现了严重的失眠焦虑。而自小出国留学的她，在国内也几乎没有朋友。治疗之外，她每天都待在自己的公寓里，通过看书、做干花来排遣情绪……”

视频中记录了段珊珊的一些生活琐事，包括她下厨给拍摄组做了一份意大利面，并自嘲说自己只会做这些。她坐在窗边，优雅地吃着饭，不时聊起童年的一些事情，看起来与常人无异。

之后，她还展示了自己做的各种干花，几乎装饰满了她的整个卧室。与常见的不同，她制作的干花大都色彩浓烈，比鲜花还要绚烂，犹如掉进了凡·高的调色盘。其中一幅用大朵干花制成的画，就挂在飘窗旁，明媚浓艳。段珊珊给这幅画命名为“夏日极光”。

她说之所起这个名，是因为她一直想去看极光，可是阴差阳错，计划了几次都没能成行。

当镜头再次拉回段珊珊身上时，她已经抱膝坐在了飘窗的台阶上，正看向窗外的风景。夕阳的柔光勾勒出她单薄的侧影，显得楚楚动人。

“你在看什么？”

“在看我家。”段珊珊伸手指向窗外。顺着她指的地方，镜头里出现了极远处的一片红顶小楼。

画外音沉默了一会儿，问道：“你很想他们吧？”

段珊珊将头靠在膝盖上：“每天都想。”

“为什么不回家住呢？”

“不敢回去，特别是夜里的时候，总觉得听到我妈妈在哭。”

她拿起窗台上一部缀着干花挂件的旧手机，找到一张母女的合影，像是在对自己说：“我一直都用我妈妈的手机，想她的时候，就看看里面的照片。”

片子的最后，画外音问：“你对以后的生活有什么打算？”

段珊珊转过头来，再次看向镜头，露出一个微笑。

“回去把学上完，其他的还没想好，但是总会好的。”

画面暗了下去，在场的人看完，都没有说话。

大约是感受了众人身上的凝重气氛，侯蕊问：“段珊珊怎么了？”

罗立说：“她去世了，很有可能是被谋杀的。我们来找你，就是来调查线索的。”

侯蕊难以置信地看着罗立，微张开嘴，眼眶慢慢红了。

就在施苒告诉她视频暂时不要发布后，侯蕊犹豫了一下，说道：“我还有东西给你们看。因为是她的隐私，我没有剪进片子里。”

在一番查找后，侯蕊打开了一个文件："第一天拍摄过半后，她的情绪就崩溃了，不得不第二天再拍。如果有人杀了她，我觉得她男朋友嫌疑最大。"

画面中，当侯蕊问完她和男友的感情后，段珊珊突然用手捂住了眼睛，低声说："对不起。"

侯蕊走到段珊珊身边，搂住她轻轻拍着她的背，又在她耳边说着什么。过了 2 分钟，段珊珊才逐渐冷静下来。

侯蕊问："能和我说说吗？"

段珊珊轻轻点了一下头，开始低声和侯蕊说起话来。

因为说话声音小，侯蕊又将声量调大，对众人说："那天我们聊了很久，她给我讲了她男朋友的一些事儿。"

从侯蕊和段珊珊的交谈中，众人终于得知了发生在她与戚兆廷之间的事情。

去年，段珊珊在接到父母去世的噩耗后立即回国，一个人艰难地办理了各种手续。在办理房产过户时，她意外遇到了戚兆廷。之后，戚兆廷假扮成房管局的工作人员，给她办理了手续。

过了几天，当段珊珊去取房本时，戚兆廷和上次一样，表现得很热情。当她准备离开时，戚兆廷突然叫住她，对她表白，并承诺她只要和他在一起，一定会对她很好，想要的都买给她。

段珊珊以为遇到了变态，立即严词拒绝，还在纠缠中打了对方一巴掌。到家以后，她才发现自己的身份证没在退还的原件里。思来想去，她给戚兆廷发了一条短信，询问他是否能放到房管局的接待处，她第二天去取。

晚上，戚兆廷给她回了一条短信，同意了。

可是第二天一早，段珊珊发起高烧，没有按约定去取身份证。没想到到了下午，戚兆廷直接来到公寓找她。在对讲机里，她拒绝了对方进门的请求，并拜托他把身份证交给公寓管理员。

10分钟后，戚兆廷还是上楼来了。那时候，段珊珊还不知道他的真实身份，更不知道盛华集团还参与了派瑞顿公寓的开发，拿到员工门禁卡，对他来说易如反掌。

段珊珊坚持不给戚兆廷开门，但对方也很坚持，听出她生了病，表示要送她去医院。

最后，段珊珊还是没有给他开门，戚兆廷把身份证放在她的房间门口，离开了。

段珊珊又重新躺回床上，迷迷糊糊地睡着了。

睡梦中，她做了很多光怪陆离的梦。梦见自己回去上学，阳光明媚，她和朋友一起去徒步。突然，前面出现了一辆倾倒的大卡车，车下压着一辆轿车。她的爸爸妈妈坐在里面，两个人的头都以一种怪异的姿势向后扭着，成吨的砂石砸下来，他们一动不动，就那么直直地看着窗外的她。

一觉睡醒，她才发现天已经黑了。房间里已经暗了下来，她努力分辨了许久，才弄清自己身在何处。

她出了一身的汗，枕头也洇湿了一大片。坐了一会儿，她起身换了件衣服，戴上帽子，准备出门买些吃的。

一打开门，只见地上放着两个大袋子，靠墙处坐着一个人。那个人弯着腿坐在那里，上身却坐得笔直。

段珊珊刚要关门，却听黑暗里那个人说："饿了吧？"

是戚兆廷。他站了起来，活动着双腿，告诉段珊珊自己没有恶意，只是给她带了药和晚饭。看着她拿进去，他就走。

很长时间以来，都没有一个人如此关心过她，还在发着烧的段珊珊突然有点感动。她把袋子拿进屋，看见了里面的一个小药箱和两个保温桶。她关上门，小声说："谢谢你。"

之后的几天，戚兆廷都会准时送来"病号餐"，他每次都把饭菜放在门口，再发个短信提醒她，并不逗留。

到了第五天，段珊珊主动发短信告诉他，自己已经好了，不要再送了。

下午，她约了律师在楼下的咖啡厅见面。有关她父母车祸的案子，针对肇事司机的庭审就定在下周。

律师带来了一个不好的消息。他打听到，肇事司机所在的运输公司不仅不愿意赔偿，而且因为肇事司机是老板的亲戚，他们放话说法院有人，不会让他坐牢。

段珊珊很失望，赔偿不重要，她最大的诉求就是肇事司机能被判刑。不过律师说量刑他左右不了，但他一定会尽最大的努力，在民事赔偿上尽可能为段珊珊争取更多。

两人正在核对细节，忽然有个人径直走进咖啡厅，来到他们桌前。

戚兆廷提着一个纸袋，面露不悦地看着两人。显然，他又来送晚餐，并且看到了咖啡厅里的二人。“这是你男朋友？”戚兆廷问，“你病了那么多天，怎么也没见他？”

“跟你没关系。”

律师大概是闻出了火药味，给戚兆廷递上了名片，说明了自己的身份。戚兆廷看着桌子上一沓厚厚的文件，刚要拿起来，就被段珊珊按住了。

戚兆廷也没坚持，他把袋子放到桌上，让段珊珊吃饭。段珊珊对他的做法有些生气，她和律师另约好时间，起身回了家。

晚上，她整夜失眠了。一想到害死父母的人不用受到惩罚，她就备受煎熬。过了两天，她收到了戚兆廷的短信，他让她不要担心，该受罚的一个也跑不了。

两个月很快过去了。这一天，段珊珊得到了判决结果：肇事司机被判了八年，而另一被告方的运输公司也请求和解，并愿意支付赔偿款。

视频中，她睁大眼睛，努力不让眼泪流下来：“律师告诉我这已经很好了，在没有逃逸的情况下，已经算是顶格判了。两个人的生命，就只有八年。”

而且，律师告诉她，戚兆廷联系过他，了解了整件事情的始末。之后，戚兆廷不仅让人找了法院和肇事公司，还警告了后者，如果敢动用关系干扰司法，他有办法让他们被加重判罚。

段珊珊为了感谢戚兆廷，请他吃了一顿饭。这段时间的相处，让她相信对方并不是坏人。但当戚兆廷提出想和她在一起时，她还是拒绝了。

又过了不久，她从电视里看到了戚兆廷深夜截停肇事车辆，救了被撞者的新闻。

两天后，当戚兆廷带着特意从重山打包回来的小吃上门时，她开了门。

那天，戚兆廷告诉她，自己之所以在目睹车祸时决定出手，是因为想到了她的父母。

段珊珊在听到这些后，再也忍不住，泪流满面。戚兆廷坐到她身边，伸手揽住她，让她靠在自己肩上，轻轻抚摸着她的头发，说："只要你愿意，以后我就是你的家人。"

"后来，你就跟他在一起了？"侯蕊问。

"嗯。如果没有他，恐怕那八年的判罚也是奢望。"段珊珊说。

"所以你是因为感激他，并不是喜欢他？"侯蕊问。

段珊珊盯着墙角出神了一会儿，才说："我 13 岁那年我爸爸出轨，我妈妈每天都哭。我问她为什么不离婚，她说那样我就没有家了。从那时起，我就开始变得排斥和异性接触。高中时我发现，我只有和同性在一起才能感到自在舒服。后来，我谈过一个女朋友，但是因为她的家庭原因，我们分手了。再后来，我发现自己得了抑郁症。我不喜欢戚兆廷，并不是他的原因，而是我的问题。"

段珊珊说，和戚兆廷在一起后，她逐渐意识到了对方身份的不一般。戚兆廷会带她出入各种高级场所，还给她买首饰、买车，甚至直接拿来了一套别墅的钥匙，第二天又包机带她出去旅游。但是，段珊珊都拒绝了，他送的这些东西，她不需要。

她也曾努力想要贴近戚兆廷的生活，可是每当她接触他的那些朋友，听着他们聊的那些远离自己生活的话题，察觉到周围女孩们看她的眼神时，她就只想逃回自己的小屋。

她不得不承认，自己无论怎么努力，都没有办法爱上戚兆廷，生理上更是抗拒与他接触。亲吻只是蜻蜓点水，而对于他提出的更进一步的要求，则是直接拒绝。

而且，在相处中她也发现，戚兆廷的控制欲很强。他总翻看她的手机，而他不时流露出的那种高人一等的态度，也令段珊珊难以忍受。

终于有一次，段珊珊说想要回澳大利亚继续学业，并提出分手。戚兆廷大发雷霆，不仅拿走了她的护照，还告诉她，他不会让各大航司接受段珊珊的订票。

当晚，戚兆廷在参加完一个酒会后，又跑到段珊珊家里，借着酒劲，粗暴地亲吻她，并强行和她发生了关系。

事后，段珊珊在他怀里抖成一团，一语不发。戚兆廷不住地去吻她、安慰她，很快，就又变成了贪婪地吸吮。

自那时起，段珊珊变得不反抗也不迎合，好像全然放弃了自己。

令段珊珊记忆深刻的，是在一次欢愉过后，戚兆廷对她说："给我生个孩子吧。"

"不。"她在他怀中微颤。

戚兆廷以为她是害羞，伸手抚摸着她的腰身，狎昵地问："怎么了？"

"生个孽种吗？"

戚兆廷的手骤然停下，随即在她的腰上慢慢收紧，声音已明显带了怒意："你说什么？"

段珊珊冷冷地说："无情无爱无名无分，不是孽种是什么？"

"怎么就无情无爱了？你感觉不到我对你的爱吗？"

"呵。"

"至于名分，只要你想要，我随时都可以给你。"

"不想要。"——"走吧，去买戒指。"

两句话几乎同时出口。说完，两人都沉默了。

这之后，也许是出于报复，戚兆廷每次对她都很粗鲁，段珊珊痛得禁不住低低呜咽。事后，他又会买首饰来讨好她，但都被段珊珊扔出了门外。

终于有一次，段珊珊受不了崩溃大哭后，戚兆廷才放开她，搂着她说："我只是想永远陪在你身边。"

然而，戚兆廷食言了。两个月以后，他在父母的安排下，和南疆集团总裁的独生女南棠订了婚。

段珊珊讲述完，人已经平静了很多。视频中，侯蕊对她说："搬走吧，远远躲开他。他这么对你，会加重你的病情的。"

段珊珊点点头。

"你手臂上的伤，也是他弄的吗？"

段珊珊翻转手腕，镜头里，可以清楚地看到她的小臂上有好几条不深却触目的伤疤。

"不是。是大学时有一次发作得厉害，自己划的。那时候本来快好了，但是失去了一个好朋友，就又复发了。"

"是好朋友去世了吗？"

"不是，因为一些原因，我们分开了。"段珊珊抚摸着小臂上的伤痕，轻轻哼起了一段旋律。

"这是什么歌？真好听。"

"是那个好朋友写给我的。"段珊珊的双眸中涌起点点柔光，"前两天她又联系我了，没想到她也回国了。"

说完，她又哼唱起了那首歌。

很快，画面暗了下去，随着歌声的消失，视频也走到了尾声。全场又是一片安静。

过了半分钟，侯蕊愤愤道："她男朋友占有欲那么强，要是他知道珊珊一直都不喜欢他，很有可能对她下手。"

穆锦问："她说的那个联系她的朋友，你见过吗？男的女的？"

侯蕊摇摇头："没见过，我也不知道。"

回去的路上，施苒拿着拷贝的视频资料，红着眼睛说："太难受了，怀孕以后就听不了这些事儿。"

黄永山说："戚兆廷虽然垃圾，但对死者应该是真心的。"

穆锦完全不同意："要是真心的，他能转眼就和别人订婚？他这种人，只要是想要的，不管别人愿不愿意，也要攥在手里。钱不管用，他就攻心，不达目的不罢休。"

罗立则若有所思："段珊珊说的那个朋友，应该对她很重要，我猜是个女的。按时间来看，她们应该是在5月初联系上的。"

穆锦马上会意："回去以后要仔细筛查一遍她的手机。"

从法医室回来后再次坐到讯问室中，戚兆廷跟之前有了很大不同。他坐得笔直，直勾勾地盯着罗立和穆锦，眼神灼灼。

不等他们发问，戚兆廷就主动说道："珊珊是我见过的，最好的女孩，都是我对不起她……"

接着，他也讲了发生在两人之间的一些故事。在他的回忆里，他与段珊珊的相遇要美好太多。虽然一开始他也没有认真，但在得知段珊珊的遭遇后，他就心生了保护欲，也在相处中爱上了她。

当然，他也承认像他这样被美女追捧惯了的人，一次次在段珊珊那里吃了闭门羹后，因为挫败感和征服欲，做出过一些出格的事情，伤害了她。

看过纪录片的罗立和穆锦，全程都冷冰冰地听完了他的讲述，内心毫无波澜。

罗立问："你最后一次见到死者是在什么时候？"

"8月12日下午，在她的公寓里。"

"请你叙述一下当天都发生了什么。"

"那天，因为发现她背着我偷偷办了新护照，我去找她质问。"

穆锦问："她办自己的护照，需要经过你的同意？"

戚兆廷呼出一口气："我怕她回澳大利亚就会跟我分手。而且……我还在她的手机里安了定位。"

穆锦和罗立对视一眼，拿出段珊珊的手机，走到戚兆廷面前，举给他看："这是她的手机吗？"

戚兆廷点点头。

在这次讯问前，穆锦翻找了这部手机内的所有记录。奇怪的是，并没有找到那个神秘好友联系她的通讯记录。穆锦猜想，段珊珊应该还有另一部手机。而她在遇害前一天出门时，只带了那部手机。

"她还有另一部手机，你知道吗？"

戚兆廷脸上显出茫然，继而苦笑道："不知道，我只见她用这个。看来，我好像对珊珊的生活并不了解。"

"她的微信账号是什么？"

"她不用微信，也不用任何社交软件。"

"你回想一下，段珊珊认识的人里有没有一个女人，年龄比她稍大或差不多，个子很高。她们的关系应该很好，那个女人有可能是澳大利亚华人，也在天宁。"

"女人？"戚兆廷摇摇头，"珊珊不怎么出门，我也没听她提起过在天宁有什么熟人。"

说完，他又期待地问："你们是不是发现凶手了？"

罗立回答："还没有，我们需要你的配合。"

戚兆廷皱着眉，过了几秒钟忽然说："该不会是……"

"怎么？"罗立和穆锦同时问道。

"让我想想……"戚兆廷闭上眼，努力回想着 8 月 12 日下午发生的事情。

那天他进门时，段珊珊穿戴整齐，似是准备出门。戚兆廷强压下怒气，抱住她，问道："这是要去哪儿？"

"出去见个朋友。"

“哪个朋友？”

段珊珊很坦然：“澳大利亚的朋友。”

“男的女的？”

段珊珊看着他，忽然笑了：“你是不放心吗？”

戚兆廷刚想发作，却瞥见了段珊珊发间那个精致的珍珠发卡。那是她跟他在一起后，唯一一次主动开口要的东西。

他订婚前，他们也算是过了一段和谐的日子。他后来迫于压力订婚，一直都瞒着段珊珊，直到有一次他去见她，忘记了摘掉订婚戒指。但是段珊珊没有闹，只是淡淡地说：“知道了。”

不久前，他陪段珊珊去买了这个珍珠发卡，段珊珊也表现得很高兴。当晚他想要亲热时，段珊珊却以身体不方便推拒了。

戚兆廷并没有勉强她。在他心里，总觉得对不起段珊珊。

他心中发涩，搂住段珊珊，答非所问：“你上周是不是重新申请护照了？”

“嗯。”段珊珊并不遮掩。

“为什么？”

“我说过，总要回去把学上完。”

“你不问我是怎么知道的？”

“你认识的人那么多，我知道瞒不了你。”

戚兆廷努力让自己的语气温柔：“我不是说了，我会一直照顾你的，留在我身边不好吗？”

“你结婚之前，我们就会分开了。”段珊珊很平静。

“谁说的，谁说那之前就要分开？”戚兆廷故意避开了“结婚”二字。

段珊珊轻轻挣开他，走到桌边，整理着东西：“不然呢，要我继续做你的情人吗？”

“我……”戚兆廷一时语塞，半晌才问道，“为什么不行？”

段珊珊背对着戚兆廷，回答简单而有力：“我就是死，也不会再继续。”

戚兆廷脑中“嗡”的一声，失态地吼道：“这根本就是你的借口！我看得出来，我订婚了，你高兴还来不及。你就是想把我甩了，再找别人！”

段珊珊并没有看他，而是拿出一个东西放到桌子上：“你上次把戒指忘在角柜上了，别忘了拿走。”

戚兆廷低头看了一眼那枚崭新的黄金戒指。那是他母亲专程找老匠人手工打造的一对指环。他气不打一处来，伸手抓起来随意一丢，“当”的一声，戒指不知掉到哪个角落去了。

他扳过段珊珊的肩，盯着她：“你今天到底去见谁？”

段珊珊眼睛看向别处，没说话。

“你别以为我不知道。”戚兆廷眼中闪着怒火，一把抓过桌子上的包，语气中带着凉意。

段珊珊一滞，伸手拼命去阻拦戚兆廷。

可戚兆廷早已没了绅士风度，他一把推开段珊珊，从包里拿出她的钱包，从折缝中拽出一张照片，恶狠狠地扔到地上：“你给我说清楚，这个女的是谁?！”

褪色的照片上是两张青春的面孔，其中一个长发女孩鼻尖上有一颗小痣，正对着镜头展示她胳膊上的狮子文身；而另一个短发女孩则亲昵地搂着长发女孩，嘴唇亲在对方脸颊上，似有无限爱意。

自从之前偶然看到这张照片后，戚兆廷就起了疑心。即便是好友，这个亲密度也有些过头了。联想到段珊珊之前对他的冷淡和种种抗拒，他有了一种令他害怕的猜想。

段珊珊弯腰捡起照片，小心地握住，转身往玄关的方向走去。

这一举动更是激怒了戚兆廷。他一把抓过段珊珊，发疯般地抢过她手里的照片，三两下撕碎，冲到卫生间扔到马桶里，狠狠按住冲水键，直到那些碎片被冲得彻底不见。

等他回到客厅时，段珊珊已经换好了鞋，正打开门往外走。戚兆廷抢在她关门前，一把把她拉了回来。

之后，两个人在餐桌前对坐了很久，都沉默不语。直到客厅被夕阳浸满了暖黄的光晕，段珊珊才开口道："我一直都很感激你帮了我，可是我并不爱你。事到如今，我也不想再欺骗你的感情，你也不要为订婚愧疚。我们分开，对大家都好。"

戚兆廷只觉得嘴里发苦，说不出话来。

段珊珊勉强笑了一下："你既然决定和别人结婚，我们就应该结束。我爸出轨时，我见过最多的，就是我妈妈的眼泪。"

戚兆廷看向段珊珊低垂的睫毛，听到她说："我不想当一个，让别人流泪的人。"

戚兆廷睁开了眼睛，努力适应着头顶的白光，说："12 日下午我去找她时，她接过一个电话，时间很短。"

罗立问："她说了什么，你有印象吗？"

"没有，我当时在卫生间里，听到她在外面说英文，应该是在打电话。因为她说要出门见一个人，又不告诉我是谁，我们吵了一架。我当时正在气头上，没注意听她说的什么。"

"那她后来出门了吗？"

戚兆廷摇摇头："没有。"

"你记得大概几点吗？"

"下午三四点。"

穆锦找出段珊珊的通话记录，果然，8 月 12 日那天，这个号码下根本没有任何通话。

罗立又问："再想想，还有别的吗？"

戚兆廷思索着："对了。有一天晚上，我半夜醒了，发现珊珊不在旁边，但是卫生间里有说话声。我正打算过去时，她就出来了。我问她在跟谁说话，她说是在看视频。我当时也没多问。其实我感觉，她有可能是在打电话，因为她几乎不上网。"

“那是什么时候？”

“嗯，大概两个多月前。”

“最近这三个月，她还有什么奇怪的地方吗？”

“奇怪的地方……这两个月，她好像是变得有点儿奇怪。”

“怎么说？”

“珊珊不太爱说话，很多时候都是我说很多她才回一句。但是最近，我感觉她话多了，而且经常问起关于我家公司的一些事情，也顺带问过一些南疆的事儿。”

“都问过哪些，你好好想想。”

“就是问收购并购这些，但她问的都是已经对外公布过的，没有涉及机密，所以我也没在意。”

穆锦问：“她有没有问过你宇豪时代被收购的事情？”

戚兆廷低头想了想，说：“好像有。但那是南疆收购的，我本来就不太插手地产项目，只知道我爸那边有帮忙牵线。”

“收购时有没有产生过阻碍，比如去闹的业主？”

“这倒是没听说。”

穆锦又问：“据我们所知，收购价远低于市场价？”

戚兆廷摇摇头：“收购价我不清楚，我一般只参与星航那边的事务。对了，珊珊好像提到过天鼎地产，就是宇豪时代的原开发商。我还问她是不是买了那个烂尾楼的房子，怎么那么关心。她说没有，只是路过那里时看到了，随便问问。”

罗立问：“你和段姗姗的事情，都有谁知道？”

“和我走得近的朋友都知道，之前在我生日会上，很多人都见过她。”

“你觉得，她会不会和你的朋友另外接触？”

戚兆廷立即否定：“肯定不会，我朋友都知道她是我的人。珊珊她更不会。”

罗立对穆锦耳语了两句，穆锦当即走了出去，找到叶朋：“叶哥，罗队说让你去一趟经侦，让他们具体查查宇豪时代的收购案。重点查一下天鼎地产资产重组的根源，还有它们为什么低价抛售宇豪时代。”

“好。”叶朋在笔记本上快速记完，起身往另一栋楼走去。

穆锦回到讯问室时，安年已经来了，讯问也进入了尾声。

戚兆廷言辞恳切：“请你们一定要抓住凶手。可以有偿悬赏，如果经费上有问题，我来出——”

罗立打断了他：“我们有我们的流程，不劳你费心了。”

徐问雨将整理好的笔录拿给戚兆廷：“把这个签完，你就可以走了。”

戚兆廷却说：“我不走，我要等到你们抓到真凶后再走。”

安年毫不客气：“还是那句话，这儿不是你们家公司，不是你想来就来、说待就待的地方。你要是不走，今晚就得转去看守所。大少爷，不想走的话，可以去那边锻炼锻炼。”

戚兆廷似乎还想说什么，却生生咽了回去：“珊珊的遗体，你们会怎么处理？”

罗立向他说明：“等过几天，我们会通知死者家属认领的。”

“我，”戚兆廷犹豫着，“能不能让我来负责她的身后事儿？”

“这个不归我们管，你找家属商量吧。走吧，跟我出去。”安年说着，走过去解开了审讯椅上的手铐。

穆锦站在一边，看着跟在安年身后的戚兆廷，还是忍不住拦住后者：“等一下，我还有个问题。”

戚兆廷看向她。在和她对视的一瞬间，他忽然蹙了一下眉。

“你拿走她的护照，限制她的自由，明知道她不愿意，却还是强迫她。她是人，不是你的玩具。你说你爱她，可你有没有真正为她想过？”

沉默。

“无论你是不是杀人凶手，你都已经对她犯罪了。”

一个人的手握住了穆锦的胳膊，她不用看，也知道是安年。那是在提醒她，这件事情暂时到此为止。

几秒钟后，安年带着戚兆廷走了出去。

穆锦又兀自在原地站了一会儿，才走出了讯问室。

当夜，刑侦支队一间小小的办公室，被十几个人挤得满满当当。他们都凝神屏气，听施苒介绍着最新发现。

施苒指着一处监控画面，解释道："这是我们刚从夜间公交车上找到的路况画面，正好拍到了事发当晚这一段无监控的小路。虽然画质很模糊，但经过辨认和时间推断，可以确认这就是死者。"

画面很黑，随着公交车向前行驶，一直不断抖动着。很快，在画面左下角，出现了一个人的背影。

一个孤零零的背影在街边慢慢走着，时间显示为8月13日23点26分。

由于她穿的是黑衣服，又是背面，很难分辨出她到底是不是死者段珊珊。但她手中提着一个袋子，颜色很淡，在夜色中很醒目。

施苒指着那个袋子说："这和案发现场草丛里找到的橘色塑料袋很像。"

说着，她又将画面慢放到最高倍，"你们仔细看。"

画面几乎是在一帧帧地变化了。

穆锦认真看着画面，忽然发现，在段珊珊身旁的树影中，似乎还有一个人，和她并肩走着。那个人在画面边缘，也穿着一身黑衣，由于树影的遮挡，时隐时现。若不是高倍慢放，很难发现那个人。

施苒按下暂停键，调出几张已经截取处理过的图片："这是能还原出的最好结果了。"

图片上，那人像是戴着帽子，明显比段珊珊高出一截，却又没到戚兆廷的高度。

江海说："看这个背影，应该就是樊令达说的那个女人了。"

施苒又放出一段监控视频，接着说："这是我们搜寻了同时段所有监控后找到的，只有这么一小段，而且质量不高，没办法用天籁系统追踪。”

新的画面上，一个人的身影在路灯下一闪而过，从衣着看，就是和段珊珊走在一起的那个人。同样的深色宽松衣服，戴着帽子，低着头走得很快，步伐也大。

江海分析道：“这人跟安了监控雷达一样，几乎避开了所有摄像头，肯定是早有预谋。”

罗立对江海说：“给樊令达辨认一下。”

“是。”

江海刚走出去，徐问雨就跑了进来，对穆锦说：“帅哥找你，有要紧事儿。”

穆锦一头雾水地跟着她来到办公区，只见商落白正等在她的工位旁。还没等穆锦发问，他就把几页装订好的纸递给了她。

“这是什么？”穆锦接过来，看着最上面印着一个陌生的电话号码，下面写着“Summary”和“Detail”，再下面是日期和时间，以及一行行电话号码。

这看起来很像他们侦查时调阅的通信详单，上面已经被人用高亮笔标记出了几条记录。穆锦又往后翻了几页，基本上都差不多，时间跨度大概有四五个月。

“这是段珊珊澳大利亚手机号的通信记录。你说凶手是她的熟人，我就查了一下。”商落白说。

穆锦眼睛一亮，翻着记录：“我就说她还有个号码！怪不得我们查不到，原来她用的是澳大利亚的号码。你是怎么弄到的？”

商落白并没有正面回答：“有点麻烦，花了点时间。”

穆锦也没有多问，她当下找到 8 月 12 日那页，看到下午 4 点 12 分有一条呼出的通话记录，时长 1 分钟。

而这条记录后对应的电话号码以“+61”开头，机主名叫“Leona”。

她接着看向 8 月 13 日，赫然发现这个标注为“Leona”的号码，一共和段珊珊联系过三次，下午 3 点多呼出，晚上 10 点多呼入，晚上 11 点 15 分再次呼出。而且，这也是这份详单的最后三条记录。

时间刚好是段珊珊从茂林一墅离开前，答案不言而喻。

穆锦着急地问："这个 Leona 是？"

"是名字。这是一个虚拟的澳大利亚手机号，查不到记录，目前只找到了这个名字。"

"虚拟手机号？"

徐问雨搭茬儿道："这题我会。就是网络通信平台提供的号码。比如你在 S 平台上买了一个虚拟手机号，你用 S 平台的软件接、打电话时，对方就会显示这个虚拟号。一般国际贸易用得比较多，好多骚扰电话用的也是虚拟号，就是怕被查到。"

穆锦对她刮目相看："这样的话，咱们是不是就没办法用号码定位了？"

徐问雨两手一摊："应该是。"

商落白又补充道："如果能找到通信平台，就能从他们系统内部找出 Leona 曾使用过的 IP 或其他信息。但我找过知名的几家了，都不是。"

穆锦又翻了翻，她发现这个 Leona 最早是在 5 月 13 日开始联系段珊珊的。段珊珊的通话时长普遍不超过 3 分钟，但这条记录足有 23 分钟之长。

之后，她几乎每隔一两天都会跟段珊珊联系，十分频繁，直到案发当天。

穆锦激动道："这人就是段珊珊在视频里提到的那个好朋友，怪不得她会对她那么信任。"

商落白说："Leona 这个名字有狮子的含义。你记不记得段珊珊的文身？"

穆锦茅塞顿开："对，那个文身是一只狮子。而且她那些自残的割伤，也都在那文身附近。恐怕她们俩的关系，不只是好朋友那么简单。"

商落白又说："我已经让我同学去问了，看他们知不知道这个Leona。"

穆锦带着商落白回到施苒办公室，向罗立汇报了新发现，又询问了关于虚拟号码的事儿。施苒表示，国内的可以试试，如果是国外平台的话除非找到运营商，否则她也无能为力。

穆锦把段珊珊澳大利亚的手机号报给施苒，说："如果她的另一部手机在凶犯手上，说不定还能定位到。"

她刚说完，商落白就掏出手机，看了一眼屏幕上的来电显示，接了起来。他一边和对方说着，一边拿起桌边的笔，飞快在纸上写下一串英文。

等他挂上电话，穆锦迫不及待地问："怎么样？"

"我朋友说，他有个大学同学见过段珊珊和一个叫Leona的女人一起参加社团活动。那个Leona打扮得很有个性，所以他还有印象。但Leona不是他们学校的，只是在活动时见过几次，挺高的，是个华人，20多岁。"

办公室里的气氛立时活跃起来，紧接着，又一个好消息传来：经樊令达辨认，确定13日晚被公交车拍下的，就是那个给他送过饭的女人。

罗立当即圈定了嫌疑人特征："女，英文名Leona，年龄在22岁至32岁，身高175厘米至178厘米。澳大利亚华人或在澳大利亚生活过，父母曾购买过宇豪时代的房产，对周边环境熟悉。"

虽然信息还是比较模糊，但至少有了些眉目。

叶朋还没有回来，但经侦支队已经给他们发来了一份宇豪时代的房产订购名单。刑侦支队里灯火通明，十几个人不眠不休，开始连夜筛查这份上万人的名单。

不知过了多久，穆锦突然被一阵饭菜的香气吸引，胃立马抗议起来。她抬起头，见徐问雨正站在一张办公桌前，从桌上的袋子里拿出一盒盒饭菜，招呼道："来吃夜宵。"

"大半夜的，你从哪儿买的？"

“不是我，是你们家小朋友买的。”

穆锦环顾四周：“他人呢？”

“给罗队他们送饭去了。”徐问雨用手肘捅捅穆锦，“哎，你问问他考不考虑当警察？这又能帮忙调查，又提供后勤保障，咱们队里就缺这样的人才。”

穆锦没心情和她贫嘴：“先吃饭吧，吃完了还有的忙。”

黄永山也凑了过来，一起加入了“饭局”：“我刚去找施姐，她说死者的那个外国号码显示关机，暂时无法定位。不过她会一直监视那个号码的。”

“我现在担心，等咱们查到凶犯，她早跑到国外去了。”穆锦有些沮丧，她不断用筷子戳着米饭，实际上却没吃几口。

徐问雨给黄永山使了个眼色。黄永山会意，便问身边送饭回来的商落白：“对了，你回国以后，有没有去过别的地方？”

商落白说：“只去过北方几个城市和奥州市，你有推荐的地方吗？”

黄永山忙说：“有啊，你应该去我们西南看看，虽然比不上天宁，但生活特别安逸。我们那里雨水多，不像天宁这么干，而且空气好得很，很养人的。”一提起自己的家乡，他就打开了话匣子，滔滔不绝，“我小时候没搬到县城之前，就住在山脚下。到了花季，我每天晨跑的时候，感觉就跟在仙境里似的。你们有机会真该去看看，不比天宁大学差。”

徐问雨插话道：“好啊好啊，我也想去，我还没去过西南呢。”

“你们都来，我给你当向导。”

几个人说着话，气氛终于轻松了一些。

黄永山又说：“那天我们去戚家调监控，哎呀，有钱人就是不一样，光从大门开车到别墅门口，就要 5 分钟。”

徐问雨问：“他们家什么样？我听说有钱人家里都有电影院和图书馆。”

黄永山无奈答道：“反正房子比咱们大楼小不了多少，还有个大花园。但是我们都没进他们家，监控是从保安室调的。有个自称生活管家的人出来接待的我们，我们连戚家人的人影都没见到。”

“啧啧，架子摆得可真大。”徐问雨撇撇嘴，掏出手机说，“光吃饭太无聊了，我给你们找点儿好玩的视频看。”

穆锦说：“你搜搜看有没有宇豪时代业主闹事儿的新闻，这方面你最在行。”

徐问雨搜了一通：“没有，现在全是咱们这案子的新闻。”

穆锦问：“之前的热搜还在？”

“下午咱们的通告发了以后，那些带节奏的热搜就被撤了。”徐问雨翻找着，然后把手机拿给她，“你看，这是宣传部发的。”

蓝底白字的图片，清晰简单地介绍了案情，也对谣言做了部分解释，算是一份标准的警方声明。

这一次，网友的评论也和缓了许多，大部分都表示相信警察的破案能力，静待结果。当然，相对和谐的评论中，也有几条比较尖锐。

特别是被顶得比较高的一条：“建议好好查查这个宇豪时代，据说收购的时候不太光彩，都是私下操作，大大低于市场价值。”

她打开这条的评论区看了看，里面几乎是一边倒的支持。

徐问雨也伸过头来，奇怪道：“怎么又是这个人？”

“怎么了？”

“我记得上次带节奏的人里就有这个人，好像说戚兆廷是什么一丘之貉。他这名字很怪，所以我就记住了。这人是不是知道的有点太多了？这可不太像一般的吃瓜群众。快看看它的注册日期。”

穆锦点进那个账号，发现账号是在三个月前注册的，没怎么发过微博，却有不少粉丝。

徐问雨说：“以我混迹微博多年的直觉，这应该是个专业水军。”

穆锦看着那个奇怪的名字，念了出来：“‘欧墨尼得斯在人间’？这是什么小说或者电影里的人吗？”

"Eumenides."旁边一个声音说道。

见其他几人都看向自己，商落白解释说："这是希腊神话中复仇三女神的统称，分别为不安、妒恨和报仇女神。她们一般被叫作 Erinyes，也被敬称为 Eumenides，就是欧墨尼得斯。"

穆锦重复道："复仇？我记得樊令达说过，段珊珊被害那晚，他听到了她和凶手的争执。那个凶手说，要在网上曝光之类的。这个账号几次三番的操作似乎都是在引导舆论调查盛华集团和宇豪时代。"

黄永山说："戚兆廷不是说段珊珊也询问过他收购案吗？"

穆锦激动道："必须查查这个账号。"

几个人匆匆吃完饭，穆锦立即联系了微博的管理人员，要到了那个名叫"欧墨尼得斯在人间"的注册信息。

这是一个海外手机号注册的账号，未经过实名认证。她查询了该账号最近几次登录的 IP 地址，发现都显示在天宁市东营区。

随后，她又找到了几个在评论区给此人点赞评论的可疑账号，一一查询后发现，这些都是经过实名认证的账号。

早上，她按照账号注册用的手机号，挨个儿拨打过去。

起先，那几个人如出一辙，百般狡辩抵赖，说自己只是跟风评论，表示愿意删除评论。穆锦以前对付过这种水军，非常清楚他们的套路。她直接告诉对方，不愿意配合调查的话，会联系当地公安机关对他们进行拘留处理。

一听这话，几个人都傻了，有个女生甚至哭着说："警察姐姐，我还在上学，家里困难就接点任务刷单，我真的不知道这么严重。"

之后，几人告诉穆锦，自己是通过一个 QQ 群在线接单的，每单的报酬不等。而最新的这一单，就是今天下午群主放出来的。

那个吓哭了的女孩还给穆锦发了任务截图，内容很简单："关注微博账号'欧墨尼得斯在人间'，并在其最新发言下评论不少于 20 字。大量要人，1.5 元一个。"

其中一人还表示，他在两天前也接到过相同账号的类似业务。

得到这些信息后，穆锦很快就查到了那个刷单群群主的真实身份。巧的是，此人就在天宁，住址在东营区。

一个小时后，这个人就被“请”到了北丰分局。

他看起来 20 岁出头，还是个学生模样。还没等警方开口，他就主动交代了自己作为十几个水军群的群主，接单放单的全部事实。

他低着头，眼神闪躲：“去年毕业以后找不到工作，我就开始做水军。半年前我开始独立接单，然后再放单到群里。除了微博，还有好几个平台也在做。”

黄永山问：“一般你都通过什么渠道接单？”

“就是那些网络营销公司，偶尔也有小艺人的团队来找。”说起这些，他的语气中竟还带着一丝骄傲。

穆锦说：“说说‘欧墨尼得斯在人间’那个账号。”

“水军头头”想了想，说：“几个月前吧，有个人给我打电话，说是想让我给做笔单子。我问了下内容，听起来挺简单的，就报了价。对方也挺痛快就答应了，还跟我要了地址。”

“对方是男的女的？”

“女的。”

“之后呢？”

“没过两天，我就收到一个快递，里面有 5000 块现金。她说那是定金，让我先注册个微博号，需要的时候再找我。然后我就去收了个新号，改成了她说的账户名，就是‘欧墨尼得斯在人间’，帮她养号。”

黄永山不懂：“养号？”

“嗯，就是发一些原创的东西，避免被平台查封。”

穆锦冷笑一声：“还挺敬业。”

男生小声说：“虽然干我们这个不光彩，但也算是诚信为本，要做口碑的。”

穆锦不置可否：“别说没用的。之后呢？”

“前几天我又收到一个快递，里面有 1 万块钱。后来我接到电话，她说让我登录微博，在对应的话题下面回复，然后制造热度将评论顶上去。”

“今天下午的也是一样吗？”

“嗯，中午声明出来以后，她就让我去评论。其实我也有点儿担心，但一想也不是我的号，就做了。”

“她给你寄快递的单子还有吗？”

“没，没了，当时我就把包装扔了。”

其实不用问穆锦也知道，寄件人一定会用假名和假号码。

“对方的电话号码你有吗？”

“有，不过是个国外的号。”男生拿出手机，很快找出一个号码，指给穆锦看。

穆锦立即认出了这个“+61”开头的号码，正是 Leona 的虚拟手机号。她更加确定，段珊珊之所以会跟戚兆廷打听宇豪时代的收购案，是受这个 Leona 的指使。

这一切，都是真凶在布局。

“你见过那个人没有？”穆锦问。

男生摇摇头：“没有。”

她想了想，将批评教育的重任交给了黄永山，又火速去核实了一件事情，然后去找了罗立。

“我刚刚找了咱们抓到戚兆廷以后，曝出段珊珊手握戒指那条新闻的营销号。对方说自己是接到了一个电话，电话那头的人自称知道内部消息。除了戒指的事儿以外，还告诉她这件事和盛华集团的二公子有关。我查了下打给她的手机号，也是一个虚拟电话号码。我认为那次放出消息的不是咱们内部的人，而是凶手。”

听完穆锦的分析，罗立皱眉道：“看来咱们都犯了思维定式的错误，简单认为第一次舆论是宣传警的过失，第二次也是内部人放的气。没想到居然着了凶手的道。”

“我有一个想法……”

听了她的想法后，罗立说：“也不是不行，万一打草惊蛇，凶手躲起来，就更难查了。”

“可是离市局给的期限就剩两天了，光靠筛查业主名单太慢了。”穆锦话音刚落，又有人敲响了大队长办公室的门。

穆锦走过去把门打开，惊讶地对着门外的人问：“你怎么还没回家？”

商落白拿着笔记本电脑，对她说：“我有东西给你和罗队长看。”

穆锦并不是 IT 小白，她上过专门的网络实践课，学习过比较常见的反诈骗追查手段。但当她看着商落白电脑页面上的一行行代码时，还是觉得眼花缭乱。

不过，商落白的话令她为之一振：“我找到给 Leona 提供虚拟号码的平台了，是澳大利亚的一款通信软件。她每次使用时，后台都会记录下她的 IP 地址。”

说完，他就复制了页面上的一串字符，打开一款软件，直接复制搜索，然后对罗立说：“这是她最近一次使用时的 IP 地址，在宝亭区的三庆街一带。”

罗立认真看了看地图软件上出现的小红点，问：“这个准确吗？”

“不会像 GPS 那么精准，误差一般在 500 米到 1000 米左右，有时候还会发生位置偏移。但从最近几次的 IP 记录来看，她一直在天宁市。”

小会议室中，所有人都围在录音设备旁，拿着耳机监听。“水军头头”接到安年的眼神示意，咽了口口水，按下了早已准备好的号码。

电话响了很久，都没有人接，自动挂断。

安年说：“再打一遍。”

“嘟——嘟——”

就在他们以为又要自动挂断时，电话被接通了。

一个低沉的女声响起："喂？"

男生用准备好的话术说："你好，我是那个帮你养号的。"

"我知道，什么事？"对方的声音里带着警惕。

"就是跟你说一声，你让我发的我都弄好了。"

"我看到了。"

男生卡了一下："还有我想跟你说一下，这事儿好像闹得有点儿大，回头要是封号了，再弄新号还得再加钱。"

"嗯，知道。"

"对了，"男生看了一眼安年，"我要出去玩儿两周，你要是还有要发的，得先把钱给我，我明天就出门了，快递收不到。"

穆锦在一旁听着，明显能听出这男生很紧张，声音都有些颤抖了。她看看另一边盯着电脑屏幕的商落白，不由得捏紧了拳头，手心里都是汗。

过了几秒钟，对方问："怎么给？"

男生说："就现金吧，你说个地儿我去拿，或者在我们学校也行。"

没想到对方说："我不在天宁。"

男生一时顿住，求助般看向安年。

在安年用口型提示了后，他反应还算快："哦哦，我看你寄的同城快递，以为你也在天宁呢。那转账也行，你回头搜我手机号加下我微信，有要发的再找我。"

就在他要挂断电话时，对方突然说道："今天下午 5 点，在你家附近的山水阁外见。"

紧接着，电话就挂断了。

众人都兴奋起来。

安年立即放下耳机，问："山水阁是什么地方？"

男生说："离我家很近，是个茶餐厅。"

"还有三个小时，得赶快部署。"安年又看向商落白，"怎么样？"

几秒钟后，商落白说："有了，定位在天大语言学院附近。"

穆锦问安年："那不是离咱们很近？要不要现在就过去？"

施苒说："再听一遍录音，我刚才好像还听到一个声音。"

安年说："放。"

施苒立即打开录音，放大声音后开始播放。众人都屏气凝神去听，不想漏掉任何一个细节。

在通话进行了约十秒后，他们果然都听到了另一个女声，只是声音很小，一瞬而过。

施苒截取了那段女声后，再次放大声音播放。一个甜美却机械感十足的女声响起："请按照……去取……"

穆锦竖耳细听，然后重复道："请按照书架位置，去取书？"

好几个人同时都反应过来："是图书馆！语言学院的图书馆。"

安年立即安排："分两组，老罗带一组，现在就去语言学院，查今天所有进出过图书馆的人；另一组跟我去山水阁。"

第十五章 复仇女神

穆锦收拾完毕准备出警的时候，却在大门口被安年截和，硬按回去补觉。于是，盯着浓重黑眼圈的穆锦，只得目送一行人出了分局大门。

虽然刚才已经喝过一大杯浓茶，但几乎两天一夜没合过眼，穆锦确实觉得眼皮在不断打架，所以这次她没有硬撑。

只是，凶手不仅狡猾，警惕性也高，今天的抓捕不知道能否顺利。想着，她有些困意上涌。

“你不回家吗？”

她转过头，是商落白。

“现在是关键时刻，不能回。”说完，她想起商落白昨夜也几乎没睡，赶忙说，“你赶紧回家吧，好好睡一觉。”

商落白却说：“我没事，不太困。”

“小小年纪，还挺固执。”穆锦看着他，难得露出一个笑容，她站起来冲他挥挥手，“走吧，那就一块睡会儿。”

商落白跟着穆锦来到三楼，两人在一扇门前站定。门上，“备勤室”三个大字十分醒目。

穆锦打开门，只见里面办公桌、电脑、档案柜和沙发等一应俱全，却没有人。

穆锦带着商落白来到里间，里面是成列阵式摆放的六张床，中间由立柜隔开。床上铺着同款的蓝色床单，被子枕头一应俱全，都叠得整整齐齐。

穆锦打开空调，示意商落白说："我们有时候不能回家，就在这儿凑合睡一会儿。这间是给女警的，但估计今天晚上也没人会来。你也休息一下吧，在这儿总比趴桌子强。"

她指指一张床："都是干净的。"说完，她不等商落白回答，就朝最里面那张床走了过去。

商落白放下书包，再转头看时，穆锦已经合衣侧躺在床边闭了眼，连鞋都没有脱。

商落白拿起一条薄毯，走过去给她盖好，然后走到对面床边，也和穆锦一样侧躺下来。

穆锦闭着眼，似乎已经睡着了。平日里经常张牙舞爪的她，睡着的时候，显得安静沉稳许多。

商落白看着那张疲惫的脸，又想起那一年见到她时，她回过头望着他，大眼睛里溢满悲伤："仪式要开始了吗？"

只见床对面的穆锦脸上忽然浮现出一个淡淡的笑容，闭着眼开口道："我发现你还真是个人才，你要不要考虑转行？"

"我之前以为你们只是抓捕危险，没想到查案也这么辛苦。"商落白看着穆锦说道。

穆锦依旧闭着眼："那是你'运气'好。这种就是我说过的，一年到头都很难碰到的狡猾罪犯。她肯定还要在网上发东西，我现在特别好奇，她到底要发什么。"

"愿意见面付钱，应该是很重要的东西。"

"嗯——"穆锦脑中嗡嗡作响，勉强应了一声，很快便支撑不住，睡着了。

不多时，她发现自己站在一片宽阔的平台上，有一个人正紧紧抱着她，对她喊道："放了他吧！不关他的事。"

她心中一怒，气急败坏地推开了抱着她的人，向另一边跑去。她跑到楼梯口，向下望了望，却又停下脚步，转回身去。

而那个人此时正趴在地上。显然，刚才她的力道太大了。

她走回去，扶起那个人，看向她擦伤的小臂，轻轻帮她吹了吹："对不起。"

那个人却摇摇头："没事。"

她竭力想看清对方的面容，然而眼前像笼了一层雾气，怎么也看不清。唯一能确定的是，这是一个女人。

她听着陌生的声音从自己口中传出："你知不知道我计划了多久，就差最后一步了。"

女人挽着她的手说："对不起，可我不想让你活在仇恨里。"

她偏过头，指向楼梯："我都告诉你了，那个人说他亲眼看见了！"

可女人又说："你给他吃了药，警察不会相信他是自杀的。"

她反驳道："不会的，那药没那么容易测出来。就算测出来，也不会查到我。"

女人愣了一下，过了几秒钟，才问："你告诉我，你是不是还在卖那个？"

画面一转，她还站在原地，但那个女人已走到了平台外缘。远处树影幢幢，星光点点。女人着一身黑衣，长发随风轻拂，站在夜色中，仰头看着前方。仅是一个背影，就有一种难言的凄美，令人想要保护。

正当她看得出神时，女人转过身来对她说："就在这里烧吧，他们应该都能收到。"

她走过去，问女人："那枚戒指呢？"

女人从口袋里拿出一枚戒指，在暗淡的月光下，她看到戒指泛起了一圈流光。

"扔了吧。"说着，她伸手就要去拿戒指。

女人把那流光轻轻握进掌心，淡淡地说：“不，还给他吧，反正下周我就搬走了，以后也不会再让他找到我了。”

闻言，她感觉自己慢慢握紧了右手，复又松开。她紧紧搂住女人，说：“都是我不好，没能让你早点离开他。”

“我怀孕了。”女人在她怀里轻声说。

“你说什么?！”她感受到一股不属于自己的怒火正从胸口溢出。

“有两个月了。”

她轻吸一口气，强压下震惊与愤怒，摸着女人的头发说：“我陪你去把孩子打掉，我们重新开始，好不好？”

女人没有回答，而是抬起眼看着她。

这一次，她终于看清了女人的眼睛。那双动人的眼眸中，像是有化不开的哀伤。

“……穆姐快醒醒，有重大发现！”穆锦挣扎着睁开眼，还没弄清楚发生了什么，就看到黄永山近在咫尺的大脸。他的嘴不停地开合，好像正朝着自己激动地喊着什么。

之前的女人已经不见了，窗外依旧是黑的，她一时不知是梦是醒。她适应着光线，看了看眼前的黄永山，又瞟向对面的床铺。

上面空空如也，床单铺得整整齐齐，像是没有人睡过一样。

她一下坐起来，问黄永山：“小朋友人呢？出什么事儿了？”

“他没事儿。是好事儿，有好事儿，穆姐！”

穆锦抓了抓睡乱了的头发：“什么好事儿？安头儿他们回来了？”

“安队早就回来了……”

“那你怎么不早点叫我?！”不等他说完，穆锦就已经跳下床，一溜烟地冲了出去。

刚跑到外间，迎面碰见一个熟悉的身影。那人背对着她坐在办公桌前，正在操作着面前的笔记本电脑。

他听见脚步声，回过头来望着穆锦。

穆锦一时停住，一把抓下头上的发圈，捋了捋头发，看了一眼墙上的挂钟，刚过晚上8点。

“你什么时候起来的，没睡觉吗？”

“睡不着，刚才我又想到点东西，就查了一下。”

跟在后面追出来的黄永山说：“穆姐，就是他刚发现的。”

“哦好，我先去找安头儿问问抓捕情况。”穆锦并没多想，就要开门出去。

黄永山连忙拦住她：“人没抓着，等了一下午那人根本没去，所以他们让我别叫你。不过，另一组从语言学院把监控都拷回来了。”

穆锦顿觉泄了气，一低头，一张纸递到了她眼前。

她拿过来看了看，念着上面的字：“Xinyi Li？这是什么？”

商落白摘下眼镜，对穆锦说：“我又查了一下那个Leona的电话号码，历史记录显示，那个号码是四年前注册的，前几年通话时的IP地址都在澳大利亚。其中有一个IP频繁出现过，我查了一下位置信息，发现在那片范围内只有四栋房子。”

穆锦看向他的电脑屏幕，那上面大片的深绿色上标注了几个数字，是一份地图信息。她指着那张纸上的名字，问：“那这个人是？”

商落白说：“四栋房子的所有人中，有一个是华人。这是房产网站上登记的名字，房屋的交易时间是2005年。”

穆锦有些惊讶：“你一个人，这么短的时间，查了这么多？”

黄永山在她身后激动地说：“他特厉害。我刚过来找你，在旁边看了一会儿，还没看明白怎么回事儿，他就把这个名字写在纸上了。”

“厉害厉害。”她笑着说着，又冲黄永山挥挥手，“走，赶紧去筛查。”

两人回到二楼，办公区静悄悄的，只有徐问雨一个人趴在桌子上休息。穆锦压低脚步声，和黄永山来到案情分析室前，打开一条门缝看了看，然后轻轻走了进去。

屋里已经几乎坐满了人，叶朋正站在最前面说着什么。两人在角落里坐下，穆锦看了看坐在最前面的安年，把手里的纸放在了一边。

叶朋此时切换到一张新的图片，指着照片上的中年男人说：“这个人名叫谷超，曾任天鼎集团的财务总监。他在职期间，买通多个部门及其下属，挪用、侵占公司资金上亿元，并不断把资产转移至海外。

“2018 年，谷超在卷走 3 亿多元公款后逃往南美，至今下落不明。这对当时连遭变故、摇摇欲坠的天鼎集团造成了致命打击，直接导致该公司资金链断裂，无法继续维持运营。

“其中，该集团的合伙人之一，时任天鼎地产总经理的沈卓雅于同年 9 月跳楼身亡。值得注意的是，谷超在逃跑前曾留下一封信，实名举报沈卓雅多次往返澳大利亚，勾结资助境外势力。但是因为两人一个失踪、一个自杀，这起案子没有进展。

“同年年底，天鼎集团宣布资产重组，将大量股权和持有开发地块出售，并将部分股权和集团不动产作为质押担保，共计向五家银行申请了授信。除宇豪时代外，南疆集团还收购过天鼎旗下的物业，戚家的盛华集团也购买了天鼎的股份。”

穆锦认真听着，几乎把叶朋说的内容全写到了笔记本上。

罗立问：“盛华集团持有天鼎多少股份？”

“25%，最多时持有 28%。”叶朋翻了翻笔记，接着说，“经侦还发现了值得关注的一点。谷超的妻子和戚兆廷母亲的妹妹米淑，都毕业于奥州市文化大学，同年同班。米淑也任职于盛华集团，对天鼎股份的收购就是她一手推进的。重点是，其中的几起收购价格都明显低于市价估值。”

安年说：“这事儿留给经侦查吧，有没有查到跟咱们这案子更直接的联系？”

穆锦举手示意后，走到安年身旁，在他旁边耳语了几句，把那张纸交给了他。

“这应该是叫……李欣怡？”安年看着纸上的拼音，努力还原着全名，然后把纸还给穆锦，“一会儿散会后，缩小范围，好好查一下这个名字。”

“您刚说的那个名字叫什么？”叶朋问。

穆锦把纸递给他，叶朋看后又拿起了另一份材料：“在这里。经侦那边还查到，那个跳楼的天鼎集团前总经理沈卓雅的个人信托账户下，其中一名受益人与他并无交集。而就在他自杀前两个月，却将自己名下的一套上千万的房产转赠给了这个人。他自杀后，他妻子还曾申请撤销这套房产的赠予。但因为二人曾签订过婚前协议，这套房产为沈卓雅一人所有，所以他有完全支配权，撤销申请被驳回了。”

穆锦极力克制着，问：“那个受赠人叫什么？”

“厉辛夷。”

暮色四合，天光在逐渐隐去，知了依旧躲在枝丫后，没完没了地鸣叫着。

天大语言学院内，在校的学生并不算少。上个月，学院将3号楼的部分教室出让给了附属中学，方便参加暑期竞赛的学生们培训。此时最后一节课刚下课，校园里到处都是兴高采烈、穿着校服的高中生和来接孩子的家长。

“她”走在人群中，步履从容。这是“她”两天来，第一次出门。

即使是在夏天，“她”也习惯穿一身黑衣，戴着帽子，和以前的“她”截然不同。虽然早已不再上学，但“她”最近很喜欢在大学中游荡，一来是喜欢这里的氛围，二来是方便观察潜在的“客户群”。

而这种老校区，不像那些新建的大学城，到处都是监控摄像头，让“她”觉得不自在。

目前一切都在按照“她”的计划进行，唯一的问题是，还有一个麻烦没有解决。不过“她”并不担心，那个流浪汉根本不认识自己。

“她”从3号楼向东拐进了一条小路，朝不远处的图书馆走去。语言学院的这座对外图书馆，是“她”喜欢这里的原因之一。只要办一张借书证，交上押金，就可以像在校生一样借阅各类书籍。

“她”最近迷上了药理学，但“她”的中文并不够好，中文的药理书“她”看不懂。一次偶然的机会，“她”发现了这座图书馆。馆里不仅有各种外文书籍，且种类极广，很多网上找不到电子版的老书这里都有。

从此，“她”就迷上了这里。“她”的时间很多，隔三岔五就要来一次，也算是“她”为数不多的娱乐活动之一。

“她”对自己的变化感到诧异。在那边时，妈妈给“她”买了很多书，放在家里的小图书馆里，“她”却没进去过几次。

熟门熟路地来到三楼，“她”信步走进了外文书籍借阅中心。

这里的装修十分现代化，整个风格都是简洁流畅的直线条设计。层距很高，使人置身于一排排厚重的书架间，却丝毫不觉得压抑。即使不开空调，也有一种盛夏庙宇中，天然凉津津的舒适感。

临近关门时间，借阅中心里还有零星几个在看书的人，安静得“她”只能听到自己的脚步声。

“她”走到前台，拿出自己的借阅证和一张写着书名的纸条，向正在整理书籍的前台管理员说：“这是我的借阅证和我预约的书。”

“她”说中文时，虽然带有明显的口音，但语速并不慢。只是“她”的声音较一般女孩低沉，听起来不够柔和。

昨天，“她”接到图书馆的电话，说“她”上次问的那本有关成瘾类药物的药理书，有人还了一本回来，可以帮“她”预留两天。

管理员抬起头来，心不在焉地看了“她”一眼，接过借书证，扫描后看着屏幕说：“稍等，我找一下。”接着，就走到后面的预留书架去了。

“她”看了一眼窗外，最后一缕天光正渗进来，为那几个书架镏了一层橘粉色的金光。不知为何，“她”蓦地觉得气氛有些不对，太安静了。马上就要关门了，那几个人都还在座位上安静地看书，丝毫没有要走的意思。

还未及细想，管理员就拿着书回来了，和“她”确认后，立即办好了借阅手续。

“请在这里签个字。”年轻的管理员梳着马尾，看起来有些疲惫，动作却很麻利。

“她”依言在电子写字板上签了名字，是一个不太好看的“厉”字。

签好后，管理员又抬眼看了看“她”，“她”知道，这是在和借阅证上的照片核对。管理员的下半张脸挡在电脑屏幕后，只露出两只眼睛，微微仰头看“她”。

这个管理员看起来很年轻，“她”从未见过，可能是个勤工俭学的学生。她有一双很明亮的眼睛，仿佛此刻所有暮光都敛进了她的眼底，清澈中带着坚定，让人不由得想多看两眼。

“这是你的书。”微微恍神时，“她”听到对方说。

二人视线相接，“她”记起另一双眼睛，和眼前人的很像，“她”第一次见到时，就深陷其中。不同的是，记忆中的那对眼眸里只有哀伤。

“她”依旧没有表情，伸手去接那本书。

手刚接触到那本书，“咔嗒”一声，手腕处突的一凉，“她”的手就被什么金属物锁住了。金属物的另一端，还握在那个管理员手中。

“她”立即想要挣脱，无奈对方力气极大，隔着办公桌，死死握着另一端的金属环不放。紧接着，“她”感到身后瞬间涌出来很多人，一齐按住了“她”，令“她”动弹不得。

等“她”双手被反铐着，又被几个人按着胳膊架住时，那个管理员也从后面走了出来，手里还握着“她”的借阅证。

“她”的帽子已经被摘掉了，管理员又看了一眼借阅证，对“她”说：“厉歌，等你两天了，你应该很清楚我们为什么抓你。”

“她”盯着混乱中掉在地上的那本书，一语不发。藏蓝色的封皮上，赫然写着“The Pharmacology of Alcohol and Drugs of Abuse and Addiction”(《酒精及药物滥用与成瘾药理学》)。

两小时后，北丰分局一号讯问室。

由于“她”大部分时间都戴着帽子，忽然这样毫无遮掩地暴露在众人面前，让“她”很不适应。

“她”别过头，刚好瞥见墙上的液晶屏上，正映出一张年轻的脸。

那张脸并不十分瘦削，但对女孩来讲，还是稍过凌厉，显得很倔强。“她”立即掉转头，刻意不再看那里。

“她”面前的桌子后坐着两个人，都是男人。两个人看起来年纪相差不大，都是30多岁的样子，只是其中一个打扮很老成，正在看资料。另一个则稍显年轻，正皱着眉，一脸鄙夷地盯着“她”。

不过，“她”十几岁时就习惯了这种鄙夷的注视，毫不在意。

年纪略长的男人拿起一张照片，开口道：“这个男人，认识吗？”

“她”看了一眼，说：“不认识。”

“你不认识，那你妈妈呢？”

“她”垂下眼，没有说话。

“厉辛夷，女，1971年3月29日出生，纭绍省人。”年长的男警察拿起一份资料，念道，“1993年去往澳大利亚留学，之后移民，长居澳大利亚。”他放下资料，看着台下的“她”，“说吧，你妈妈和天鼎集团前总经理沈卓雅，是什么关系？”

“没有关系。”

年长的男警察继续说：“沈卓雅每年都通过信托公司给你们汇款几十万澳币，也经常往返澳大利亚去看你们，还在那边给你们买了房，不是吗？那可是有名的富人区，房屋占地比我们分局还大。厉歌，他对你们可不薄，你居然都不认自己的爸爸？”

“她”也回看着他：“那种缩头乌龟，我为什么要认他。你们抓我来，是来认亲的吗？”

旁边那个年轻些的警察声音很大，语调也高：“你最好配合，把你的身份说清楚。”

“她”终于勉强配合：“厉辛夷是我妈妈，沈卓雅是我生父。我妈是沈卓雅的情人，我是私生的。”

“她”说得毫不在意，仿佛在讲别人的事情。

“她”叫厉歌，出生于澳大利亚，从小几乎是含着金汤匙长大，唯一不同的是，陪伴“她”的，只有母亲和保姆，父亲鲜少出现，偶尔来一次，也是仅待上数天，就又消失了。渐渐地，厉歌对这种消失习以为常，甚至父亲后来每次出现，都令她觉得如坐针毡。强烈的陌生感，让他们始终无法亲近对方。

监控室里，穆锦戴着耳机，正全神贯注地盯着画面，不放过厉歌的一举一动。

罗立问：“说说你父亲吧，关于他的事儿，你都知道什么？”

厉歌低下头看着手铐：“我跟他不熟，只知道他死了，别的不知道。”

“好，那我们说个跟你熟的。”罗立拿起另一张照片，问，“这个女孩，叫段珊珊，认不认识？”

“认识。”这次厉歌回答得十分干脆。

“你跟她是什么关系？”

“她是我前女友。”

“什么原因分的手？”

“性格不合。”

“本月 13 日夜里 11 点到 14 日凌晨，你在哪里？”

厉歌冲着罗立手中的照片微一仰头：“和她在一起，她说她父母忌日到了，让我陪她烧纸。”

“在哪里？”

“宇豪时代的烂尾楼。”

“为什么选在那里？”

“我也不知道，她选的。”

罗立突然加重语气：“为什么要杀她？”

厉歌面无表情：“我没杀她。她说想看夜景，一个人走到楼边上。

我再叫她时，她就突然跳下去了。”

“放屁！”叶朋一拍桌子，“你处心积虑，本来是要害死流浪汉樊令达，结果没想到被段珊珊阻拦，所以你就把她推下楼了！”

厉歌靠在椅背上，眼神放空：“我不知道你在说什么。她从高中时就有抑郁症，不止一次想自杀了。”

画面中，罗立又拿起了什么刚要开口，穆锦的耳机里突然听到一阵凌乱的脚步声和吵嚷声。

紧接着，讯问室的门忽然被打开，一个人直接冲向厉歌，怒吼道：“果然是你！”

站在审讯椅旁边的黄永山见状，立即上前阻拦，然而来人比他高出很多，他未及上前，就被一把推到了墙边。幸好墙体都包了防撞包，他并没有受伤。

震惊中，罗立和叶朋也连忙奔过来，一齐制止来人。

然而此人像一条疯狗一样，对着坐在审讯椅上的厉歌左右开弓，一顿痛打。两个人铆足了全力，终于把他拉开了一点。

穆锦立即摘下耳机，只听得外面的吵嚷声更甚。她奔出监控室，就看见讯问室门口，有好几个陌生的壮汉正跟自己的同事们对峙着，气氛剑拔弩张。

大家连续作战，已经精疲力竭。抓到厉歌后，一部分人轮值休息去了，这里留守的人本就不多；而晚上辖区内又发生了一起案子，剩下的人几乎都去了现场。虽然连楼下听到动静的值班员也赶了过来，但人数上，他们显然不占优势。

穆锦一眼就看见人群中握着防爆警棍的徐问雨，和挡在她前面的商落白。

她紧跑两步过去，刚要喝问对方，就听不远处一个男声低吼道：“谁放进来的?！怎么着，是想袭警还是想劫囚?！”

只见安年从走廊另一边赶来。他虽是走着，却步速极快，一下就走到众人前面，举起胳膊，直接用枪顶着一个壮汉的脑袋，打开了保险："给你们多少钱，这么卖命，这儿都敢来。再不让开，挨个儿击毙！"

穆锦跑到安年旁边，挡在了商落白前面。

那个被枪指着的壮汉斜眼看了看这个凶神恶煞般的警察，咽了口口水，一点点从讯问室门口挪开了。其他人见状，也迅速向两边散开，让出了路。他们虽然手里也拿着甩棍，但在枪面前，谁也不想以命相搏。

"咚"的一声，安年一脚踹开讯问室的门，走了进去。穆锦见状，也连忙跟在他身后冲了进去。

厉歌仍旧坐在椅子上，口鼻淌出了血，眼角乌青，却看着已经被拉开的男人，笑着说："戚兆廷，你就是个笑话。你知道段姗姗怎么跟我说的吗？她说要离开你，跟我重新开始。"

"哈哈哈哈，太可笑了。你以为南棠就喜欢你了？还不是看上你的背景，才答应跟你订婚。"厉歌挑衅地看着戚兆廷，"堂堂盛华集团的二公子，你活得真他妈失败。"

一听此话，戚兆廷怒气更盛，使劲往前冲，在罗立和叶朋两人的拉扯下，竟又挪了几步。

几天不见，他已经瘦了两圈，胡茬儿也冒出一截。此刻，他手脚乱挥，风度、礼仪全无，就是被滞留审问时，也没这么失态过。

可怜挡在厉歌前面的黄永山，结结实实地挨了他好几拳。

安年上前一把抓住戚兆廷的衣领，猛地一拉，对旁边两人说："叶朋，跟我去处理一下。"接着又对穆锦说："你先在这儿盯一下。"

戚兆廷见打不到人，声嘶力竭地大喊道："你算个什么东西！没人要的私生子，阴沟里的蛆！"他疯狂挣脱着，"你们放开我，我要打死这个不男不女的东西！"

这句话显然触到了厉歌的痛处，"她"的面部肌肉不受控制地抖了一下，又说："可惜啊，段珊珊就是要我这种不男不女的私生子，也不要你。"

“你闭嘴！”要不是有黄永山在前面，穆锦简直想上去一脚踹倒厉歌。

戚兆廷还想往前冲，安年喝道：“戚兆廷，是不是还嫌你们家事儿闹得不够大?！”他对着后面进来的两名干警厉声说道，“把他，和外面那几个一起闹事儿的，全部拘留，按袭警处理！”

那两人立即上前，在黄永山的帮助下，把戚兆廷拽了出去。

罗立和安年对视了一眼，后者几乎不可察觉地摇了下头，只对他说了两个字：“继续。”

安年说完转过身，看了一眼厉歌，就朝门外走去。

穆锦定定神，看着厉歌狼狈的样子，心中倒是有些快意。她虽然也看不惯戚兆廷，但按照她的性格，恐怕也会忍不住把厉歌揍上一顿。

她拿出纸巾，走过去递给厉歌：“擦擦。”

“谢谢。”厉歌也已经冷静下来，神色恢复如常。“她”接过纸巾，认真擦了起来。

穆锦垂眼看着她，忽然问：“段珊珊她，知道你是男人吗？”

厉歌停下动作，抬头望着那双明亮的眼睛：“你觉得，我像男人吗？”

穆锦一眨不眨地盯着对方，说：“不像，连声音都是女声。可惜，你的护照上可不是这么写的。”

两天前，当他们查到厉辛夷后，又调查了和这个名字有关的所有记录，终于找到了厉辛夷与沈卓雅的密切关联。

奇怪的是，厉辛夷自上次出境后，一直没有入境记录，案发时人还在澳大利亚。他们又联系了厉辛夷国内的亲属，得到的也是她近期未回国的消息。

资料显示，厉辛夷一直未婚，鲜少回国，更没有孩子，年龄上也并不符合嫌疑人特征。在经过长达一天一夜的大海捞针后，他们终于在2018年的一次航班记录中，发现了一名和厉辛夷相关的同乘者，那个人就是厉歌。

然而，与他们调查不符的是，信息显示，厉歌是一名男性。

一开始大家也怀疑是不是弄错了人，但樊令达在看过照片后，非常肯定厉歌就是给他送饭的人。而且，这也能够解释为什么凶手能轻松地将昏迷的樊令达弄上六楼。

然而厉歌行踪不明，警方搜查了沈卓雅送给厉辛夷的那套房子，发现那里一直空置，并无人居住。很快，技术员就从语言学院其中一座图书馆带回的监控中，发现了厉歌的身影。之后侦查员顺藤摸瓜，在图书馆的借阅系统中找到了他的名字。

终于，北丰分局在市局三天破案期限的最后一天傍晚，抓到了嫌疑人。其间，全队上下笼罩的巨大压力，可想而知。

此时，厉歌的左脸已经肿胀起来，眼角也是一大片淤青。他又擦了擦嘴角，回答了穆锦刚刚的问题："一开始不知道，后来肯定发现了。其实我们见面的机会不多，她也从来没问过我。"

穆锦问："按照你说的，段珊珊是自杀，那你为什么不立即报警？"

厉歌无奈地笑了一下："我不想惹麻烦，也怕被戚兆廷知道。"

"这倒是挺有意思，你这么怕戚兆廷吗？"

"以戚兆廷的为人，他知道我和段珊珊在一起，肯定不会放过我，你们刚刚也看到了。"

穆锦哼了一声："刚才他打你的时候，可没看出来你怕他。"

罗立打断了穆锦："段珊珊当晚出门时背了包，可是现场却没找到那个背包，是不是你拿走了？"

厉歌摇摇头："我不知道。发现她死了以后，我也很害怕，就赶快离开了。"

穆锦突然问："知道她和戚兆廷在一起，你恨她吗？"

厉歌缓慢地摇了一下头："是我先离开她的，要恨，也该是她恨我。"

"你为什么要离开她？"

"就是不喜欢了。"

“那怎么又重新联系上了？”

“是她先联系的我。”

“她先联系的你？你是不是以为拿走她的手机我们就查不出来了？”穆锦拿过桌子上的一沓资料，举到厉歌面前，“看好了，这是段珊珊澳大利亚手机号的通信记录。三个多月前，出于某种目的，你重新联系段珊珊，取得了她的信任。之后，你就一直频繁和她联系。这上面的号码，是你的吧？”

厉歌看着她无法抵赖的通信记录，表情有些僵硬：“你们怎么会有这些？”

“开外挂了。回答我的问题。”

“是我的。我联系她，只是因为想她了。”

“不是想她，是想利用她吧？”

厉歌沉默。

罗立再次开口：“我现在可以告诉你，刚刚你的指纹比对结果出来了。段珊珊衣服上的指纹，就是你留下的。你有什么要说的？”

厉歌双手交叉着抓在一起：“我当时抱过她，可能是在那个时候留下的。”

“怎么抱的？”

“不记得了，就是普通的拥抱。”厉歌说着，勉强比了个姿势。

“面对面，还是你从后面抱的她？”

“嗯，面对面。”

“撒谎！给我们讲讲，面对面，你是怎么抱，才能把你右手的指纹留在她右前胸，绕颈一周是吗？”

见厉歌又不说话，穆锦又说：“当晚宇豪时代还有另一个人，他已经指认，你有谋害他的嫌疑。此前一个多月的时间里，你一直假装业主和他聊天，让他放松对你的警惕。”

过了几秒钟，厉歌开口道：“那个流浪汉是吗？我给他饭吃是看他可怜，我什么都没对他做过，那晚我根本就没看到他。”

“宇豪时代是烂尾楼，你为什么经常去那里？”

“随便走走。”

“随便走走？还是说，你听到了什么，还录了下来。”

厉歌面上一僵，刚擦过的鼻子又渗出血来，他抹了一把，说：“我不懂你的意思。”

穆锦拿出手机，滑亮后“啪”地放到厉歌面前：“你应该对我们说实话。你弄出这么多事情，三番五次试图挑起舆论，不就是想让我们调查天鼎集团的收购案吗？”她俯下身来，示意厉歌去看屏幕，紧盯着他的眼睛说，“对不对，复仇女神？”

手机上的那条微博标题极为醒目：“烂尾楼案再牵出惊人恶意竞争内幕，警方是否会启动调查？”，发布人正是“欧墨尼得斯在人间”。

厉歌看着那条微博，沉默了一会儿，才抬起头，看着穆锦说：“我就觉得奇怪，那人怎么会约我见面付钱，原来是你们。”

罗立沉声说道：“你最后的底牌不是还没亮出来吗？”

“如果我都告诉你们，你们真的会调查吗？”

“先把你的事情说清楚，如果你有证据，经侦部门会立案调查的。”

厉歌苦笑着：“我要是有证据，还用得着走这一步？”

罗立加重语气：“你不想说也可以，关于你杀害段珊珊一案，人证物证都有，足够定你的罪了。给你 5 分钟想清楚，我们没有时间跟你这儿浪费。”

房间里十分安静，数分钟里，仅有空调不间断送气的微弱响声。

穆锦坐在椅子上观察着厉歌。从这个角度，仅能看到他微垂着的半张脸。他的骨相十分柔和，皮肤光滑，没有胡须，没有喉结，气质也近乎阴柔，加上齐肩的头发，真的是雌雄莫辨。

“我妈是在澳大利亚遇到的沈卓雅，之后一直做他的情人。沈卓雅是个胆小鬼，怕他老婆发现，生了孩子也不敢跟他姓，还把我们丢在那边，不许我们回来。”厉歌盯着墙角，终于开口道。

罗立问：“你母亲 1993 年去留学，但 1995 年就生了你，学都没上完吧。”

“她被沈卓雅迷了心智，信了他的鬼话。不过，你们也太小看她了。她不仅上完了学，还是全A毕业的。”厉歌脸上尽是嘲讽，“可又有什么用呢？只能把证书挂在家里，给自己留个吹嘘的资本。”

“你们是什么时候得知沈卓雅的死讯的？”

“他死了没多久就知道了。他出事前不久，我妈有一天特别高兴，跟我说，沈卓雅终于让她回国了，还说要在国内给我们安家。以前她回国都是偷着回的，怕被沈卓雅知道，连作息都调成和澳大利亚一样。那次她回来以后特别激动，天天说沈卓雅在天宁给她买了房子，明年我们就能回国了。有时候我真的觉得她特别好笑，沈卓雅是干什么的，一套房子对他来说算什么，把她高兴成那样。”

“后来呢？”

“当时我就告诉她，别做梦了，不可能。她不信，还是天天准备着，盼着，沈卓雅却再也没有联系她。她等不及了，给沈卓雅打了电话，这才知道他死了。之后，她就被沈卓雅的老婆告了，让她把天宁的房子退了。”厉歌说着，忍不住笑了起来，“她简直就是个笑话。”

穆锦问：“关于你父亲沈卓雅，你都知道什么？”

“我跟沈卓雅的关系不好，但还算了解他。他是白手起家，什么事情他认定了，就一定会做到底。我真的想不明白，他那种人怎么会跳楼。他虽然在临死前不久转了那套房给我妈，但我觉得他那么做，是担心自己会破产，并不是自杀前的好心相赠。”

罗立问：“那你怎么会认为天鼎的困境与盛华和南疆集团有关？是谁告诉你的？”

厉歌抬起头：“你们能查到我妈，难道就没听说过，我们那个区在华人圈里挺有名的？”

罗立和穆锦对视一眼，问：“怎么有名？”

厉歌脸上又换上了嘲讽：“那里是富人区没错，但大部分住在那儿的华人，都是小三和情妇。那些男人在国内都有家庭，每年就过来看一两次。他们有钱有地位，就是不怕老婆，也怕被媒体发现，这样比在国内安全。我们这种私生子，大部分都彼此认识，所以国内那些乱七八糟的关系，我也听说过不少。”

穆锦看着他娓娓道来的样子，忽然觉得，自己眼前的并不是一个20多岁的年轻男人，更像是个旧社会里被抛弃的怨女。而他所讲的种种丑闻，简直像回到了封建社会。

厉歌接着讲道：“我听我妈说过，沈卓雅公司有个叫谷超的什么总监，卷走资产跑路了。我见过谷超一次，当时他带着他老婆到澳大利亚玩，沈卓雅也在。沈卓雅出事以后，一个回国的朋友告诉我，她听说谷超的老婆和盛华戚家一直关系很近，谷超逃跑时，戚家还帮了忙。而且后面天鼎的后续收购，盛华都有参与。再想到沈卓雅的自杀，我就觉得这里面有问题。”

罗立问：“然后你就开始调查他的死因，想给他报仇？”

厉歌摇摇头：“没有，我在国内没有任何人脉，想调查戚家，根本不可能。我也不是沈卓雅名义上的家属，就算去申请重新调查，也不会有人理我。”

“所以你就想到了段珊珊？想让她帮你从戚兆廷那里打探？”

厉歌没有马上回答，而是问：“能给我杯水吗？”

穆锦起身倒了一杯水给他，他接过杯子，忽然抬头盯着穆锦的眼睛，笑着说：“You have Emily's eyes.”（你的眼睛很像Emily。）

说完，他端起水杯，一饮而尽。

穆锦没好气地又去倒了一杯水，放到他面前，低声说：“你的确欠揍。”

厉歌嘴角的笑意更浓：“我认识的朋友有几个命好的，被家里认了回去，回了国。去年我回来以后，就一直在打听戚家的事。其中有个人，给我讲了戚兆廷的光荣事迹，还给我发了张照片。好像是什么生日聚会，戚兆廷带了他的新女友去。反正他们这种人，经常搞聚会。他的新女友是谁，你们也都知道了。”

罗立问："你看到照片后，认出了段珊珊？"

"我怎么可能不认识她，她那天特别美。"嫉恨在厉歌脸上一闪而过。

"段珊珊都帮你打听到了什么？"

厉歌摇摇头："什么都没有，她说戚兆廷不了解那些收购的事情。"

"你们一共见过几次面。"

"两次。"

"第二次见面，就是 13 号晚上？"

"嗯。"

"你把她引到宇豪时代并杀害，是不是早就计划好了？"

"不，我从没想过要害她。本来我们约好 12 日下午见面的，但她临时说有事，就改到了第二天晚上。要不是她改时间，也不至于变成这样。"厉歌眼中流露出一瞬的怅然。

罗立问："所以，你的目标是那个流浪汉？"

厉歌点了点头。

"就是为了制造舆论，让我们调查？"

"我听到过一个传言，说沈卓雅当初跳楼自杀的地方，就是宇豪时代。但我翻了很多新闻，里面都只提到沈卓雅跳楼，却没有给出具体地点。所以，我才打算去宇豪时代看一看。第一次去，我就碰到了那个人。他说他是业主，没地方去了才住到里面。我看他挺可怜，偶尔会买些饭给他吃。有一次，他告诉我了一件事。"

他喝了一口水，继续说道："我骗他说自己也是那里的业主，想了解开发商的事情。他说千万不要去闹，他就是因为和开发商起了冲突，才会变成这样。而且，他亲眼见过开发商弄死了人。"

"弄死了人，什么时候？"穆锦问。

"我就知道，你们查不到这件事。"厉歌抬头看了一眼桌后的两人，继而看着天花板，说出了樊令达告诉他的事情。

几年前，樊令达刚开始住到宇豪时代时，有天夜里，他突然听到有响动。他担心是有人来赶他，就起来去查看。

那天晚上很黑，他远远看到来了几个人，似乎还架着一个人，快速走到了一栋楼前。

樊令达心中好奇，也悄悄跟了过去。只见他们松开了被架着的人，又说了些什么，那人就自己走进了楼里。

没过多久，他就看见一个黑影从顶楼掉了下来，“咚”的一声，摔在了一片瓦砾上。樊令达吓得三魂出了七窍，赶紧躲了起来。

很快，另外几人就离开了烂尾楼。樊令达又等了好一会儿，才走出来，战战兢兢地过去查看。走近后，他的确看到一个人倒在地上，一动不动。

他吓坏了，赶紧收拾了自己的东西，逃出了宇豪时代。那段时间，他一直睡马路，住桥洞，再也没敢回过那里。

又过了几个月，他才敢在白天到宇豪时代附近逛逛。向街边的小贩打听后，他得知这里并没有发生过命案，一切如常。

他再次进入烂尾楼里，到事发时的那栋楼前查看。

可一片杂草之上，什么都没有，但樊令达可以肯定，那件事实实在在地发生过。

他收起了这个秘密，又搬回了宇豪时代。毕竟这里能遮风挡雨，比马路上不知道要强多少倍。只是从此，他心中有了一个挥之不去的阴影，整夜整夜地睡不着。

听到这里，穆锦想起当初追捕樊令达时，他吓得给他们下跪的样子，突然想明白了更深的缘由。原来，后面竟还有这般隐情。

“他认为那个被摔死的人是宇豪时代的业主，因为去闹才被灭口。”厉歌说，“但我知道不是。按时间推算，那正好与沈卓雅跳楼的时间吻合。他根本不是自杀，而是被胁迫的。”

罗立问：“你怎么能够肯定那个人是你生父，而不是樊令达看错了？”

“我没办法肯定，只是猜测。沈卓雅一死，天鼎就垮了一大半。他们想要瓜分天鼎，就容易多了。”

“你是怎么计划的？”

“和你们说的一样，我找了水军，录下了那个流浪汉的话。打算等他死了以后，就把那段录音在网上公布出来。你们调查时，会发现他的尸体，就会猜想他是知道了真相被灭口。”

“这样我们就会把矛头指向宇豪时代的利益相关人，从而调查他们？”

“嗯。”

“你那晚是怎么做的？段珊珊知不知道你的计划？”

厉歌叹口气：“她不知道，一切都是意外。我把那人弄昏以后，就带到了上面，打算完事后，再去找珊珊。之前她说要给她父母烧纸，我想到自己还从来没给沈卓雅烧过纸，就说跟她一起。没想到，珊珊知道我在宇豪时代后，以为我想在那里给沈卓雅烧纸，就跑来找我。她找不到入口，我只好先去接了她。”

“后来呢？”

“然后她就发现了那个人，我也不想隐瞒她，就告诉了她我的计划。本来那个人也活不了多久，死了就死了。结果她却趁我不注意，弄醒了那人，还把他给放走了。”

穆锦难忍怒意：“所以你就一不做二休，把她推下了楼?！”

“是。我也没想到，你们那么快就发现了她，还被曝了出来。我看到以后，就顺水推舟了。”

“也是你找的营销号，曝光了段珊珊和戚兆廷的关系？”

厉歌不置可否：“你看，戚兆廷的女朋友，是不是比流浪汉的效果更好？让你们这么重视。”

穆锦瞪着他，握紧了桌沿：“你想调查清楚你生父的死因，直接带樊令达来报警就可以，为什么要害无辜的人?！”

“你知道我策划了多久吗？都被她给毁了！”厉歌也忽然激动起来，恶狠狠地说，“她从来都不肯帮我，还故意不告诉我她住的地方，就是怕我去堵戚兆廷！她什么都知道，还是要阻拦我，那就别怪我动手了。”

穆锦忽地站起来，却被罗立一把按住。

她惯性地低下头，正好看到那只按住她的胳膊上，有一道很长的疤痕。罗立有一次在公交车上偶遇盗窃团伙，他抓到了嫌疑人，但胳膊被砍伤，断了好几条神经，后来做了好几个小时的手术才重新接上。听叶朋说，之后罗立这条伤了的右胳膊就使不上劲，枪法也不如从前了。

她努力控制着情绪，重新坐下，只听罗立问：“那段录音在什么地方？”

“我住的地方。对了，段珊珊的包也在那里。”他再次看向穆锦，“你问我为什么不带樊令达报警？他亲眼看到的时候都没有报警，而是躲了起来。你觉得，他会相信你们吗？”

穆锦听出了他的嘲讽之意：“他相不相信我们，不是你该考虑的问题。不管什么时候，你都没有权利剥夺他人的生命。”

“我帮她早点解脱，有什么不好吗？难道要看着她跟我妈一样，给男人当情人，还要给他们生孩子。美其名曰，孩子是无辜的，可等孩子长大了，要么是嫌孩子碍眼，要么是把孩子当作筹码，跟狗皮膏药一样死死粘在男人身上，一辈子活得没有尊严？”

穆锦被他的无耻恶心到，直接揭穿了他：“明明是你自己当不了真的男人，才嫉妒她和戚兆廷在一起。”

“你——”厉歌被戳了痛脚，脸上一阵青白交加，瞪视着穆锦。

刚才近距离观察厉歌，穆锦发现他脸上连一丝胡茬儿的痕迹也没有，关节也都十分纤细。她隐约猜到，这过于女性化的外在，如果不是靠药物维持，就是有什么隐疾。

厉歌胸口的起伏逐渐变小，握住面前的水杯，沉默了一会儿。

再开口时，他的脸上不再是波澜不惊：“她简直蠢死了，居然打算躲起来，把孩子生下来，自己养大。还劝我回澳大利亚，放下仇恨，好好生活。她破坏我的计划就算了，竟然还为戚家那些杀人犯开脱，不就是因为怀了那个垃圾的种吗！”

“你错了，她是不想让你走错路，但你杀死了一个还爱你的人，还要利用她的死。”穆锦再也忍不住了，“是，你是差点就嫁祸给戚兆廷，也成功掀起好几次舆论。如你所愿，这件事儿关注度这么高，你也不怕你爸爸的事儿不被调查。但你有没有，哪怕一次，想过段珊珊?！”

最后一句话，穆锦近乎是吼了出来，她伸手指着门外，继续说：“她现在还躺在冰柜里，等着你给她一个交代！”

“我没什么能给她交代的，我给了她机会，让她跟我走，她不愿意。她早就不爱我了。”厉歌看向一边。

穆锦不顾罗立的阻拦，再一次走到厉歌面前，厉声说道：“她要是不爱你了，就不会一直记得你给她写的歌，还把你跟她的合照放在钱包里！”

“胡说，我怎么没——”话说到一半，厉歌忽然停住了。

“没在她钱包里看到那张照片？因为，就在段姗姗见你的前一天，那张照片被戚兆廷毁掉了。他刚才看见你的反应，你也应该看到了。”她夺过厉歌手中的水杯，骂道，“自诩为复仇女神，你就自己去查出真相。但你利用的、害死的，有哪个不是无辜的人？段珊珊也好，樊令达也罢，他们做错了什么，要成为你复仇的工具？”

话音刚落，“嘭”的一声，身后的门突然打开了。

安年沉着脸走了进来，他一语不发，拉着穆锦，直接把她拉出了讯问室。

他一路把穆锦拉到办公室，关上门：“你今天怎么回事儿？你可以同情死者，但不能失控。”

穆锦慢慢平静下来，低头看着手中的水杯，里面的水已经洒出去大半：“对不起，头儿。”

安年叹口气：“唉，都不让我省心。行了，我叫江海过去接着审，应该也差不多了，你去歇会儿吧。”

穆锦刚走出支队长办公室，走廊里，迎面走过来一个打扮精致的女人。即便是在深夜，那个女人也画着全套妆容，头发也像是刚护理过一般丝滑柔亮，浑身散发着淡淡的香气。同她一比，穆锦仿佛刚刚逃荒回来，惨不忍睹。

女人看到穆锦，嘴角挂上浅浅的笑意：“警官，这么巧？这么晚了还在值勤。”

穆锦反问道：“你怎么来了？”

女人说：“我来找安队长，戚伯父不方便出面，我就来了。他家的律师正在外面等着呢。”

穆锦看着她，想起厉歌的话，忍不住说：“南棠小姐，你对戚兆廷可真上心。”

“不然呢？”

“你知道这个案子的被害人吗？”

“我知道，是个挺可怜的女孩。”穆锦本以为她会假装不知道，没想到，她大大方方地承认了，“我们年初准备结亲时，我就知道。有什么问题吗？”

“什么？”

“警官，这没有什么好奇怪的，本来就是联姻，感情可以慢慢培养。就算不是我们这样的人，也有很多是迫于压力而结婚的。与其找一个不确定的人，倒不如这样来得稳固，也让父母安心。”

“出了这种事儿，你还能这么说？”

“出了这件事儿，我父母是很生气，也许会重新考虑。但是于我个人而言，和谁联姻都没有太大区别。唯一令我没有想到的是，戚兆廷他，还算是有担当。”

“你，你还真是……特别。”穆锦一时竟找不出合适的词形容她。

南棠走到门边，正准备敲门，穆锦看着她的背影，忍不住又补了一句：“其实被害人生前曾明确表示过，要和戚兆廷分手。无论如何，你还是要为自己的幸福考虑。”

南棠背对着穆锦轻声说："谢谢。"

穆锦看着她走进了办公室，回到监控室，一点不落地把后面的讯问过程看完，又做了详尽的记录。

三个小时后，她揉揉肿痛的双眼，慢慢走回了办公区。办公区里静悄悄的，仅有的几个人都趴在办公桌上睡着。

窗外，天边已渐现曙光，淡青色的天空边缘夹着粉红色。万青路上也已经有了行人和车流，昭示着这座城市的逐渐苏醒。

穆锦环顾四周，一眼就看到了角落里的商落白。他侧靠在椅背上，旁边放着一本书，一只手还搭在书上，已经睡着了。

他也跟着穆锦他们熬了很多天，晚上睡不好，白天还要上课，人明显清瘦了一圈。能这么快破案，他功不可没。

穆锦找了一件外套出来，轻轻地给他盖上。弯腰的瞬间，她和商落白离得很近，一抬眼，正好对上他近在咫尺的脸。

蓦地，穆锦觉得这张脸似曾相识，却怎么也无法牵动曾经的记忆。

睫毛微颤，似是感觉到注视，商落白忽然睁开了眼。四目相对，穆锦看着那双灰色的眼睛，一时呆住了。

愣了两秒钟，她突然伸手捏住商落白的脸颊："你看，我就说吧，让你回家睡觉不听，非在这里熬着，脸都肿了。"

商落白似乎被她这个举动吓到，愣愣地看着她，嘴角因为捏扯而偏向一边，看起来有点滑稽。

穆锦猛地起身，不等商落白说话，就立即回到工位开始收拾东西。

"我要回家睡觉了，你继续在这儿吧。"

趴在一边的黄永山听到说话声，也醒了过来，揉着脸，沙哑着嗓音问："穆姐，怎么样了？"

"厉歌那边都招了，二组今天应该会去他的住处搜查，带他去指认现场。安头儿还在处理戚兆廷的事儿。"

黄永山打了个哈欠："那就好，总算能有个交代了。那个嫌疑人说的关于他爸的事情，会重新调查吗？"

“肯定要调查，不过需要经侦的配合，等罗队明天的通知。”她看着黄永山脸上的一大块淤青说，“那几下打得够疼的吧？你护着他干吗，他也是活该被打。”

黄永山挠挠头：“我当时也没多想，皮糙肉厚的，打两下就打两下。穆姐，你都好几天没回家了，快回去吧。”

穆锦笑着说：“你还不是一样。刚才罗队说了，一会儿换班的人来了，你也赶紧回家。”

黄永山笑着点点头。

回家的路上，穆锦走在朝阳里，皮肤上的热感让她预感到这必定又是热辣的一天。

学芳小区门口的两排玉兰树长得高大，一派郁郁葱葱，只是早已过了花期。穆锦走过玉兰的树影，不由得想起那天她在段珊珊父母家，看到的那个珍珠发卡。

那时，段珊珊大概在父母的遗像前坐了很久，可能也告诉了他们她怀孕的消息。对于一个患有抑郁症的人来说，果断停药留下孩子，她在心理和生理上一定都承受了很大煎熬。

穆锦不知道那是怎样一种勇气。但她可以确定，段珊珊一定像很多即将做母亲的女人一样，对自己的孩子有很多期待。

离开前，她小心地摘下了头上的珍珠发卡，放在了父母的遗像前。因为要去见昔日的爱人，她不想把戚兆廷的东西带去，同时也决心跟他彻底了断。

段珊珊一定没想到，她最爱的人，却憎恶她的善良，嫉妒她的勇气，并把她推入了深渊。几家人的阴谋阳谋、利益博弈，最后却让无辜的她，成了牺牲品。

“极光饰品，你不只是一种色彩。”

穆锦又想起那次在Aurora首饰店里看到的广告词，眼前再次出现了那幅名为“夏日极光”的画，色彩瑰丽，又充满生机。即使生病，这个不幸的女孩也从没有放弃过对生活的信心。

之前听文竹说，戚兆廷想从证物室要回段珊珊的那个发卡，以作纪念。可要回又有什么用呢？段珊珊真正的色彩，根本就没有人看见过，也没有人在乎。

穆锦喃喃说道："不知道段珊珊看到极光没有。"

身旁的商落白说："一定看到了。"

穆锦直视着那一轮越升越高、带着希望的红日，轻轻说道："希望她和孩子，可以得到平静。"

第十六章／老师好

第二天，穆锦早早来到分局，直接去了证物室，想要调取厉歌手中那段录音。然而，证物室的同事告诉她，有关厉歌案件的物证，只有大队长以上级别才能调取。

但是罗立和安年都不在，穆锦想了想，径直来到一间留置室。

由于樊令达是本案的关键证人，警方怕他一走就找不到人，于是暂时将他安排在了留置室里。樊令达一听能有免费住处和饭食，倒也十分乐意。

穆锦走进留置室时，樊令达还躺在床上睡觉。听见响动，他才坐起身，依旧用他慢半拍的语速问道："今天早饭吃啥？"

穆锦咳了一声："我有事儿问你，一会儿再给你打饭。"

樊令达一见是穆锦，立即坐直道："哦哦，我以为是给我送饭的呢，对不住。"

穆锦拉过椅子坐下，打开笔记本，问道："请你回忆一下，几年前，你是否在宇豪时代看到过一个人跳楼？"

"啥？"樊令达一脸茫然。

穆锦重复了一遍问题，他才挠挠头说："哦，这事儿不是昨天已经问过了吗？”

“谁问的？”

“就是你们那个队长问的，姓安。”

“请你再说一遍。”

樊令达却说：“我昨天就告诉他了，我记不得了。”

“不记得了？你再好好想想，就是你刚搬进宇豪时代没多久发生的，在夜里。”

樊令达指指自己的头：“我这脑子不好使了，啥都记不住了。”

“但是嫌疑人提到，这件事儿是你对他讲的。”

“我真不记得和他说过啥，也许他听错了。”

穆锦无奈，合上笔记本，对他说：“你要是想起来什么，让看管员叫我。”

回到工位，穆锦有些不解。虽然她没听过录音，但既然安年去找樊令达问过话，那厉歌所言一定非虚。这才过了没多久，樊令达为什么会说不记得了呢？

是他记忆力衰退，还是真如厉歌所说，樊令达不相信警察，不肯如实相告？

没关系，此路不通，她还有另一条。

穆锦登录内网，打算调阅当年厉歌父亲沈卓雅的自杀案卷。她记得新闻里写得很清楚，沈卓雅是跳楼自杀的，而跳楼案一般都会出警，肯定会留下记录。

经过一番耐心搜索，她果然找到了沈卓雅的相关卷宗。奇怪的是，立案单位并不是某所辖地派出所，而是天宁市市局。

穆锦猜想，可能是沈卓雅身份特殊，才会直接上报到了市局。而且这起案子的调阅权限很高，以她的级别，必须要打报告获得批准才能查阅详情。

正想着，她看到安年提着公文包，从大厅门口走了进来。

她赶紧追上去，一直跟到支队长办公室，安年这才停下脚步，转过身问："有事儿找我？"

"嗯。"

安年打开办公室的门："正好，我也要找你。"

穆锦跟进去："您找我干吗？"

安年放下公文包，打开空调，拿起小水壶给桌上的绿植喷水，边喷边说："这次能这么快抓到嫌疑人，多亏了小商。你代表队里请他吃个饭，回头我给你报销。"

穆锦答应了，又说："我想调阅沈卓雅的自杀案卷，麻烦您帮我签个字，开通一下权限。"

安年停下手里的动作，看着她问："你看那个干什么？"

"那个厉歌不是说沈卓雅的自杀案有问题吗？我早上找樊令达问过了，他说不记得当年的事儿了，所以我想看看案卷。"

"那份案卷我看过了，没有问题。"安年又开始去喷另一盆花。

"既然没问题，您让我看看怎么了？还有，那份樊令达的录音我也想听一下，也需要您签字才能提。"以穆锦家和安年的关系，她对他说话一向直来直去。

安年却说："不行。"

穆锦不解："为什么不行？"

"不行就是不行。"

"昨天您找樊令达谈话，他跟您说什么了？沈卓雅是不是在宇豪时代跳楼的？"

"不记得了。"

"您跟他一样，脑子也不好使了？"

"怎么说话呢，没大没小的。"安年终于放下水壶，对穆锦说，"这些你不用管，昨天在嫌疑人的住处搜出了死者的物品，他也已经指认现场，收押了。关于他所提到的情况，我已经汇报给市局，牵扯的那几个集团都是上市企业，由市局牵头调查比较好。"

"那市局会立案吗？"

“如果他们的收购确实存在违规操作，肯定会的。有关嫌疑人他爸一案的证据会提交过去，市局也会复查。”

虽然不甘心，但穆锦知道，这种大案，特别是牵涉到复查，一般都会由市局负责。

她走到办公室门口，又退回两步：“我这两天一直在想，那天咱们刚抓了厉歌，戚兆廷就带人来闹了。抓捕行动都是保密的，他是怎么那么快就知道的？”

安年摸着下巴：“我刚怎么说的？这些你不用管。”

穆锦不退反进：“咱们一楼大门入口有门禁，我问了值班员，他说他当时在接电话，门不是他开的。当晚是谁给戚兆廷开的门，您查了吗？”

“在查呢。”

“您敷衍我。”想查这件事情再简单不过，只需要去看一下事发时的监控记录。只是，队里只有安年这个级别才有权限。

“你现在要做的，就是脚踏实地，多跟前辈们学东西，别成天盯着我不放。”安年站了起来，“我还要找任副局说事儿，你要是闲，就把二号询问室那个坏了的显示屏去报修了。”

“哦。”穆锦碰了一鼻子灰，闷闷不乐地离开了办公室。

安年看着门关上，坐到椅子上，开始思考下一步的情况。

昨天，安年从樊令达嘴里得知他曾目睹过的一切，又看了沈卓雅的自杀案卷后，就告诉樊令达此事不要再提，任何人问起，都咬定自己失忆。到了明天，那份录音就会被移交去市局，他倒要看看他们会怎么做。

而那个给戚兆廷通风报信的人，他自然也已经查过。虽然楼门口监控只拍到了戚兆廷和他带来的人，但他进门时，手上明显有一个装东西的动作。安年怀疑，那是一张门禁卡。

对此，戚兆廷矢口否认，只说当时他走到门口，门就自己打开了，并极力否认有人通知过他。安年知道，如果对戚兆廷调查过多，市局又会施压。

于是，他去找了后勤部，查了当时的刷卡记录。编号显示，那是一个名叫倪宽的辅警的卡。巧的是，他正是戚兆廷被抓当晚，在留置室看守他的看管员。

这个辅警安年有印象，是个退伍军人，一向很老实，从没出过差错。安年靠在椅背上，又想起了师父当年的话。

如今似乎是找到了线头，但自己是该顺着线头往下拆，还是该将它暂时藏起来呢？

时间过得很快，转眼又是一周。这天，商落白下了课，刚进门，就看到一个人手里举着什么，狼狈不堪地从厨房里跑了出来。

他看着眼前这个满面油光的人，茫然地问：“你在干什么？”

穆锦挥舞着铲子，撩了一把头发，说：“做饭啊。”

商落白朝厨房的方向看了看，只见门半开着，里面已经升起了白烟。

“今天为什么要做饭？”

“还不是为了你。”穆锦说着，动动鼻子嗅了嗅，喊道，“坏了，煳了煳了。”一路往厨房跑去。

不一会儿，她就端着一盘黑乎乎的东西走了出来，叹着气。

商落白看着盘子里那一团难辨的食材，问：“这是什么？”

“呃，失败了的锅包肉。”穆锦气得解下围裙，扔在一边，汗颜道，“晚饭泡汤了。还真被莉莉那个乌鸦嘴说中了，我真是个厨房克星。”

“要不然我来做？”商落白试探着问。

“那怎么行，怎么能让功臣做饭。”

她见商落白一副不解的样子，解释道：“是我们头儿说了，让我代表支队感谢你做出的巨大贡献。我这不就想着来点儿实质性的感谢，给你做顿饭嘛。”

“哦。”商落白闻言，看向桌上那黝黑的一坨。

“不过，哈哈——还是算了。你等我一下。”穆锦说着，跑去洗了把脸，很快就神采奕奕地回来了，手一挥说道，“走吧，方案B。”

她不由分说，抓起包，拉上商落白出了门。

夏日的大排档，沿街摆了十几张方桌和折叠凳，顶上挂起一串串小灯，俨然化身食客的一方天地。晚上6点多，人声鼎沸，正是生意最好的时候。

“羊肉串二十个，啤酒麻辣小龙虾一份，喝饮料还是啤酒？”服务员麻利地记录着。

“喝啤酒吧。”穆锦看了看对面的商落白，又说，“再要一份冰红茶。”

“好。”

菜很快就上来了。穆锦看着商落白皱着眉，盯着面前的一大盘麻辣小龙虾束手无策，终于觉得他有个“外来物种”该有的样子了。

穆锦戴上一次性手套，三两下就拨出一只龙虾尾，递给商落白：“放心吧，我叫老板少麻少辣了。”

商落白犹豫地拿起筷子想要夹过来，穆锦却直接把手凑到他嘴边，像喂小孩儿一般，张开嘴：“啊——”

商落白顿了一下，还是乖乖地张开了嘴。穆锦立刻就把小龙虾塞进了他嘴里。

商落白小心地嚼了两下，脸突然被辣得变了色，涌现出一片红晕。他赶紧拿起旁边的啤酒喝了一口，才勉强咽了下去，紧接着就是一阵咳嗽：“咯咯咯——”

穆锦看着他咳得脸都红了，担心地问：“你没事儿吧？有，有那么辣吗？”

商落白缓了缓：“不是，有个花椒呛到了。”

穆锦立刻把手边的冰红茶拧开递给他：“赶紧喝口甜的就好了。”

商落白接过来喝了好几口，才终于觉得嘴里的麻味退掉了大半，他又清了清嗓子，才问：“你喜欢吃辣的？”

“嗯，我以前也不怎么吃，后来我们大学食堂有个巴蜀来的师傅，做小炒一绝，我们班好几个人从此都无辣不欢了。不过，跟小黄比的话，我这就是小巫见大巫了。”

“那你怎么——”话说了一半，他突然停住，抬眼看向穆锦。

“你是想问我为什么跟你一起吃饭，从来不吃辣的？”穆锦看了看商落白被辣得微红的双眼，手上不停，“不吃辣，饭还是一样可以吃，但对于不吃辣的人来讲，顿顿吃辣就等于酷刑。”

她说着又剥好了一个小龙虾，仔细检查完没有花椒后，才放到商落白的盘子里，抱歉地说，“不过今天不好意思啊，我实在是馋了，而且也想让你尝尝。小龙虾这东西，要是一点儿辣都不放，就没滋味了。”

商落白也戴上一次性手套，学着穆锦的样子剥起了小龙虾：“其实挺好吃的。”

穆锦乐了：“是吧！你说你大老远的回来，就得什么都尝尝，回来不就是来吃美食的。”

“我倒是想尝尝你做的那盘锅包肉。”

“嘲笑我是吧？”穆锦并不生气，“不会做饭的人多了。我们队小黄是重山的，那可是美食之都。可惜啊，他也是个只会吃不会做的，不然我还能拜个师。”

过了一会儿，烤串也都上齐了。穆锦见商落白吃得不多，连忙又伸手叫来服务员：“再要一份海鲜疙瘩汤和一份椒盐小银鱼。”

“别点了。”商落白连忙制止。

“我想吃。”

商落白便没再说话。

海鲜汤上来后，穆锦给商落白盛了一大碗，放到他面前，然后神神秘秘地小声问：“我一直特别想问你，段珊珊澳大利亚手机号的通信记录，你到底是怎么弄到的？”

商落白喝着海鲜汤，并没有回答。

穆锦当下更加确定了自己的猜想，肯定不是什么正当手段。但她还是追问道：“说说呗，是不是你认识运营商的工作人员？”

商落白低下头，唇角在头顶灯光的阴影里，微微抬了一下。半晌，他才说：“我黑进了那家运营商的后台。”

穆锦瞪大眼睛，惊得手里的小龙虾都掉了。她往前凑了凑，压低声音说：“要不是帮助调查，你这可是犯法的！那个虚拟手机号的服务商后台记录，你也是这么弄的？”

“嗯。”商落白一脸无辜。

穆锦啧啧称奇：“要不是你还在上学，我真的想建议你考虑下我们的技侦。”

“技侦是干什么的？”

“好多种呢，你可以走信息技术，反正都是和IT有关的。你那么容易就黑进运营商的系统，肯定是高手啊，不去我们警队发光发热，学什么古汉语啊？”

她自以为是伯乐识得了千里马，正得意，没想到商落白轻哼一声：“枯燥。”

穆锦白眼一翻，懒得反驳这个“老学究”，硬是用八卦岔开了话题：“你说你喜欢的人不是段珊珊，那到底是谁啊？叫什么？”

商落白沉默地喝完了一碗海鲜汤，才低低地说了两个字：“舜华。”

“顺滑？这名字好怪。”穆锦一时摸不着头脑，想了想才问，“那她头发是不是特别柔顺？”

商落白看着穆锦因炒菜而沾了油光的头发，抿起嘴角：“你也可以这么理解。”

晚饭就在愉快的气氛中吃完了。穆锦去结账时，却被服务员告知，商落白已经结过账了。

她有些不满，对商落白说：“你怎么老是抢着结账？”

“有什么问题吗？”

“当然有问题了！今天就是为了感谢你才请你吃饭的，怎么能让你给？”

“那你请我吃别的好了。”

两个人沿着美食街往前走了一段，在一间粉刷得五彩缤纷的小门面前站定。站在长长的队伍最后，穆锦踮着脚朝前面看了看，对商落白说：“就是这家，莉莉说特别好吃。”

穆锦第一次见到商落白时，他就和商莉莉站在这家鲜果冰激凌店外。当时，他还被穆锦误当成了商莉莉的出轨对象。

店内，服务生正在一个锥桶状的机器前操作着。她先是从冰柜里夹出一大块奶白色的冰激凌，之后又拿出一小盒切碎的新鲜水果，全数倒入锥桶中，然后取出一个蛋筒放在锥桶底部，并按下开关。机器上方的螺旋状压缩杆伸进锥桶，不断向下推进。锥桶底端，很快就被挤压出条纹状的红色冰激凌，慢慢裹进了蛋筒里。

服务生的手腕不断旋转，一个鲜果冰激凌眨眼就做好了。她熟练地又做出一个紫色冰激凌，递给柜台外等待的一对情侣。

穆锦看着他们握着冰激凌从身边走过，眼睛都移不开了：“这个红色的真好看，应该是草莓的。我要草莓的，你要什么的？”

“我不喜欢吃甜食。”

“冰激凌怎么能算甜食呢？买一个尝尝，你上次就没吃。”穆锦依旧推荐着。

商落白无法，只好也买了一个。

等待的时候，商落白说：“我快开学了。”

“嗯。”穆锦看着正在制作的冰激凌，心不在焉地回了一声。

“我月底要搬去学校了。”商落白又说。

“啊？这么快？”穆锦侧过脸，看着商落白，眼底都是惊讶。不知不觉，两个月就要过去了。

“嗯，只有几天了，这周日搬家。”

“到时候我帮你一块儿搬。”穆锦从服务生手上接过红色的甜筒，“正好可以去你们宿舍看看，修得那么漂亮，上次都没进去。”

她正要开动，手机却响了。

电话一接通，一个比冰激凌还甜的女声说："宝贝儿，在干吗呢？"

穆锦吃了一大口冰激凌，让酸甜的口感融化进整个口腔，才慢悠悠地拖长声音说："享受美好人生。"

那边的女声轻笑道："跟季羽尘约会呢？"

穆锦"冷笑"一声："很抱歉，让你失望了。"

那边的商莉莉终于切入主题："好啦，我就是提醒你，咱们周六去试礼服，我早上来接你。"

"忘不了，放心吧。"短短两句话的时间，穆锦已经把手里的冰激凌吃完了大半。商莉莉又不遗余力地嘱咐了一大堆，才终于挂上了电话。

穆锦问商落白："听说莉莉结婚请了好多人？"

商落白说："好像是袁航那边请得比较多。"

"结个婚可真麻烦。"穆锦吃下最后一口冰激凌，在心里默念道：到时候我可千万别给她丢人，阿弥陀佛。

两个人回到家里，屋里仍旧弥漫着一股淡淡的煳味。虽然出门前开了窗，无奈"厨房克星"的威力太大，特别是商落白的房间离厨房近，里面煳味就更浓了。

穆锦有些抱歉地看看商落白："看来今晚你得在客厅备课了。"

"没事。"商落白很快就把教案都搬到了客厅里。

穆锦洗完澡出来，故作高深地在他旁边看了一会儿。没多久，她就匪夷所思地问道："不是吧，我英语现在这么差了？怎么什么都看不懂。"

商落白手上不停："这是我打算写的一篇论文，正在整理资料。"

"学霸的世界真令人费解。"穆锦看着那密密麻麻的中英文笔记，忍不住打了个哈欠，余光却扫到桌子上的一张宣传单。她拿起来看了看，念道："海翔国际免费试听课？周三？"

她忽然有点兴趣："这种免费课程是怎么报名的？"

"在网上，直接去前台填一份表也可以。"

"一般都讲些什么？"

"每一期都有不同的主题，基本上都是口语，网上有介绍。"商落白回答得有点心不在焉。

穆锦指着宣传单上，笑着问："为什么这上面会有你的名字？"

"这周三是我主讲。"商落白低着头说。

"你慢慢写，我去睡觉了。"穆锦眼睛轻轻一转，放下宣传单，笑着走回了自己卧室。

第二天午饭过后，徐问雨正要整理上午的会议记录，抬头只见穆锦正美滋滋地盯着电脑屏幕，目光灼灼。徐问雨先是抻长脖子看了看，接着忍不住连人带椅子都滑了过去。

这边，穆锦正聚精会神地填着表，突然一个毛茸茸的脑袋靠过来，带着审视的口吻："你干吗呢？鬼鬼祟祟的。"

穆锦推推她："去去去，谁鬼鬼祟祟了，别打扰我追求上进。"

"这是什么？"徐问雨看着显示器上的页面，试图去抢穆锦手里的鼠标，"免费试听课报名表？哪儿的呀？"

"别捣乱，一会儿报满了就报不上了。"穆锦不满地用胳膊肘顶顶徐问雨。

"不是，你让我看看，别老偷着上进不带我。更何况……"更何况免费的便宜不占白不占。

穆锦没有理会她，而是自顾自继续填着表，口中念念有词："……英语兴趣方向，嗯，商务、医疗、法律……好了，完成，提交！"

提交完的页面自动跳转回初始界面，徐问雨终于看清了免费课程的详细内容。

"这是那个，挺有名的海翔国际的免费试听课？"

穆锦点点头。

徐问雨把穆锦往一边挤了挤，抢过鼠标下滑页面，只见页面上写着：“主讲内容：国外遇险时必备的求助英语。名额是100人，时间是8月25日晚6点半至8点半。”

她咕哝道：“那不就是今天晚上？地点是建安大厦北丰校区二层203室，主讲人是，嗯……”她磕磕巴巴地念道，“依，三？呃……崔？吹？……拉呜？”

穆锦听着她艰难诡异的发音，终于无法忍受，开口道：“Ethan Trilove.”

“哦哦——”徐问雨有点发怵，刚刚跃跃欲试的心一下凉了半截，“呵呵，是个老外讲的啊，那我还是算了。”

穆锦憋着笑，却不无坦诚地说：“是商落白。”

“什么？”

“主讲人。”

徐问雨愣了一下，忽然眼放金光，一脸暧昧地看着穆锦：“哦！原来是‘国际友人’！说吧，你有什么企图？”

穆锦一摊手，坦坦荡荡：“我能有什么企图，我去听课的，大姐。”

徐问雨仍不相信：“真的？”

穆锦冷哼道：“爱信不信。”

徐问雨将信将疑，再次凑过去看了看上课时间，嘴上默念着：“今天晚上，我不用值班，应该也不用加班。”说完，她转动着眼珠，冲穆锦眨着眼，谄媚道，“还有名额吗？给我也报上名呗。”

“还有十几个，你确定？”这次换作穆锦起疑了。

“嗯嗯，古人云：有便宜不占是谓亏。”

穆锦“云你个头”还没出口，就听身后一个兴奋的声音问：“你们去上英语课吗？是商落白讲的吗？可不可以带我一起？”

二人回头，只见是满脸堆笑的黄永山。

没等穆锦答话，徐问雨就问：“小黄，我记得今晚不是你值大夜吗？”

一听这话，黄永山马上像霜打了的茄子般，蔫头耷脑地坐回工位上不出声了。

穆锦有些不忍，对他说："我跟他说一声儿，等他下次再上免费课我告诉你。"

"嗯。"黄永山点点头，这才恢复了点高兴劲儿。

穆锦转头对徐问雨说："我可以帮你报名，但是咱们约法三章。好好听课，不许捣乱，不许八卦！"说完，她还敲了敲那个蕴藏着众多鬼点子的脑袋。

"遵命！"徐问雨学着电视剧里，抬起右手，抵在额前弹了一下，给穆锦敬了个礼。

穆锦忍俊不禁，给她也报上了名。

自从上周那桩震动全国的大案破获之后，针对沈卓雅自杀案以及其背后牵涉的收购案，也由市局启动了复查程序。穆锦跟安年打听过好几次进展，然而安年都表示，一切由市局调查，分局不能插手，他也不清楚情况。

一周以来消息不断，先是盛华集团股价暴跌，南疆也受到影响，旗下一楼盘暂缓开盘。继而，又传出小道消息，戚兆廷与南棠将如期完婚，一时间舆论沸腾。

北丰分局刑侦支队则略显清闲，除继续走程序，准备段珊珊被害案的收尾工作外，他们只遇到了两个小案子。干警们终于暂时告别了没日没夜的加班生活，迎来了难得的放松时刻。

下午5点半刚过，两个小女警就收拾好东西，背上包，有说有笑地挽着手往门外走。

罗立从外面回来，正跟两人走了个对脸。看着她们一副春风得意的样子，不无好奇："你俩这是干吗去？"

徐问雨故作神秘："进修去。"

罗立一脸无奈："还学会卖关子了。"

"罗队，一看您就不懂。女孩之间的秘密，不要乱问。"两个小女警互相递了个眼神，嘻嘻哈哈地笑着走远了。

“嘿，还反了她俩了。”路过的安年听到他们的对话，对着罗立不满地评价道。

天宁城8月末的夜晚，暑热已经退了不少，只剩一层淡淡的余温笼罩着这座城市。只是，这余温并不令人感到舒适，反而黏腻腻的，像保温桶里闷了太久而变味的米饭。

比起外面的黏腻，海翔国际的教学楼里却十分舒适。商落白上了一整天的课，除了略感疲惫外，身上依然清清爽爽。今天为了节约时间，他在宿舍里简单吃了点东西，解决了晚餐。

这几天都没看到Simon，今天也不例外。

几周前，商落白第一次去公安局找穆锦时，本想告知她自己发现Simon抽大麻的事情，话要出口之时，Simon突然打来了电话。

他大约是清醒了，在电话里恳求商落白不要说出去，不然自己会被退学遣返云云，还再三保证不会再抽。商落白这才决定暂时按下，观察一段时间再说。

最近这段时间，他的确没再发现过Simon抽大麻，不知是他躲着自己，还是真的收敛了。一想到Simon那次曾提到“还有更好的”，他就觉得事情没这么简单。

他决定，一有机会就找Simon问清楚，至少不能让他陷得更深。

吃完饭，他收拾好东西，背着包走出宿舍，乘电梯来到二楼。二楼的走廊边安装了一整排落地玻璃窗，窗外的街景一览无余。虽然是二楼，但因为层距很高，可以看到很远的地方。

建安大厦紧临一条主干道，旁边的熙泰商场里不仅有配套的吃喝玩乐设施，还有一所大型超市，是以附近的年轻人下了班都喜欢过来逛逛。

还不到晚上7点，外面俨然一派车水马龙，地下车库入口处已经排起了长队。

商落白记得，他和穆锦第一次来时也是这样，等了好一会儿才有车位，穆锦当时还抱怨不如走路过来快。不知道她现在在干什么，多半又在加班了。

他穿过落地窗上映出的一排排汽车倒影，径直走向二层最大的那间教室。今晚，他将在这里讲授自己的第一节免费试听课，当然，学校是付了课时费的。

来到教室门口，他没有直接走进去，而是在门口站定，向里面望了一下。一看之下，他有些吃惊。

之前听同事说，这些免费试听课，最多时也就五六十人。他刚刚一眼扫过，里面至少坐了八十人往上，男女老少黑压压地坐了一片。

幸而他每天都上大课，早已有了经验。他推开门走了进去，教室里的中央空调开着，虽然坐满了人，却依旧凉爽。

负责填表签到的陶凌正站在门口，看到他走过来，拿起表格，冲他妩媚一笑："都签完了，今天人比往常多，一共 108 个人，我看里面还有不少你的学生呢。"

商落白点了一下头。

"不打扰你了，有事儿叫我。"陶凌伸出一只涂着鲜红指甲油的手，轻抚了下商落白的肩，嘴角荡漾着笑意，踩着高跟鞋摇曳着走了出去。

商落白勉强笑了一下，在陶凌手落下的同时，不动声色地向后扭动了一下肩膀，试图把接触面降到最小。陶凌刚一离开，他的脸就冷了下来。

这个陶凌自认颇有几分姿色，对所有男老师都明送秋波。她每次见了商落白，总是笑靥如花，偶尔还制造肢体触碰。

商落白不是木头，明里暗里，也被不少女孩追求过。面对类似情况，他总是温和地拒绝，或者礼貌地保持距离，但这种肢体接触，让他没来由的嫌恶。

他定定神，拿着名单走上讲台，熟练地从包里拿出教案快速浏览了一下，然后连接好电脑，别上了无线麦克风。

他身后的投影屏缓缓降落，投放出今天的主题：

——Are you prepared to travel overseas？（你准备好出国旅行了吗？）

准备工作做好后，商落白才重新抬起头看向台下。刚刚还讨论得热闹的“学生们”，瞬间安静下来。

台下坐了不少上过商落白课的学生，一见到他，都热情地冲他打着招呼。他们明明不需要上试听课，但在看到通告栏里的宣传后，全都跑去前台，争先恐后地报了名。

当然，也有些没看过宣传单的人，见商落白在门口和那个女老师说话，还以为他也是来听课的。待到他走上讲台，他们才明白过来，这个年轻男人居然就是今天的试听课老师。

他进门时似乎不太高兴，可当他走上讲台，目光再次落向台下时，与刚刚判若两人。他脸上挂着淡淡的笑意，眼眸中流光灼灼，有一种自信又沉稳的气场。

商落白目光扫过不少熟悉的面孔，清清嗓音，正准备开口。无意中向教室角落里瞥了一眼，蓦然顿住，苍白的手指握住打开的教案边缘，轻轻捻了几下。

教室最后一排的座位上，并排坐着两个女孩。其中一个梳着高马尾，正低着头在笔记本上写着什么，另外一个短发女孩正看着他，见他望向这边，还兴奋地冲他招了招手。

他的目光定格在那个马尾女孩身上，瞬间觉得自己刚刚被陶凌拍过的肩膀，像是过了火一般，隐隐发烫。

他冲着短发女孩点了下头，不动声色地把目光移开，开口道：“大家好，我是 Ethan，欢迎你们今天来参加海翔国际的试听课。今天的主题是……”

这种免费公开课，主要是为了增加英语学习兴趣，为学校挖掘潜在生源，讲的内容都比较接地气。

“我们今天的内容将分成三个部分，在开始之前，我想先问大家，如果在国外遇到危险，首先应该做什么？”商落白问。

教室第一排，一个穿着某外卖平台蓝色送货服的小哥举起手：“Help！”

“很好。不过这个‘help’应该向谁说呢？”商落白问。

“导游！”

“如果你是自由行，没有导游呢？”

“向英语好的人求助。”小哥挠挠头。

“没错。”

底下爆发出一阵笑声。

商落白也笑了：“你们一定认为我在开玩笑。其实，如果你对英语或当地语言没有信心，最好的办法就是向他人求助，特别是本地人。他们熟悉当地环境，会比大家更清楚相应的解决方法。”

一个男孩大喇喇地说：“老师，不是我不想说，问题是他们听不懂。”

商落白说：“所以，我今天就来教大家一些求助用语，让被求助人可以迅速理解你们的意图。”

男孩连忙点点头：“好好好。”

商落白问：“当你们在外旅游时，如果丢了重要的东西，特别是证件，甚至是被抢劫了，我们首先要向谁求助？”

最后一排的短发女孩举手，骄傲地说：“警察。”

商落白点点头，按动幻灯片：“当你想报警，但需要一个代言人时，就可以求助路人。”

屏幕上出现了各种短句的排列组合。

“比如我丢了护照和钱包，就可以说，‘Hi, I lost my wallet and passport, can you please help me to call the police?’中间的‘wallet’和‘passport’，可以替换成任何你丢失的东西。比如 my phone，my bag，my key，my laptop……”

有些人一边听他讲，一边按照幻灯片上的内容记起了笔记。

一个女孩突然举手大声问：“老师，要是我男朋友丢了算吗？”她旁边的几个女生一听，都忍着笑期待地看向商落白。

商落白认真地说：“男朋友当然算了，人丢了这么大的事情一定要报警。”

另一个女孩揭穿道：“Ethan 老师不要听她的，她根本没有男朋友。”

台下一阵大笑。

后排一角，徐问雨在桌子底下偷偷捅捅穆锦，小声问：“他平时不太爱说话，上起课来倒是侃侃而谈，跟变了一个人似的。”

穆锦目不斜视，用蚊子般的声音说：“他话不少吧？再说了，你忘了他之前说过以后想当老师的。”

此时，商落白从讲台上走下来：“当然，如果旁边没有能求助的路人，我们也可以自己打电话。打之前要确认好所在国的紧急求助电话。比如中国的急救电话是 120，报警电话是 110。那你们知道，英国的报警电话是多少吗？”

“911！”后面有个 50 多岁的大叔想都没想，脱口而出。

旁边他老伴赶紧捅了捅他：“911 是美国的。”

又是一阵笑声，商落白在这笑声中说：“虽然现在搜索很方便，但在出游时会遇到没有网络的情况。所以出游前，最好记下当地的急救电话，以防万一。当我们打给警察时，对方会问我们一些重要问题，作为寻找失物的线索。我们来看下面这段对话……”

说完，他打开了一段视频，是他和另一个男人的模拟报警对话。

徐问雨小声说：“哦，他在咱们队里时还问过我呢，原来是上课用的。”

“你们俩什么时候聊了这么多？”

“也没聊什么，偶尔说了几句话。”徐问雨看着大屏幕，继续道，“不过，他基本上问的都是和你有关的。”

“你就编吧。”穆锦不再理她，专心听课。

一个小时过得很快，笑声不断。课间休息时，商落白坐在讲台上，打开水杯喝了几口水，心不在焉地翻着后面的教案，眼神飘向最后一排。他犹豫片刻，刚要起身，讲台边忽然围上了几个人，都是他暑期班的学生。他们围着他七嘴八舌，比上课时还要热闹。

教室最后一排，穆锦正在发短信，徐问雨悄悄趴在她鬓边说：“天哪，帅哥就是不一样，你看他多受小女孩的欢迎。”

“嗯？”穆锦抬起头，顺着她的目光朝讲台上瞥了一眼，只见那里围了好几个女生，一个个都像水灵欲放的花苞，看着商落白时，稚气的脸上是毫不掩饰的喜爱。

不知为何，穆锦心底里蓦地翻腾起一股酸味，她连忙低下头：“哦。”

“下面我想请两个人上来配合我模拟紧急情况，我来当路人，还需要一名警察和一名游客。”

听到商落白的声音，穆锦从出神中反应过来，发现下半程的课已经开始了。

不少人都举起了手，跃跃欲试。商落白很快叫了两个人上台，是一对小情侣。两人虽然说得磕磕巴巴，但“观众们”极其捧场。

对话结束后，商落白又说：“接下来，我们还将模拟受伤时需要就医的突发情况，需要一名伤者和一名求助人。”

这次的难度要大一些，举手的人没有刚才多了。

穆锦除了工作需要外，最不喜欢出风头。但凡这种时候，她都是保持沉默。很快，她就从余光中发现了不对劲。她侧过头，见徐问雨正冲着自己微笑，紧接着对方就拉住她的胳膊，举起了手。

穆锦赶紧往回收手，小声说：“你会说吗？刚才记住了多少？”

徐问雨神秘地冲她眨眨眼：“没问题。”

穆锦还要说什么，商落白却叫到了她们。徐问雨拉着她，在众人的注视下，一路上了讲台。

“请问你们谁来扮演伤者？”商落白问。

“我！”徐问雨干脆地回答道。

穆锦目瞪口呆。怪不得她刚才那么胸有成竹，因为扮演伤员，根本就不用开口！于是，穆锦在全然放空的状态下，被安排得明明白白。

对话刚一开始，徐问雨就突然捂住自己的胸口，一连喊着：“My heart, oh my heart...”接着就软软地倒了下去，侧躺在讲台的一角，还不时抽搐两下。不得不说，她绝对是一个被刑警事业耽误的好演员。

面对如此浮夸的表演，台下又是一阵窸窸窣窣的笑声，穆锦简直没眼看。

扮演路人的商落白走过来，问穆锦："Hi, what happened? May I help you?"（你好，发生了什么？需要我帮忙吗？）

穆锦的大脑飞速旋转着，努力抽取着刚才的上课内容："Hello, my friend has heart, heart attack. Can you please call 120 for ambulance, and tell them we need, need an AED."（你好，我朋友心脏、心脏病发作了。请问可以帮我们打120叫救护车吗？告诉他们我们需要、需要除颤器。）

商落白点点头，立刻掏出手机拨着电话说："Okay, I'm calling right now."（没问题，我现在就打。）

为了掩饰尴尬，穆锦蹲下身，假意要给躺在地上的"病人"做心肺复苏。

她的手刚按上徐问雨的胸口，对方就突然睁开眼，可怜巴巴地用眼神示意她：女侠手下留情，你要真做了我也该进医院了。

穆锦笑得不怀好意。她当然不会给一个正常人做心肺复苏，这点常识她还是有的。不过，她也不打算放过徐问雨，谁叫她这么整自己。

"咚咚咚！"

穆锦的手刚要落下，一阵急促的敲门声忽然响起。她转过身，见门被打开了一条缝，一个女孩探进上半身，朝教室里张望着。一时间，所有人都被她吸引了视线。

"周元倩？"女孩有些不好意思，但还是小声喊了一个名字。

无人应答，她又转过脸来看向讲台，紧张地问："Ethan老师，周元倩在不在这儿？"

商落白朝台下扫了一遍，回答说："她不在，怎么了？"说着，他走了过去。班里有几个学生也站了起来，都关切地看向门边。

穆锦见门口的女孩满脸焦急，也两三步跑过去，正听到女孩说：

“我跟周元倩约好了晚上一起自习，但是晚饭她没去吃，也一直没见到她。我给她打电话，她也不接。”

这时，几个学生围了过来，一个女生说：“是不是因为下午她妈妈骂她的事情？”

穆锦觉察出了不对劲：“到底怎么回事儿？”

敲门的女生看向她，又犹豫地看向商落白。

穆锦连忙说：“你别怕，我是警察。”

女孩这才说：“我们都是参加暑期英语冲刺班的，住在学校里。周元倩跟我在一个宿舍，平时晚上我们都在一楼的教室里一起自习。今天下午上课的时候，周元倩她妈妈突然冲进来骂她。”

另一个女生接口道：“对，骂得特别难听，好像是因为从后门看到她跟同桌说话。后来有个老师来把她妈妈拉走了，但是周元倩一直哭，下了课她就不见了。”

商落白问敲门的女孩：“你回宿舍找过她没有？”

女孩点点头：“都找过了，没有。我刚问了陶老师，她说她马上联系周元倩妈妈，她妈妈就在旁边的熙泰商场里上班。”

穆锦问商落白：“你知不知道监控室在哪儿？”

话音刚落，门外就响起一阵吵嚷声。一个男人的喊叫声隔着走廊，闷闷地传进来：“我的妈呀，有人要跳楼！”

穆锦立刻拨开众人，打开门跑到走廊边，看到楼外已经围了不少人。

商落白也跑了过来，他一把打开窗户，探出头去，朝上面看了看，很快撤回来，对穆锦说：“是周元倩，人在八楼。”

穆锦点点头，对另外几名学生说：“你们在这里等着，不要上去，人多反而容易刺激她。走，咱俩上去看看。”她转身拉起徐问雨。

商落白沉声道：“我跟你们一起去，她是我的学生。坐电梯上不去，这边的电梯只到五楼，要走消防通道。”

在他的带领下，三个人从二楼一路跑到四楼，又七拐八绕，进了另一段通道。以防万一，穆锦边跑边给消防打电话，简单告知了情况。

徐问雨跑得气喘吁吁："我的天，这楼怎么修的？万一着火了都不好救。"

穆锦边爬边说："你能不能别老乌鸦嘴。"

好不容易来到八楼，他们刚打开门，就看到不远处站着几个人，也都气喘吁吁，显然也是刚跑上来的。

这里已经不属于海翔国际的校区，走廊一边的玻璃门上，印着不同的公司名。不同于二楼整段的落地窗，这层的窗户都是连在一起的彩色玻璃，其中最大的一扇粉色玻璃窗被打开到近90度，窗户上的保险铁栓已经断了，一半还挂在窗户上。

一个留着娃娃头的女孩正背对着他们坐在窗边，两只脚都悬空在外面。窗下靠墙处，躺着一个绿色书包，书本被扔了一地，被风吹得哗啦作响。

在场的每个人都紧紧盯着女孩，但都默契地没有开口，生怕刺激到她。穆锦和徐问雨对视一眼，然后小心翼翼地朝窗边靠近。

离得近了，穆锦能感到外面的凉风吹进来打到脸上、身上。她朝外望了一眼，楼下黑压压地站满了人，都在朝上面望着。一阵眩晕，她赶忙转回视线，看向走廊一角，移开注意力。

商落白与她近在咫尺，这是第一次，他在穆锦脸上看到了害怕。

听到身后的动静，窗边的女孩转过脸来，看向他们。她的眼睛肿得很厉害，眼底泛着红，却面无表情。

穆锦正打算开口，身后却蓦地响起一阵哭号。

一个穿着超市员工服的中年女人冲了过来。她跌跌撞撞，一下撞开后面站着的几个人，又把挡在前面的穆锦推开，往前冲去。

穆锦有心伸手拦她，然而她自己也刚从眩晕中缓过来，一不留神，就被那女人一把推到了商落白的怀里。

"别——"穆锦失口喊道。

一只苍白的大手从穆锦身后猛地伸到那中年女人前，抓住她的胳膊，让她无法再前进。商落白不仅稳稳接住了穆锦，还拦住了女人。

穆锦连忙站直身体，一把抱住女人，将她往后拖："您冷静一点儿，不要刺激她。"

窗边的女孩见状，抓住窗框，抬起一只脚，踩在了窗椽上。这姿势看似退后，但穆锦知道，只要她轻轻一蹬，立即就会跌入前面的深渊。

中年女人挣扎着，拼命喊道："倩倩……倩倩！妈妈错了，我错了……"

女孩冷冰冰地看着女人，没有一点留恋。

穆锦劝说道："周元倩，你别冲动，有话和你妈妈说清楚，给她一个解释的机会。"

"没用的。她每次心情不好了，就拿我发泄，我稍微做得不如她的意，就非打即骂。还跑到这儿来，在我同学和老师面前骂我。"周元倩再次看向几近崩溃的女人，平静地说，"我是你的敌人吗？我都这么大了，你还天天骂我，你很快乐是吗？"

女人上气不接下气："妈妈真的错了，倩倩，妈妈再也不骂你了，你回来吧！妈妈求求你了！"

"你不是一直叫我争口气吗？我现在把这口气还给你，你自己去争吧。"

闻言，周元倩妈妈直接跪在了地上，穆锦力气那么大，也拉不动她。她朝女儿哭求道："倩倩，只要你回来，以后妈妈都听你的好不好？"

"听我的？呵，你问问你自己，可能吗？刚刚你在班里怎么骂的我，你已经忘了吗？"

至此，穆锦已经完全弄清了事情的缘由。总有一些家长，一旦孩子出现一点偏差，他们就气急败坏地当众指责孩子，以彰显自己的威严，好像在对众人说："看我多厉害，多会教育孩子。"

如果因为孩子犯错而影响到他们的面子，他们就会变本加厉。在他们眼里，孩子的尊严，没有外人前的面子重要。

周元倩的妈妈已经说不出话，只能趴在地上失声痛哭，艰难地试图往前爬着。见状，周元倩又挪远了一些，微微起身，眼看着就要跳下去。

穆锦连忙给徐问雨使了个眼色，后者拽上两个老师一起，全力把周元倩妈妈拉走了。

与此同时，警铃大作，消防车到了。

消防队的到来让穆锦多了一份信心，她对着女孩恳切说："周元倩，你妈妈的方式是太极端了，但是你还这么年轻，这么好的年纪。听姐姐的话，别做傻事儿好不好？"

周元倩看着头顶的粉色玻璃，无动于衷。

"姐姐知道一个女孩，她不仅失去了双亲，还患上了抑郁症。可她一直都坚强地生活着，从没想过放弃。不幸的是，她被人害死了。"她抬起手指着窗外，"也是差不多这么高，被推下去的。如果她现在看到你，一定会很羡慕你，因为你还有选择活下来的机会。"

周元倩脸上有一瞬间的动容，但看看远处的母亲，目光又黯淡了下去："姐姐，你不明白，你也理解不了。你没有被自己的妈妈，当着老师和同学的面歇斯底里地骂过，一点余地都不留。"

她的声音逐渐变低："没有人天天跟你说，她有多辛苦，省吃俭用就是为了你。没有人会比她用更恶毒的语言诅咒你，让你每天活着都是煎熬！"

她终于忍不住，哭了出来。

"我理解你。"正当穆锦急得不知如何劝解她时，商落白忽然说，"我理解你的感受，被父母制约，你想要反抗，但什么都做不了。"

闻言，周元倩瞪大眼睛，看着他："Ethan 老师……"

商落白继续说："你忍无可忍，想着不如把命还给他们，让他们后悔曾经的所作所为。如果你真的想跳，没有人能拦住你。可是你跳下去以后，那些你想见的人、你想做的事，都不能实现了。我记得你自我介绍时，说以后想做一名航天员，去研究宇宙，你不想去实现了吗？”

“老师，你还记得……”周元倩的眼里闪着光，表情却极为痛苦，“我，我……”

“你不想证明给她看，你可以做得很好，她骂你的那些都是错的吗？”商落白一边向前慢慢挪着，一边继续问。

周元倩紧紧抓着窗框，手不住地颤抖。她缓慢抬起了腿，犹豫着往后退了一小步。

穆锦刚要松口气，只听楼下吵吵嚷嚷的围观者中，忽然有人大声嚷道：“怎么还不跳啊，要跳快跳，作什么秀！”

周元倩愣了一下，忽然就笑了。她笑得很决绝，小声对商落白说：“谢谢你 Ethan 老师，可我真的活不下去了。”

说完，她松开了手，身体向窗外倒了下去。

穆锦在心里怒骂一声，几乎是闭着眼睛扑了过去。

“啊——！”

楼下的人群里爆发出一阵尖叫。

混乱中，穆锦觉得自己拉住了一片衣角。衣角被拉伸绷直，没再下坠。她睁开眼，发现自己刚好拽住了周元倩上衣的后襟。而另一边，商落白正双手紧抓着女孩的右臂，试图把她拉上来。

穆锦也尝试去拉周元倩的另一只手：“快把手给我。”

周元倩整个身子挂在窗外，像是被吓傻了一般，仰头呆呆地望着她，就是不伸手。

穆锦咬咬牙，把半个身体探出窗外，去够她的另一只手。

商落白已经把周元倩拉上来了一点，他的声音里有一丝颤抖：“我也恨过我妈，恨她管得太多。可 18 岁时我才知道，我本该有个双胞胎妹妹。我妹妹出生时就没了，我小时候身体又不好，所以我妈才会变成那样。你如果现在放弃自己，就永远都没有跟你妈妈和解的可能了。”

周元倩听了他的话，似是突然想到了什么，眼底泪光闪动，终于一使劲，把另一只手递给了穆锦。

此时，他们身后又跑过来两个人，几个人合力，把周元倩拉了上来。

他们刚把吓傻了的周元倩抱到地上，她的妈妈就踉跄地扑了过来，紧紧搂住她，大哭道：“倩倩！倩倩——”

周元倩发着抖，看了她一眼，把脸扭向了另一边。又过了几秒钟，她也猛地回抱住妈妈，把头埋在了她的肩上。

穆锦出了一身的汗，带着眩晕，整个人虚脱一般，瘫坐在地上。

窗外已经下起了小雨，冷风呼呼地从破开的窗户上灌进来，她不由得打了一个寒战。她转头看看商落白，见他也坐在旁边，满脸的汗，不停地喘着气。见穆锦望向自己，他也回看着她，露出一个微笑。

不知怎的，穆锦看到这个微笑，忽然有一种喜极而泣的冲动。

徐问雨和另外几个老师一直在周元倩母女身旁安慰着，好一会儿，周元倩才慢慢起身，拉着她妈妈，走到商落白和穆锦身边，深深地给他们鞠了一躬，抽泣着说：“Ethan 老师、姐姐，谢谢你们。”

商落白和穆锦站了起来，又对周元倩说了很多鼓励的话。

把她们送走后，几个人才看到三名消防员从走廊另一边满头大汗地跑了过来。看到人没事儿，他们都松了一口气。

其中一个擦着汗说：“这里太难找了。”

穆锦走过去，指着那扇窗户对他们说：“你们帮忙把这扇窗户焊死吧，太危险了。”

说着，她又忍不住朝外看了一眼，心有余悸。

三人重新回到刚才上课的教室，里面的人几乎都走光了，只有周元倩的几个同学和陶凌等在那里。

几个学生一看见他们就立刻围了过来，关切地东问西问。商落白要收拾东西，而穆锦实在没有力气，就委托徐问雨担任了发言人。

穆锦趴在桌子上，看到那个唇红齿白的女老师走到商落白身旁，靠得很近地和他说着什么。商落白一直低着头，收拾着自己的东西，倒也不算敷衍地回答着。

她冷眼看了一会儿，突然觉得好没意思，起身拿起她和徐问雨的包，走到讲台前，对商落白说："我先走了。"

说完，她就朝着另一边跟学生们聊得眉飞色舞的徐问雨走过去，一把抓住她，往教室门口拎去。徐问雨转头看见商落白跟了上来，吐吐舌头，用口型对他说："生——气——了——"

出了建安大厦，外面的人潮已经散了。下过雨，空气带着特有的潮湿尘土味，扑面而来。穆锦被这凉风一吹，刚才烦闷的心情顿时一扫而空。她忽地觉得有些好笑。

自己刚刚是在生气吗？可是这有什么好气的，商落白跟谁说话，和自己有什么关系？这样想着，她才察觉到自己的失态，但又不知该说些什么，只闷闷地朝前走着。

徐问雨捅捅她："你没事儿吧？我看你脸都吓白了。你恐高啊？"

"嗯。"穆锦低低应了一声。

徐问雨又说："我以为你什么都不怕呢。"

穆锦咳了两声，正色道："这个说来话长，我小时候也不恐高，后来吓到过才怕的。"

她生怕徐问雨会在这个问题上刨根问底，让自己丢了面子，忙转移话题："周元倩需要心理疏导，不然以后恐怕还会有问题。"

徐问雨也说："她妈妈更需要。如果她不改，还是有可能逼得周元倩自杀。"

穆锦叹口气："经过这一次，希望她能改了吧。现在的父母，总喜欢把自己的压力发泄到孩子身上。"

"我刚才问了下周元倩的同学，她们家的情况比较特殊，她是单亲，她爸在她两三岁时就坐牢了。后来她父母离了婚，她妈妈独自抚养她，一直没有再婚。”

“那也难怪她妈妈会这样。有这么一个爸爸，周元倩找工作都会受影响。”

说起这些，穆锦脑海中忽然过电一般，闪过商落白在救周元倩时说的话。

他说过，他是在奥州市出生的，那时他妈妈心情不好，乱给他改了个名字。商莉莉也说过，她小姨一直以为自己怀的是女儿，起名为商落落，商落白是在出生后改的。

因为商落白曾提到过自己名字的出处，出于好奇，穆锦还去搜过。

那首词名为《忘川》，原作者不详。全篇苍凉凄怨，像是一个孤独之人的泣语。她十分困惑，为什么一个妈妈会用这样的词来给孩子取名。

碧玉琼花恐新枝，流火千丈，江烟锁暮云。挑灯煮酒向黄昏，醉卧虚室欲语休。

夜阑子规引商音，半窗风雨，空阶尽落白。晓看锦树疑无色，离人何处问西风。

想着词的后半阕，穆锦恍然读懂了一个母亲的悲哀。那并不是产后抑郁，而是真的失去了一个孩子。这是连商莉莉都不知道的心酸往事。

她独在异乡，女儿夭折，儿子又体弱。本该是儿女双全的美好人生，却断送在自己一个不理智的决定上。风雨夜，她躺在床上，看着窗外的残月和满地枯叶，想用另一种方式记住自己逝去的孩子。

闷声想着，他们已经走出了一大段路，耳边再次响起徐问雨的声音：“我坐地铁去了，明天见。”说着，她冲二人挥挥手，往不远处的地铁口跑去。

只剩下自己和商落白，穆锦一时有些尴尬。她闷着头又往前走了一会儿，没头没脑地说："你小时候过得很不开心吗？"

商落白低着头，脸上浮起笑意："还好。"

"你爸妈一直都没告诉你，呃，关于你妹妹的事儿？"

"没有。我 18 岁 生日时知道的。"

"那商落落？"话一出口，穆锦就后悔了。

"是我妹妹的名字。"

穆锦很抱歉："对不起，又提起你的伤心事儿了。"

"没事。"商落白说，"我也想问你一个问题。"

"你问。"

"你为什么恐高？"

"我……"穆锦硬着头皮回答，"我只记得我小时候不恐高，老跑去高处玩。后来好像有一次摔倒了，就开始恐高了。"

"你——"

"嘀！——"

马路上有两辆小轿车险些擦蹭，都不甘示弱地鸣笛向对方示威。尖啸声中，穆锦完全没听到商落白的话。

"什么？"

"没什么。"商落白又问，"你来上课，为什么不跟我说？"

穆锦笑了："搞个突然袭击，看你平时表现得怎么样。"

"还满意吗？"

"嗯，不错。就是，"穆锦脑海中浮现出那个妩媚女老师的身影，她正色道，"既然你已经有喜欢的人了，以后要少拈花惹草。"

"拈花惹草？"商落白愣了一下，旋即反应过来，看着穆锦说，"那也要看是什么花。"

"你最好老实一点儿，不然我可不讲情面。"穆锦提醒道。

商落白打量她一眼，快步走到前面，只丢下一句话："放心，我不欺负小朋友。"

"嘿，我这暴脾气。"穆锦握紧拳头，赶了上去。

远处，云雨尽散，夕阳的最后一缕余光融进了深青色的天幕里，只投下惊鸿一瞥。

此时，穆锦还没有意识到，笼罩在天宁上空的黑雾，才刚浮现出一角虚影。不久，当阳光再次掠过浓雾时，她和商落白都将被裹挟其中，在尘霾中艰难地找寻真相。